Lara Prescott

ALLES,
WAS
WIR
SIND

 aufbau taschenbuch

Lara Prescott, geboren 1981 in Pennsylvania, studierte als Stipendiatin am Michener Center for Writers. Ihre Geschichten erschienen in literarischen Zeitschriften und wurden mehrfach ausgezeichnet. »Alles, was wir sind« ist ihr Debütroman, für den sie jahrelang in Russland, Europa und in den Archiven der CIA recherchierte und der zum *New-York-Times*-Bestseller wurde und in 29 Ländern erschien. Sie lebt in Austin, Texas.
Mehr zur Autorin unter www.laraprescott.com

Ulrike Seeberger studierte Physik und lebte zehn Jahre in Schottland. Sie übertrug u. a. Autoren wie Greg Iles, Oscar Wilde oder Bridget Collins ins Deutsche.

Olga Iwinskaja, Schriftstellerin und Muse des Dichters Boris Pasternak, wird verhaftet. In Moskau will man um jeden Preis verhindern, dass Pasternaks Roman »Doktor Shiwago« erscheint. Olga erfährt in der Lagerhaft großes Leid, doch sie hört nie auf, an ihre Liebe zu Boris zu glauben.
Zugleich erkennt die CIA in dem verbotenen Roman das rechte Mittel, um den Geist des Widerstands zu säen. Es wird eigens die junge Irina angeworben, deren Vater grausam vom sowjetischen Geheimdienst ermordet wurde. Die erfahrene Agentin Sally wird ihre Ausbilderin, und schon bald beginnt eine gefährliche Hetzjagd auf den Roman, die auch den Druck auf Boris und Olga immer größer werden lässt. Doch dann tritt »Doktor Shiwago« seinen Triumphzug um die Welt an…

Eine unvergleichliche, wahre Begebenheit der Geschichte der Literatur und eine große Geschichte über die Liebe

Lara Prescott

ALLES, WAS WIR SIND

ROMAN

Aus dem Amerikanischen
von Ulrike Seeberger

aufbau taschenbuch

Die Originalausgabe unter dem Titel
The Secrets We Kept
erschien 2019 bei Alfred A. Knopf, a division of
Penguin Random House, LLC, New York.

Trotz intensiver Recherchen ist es uns nicht in allen Fällen gelungen,
die Rechteinhaber ausfindig zu machen. Berechtigte Ansprüche
bitten wir, an den Verlag zu richten.

MIX
Papier aus verantwor-
tungsvollen Quellen
FSC® C083411

ISBN 978-3-7466-3807-2

Aufbau Taschenbuch ist eine Marke
der Aufbau Verlag GmbH & Co. KG

1. Auflage 2021
Vollständige Taschenbuchausgabe
© Aufbau Verlag GmbH & Co. KG, Berlin 2019
Die deutsche Erstausgabe erschien 2019 bei Rütten & Loening,
einer Marke der Aufbau Verlag GmbH & Co. KG
Copyright © 2019 by Lara Prescott
All rights reserved. Published by Arrangement with Lara Prescott.
Umschlaggestaltung U1 berlin, Patrizia Di Stefano
unter Verwendung eines Fotos von © Nina Leen /
Kontributor / Getty Images
Gesetzt durch Greiner & Reichel, Köln
Druck und Binden CPI books GmbH, Leck, Germany
Printed in Germany

www.aufbau-verlag.de

Für Matt

Ich will …
unter den Wissenden sein oder allein.

Rainer Maria Rilke

INHALT

PROLOG

DIE STENOTYPISTINNEN

Wir tippten hundert Worte die Minute und ließen nie eine Silbe aus. Unsere Schreibtische waren identisch und jeweils mit einer Royal-Quiet-Deluxe-Schreibmaschine mit mintfarbenem Gehäuse, einem schwarzen Western-Electric-Telefon mit Wählscheibe und einem Stapel gelber Stenoblöcke ausgestattet. Unsere Finger flogen über die Tasten. Das Klappern erklang ununterbrochen. Wir legten nur eine Pause ein, um ans Telefon zu gehen oder kurz an der Zigarette zu ziehen; einige von uns schafften beides, ohne auch nur eine Sekunde innezuhalten.

Die Männer trudelten gewöhnlich gegen zehn ein. Einer nach dem anderen riefen sie uns in ihre Büros. Wir hockten auf kleinen Stühlen, in eine Ecke gequetscht, sie dagegen saßen hinter ihren großen Mahagonischreibtischen oder gingen auf dem Teppich auf und ab, während sie ihre Worte an die Zimmerdecke richteten. Wir hörten zu. Wir schrieben mit. Wir waren das Ein-Personen-Publikum für ihre Memos, Berichte, Aufzeichnungen, Mittagessenbestellungen. Manchmal vergaßen sie, dass wir da waren, und wir erfuhren noch viel mehr: wer gerade versuchte, wen rauszuboxen, wer Machtspielchen spielte, wer eine Affäre hatte, wer obenauf war und wer ganz unten.

Manchmal riefen sie uns nicht beim Namen, sondern benannten uns nach Haarfarbe oder Körpertyp: Blondie,

Rotschopf, Titten. Auch wir hatten unsere geheimen Namen für sie: Grapscher, Kaffeerachen, Schiefzahn.

Sie nannten uns Mädels, aber das waren wir nicht.

Wir waren über Radcliffe, Vassar, Smith zur Agency gekommen. Wir waren die ersten Töchter in unseren Familien, die einen Universitätsabschluss hatten. Manche von uns sprachen Mandarin. Manche konnten Flugzeuge steuern. Einige von uns konnten besser mit einem Colt 1873 umgehen als John Wayne. Aber alles, was man uns bei den Vorstellungsgesprächen fragte, war: »Können Sie tippen?«

Man sagt, die Schreibmaschine sei für Frauen wie gemacht – man brauche, um die Tasten wirklich zum Singen zu bringen, eine weibliche Hand, erst unsere schmalen Finger passten ideal zu diesem Gerät. Dass die Männer zwar Anspruch auf Autos und Bomben und Raketen erhöben, doch die Schreibmaschine uns ganz allein gehöre.

Nun, da sind wir uns nicht ganz sicher. Aber was wir sagen können, ist, dass unsere Finger beim Tippen zur Erweiterung unseres Gehirns wurden, es gab nicht die geringste Verzögerung zwischen den Wörtern, die aus den Mündern der Männer kamen – Wörtern, von denen sie uns sagten, dass wir sie nicht in Erinnerung behalten sollten –, und dem Aufprall unserer Typen, die die Tinte aufs Papier klatschten. Und wenn man so über die Mechanik hinter all dem nachdenkt, ist die Sache beinahe poetisch. Beinahe.

Aber galt all unser Streben wirklich dem Spannungskopfschmerz und den wehen Handgelenken und der schlechten Haltung? War es das, wovon wir in der High School träumten, als wir doppelt so eifrig lernten wie die Jungs? Hatten wir Schreibarbeiten vor Augen, als wir die dicken braunen Umschläge aufrissen, in denen unsere Zusage fürs College steckte? Oder was dachten wir, wohin unser Weg uns führen würde, als wir mit Hut und Talar auf unseren weißen Holzstühlen saßen und die aufgerollten Urkunden in Empfang nahmen, die uns versprachen, wir wären für so viel mehr qualifiziert?

Die meisten von uns sahen den Job im Schreibpool als Übergangslösung. Wir hätten es niemals laut zugegeben – nicht einmal untereinander –, aber viele von uns glaubten tatsächlich, dies wäre die erste Sprosse auf der Leiter, auf der wir das erreichen würden, was die Männer sofort nach dem College bekamen: Anstellungen als Staatsbeamte; unser eigenes Büro mit Lampen, die schmeichelhaftes Licht verbreiteten, mit weichen Teppichen und Holzschreibtischen; unsere eigenen Stenotypistinnen, die *unser* Diktat aufnahmen. Wir betrachteten es als Anfang, nicht als Endstation, trotz all dem, was man uns unser Leben lang eingebläut hatte.

Andere Frauen kamen nicht zur Agency, um ihre Laufbahn zu beginnen, sondern um sie zu beenden. Frauen, die vom Militärgeheimdienst OSS übrig geblieben waren, wo sie während des Krieges wahre Legenden gewesen waren, jetzt jedoch kaum mehr als überflüssige Relikte, die man in den Schreibpool oder ins Archiv oder an irgendeinen Schreibtisch in einer Ecke verbannte, wo sie nichts zu tun hatten.

Da war Betty. Während des Krieges hatte sie verdeckte Operationen durchgeführt, hatte es geschafft, der Moral der Gegenseite den einen oder anderen schweren Schlag zu versetzen, indem sie Artikel in Zeitungen einschleuste oder Propagandazettel aus Flugzeugen abwarf. Wir hatten gehört, dass sie einem Mann das Dynamit verschafft hatte, mit dem er einen Versorgungszug in die Luft sprengte, als dieser irgendwo in Burma über eine Brücke fuhr. Wir konnten nie sicher sein, was stimmte und was nicht; alte Unterlagen des OSS verschwanden nur zu gern. Aber ganz sicher wussten wir, dass Betty bei uns anderen in der Agency an einem Schreibtisch saß und dass die Ivy-League-Typen, während des Krieges noch ihresgleichen, nun ihre Chefs waren.

Wir denken an Virginia an einem anderen Schreibtisch, die dicke gelbe Strickjacke zu jeder Jahreszeit fest um die Schultern geschlungen, einen Bleistift im Dutt auf ihrem Kopf. Wir denken an ihren kuscheligen blauen Hausschuh unter der Tischplatte – nur ein einzelner. Der andere war nicht nötig, weil man ihr nach einem Jagdunfall in der Kindheit das linke Bein amputiert hatte. Sie hatte ihrem künstlichen Bein den Namen Cuthbert gegeben, und wenn sie zu viel getrunken hatte, schnallte sie es ab und reichte es einem. Virginia redete nie über ihre Zeit beim OSS, und wenn man nicht hintenherum die Geschichten über ihre Tage als Spionin gehört hatte, so hätte man sie nur für eines der vielen alternden Mädels im Dienst der Regierung gehalten. Doch wir hatten diese Geschichten gehört. Zum Beispiel, wie sie als Sennerin getarnt eine Kuhherde und zwei französische Widerstandskämpfer zur Grenze geführt hatte. Dass die Gestapo sie als eine der gefährlichsten Spioninnen der Alliierten bezeichnet hatte – und das trotz Cuthbert. Manchmal begegnete uns Virginia auf dem Korridor, oder wir fuhren zusammen mit ihr im Lift, oder wir sahen sie an der Ecke von E Street und Twenty-First auf den Bus der Linie 16 warten. Wir hätten sie gern angesprochen und nach ihren Erlebnissen gefragt, als sie gegen die Nazis gekämpft hatte – ob sie immer noch an diese Zeit dachte, während sie an ihrem Schreibtisch saß und auf den nächsten Krieg wartete oder darauf, dass jemand ihr sagte, sie solle nach Hause gehen.

Schon seit Jahren versuchten sie, die OSS-Mädels rauszudrängen – in ihrem neuen Kalten Krieg hatten sie keine

Verwendung mehr für sie. Dieselben Finger, die früher einmal den Abzug betätigt hatten, schienen nun besser für die Schreibmaschine geeignet.

Aber eigentlich konnten wir nicht klagen: Es war eine gute Arbeit, und wir konnten von Glück sagen, dass wir sie hatten. Und sie war sicherlich spannender als die meisten anderen Regierungsjobs. Landwirtschaftsministerium? Innere Angelegenheiten? Nicht auszudenken.

Die Abteilung für Sowjetrussland, SR genannt, wurde unser zweites Zuhause. Und während die Agency als Jungsclub bekannt war, bildeten wir dort unsere eigene Gruppe. Wir betrachteten uns als »den Pool«, und das machte uns stärker.

Und der Weg zur Arbeit war ziemlich günstig. Bei schlechtem Wetter kamen wir mit Bussen oder der Straßenbahn, an schönen Tagen zu Fuß. Die meisten von uns wohnten in Vierteln, die an die Innenstadt grenzten: Georgetown, Dupont, Cleveland Park, Cathedral Heights. Wir lebten allein in Einzimmerwohnungen, die so winzig waren, dass man sich hinlegen und praktisch die eine Wand mit dem Kopf, die andere mit den Zehen berühren konnte, und immer in Häusern ohne Aufzug. Wir wohnten in den letzten noch verbliebenen Wohnheimen auf der Massachusetts Avenue, mit Reihen von Stockbetten und Sperrstunde um halb elf. Oft hatten wir Mitbewohnerinnen – andere Regierungsmädels mit Namen wie Agnes oder Peg –, die ihre rosa Schaumstoffflockenwickler im Waschbecken liegen ließen oder die Erdnussbutterreste nicht vom Buttermesser abwischten oder unzulänglich eingewickelte Binden in den kleinen Abfalleimer neben dem Waschbecken warfen.

Nur Linda Murphy war damals verheiratet, und das erst seit kurzem. Die Verheirateten blieben nie lange. Manche hielten durch, bis sie schwanger wurden, aber gewöhnlich begannen sie ihren Abflug zu planen, sobald ihnen jemand einen Verlobungsring an den Finger gesteckt hatte. Wir aßen dann im Pausenraum Blechkuchen von Safeway, um sie zu verabschieden. Auch die Männer gesellten sich für ein Stück Kuchen dazu und sagten, wie sehr sie es bedauerten, sie gehen zu sehen; aber wir bekamen sehr wohl mit, wie ihre Augen bei dem bloßen Gedanken daran funkelten, welches neue, jüngere weibliche Wesen ihren Platz einnehmen würde. Wir versprachen ihnen, in Kontakt zu bleiben, nach der Hochzeit und dem Baby ließen sie sich jedoch meist in den entferntesten Ecken unserer Region, des District of Columbia, nieder – in Vierteln, die man nur mit dem Taxi oder zwei verschiedenen Buslinien erreichen konnte, Vierteln wie Bethesda oder Fairfax oder Alexandria. Vielleicht unternahmen wir zum ersten Geburtstag des Babys die Reise dorthinaus, aber alles Weitere stand in den Sternen.

Die meisten von uns waren alleinstehend, hatten ihrer Karriere Priorität gegeben, eine Entscheidung, die keiner politischen Aussage gleichkam, wie wir unseren Eltern immer wieder versichern mussten. Gewiss, sie waren stolz gewesen, als wir unseren College-Abschluss geschafft hatten, aber mit jedem Jahr, in dem wir Karriere und keine Babys machten, wurden sie verwirrter über unseren Zustand der Ehegattenlosigkeit und unsere merkwürdige Entscheidung, in einer Stadt zu leben, die auf einem Sumpf erbaut war.

Und sicher, im Sommer lag die feuchte Luft Washingtons so schwer auf uns wie eine nasse Decke, die Moskitos waren gestreift wie Tiger und genauso wild. Sobald wir am Morgen einen Fuß vor die Tür setzten, fielen unsere am Vorabend gelegten Locken in sich zusammen. Die Straßenbahnen und Busse fühlten sich an wie eine Sauna, rochen allerdings wie vergammelte Schwämme. Immer fühlte man sich verschwitzt und zerzaust, außer man stand unter einer kalten Dusche.

Auch die Wintermonate boten keine große Erleichterung. Da packten wir uns warm ein und eilten mit gesenktem Kopf von der Bushaltestelle zur Arbeit, um dem Wind auszuweichen, der vom eisigen Potomac heraufwehte.

Im Herbst jedoch erwachte die Stadt zum Leben. Die Bäume entlang der Connecticut Avenue wurden zu einem orange-roten Feuerwerk. Und die Temperaturen waren wunderbar, wir mussten uns keine Sorgen machen, dass die Bluse unter den Achseln durchnässt war. Die Hotdog-Verkäufer boten geröstete Kastanien in kleinen Papiertüten an, gerade die richtige Menge für einen abendlichen Spaziergang nach Hause.

Das Frühjahr brachte dann die Kirschblüte und Busse voller Touristen, die alle Monumente abklapperten, sich nicht um die vielen Verbotsschilder scherten und die rosaweißen Blüten pflückten und sich hinter das Ohr oder in die Anzugtasche steckten.

Herbst und Frühjahr waren in Washington Zeiten, in denen wir verweilten, innehielten und uns auf eine Bank setzten oder einen Umweg um den Reflecting Pool am Lincoln Memorial einschlugen. Natürlich, im Inneren des Gebäudekomplexes der Agency an der E Street tauchten die Neonstrahler alles in ihr schroffes Licht, verstärkten das Glänzen auf unserer Stirn und die Tiefe der Poren auf unserer Nase. Aber wenn wir nach getaner Arbeit aufbrachen und die kühle Luft über unsere nackten Arme strich, wenn wir uns entschieden, den langen Nachhauseweg durch die Mall zu gehen, verwandelte sich diese auf einem Sumpf erbaute Stadt in eine Postkartenidylle.

Doch wir erinnern uns auch an die wehen Finger und schmerzenden Handgelenke und die ewigen Memos und Berichte und Diktate. Wir tippten so viel, dass manche von uns sogar vom Tippen träumten. Selbst Jahre später bemerkten die Männer, mit denen wir das Bett teilten, dass unsere Finger manchmal im Schlaf zuckten. Wir erinnern uns daran, wie wir am Freitagnachmittag alle fünf Minuten auf die Uhr schauten. Wir erinnern uns an die feinen Schnittwunden vom Papier und das kratzige Toilettenpapier, daran, dass die Hartholzböden in der Eingangshalle am Montagmorgen immer nach Murphy Oil Soap rochen, und daran, wie wir mit unseren Absätzen noch tagelang darauf ausglitten, nachdem sie gebohnert worden waren.

Wir erinnern uns an die einzigen Fenster, die am hinteren Ende der SR lagen – und so weit oben, dass wir nicht richtig hinausschauen und nur das graue Außenministerium auf der anderen Straßenseite sehen konnten, das haargenau aussah wie unser eigenes graues Gebäude. Wir stellten Spekulationen über den Schreibpool jenseits dieser Mauern an. Wie sahen die Frauen da drüben wohl aus? Wie war ihr Leben? Blickten sie je aus ihren Fenstern auf unser graues Gebäude und fragten sich dasselbe über uns?

Damals erschienen uns diese Tage so lang und jeder besonders; in der Erinnerung aber verschwimmen sie miteinander. Wir können nicht sagen, ob es bei der Weihnachtsfeier von 1951 oder 1955 war, als Walter Anderson sich Rotwein über die volle Länge seiner Hemdbrust schüttete und dann am Empfang umkippte, einen Zettel ans Revers geheftet, auf dem stand *Nicht wiederbeleben*. Wir erinnern uns auch nicht mehr daran, ob Holly Flacon rausflog, weil sie einem Beamten gestattete, von ihr im Konferenzraum im zweiten Stock Nacktfotos zu machen, oder ob sie wegen genau dieser Fotos befördert wurde und dann kurze Zeit später wegen einer ganz anderen Sache rausflog.

An andere Dinge jedoch erinnern wir uns.

Wenn man in die Zentrale kam und dort eine Frau in einem schicken grünen Tweedkostüm sah, die einem Mann in sein Büro folgte, oder am Empfang eine Frau mit roten Stöckelschuhen und einem farblich passenden Angorapullover erblickte, dann hätte man davon ausgehen können, dass diese Frauen Stenotypistinnen oder Sekretärinnen waren; und man hätte damit recht gehabt. Aber eben auch nicht. Sekretär/Sekretärin: eine Person, der man ein Geheimnis anvertraut. Vom Lateinischen *secretus, secreta, secretum*. Wir alle tippten, aber einige von uns taten mehr. Und wir verloren kein Sterbenswörtchen über die Dinge, die wir taten, nachdem wir jeden Tag unsere Schreibmaschinen abgedeckt hatten. Denn anders als manche Männer wussten wir unsere Geheimnisse zu hüten.

OSTEN

1949–1950

Kapitel 1

DIE MUSE

Als die Männer in den schwarzen Anzügen kamen, bot meine Tochter ihnen Tee an. Die Männer nahmen an, höflich wie geladene Gäste. Doch als sie anfingen, meine Schreibtischschubladen auf den Boden zu leeren, ganze Arme voller Bücher von den Regalen zu reißen, Matratzen umzudrehen und Schränke zu durchwühlen, nahm Ira den pfeifenden Kessel vom Herd und stellte die Teetassen und Untertassen in den Schrank zurück.

Als ein Mann, der eine große Kiste trug, den anderen Männern befahl, alles Brauchbare dort hineinzupacken, ging Mitja, mein Jüngster, auf den Balkon, wo sein Igel untergebracht war. Er packte ihn fest unter seinen Pullover, als wollten die Männer auch sein Haustier in die Kiste stecken. Einer der Männer – derjenige, dessen Hand mir später über den Rücken gleiten würde, während er mich in das schwarze Auto schob – legte Mitja leicht die Hand auf den Kopf und nannte ihn einen braven Jungen. Mitja, der sanfte Mitja, schüttelte mit einer ungestümen Bewegung die Hand des Mannes ab und zog sich in das Schlafzimmer zurück, das er mit seiner Schwester teilte.

Meine Mutter, die im Badezimmer gewesen war, als die Männer kamen, tauchte im Bademantel auf – das Haar noch nass, das Gesicht gerötet. »Ich habe dir gesagt, dass das passieren würde. Ich habe dir gesagt, dass sie kommen würden.« Die Männer durchwühlten meine Briefe von Boris, meine Notizen, Einkaufslisten, Zeitungsausschnitte, Zeitschriften, Bücher. »Ich habe dir gesagt, dass er uns nichts als Kummer bringen würde, Olga.«

Ehe ich reagieren konnte, nahm mich einer der Männer beim Arm – eher wie ein Liebhaber als wie jemand, den man geschickt hatte, um mich zu verhaften –, und sein Atem war heiß an meinem Nacken, als er sagte, es sei Zeit zu gehen. Ich erstarrte. Erst das Heulen meiner Kinder riss mich in die Gegenwart zurück. Die Tür schloss sich hinter uns, aber ihr Heulen wurde nur lauter.

Das Auto bog zweimal links ab, dann rechts. Dann noch einmal rechts. Ich brauchte nicht aus dem Fenster zu schauen, um zu wissen, wohin mich die Männer in den schwarzen Anzügen brachten. Mir war übel, und ich sagte das dem Mann neben mir, der nach gebratenen Zwiebeln und Kohl stank. Er öffnete das Fenster – eine kleine freundliche Geste. Aber die Übelkeit blieb, und als das große gelbe Ziegelgebäude in Sicht kam, musste ich würgen.

Als ich ein Kind war, brachte man mir bei, die Luft anzuhalten und an nichts zu denken, wenn ich an der Lubjanka vorüberging – man sagte, das Ministerium für Staatssicherheit könne feststellen, ob man antisowjetische Gedanken hegte. Damals hatte ich keine Ahnung, was antisowjetische Gedanken sein könnten.

Das Auto fuhr über einen Kreisverkehr und passierte das Tor zum Innenhof der Lubjanka. Mein Mund füllte sich mit Galle, die ich rasch herunterschluckte. Die Männer, die neben mir saßen, rückten so weit von mir weg, wie sie konnten.

Das Auto hielt an. »Was ist das höchste Gebäude in Moskau?«, fragte der Mann, der nach gebratenen Zwiebeln und Kohl stank, während er die Tür aufmachte. Mich überkam eine neue Welle der Übelkeit, und ich beugte mich vor und spie mein Frühstück, Spiegeleier, auf die Pflastersteine, verfehlte dabei knapp die mattschwarzen Schuhe des Mannes. »Natürlich die Lubjanka. Man sagt, dass man vom Keller aus bis nach Sibirien sehen kann.«

Der zweite Mann lachte und drückte seine Zigarette am Absatz seines Schuhs aus.

Ich spuckte zweimal aus und wischte mir mit dem Handrücken den Mund ab.

Sobald wir in ihrem großen gelben Ziegelgebäude waren, übergaben mich die Männer an zwei weibliche Wachen, nicht ohne mir vorher noch einen Blick zuzuwerfen, aus dem ich schloss, ich solle dankbar sein, dass es nicht sie waren, die mich bis zu meiner Zelle brachten. Die massigere Frau, die einen leichten Oberlippenbart hatte, saß in der Ecke auf einem blauen Plastikstuhl, während die kleinere mich bat, meine Kleider abzulegen. Ihre Stimme war so sanft, als überredete sie ein Kleinkind, sich auf die Toilette zu setzen. Ich zog meine Jacke, mein Kleid und meine Schuhe aus und stand in meiner fleischfarbenen Unterwäsche da, während sie mir meine Armbanduhr und meine Ringe abnahm. Sie ließ sie mit einem Klappern in einen Metallbehälter fallen, das von den Betonwänden widerhallte, und forderte mich mit einer Handbewegung auf, meinen Büstenhalter abzulegen. Ich sträubte mich, verschränkte die Arme.

»Das muss sein«, sagte die Frau auf dem blauen Stuhl – die ersten Worte, die sie an mich richtete. »Sie könnten sich erhängen.« Ich hakte meinen BH auf und zog ihn aus, und die kalte Luft traf auf meine Brust. Ich spürte, wie sie meinen Körper musterten. Selbst unter solchen Umständen schauen Frauen einander abschätzend an.

»Sind Sie schwanger?«, fragte die massigere Frau.

»Ja«, antwortete ich. Es war das erste Mal, dass ich es laut zugab.

Eine Woche nachdem Boris sich zum dritten Mal von mir getrennt hatte, hatten er und ich uns das letzte Mal geliebt. »Es ist vorbei«, hatte er gesagt. »Es muss aufhören.« Ich zerstöre seine Familie. Ich sei die Ursache all seines Schmerzes. Das sagte er mir, während wir durch eine Gasse beim Arbat spazierten, und ich sackte im Eingang einer Bäckerei zusammen. Er wollte mir aufhelfen, und ich kreischte, er solle mich in Ruhe lassen. Leute blieben stehen und starrten uns an.

In der Woche darauf stand er vor meiner Wohnungstür. Er hatte ein Geschenk mitgebracht: einen luxuriösen japanischen Morgenmantel, den seine Schwestern ihm in London besorgt hatten. »Probier ihn für mich an«, flehte er. Ich duckte mich hinter meinen Paravent und zog ihn über. Der Stoff war steif, wenig schmeichelhaft, bauschte sich vor meinem Bauch. Der Morgenmantel war zu groß – vielleicht hatte er seinen Schwestern weisgemacht, das Geschenk wäre für seine Frau. Ich fand ihn scheußlich und sagte Boris das auch. Er lachte. »Dann zieh ihn aus«, bat er. Und das tat ich.

Einen Monat später begann meine Haut zu kribbeln, als sei ich aus der Kälte gekommen und tauche in ein heißes Bad. Dieses Kribbeln hatte ich schon bei Ira und Mitja gespürt, und ich wusste, dass ich sein Kind unter dem Herzen trug.

»Dann kommt bald ein Arzt zu Ihnen«, sagte die kleinere Wärterin.

Sie durchsuchten mich, nahmen alles mit, gaben mir einen unförmigen grauen Kittel und Schlappen, die zwei

Nummern zu groß waren, und brachten mich in eine kahle Betonzelle, die nur eine Matte und einen Eimer enthielt.

In dieser Betonzelle hielten sie mich drei Tage lang fest, und ich bekam zweimal am Tag Kascha, die ewig gleiche Buchweizengrütze, und Sauermilch. Eine Ärztin kam und untersuchte mich, nur um zu bestätigen, was ich schon wusste. Ich verdankte es dem Baby, das in mir heranwuchs, dass mir die schrecklicheren Dinge erspart blieben, von denen ich gehört hatte, dass sie Frauen in dieser Zelle zustießen.

Nach den drei Tagen verlegten sie mich in einen größeren Raum, ebenfalls aus Beton, mit vierzehn anderen weiblichen Gefangenen. Man wies mir ein Bett zu, dessen Metallgestell am Boden festgeschraubt war. Sobald die Wärterinnen die Tür geschlossen hatten, legte ich mich hin.

»Du kannst jetzt nicht schlafen«, sagte eine junge Frau, die auf dem Bett nebenan saß. Sie hatte wunde Stellen an den Ellbogen. »Die kommen und wecken dich.« Sie deutete auf die grellen Neonlichter oben. »Schlafen am Tag ist nicht erlaubt.«

»Und du kannst von Glück sagen, wenn du nachts eine Stunde Schlaf kriegst«, meinte eine zweite Frau. Sie ähnelte der ersten, schien jedoch alt genug, um ihre Mutter zu sein. Ich überlegte, ob sie verwandt sein mochten – oder ob an diesem Ort, unter diesen grellen Lampen, in der gleichen Kleidung irgendwann alle einander ähnelten. »Dann kommen sie nämlich und holen dich für ihre kleinen Unterhaltungen.«

Die jüngere Frau warf der älteren einen Blick zu.

»Was tun wir denn, anstatt zu schlafen?«, fragte ich.

»Wir warten.«

»Und spielen Schach.«

»Schach?«

»Ja«, sagte eine dritte, die auf der anderen Seite des Raumes an einem Tisch saß. Sie hielt einen Springer hoch, der aus einem Fingerhut gemacht war. »Spielst du Schach?« Ich spielte nicht Schach, aber ich würde es im Lauf des nächsten Wartemonats lernen.

Die Wärter kamen tatsächlich. Jede Nacht holten sie eine Frau nach der anderen heraus und brachten sie Stunden später in Zelle Nummer sieben zurück, schweigend und mit roten Augen. Ich wappnete mich jede Nacht für den Augenblick, in dem man mich holen würde, war trotzdem überrascht, als sie schließlich kamen.

Ich wurde davon wach, dass jemand mit einem hölzernen Knüppel gegen meine nackte Schulter klopfte. »Anfangsbuchstaben!«, fauchte der Wärter, der neben meinem Bett stand. Die Männer, die nachts kamen, verlangten stets die Initialen unserer Namen zu hören, ehe sie uns fortführten. Ich murmelte eine Antwort. Der Wärter wies mich an, ich solle mich anziehen, und wandte die Augen nicht ab, während ich es tat.

Wir gingen einen dunklen Korridor entlang und mehrere Treppen hinunter. Ich fragte mich, ob die Gerüchte stimmten: dass die Lubjanka zwanzig Stockwerke unter der Erde hatte und mit dem Kreml durch Tunnel verbunden war, dass einer der Tunnel zu einem mit allem Luxus ausgestatteten Bunker führte, den man im Krieg für Stalin gebaut hatte.

Am Ende eines weiteren dunklen Flurs befand sich eine Tür mit der Aufschrift *271*. Der Wärter öffnete die Tür einen Spaltbreit, schaute hinein und riss sie dann mit einem Lachen auf. Es war keine Zelle, sondern ein Vorratsraum, in dem Türme von Fleischkonserven, ordentlich gestapelte Kisten mit Tee und Säcke voller Roggenmehl lagerten. Der Wärter grunzte und deutete ans andere Ende des Raumes, auf eine weitere Tür, auf der keine Zahl stand. Ich öffnete sie. Drinnen konnten sich meine Augen nur mit Mühe an das grelle Licht gewöhnen. Es war ein hellerleuchtetes Büro mit schicken Möbeln, die auch in einer Hotelhalle nicht fehl am Platze gewesen wären. Regale voller Bücher in Ledereinbänden nahmen eine ganze Wand ein; an der gegenüberliegenden standen drei Wärter aufgereiht. Ein Mann im Uniformrock saß an einem großen Schreibtisch mitten im Raum. Auf seinem Schreibtisch lagen Stapel von Büchern und Briefen: *meine* Bücher, *meine* Briefe.

»Setzen Sie sich, Olga Wsewolodowna«, sagte er. Der Mann hatte die runden Schultern eines Menschen, der sein Leben lang am Schreibtisch gesessen oder den schwere Arbeit gebeugt hat; die perfekt manikürten Hände, die er um die Teetasse gelegt hatte, ließen mich jedoch Ersteres vermuten. Ich setzte mich auf den kleinen Stuhl vor ihn hin.

»Tut mir leid, dass wir Sie haben warten lassen«, sagte er.

Ich hob sofort mit der Rede an, für deren Vorbereitung ich wochenlang Zeit gehabt hatte: »Ich habe mir nichts zuschulden kommen lassen. Sie müssen mich freilassen. Ich habe Familie. Es besteht kein ...«

Er erhob einen Finger. »Nichts zuschulden kommen lassen? Das entscheiden wir ... zu gegebener Zeit.« Er seufzte und pulte mit seinem dicken gelben Daumennagel zwischen den Zähnen. »Und es wird seine Zeit dauern.«

Ich hatte gedacht, dass sie mich jetzt jeden Tag freilassen würden, dass sich alles aufklären würde, dass ich Silvester an Boris' Seite am warmen Ofen sitzen und mit einem schönen Glas Wein auf das neue Jahr anstoßen würde.

»Also, was haben Sie getan?« Er schob einige Blätter hin und her und hob dann etwas hoch, das wie ein Haftbefehl aussah: »Antisowjetische Ansichten terroristischer Art zum Ausdruck gebracht«, las er, als zitierte er eine Zutatenliste aus einem Rezept für Honigkuchen.

Man sollte meinen, dass einem bei Todesangst eiskalt wird – dass sie den Körper betäubt, um ihn auf kommendes Unheil vorzubereiten. Bei mir war es eine Hitze, die mir wie ein Feuer durch den Leib fuhr. »Bitte«, sagte ich. »Ich muss mit meiner Familie sprechen.«

»Gestatten Sie, dass ich mich vorstelle.« Er lächelte und lehnte sich auf seinem Stuhl zurück, so dass das Leder knirschte. »Ich bin Ihr bescheidener Vernehmungsoffizier. Darf ich Ihnen Tee anbieten?«

»Ja.«

Er machte keine Anstalten, mir Tee zu holen. »Ich heiße Anatoli Sergejewitsch Semjonow.«

»Anatoli Sergejewitsch –«

»Sie können mich mit Anatoli ansprechen. Wir werden einander recht gut kennenlernen, Olga.«

»Sie können mich mit Olga Wsewolodowna ansprechen.«

»Gut.«

»Und ich möchte, dass Sie offen mit mir reden, Anatoli Sergejewitsch.«

»Und ich möchte, dass Sie ehrlich zu mir sind, Olga Wsewolodowna.« Er zog ein benutztes Taschentuch hervor und schnäuzte sich. »Erzählen Sie mir von diesem Roman, an dem er schreibt. Ich habe da einiges gehört.«

»Was zum Beispiel?«

»Sagen Sie es mir«, erwiderte er. »Worum geht es in diesem *Doktor Shiwago*?«

»Ich weiß es nicht.«

»Sie wissen es nicht?«

»Er schreibt noch daran.«

»Angenommen, ich ließe Sie hier eine Weile allein mit einem Blatt Papier und einem Füllhalter – vielleicht könnten Sie dann darüber nachdenken, was Sie alles über das Buch wissen und nicht wissen, und das alles aufschreiben. Ist das ein guter Plan?«

Ich antwortete nicht.

Er stand auf und reichte mir einen Stapel weißer Blätter. Er zog einen vergoldeten Füllhalter aus der Tasche. »Hier, benutzen Sie meinen Federhalter.«

Er ließ mich allein mit seinem Füllhalter und seinem Papier und seinen drei Wärtern.

Lieber Anatoli Sergejewitsch Semjonow,
schreibe ich das wie einen Brief? Wie ist die korrekte Anrede bei einem Geständnis?
Denn ich habe etwas zu gestehen, aber es ist nicht das, was Sie hören wollen. Und wo beginnt man bei einem solchen Geständnis? Am Anfang vielleicht?

Ich legte den Füllhalter weg.

Das erste Mal habe ich Boris bei einer Lesung gesehen. Er stand hinter einem schlichten hölzernen Pult, ein Scheinwerfer brachte sein silbernes Haar zum Schimmern, Glanz lag auf seiner hohen Stirn. Während er seine Gedichte las, waren seine Augen weit aufgerissen wie die eines Kindes, und das, was er zum Ausdruck brachte, strahlte über das Publikum hinaus bis zu meinem Platz auf der Galerie. Seine Hände bewegten sich schnell, als dirigierte er ein Orchester. Und irgendwie tat er das auch. Manchmal konnte sich das Publikum nicht mehr beherrschen und vollendete laut seine Zeilen, ehe er es machen konnte. Mit einem Mal hielt Boris inne und schaute zu den Scheinwerfern hoch, und ich schwöre, dass er mich sehen konnte, wie ich ihn von der Galerie beobachtete – dass mein Blick durch das weiße Licht der Scheinwerfer drang und den seinen traf. Als er fertig war, sprang ich auf, die Hände ineinanderverschlungen, und vergaß zu klatschen. Ich schaute zu, wie die Leute auf die Bühne stürmten und ihn umringten, und ich blieb stehen, während sich meine Reihe, dann die Galerie, dann der gesamte Zuschauerraum leerte.

Ich nahm den Füllhalter wieder zur Hand.

Oder sollte ich damit anfangen, wie alles begann?

Weniger als eine Woche nach dieser Dichterlesung stand Boris auf dem dicken roten Teppich im Eingangsbereich von *Nowy Mir* und plauderte mit Konstantin Michailowitsch Simonow, dem neuen Chefredakteur der Literaturzeitschrift, einem Mann mit einem ganzen Schrank voller Vorkriegsanzüge und zwei großen Rubinsiegelringen an den Fingern, die stets aneinanderklirrten, wenn er seine Pfeife rauchte. Es war nichts Ungewöhnliches, dass Schriftsteller zu Besuch in unsere Redaktion kamen. Sonst hatte oft ich die Aufgabe, sie herumzuführen, ihnen Tee anzubieten, sie zum Mittagessen auszuführen – die üblichen Höflichkeiten. Aber Boris Leonidowitsch Pasternak war der berühmteste Dichter Russlands, also hatte Konstantin selbst den Gastgeber gespielt und ihn an den langen Reihen von Schreibtischen vorbeigeführt, ihn den Textern, Gestaltern, Übersetzern und anderen wichtigen Mitarbeitern vorgestellt. Aus der Nähe war Boris noch attraktiver, als er auf der Bühne gewesen war. Er war sechsundfünfzig, hätte aber als vierzig durchgehen können. Seine Augen huschten zwischen den Leuten hin und her, wenn er charmant plauderte, und seine hohen Wangenknochen wurden durch sein breites Lächeln betont.

Als sie sich meinem Schreibtisch näherten, schnappte ich mir die Übersetzung eines Gedichts, an der ich gearbeitet hatte, und fing an, völlig willkürliche Korrekturen daran vorzunehmen. Unter dem Schreibtisch schlüpfte ich mit meinen bestrumpften Füßen mühsam zurück in meine Stöckelschuhe.

»Ich möchte Sie einer Ihrer glühendsten Bewunderinnen vorstellen«, sagte Konstantin zu Boris. »Olga Wsewolodowna Iwinskaja.«

Ich streckte die Hand aus.

Boris drehte mein Handgelenk, um mir einen Handkuss zu geben. »Es ist mir ein Vergnügen, Sie kennenzulernen.«

»Ich liebe Ihre Gedichte, schon seit ich ein kleines Mädchen war«, sagte ich töricht, als er meine Hand losließ.

Er lächelte, wobei er seine Zahnlücke zeigte. »Im Augenblick arbeite ich allerdings an einem Roman.«

»Worum geht es darin?«, fragte ich und verfluchte mich, dass ich einen Schriftsteller bat, mir sein Projekt zu erklären, ehe er damit fertig war.

»Es geht um das alte Moskau. Aber Sie sind viel zu jung, um sich daran zu erinnern.«

»Wie spannend«, sagte Konstantin. »Genau darüber sollten wir uns in meinem Büro unterhalten.«

»Ich hoffe, Sie wiederzusehen, Olga Wsewolodowna«, sagte Boris. »Wie schön, dass ich noch immer Bewunderer habe.«

Und da nahm es seinen Anfang.

Als ich das erste Mal einer Verabredung mit ihm zugestimmt hatte, kam ich zu spät, und er war zu früh da gewesen. Er sagte, es mache ihm nichts aus, er sei eine Stunde zu früh am Puschkin-Platz angekommen und habe es genossen, zu beobachten, wie die Tauben sich eine nach der anderen oben auf Puschkins Bronzestatue niedergelassen hatten, gleich atmenden, federgeschmückten Hüten. Als ich mich neben ihn auf die Bank setzte, nahm er meine Hand und sagte, er habe, seit er mich kennengelernt hatte, an nichts anderes mehr gedacht – er könne nicht aufhören, daran zu denken, wie es sich wohl anfühlen würde, wenn er mich näher kommen sehen, wenn ich mich neben ihn setzen würde, wie es sich anfühlen würde, meine Hand zu nehmen.

Danach wartete er jeden Morgen vor meiner Wohnung. Vor der Arbeit spazierten wir über die breiten Boulevards, über die Plätze und durch die Parks, hin und her über sämtliche Brücken, die über die Moskwa führten, nie mit einem bestimmten Ziel vor Augen. Die Linden hatten in diesem Sommer üppig geblüht, und die gesamte Stadt roch honigsüß und leicht faulig.

Ich erzählte ihm alles: von meinem ersten Ehemann, den ich erhängt in unserer Wohnung aufgefunden hatte; von meinem zweiten Ehemann, der in meinen Armen gestorben war; von den Männern, mit denen ich davor zusammen gewesen war, und von den Männern, mit denen ich danach zusammen gewesen war. Ich offenbarte ihm meine Augenblicke der Scham, der Demütigung. Ich sprach von meinen verborgenen Freuden: wenn ich die erste Person war, die aus dem Zug ausstieg; wenn meine Gesichtscremes und Parfüms so angeordnet waren, dass die Schildchen nach vorn zeigten; vom Geschmack von Sauerkirschkuchen zum Frühstück. In diesen ersten Monaten redete und redete ich, und Boris hörte zu.

Am Ende dieses Sommers fing ich an, ihn Borja zu

nennen, und er fing an, mich Olja zu nennen. Und die Leute fingen an, über uns zu reden – meine Mutter am allermeisten. »Es ist einfach untragbar«, sagte sie so oft, dass ich es nicht mehr zählte. »Er ist verheiratet, Olga.«

Aber ich wusste, dass Anatoli Sergejewitsch nichts daran lag, *dieses* Geständnis zu hören. Ich wusste, welches Geständnis er von mir geschrieben haben wollte. Ich erinnerte mich an seine Worte: »Pasternaks Schicksal wird davon abhängen, wie wahrhaftig Sie sind.« Ich nahm den Füllhalter zur Hand und fing noch einmal an.

Lieber Anatoli Sergejewitsch Semjonow,
~~*in Doktor Shiwago geht es um einen Arzt.*~~
~~*Es ist ein Bericht über die Jahre zwischen den beiden*~~
~~*Kriegen.*~~
~~*Es geht um Juri und Lara.*~~
~~*Es geht um das alte Moskau.*~~
~~*Es geht um das alte Russland.*~~
~~*Es geht um Liebe.*~~
~~*Es geht um uns.*~~
Doktor Shiwago ist nicht antisowjetisch.

Als Semjonow eine Stunde später zurückkam, reichte ich ihm meinen Brief. Er überflog ihn, drehte das Blatt um. »Sie können es morgen Nacht noch einmal versuchen.« Er zerknüllte das Papier zu einer Kugel, warf es weg und winkte den Wärtern, dass sie mich wegführen sollten.

Nacht für Nacht kam mich ein Wärter holen, und Semjonow und ich hatten unsere kleinen Unterhaltungen. Und Nacht für Nacht stellte mein bescheidener Vernehmungsoffizier dieselben Fragen: *Worum geht es in dem Roman? Warum schreibt er ihn? Warum beschützen Sie ihn?*

Ich sagte ihm nicht, was er hören wollte: dass in dem Roman Kritik an der Oktoberrevolution geäußert wurde. Dass Boris den sozialistischen Realismus verworfen hatte und stattdessen über Menschen schrieb, die sich im Leben und im Lieben nach ihrem Herzen richteten, unabhängig vom Einfluss des Staates.

Ich erzählte ihm nicht, dass Boris mit dem Roman bereits begonnen hatte, ehe wir uns kennenlernten. Dass Lara in seinen Gedanken bereits existierte – und dass die Heldin auf den frühen Seiten noch seiner Frau Sinaida ähnelte. Ich erzählte ihm nicht, dass sich Lara mit der Zeit in mich verwandelte. Oder vielleicht verwandelte ich mich in sie.

Ich erzählte ihm nicht, dass Borja mich seine Muse genannt hatte, dass er sagte, in unserem ersten gemeinsamen Jahr sei er mit dem Roman besser vorangekommen als in den vergangenen drei Jahren zusammen. Dass ich mich zunächst zu ihm hingezogen fühlte, weil er Pasternak war – der Name, den jedermann kannte –, mich jedoch in ihn verliebte, obwohl er es war. Dass er für mich mehr als der berühmte Dichter oben auf der Bühne war, mehr als das Foto in der Zeitung, mehr als die Person im Rampenlicht. Wie sehr mich selbst seine kleinen Makel entzückten: seine Zahnlücke; der zwanzig Jahre alte Kamm, den er partout nicht ersetzen wollte; wie er sich beim Nachdenken mit dem Füllhalter an der Wange kratzte und dabei einen Streifen schwarze Tinte quer übers Gesicht schmierte; wie er sich antrieb, sein großes Werk zu schreiben, koste es, was es wolle.

Und er trieb sich wirklich an. Am Tag schrieb er in rasantem Tempo, ließ die vollen Seiten in einen Weidenkorb unter seinem Schreibtisch fallen. Und abends las er mir vor, was er geschrieben hatte.

Manchmal las er auch bei kleinen Zusammenkünften in Wohnungen überall in Moskau. Freunde saßen im Halbkreis auf Stühlen rings um einen kleinen Tisch, an dem Borja Platz genommen hatte. Ich war neben ihm, von Stolz erfüllt, weil ich die Gastgeberin spielte, die Frau an seiner Seite, die Beinahe-Ehefrau. Er las in seiner erregten Art, die Wörter überschlugen sich, wobei er starr über die Köpfe der vor ihm Sitzenden hinwegblickte.

An diesen Lesungen in der Stadt nahm ich teil, nicht jedoch, wenn er in Peredelkino las. Die kleine Datscha in der Schriftstellerkolonie, nur eine kurze Zugfahrt von Moskau entfernt, war die Domäne seiner Ehefrau. Das rotbraune Holzhaus mit den großen Erkerfenstern stand auf einem Hügel; dahinter wuchs eine Reihe von Birken und Fichten. Am Haus vorbei führte ein Lehmpfad in einen großen Garten. Als Borja mich dort zum ersten Mal hinbrachte, nahm er sich alle Zeit, mir zu erklären, welches Gemüse im Laufe der Jahre gediehen war und welches nicht und warum.

Die Datscha war größer als die Häuser der meisten anderen Bürger, sie war ihm von der Regierung zur Verfügung gestellt worden. Tatsächlich war die gesamte Kolonie Peredelkino ein Geschenk von Stalin höchstpersönlich; hier sollten die handverlesenen Schriftsteller des Mutterlandes blühen und gedeihen können. »Die Produktion von Seelen ist wichtiger«, sagte er, »als die von Panzern.«

Wie Borja meinte, war dieses Geschenk auch eine hervorragende Methode, um sie alle im Blick zu behalten. Konstantin Alexandrowitsch Fedin wohnte nebenan. Kornej Iwanowitsch Tschukowski lebte in der Nähe und schrieb in diesem Haus seine Kinderbücher. Das Haus, in dem Isaak Emmanuilowitsch Babel lebte, wo er verhaftet wurde und zu dem er nie mehr zurückkehren würde, lag ein Stück den Hang hinunter.

Und ich sagte zu Semjonow kein Wort davon, dass Borja mir gestanden hatte, was er schrieb, könne sein Tod sein, er fürchte, Stalin würde ihm ein Ende machen, wie er es während der Säuberungen mit so vielen seiner Freunde getan hatte.

Die vagen Antworten, die ich gab, stellten meinen Vernehmer nie zufrieden. Er gab mir frisches Papier und seinen Füllhalter und sagte mir, ich solle es noch einmal probieren.

Semjonow versuchte alles, um ein Geständnis von mir zu bekommen. Manchmal war er freundlich, brachte mir Tee, erkundigte sich nach meinen Ansichten über Lyrik, sagte, er habe Borjas frühe Arbeiten immer bewundert. Er sorgte dafür, dass mich einmal in der Woche ein Arzt besuchte. Er wies die Wärter an, mir eine zusätzliche Wolldecke zu geben.

Dann wieder versuchte er, mich zu ködern, indem er mir sagte, Borja hätte sich im Austausch für mich angeboten. Einmal rollte ein Metallkarren über den Flur, donnerte krachend gegen die Wand, und Semjonow scherzte, das sei wohl Boris, der an die Mauern der Lubjanka hämmerte, um eingelassen zu werden.

Oder er behauptete, man hätte Boris bei einer Veranstaltung gesichtet und er hätte mit seiner Frau am Arm wohlauf gewirkt. »Unbelastet« war das Wort, das er benutzte. Manchmal war es nicht seine Ehefrau, sondern eine hübsche junge Frau. »Französin, glaube ich«, fügte Semjonow hinzu. Ich zwang mich dann zu einem Lächeln und sagte, es freue mich, dass Boris glücklich und gesund sei.

Kein einziges Mal legte Semjonow Hand an mich, drohte mir auch nicht damit. Aber unterschwellig war die

Gewalt immer da, sein sanftes Benehmen stets kalkuliert. Mein Leben lang hatte ich Männer wie ihn gekannt; ich wusste, wozu sie fähig waren.

Nachts banden meine Zellengenossinnen und ich uns muffige Leinenstreifen vor die Augen – ein vergeblicher Versuch, das Licht auszublenden, das niemals ausgeschaltet wurde. Die Wärter kamen und gingen. Der Schlaf kam und ging.

In jenen Nächten, in denen der Schlaf gar nicht kommen wollte, atmete ich ein und aus, um meine Gedanken zu beruhigen und einen Weg zu dem Baby zu finden, das in mir heranwuchs. Ich legte mir die Hand auf den Bauch und versuchte, etwas zu spüren. Einmal meinte ich, ich hätte etwas Winziges gefühlt – klein wie ein platzendes Bläschen. Ich klammerte mich an dieses Gefühl, solange ich konnte.

Als mein Bauch größer wurde, durfte ich eine Stunde länger liegen bleiben als die anderen Frauen. Man gab mir eine zusätzliche Portion Kascha und gelegentlich gedünsteten Kohl. Auch meine Zellengenossinnen zweigten mir etwas von ihrem Essen ab.

Schließlich händigte man mir einen größeren Kittel aus. Meine Zellengenossinnen baten mich, meinen Bauch berühren und die Tritte des Babys fühlen zu dürfen. Seine Tritte schienen uns das Versprechen eines Lebens außerhalb der Zelle Nummer sieben zu sein. *Unser kleinster Gefangener*, gurrten sie.

Diese Nacht begann wie alle anderen. Ich wurde durch den Stoß mit dem Knüppel geweckt und ins Verhörzimmer begleitet. Ich nahm gegenüber von Semjonow Platz und erhielt ein frisches Blatt Papier.

Dann klopfte es an der Tür. Ein Mann mit so weißem Haar, dass es schon beinahe bläulich wirkte, trat ein und sagte Semjonow, das Treffen könne stattfinden. Der Mann wandte sich mir zu: »Sie haben um eines gebeten, und jetzt bekommen Sie es.«

»Wirklich?«, fragte ich. »Mit wem?«

»Pasternak«, antwortete Semjonow, und seine Stimme war in Gegenwart des anderen Mannes lauter und brüsker. »Er wartet auf Sie.«

Ich glaubte es nicht. Erst als man mich hinten in einen Wagen mit geschwärzten Fenstern schob, gestattete ich mir, es zu glauben. Oder vielmehr konnte ich den Hoffnungsschimmer nicht länger unterdrücken. Sogar unter diesen Umständen war der Gedanke, ihn zu sehen, die größte Freude, die ich seit dem ersten Tritt unseres Babys verspürt hatte.

Wir gelangten zu einem anderen Regierungsgebäude, und man führte mich durch eine Reihe von Fluren, dann mehrere Treppen hinunter. Als wir endlich einen schlechtbeleuchteten Kellerraum erreichten, war ich erschöpft und verschwitzt und musste unwillkürlich denken, in welch hässlichem Zustand Boris mich sehen würde.

Ich drehte mich um und schaute mich in dem kahlen Raum um. Es gab keine Stühle, keinen Tisch. Eine Glühbirne baumelte von der Decke. Der Boden neigte sich zur Mitte des Raumes und mündete in einen verrosteten Abfluss.

»Wo ist er?«, fragte ich und begriff sofort, wie dumm ich gewesen war.

Statt einer Antwort schob mich mein Begleiter plötzlich durch eine Metalltür, die hinter mir verschlossen wurde. Der Geruch überfiel mich als Erstes. Er war süß und unverwechselbar. Tische, auf denen lange Gestalten unter Tüchern lagen, kamen in mein Blickfeld. Die Knie gaben unter mir nach, und ich fiel auf den kalten, nassen Boden. War Boris unter einem dieser Tücher? Hatten sie mich deswegen hierhin gebracht?

Nach einiger Zeit, Minuten oder Stunden, öffnete sich die Tür wieder, und zwei Arme zogen mich auf die Beine. Man zerrte mich die Treppen hinauf, weitere scheinbar endlose Flure entlang.

Am Ende eines Korridors stiegen wir in einen Lastenaufzug. Der Wärter schloss den Käfig und zog an einem Hebel. Motoren erwachten zum Leben, und der Aufzug bebte gewaltig, bewegte sich aber nicht. Der Wärter zog erneut an dem Hebel und schwang die Käfigtür auf. »Ich vergesse das immer«, sagte er grinsend, während er mich aus dem Aufzug schob. »Der ist schon seit Ewigkeiten außer Betrieb.«

Er wandte sich zur ersten Tür links und öffnete sie. Drinnen war Semjonow. »Wir warten schon«, sagte er.

»Wer ist *wir*?«

Er klopfte zweimal an die Wand. Die Tür ging erneut auf, und ein alter Mann schlurfte herein. Es dauerte einen Augenblick, bis ich begriff, dass es Sergei Nikolajewitsch Nikiforow war, Iras ehemaliger Englischlehrer – oder vielmehr ein Schatten seiner selbst. Sonst war sein Äußeres stets überkorrekt gewesen, nun war sein Bart zerzaust, die Hose rutschte ihm von der schmalen Gestalt, in den Schuhen fehlten die Schnürsenkel. Er stank nach Urin.

»Sergei«, sagte ich tonlos. Aber er weigerte sich, mich anzuschauen.

»Fangen wir an?«, fragte Semjonow. »Gut«, sagte er, ohne eine Antwort abzuwarten. »Gehen wir das noch einmal durch. Sergei Nikolajewitsch Nikiforow, bestätigen Sie die Aussage, die Sie gestern vor uns gemacht haben: dass Sie bei antisowjetischen Gesprächen zwischen Pasternak und Iwinskaja anwesend waren?«

Ich schrie auf, wurde aber durch eine Ohrfeige des Wärters, der bei der Tür stand, schnell zum Schweigen gebracht. Die Wucht schleuderte mich gegen die gekachelte Wand, doch ich spürte nichts.

»Ja«, erwiderte Nikiforow, immer noch mit gesenktem Kopf.

»Und dass Iwinskaja Sie von ihren Plänen in Kenntnis gesetzt hat, mit Pasternak ins Ausland zu fliehen?«

»Ja«, sagte Nikiforow.

»Das ist nicht wahr!«, schrie ich. Der Wärter stürzte auf mich zu.

»Und dass Sie in der Wohnung der Iwinskaja antisowjetische Radiosendungen angehört haben?«

»Das ist nicht… eigentlich nicht… glaube ich.«

»Sie haben uns also belogen?«

»Nein.« Der alte Mann hob die zittrigen Hände zum Gesicht und stieß ein Winseln aus, das nicht von dieser Welt zu stammen schien.

Ich befahl mir wegzuschauen, tat es aber nicht.

∽

Nach Nikiforows Geständnis führten sie ihn ab und brachten mich in Zelle Nummer sieben zurück. Ich bin nicht sicher, wann die Schmerzen einsetzten – ich war stundenlang wie betäubt gewesen –, aber irgendwann alarmierten meine Zellengenossinnen den Wärter, weil meine Matratze mit Blut getränkt war.

Man brachte mich ins Lubjanka-Krankenhaus, und als mir der Arzt sagte, was ich längst wusste, konnte ich nur an eines denken: dass meine Kleider noch immer nach Leichenhaus rochen, nach Tod.

❧

»Durch die Zeugenaussagen war es uns möglich, Ihre Aktivitäten aufzudecken: Sie haben fortgesetzt unsere Regierung und die Sowjetunion verunglimpft. Sie haben *Voice of America* gehört. Sie haben sowjetische Schriftsteller mit patriotischen Ansichten beschimpft und das Werk Pasternaks, eines Schriftstellers mit staatsfeindlicher Gesinnung, in den Himmel gelobt.«

Ich hörte mir das Urteil des Richters an. Ich hörte seine Worte und die Zahl, die er verkündete. Aber ich brachte beides nicht in Verbindung miteinander, bis man mich in meine Zelle zurückbrachte. Jemand fragte, und ich antwortete: »Fünf Jahre.« Erst dann traf es mich wie ein Blitzschlag: fünf Jahre in einem Umerziehungslager in Potma. Fünf Jahre, sechshundert Kilometer von Moskau entfernt. Meine Tochter und mein Sohn wären keine Kinder mehr, wenn ich sie wiedersähe. Meine Mutter wäre beinahe siebzig. Wäre sie noch am Leben? Boris wäre weitergezogen – hätte vielleicht eine neue Muse, eine neue Lara gefunden. Vielleicht hatte er das schon längst.

❧

Am Tag nach meiner Verurteilung händigte man mir einen mottenzerfressenen Wintermantel aus und lud mich hinten auf einen Lastwagen, der voller Frauen war. Durch eine Öffnung in der hinteren Plane schauten wir zu, wie Moskau an uns vorüberzog.

Irgendwann überquerte eine Gruppe von Schulkindern in Zweierreihen hinter dem Lastwagen die Straße. Ihr Lehrer rief ihnen zu, sie sollten die Augen geradeaus halten, aber ein kleiner Junge drehte sich um, und unsere Blicke trafen sich. Einen Augenblick lang stellte ich mir vor, es wäre mein eigener Sohn, mein Mitja, oder vielleicht das Baby, das ich nie kennenlernen würde.

Als der Lastwagen anhielt, brüllten die Wärter uns zu, wir sollten aussteigen und uns schnell zu dem Zug bewegen, der uns in den Gulag bringen würde. Ich dachte an die ersten Seiten von Borjas Roman, an Juri Shiwago, der mit seiner jungen Familie in einen Zug stieg und im Ural Zuflucht suchte.

Die Wärter ließen uns in einem fensterlosen Waggon auf Bänken Platz nehmen, und als der Zug losrollte, schloss ich die Augen.

Moskau breitet sich in Kreisen aus, als hätte man einen Kiesel in ein stilles Wasser geworfen. Die Stadt dehnt sich von ihrem roten Zentrum zu ihren Boulevards und Denkmälern und weiter zu den Wohnhäusern aus – jeder Kreis größer und breiter als der vorhergehende. Dann kommen die Bäume, dann die freie Landschaft, dann Schnee, immer mehr Schnee.

WESTEN

Herbst 1956

KAPITEL 2

DIE BEWERBERIN

Es war einer jener feuchtwarmen Tage im District, an denen die Luft schwer über dem Potomac hing. Sogar im September hatte man noch das Gefühl, durch einen nassen Lappen zu atmen. Sobald ich einen Fuß vor die Kellerwohnung gesetzt hatte, in der ich mit meiner Mutter wohnte, bereute ich, dass ich meinen grauen Rock trug. Bei jedem Schritt konnte ich nur eines denken: *Wolle, Wolle, Wolle.* Als ich in den Bus der Linie 8 stieg und mich auf einen der hinteren Plätze setzte, spürte ich, wie der Schweiß unter meinen Achseln meine weiße Bluse durchweichte. Schlimmer noch, ich hatte das Gefühl, dass auf meinem Hinterteil zwei große Schweißflecke prangen mussten, einer pro Pobacke. Da unser Vermieter angedroht hatte, die Miete zu erhöhen, brauchte ich diesen Job dringend. Warum hatte ich bloß kein Leinen angezogen?

Nach dem Umsteigen in einen anderen Bus und weiteren vier Häuserblocks mit Scheuern bei jedem Schritt erreichte ich das Viertel, das mein Ziel war, Foggy Bottom. Während ich die E Street hinunterging, versuchte ich, unauffällig im Schaufenster eines Peoples' Drugstore mein Hinterteil zu überprüfen. Aber ich konnte nichts erkennen, das Sonnenlicht war zu gleißend, zudem hatte ich meine Brille nicht aufgesetzt.

Erst mit einundzwanzig war ich das erste Mal bei

einem Optiker gewesen, aber zu der Zeit hatte ich mich schon so an die unscharfen Kanten der Welt gewöhnt, dass mir alles zu grell schien, als ich die Welt endlich sah, wie sie war. Auf einmal konnte ich jedes Blatt an einem Baum und jede Pore auf meiner Nase sehen. Ich konnte auf jedem Kleidungsstück jedes noch so winzige weiße Haar sehen, das Miska, die Katze meiner Nachbarin von oben, hinterlassen hatte. Das alles bereitete mir Kopfschmerzen. Ich stellte fest, dass ich die Dinge lieber als verschwommenes Ganzes wahrnahm, nicht in einzelne, klar abgegrenzte Teile zerlegt, und daher trug ich meine Brille nur selten. Vielleicht lag es auch einfach daran, dass ich eine feste Vorstellung davon hatte, wie die Welt war, und alles, was dem widersprach, mir Unbehagen verursachte.

Als ich an einem Mann auf einer Bank vorüberging, spürte ich, wie seine Augen auf mir verweilten. Sah er, wie ich die Schultern hängen ließ und beim Gehen zu Boden blickte? Ich hatte in meinem Schlafzimmer stundenlang mit Büchern auf dem Kopf geübt, um meine Haltung zu verbessern, aber alles Üben hatte nichts bewirkt. Wann immer ich den Blick eines Mannes auf mir spürte, nahm ich an, dass er meinen ungelenken Gang beobachtete. Die Möglichkeit, dass er mich vielleicht attraktiv fand, wäre mir nie in den Sinn gekommen. Es ging darum, wie ich lief, oder um die selbstgeschneiderten Kleider, die ich trug, oder darum, dass ich versehentlich jemanden zu lange angestarrt hatte, wie ich es zu tun pflegte. Es ging nie darum, dass ich hübsch war. Nein, darum nie.

Ich beschleunigte meine Schritte, tauchte in einem Diner unter und ging schnurstracks zur Toilette.

Keine Schweißflecke, Gott sei Dank. Der Rest war eine andere Geschichte: Die Strähnen meines Ponys klebten mir an der Stirn, die Wimperntusche, die mich laut meiner Mutter aussehen ließ wie eine Braut aus dem Katalog, war verlaufen, und der Puder, den ich zart auf die Stellen getupft hatte, die die Verkäuferin bei Woolworth meine »Problemzonen« genannt hatte, wirkte auf einmal wie eine dicke Mehlschicht. Ich spritzte mir Wasser ins Gesicht und wollte es gerade abtrocknen, als jemand an die Tür klopfte.

»Augenblick.«

Das Klopfen hörte nicht auf.

»Besetzt!«

Die Person auf der anderen Seite rüttelte an der Klinke.

Ich öffnete die Tür einen Spaltbreit und streckte mein triefendes Gesicht hindurch. »Ich bin gleich so weit«, erklärte ich dem Mann, der eine Zeitung unter dem Arm trug, und schlug die Tür zu. Ich zog den Rock hoch, klemmte ein zusammengefaltetes Papierhandtuch zwischen meine Unterwäsche und meinen Strumpfgürtel und schaute auf die Uhr: noch fünfundzwanzig Minuten bis zu meinem Vorstellungsgespräch.

Sydney, mein Exfreund, wenn man ihn überhaupt so nennen konnte, hatte mir eines Abends bei Pizza und Bier im Bayou von diesem Job erzählt. Er war einer von den D.C.-Jungs, die sich was darauf einbilden, immer bestens informiert zu sein, und er wusste, dass ich seit meinem Collegeabschluss vor zwei Jahren versuchte, einen Job bei der Regierung an Land zu ziehen. Aber die Positionen für Berufseinsteiger waren rar geworden, und gewöhnlich musste man jemanden kennen, um einen Fuß in die Tür zu bekommen. Für mich war dieser Jemand Sydney. Er arbeitete im Außenministerium und hatte vom Freund eines Freundes etwas über eine offene Stelle für eine Stenotypistin gehört. Ich wusste, dass meine Aussichten nicht gerade glänzend waren, denn meine Schreibmaschinenfertigkeiten waren höchstens annehmbar, und sonst hatte ich an Berufserfahrung nicht mehr zu bieten, als dass ich bei einem Prozessanwalt, der schlecht sitzende Anzüge trug und kurz vor der Pensionierung stand, Telefondienst gemacht hatte. Aber Sydney meinte, ich wäre eine sichere Kandidatin, weil er bei jemandem, den er in der Agency kannte, ein gutes Wort für mich eingelegt habe. Ich hegte den Verdacht, dass er nicht wirklich jemanden bei der Agency kannte, bei dem er ein gutes Wort einlegen konnte, dankte ihm aber trotzdem. Als Sydney sich dann zu einem Kuss zu mir herüberlehnte, streckte ich ihm rasch die Hand entgegen und dankte ihm erneut.

Ich verließ die Toilette, erleichtert, dass der Mann mit der Zeitung gegangen war. Ich bestellte mir eine große Coca-Cola, und der kleine Grieche hinter der Theke reichte sie mir mit einem Augenzwinkern. »Holprigen Start in den Tag gehabt?«, fragte er. Ich nickte und trank in gierigen Schlucken. »Danke«, sagte ich und schob ein Fünf-Cent-Stück über den Tresen. Er schob es mit einem Finger zurück. »Geht auf mich«, sagte er und zwinkerte noch einmal.

❧

Ich kam fünfzehn Minuten zu früh bei den schwarzen Eisentoren an, die am Navy Hill in den Komplex großer grau-roter Backsteingebäude führten. Fünf Minuten zu früh anzukommen, das wäre noch akzeptabel gewesen, aber fünfzehn Minuten bedeuteten, dass ich dreimal um den Häuserblock gehen musste, ehe ich eintrat. Und bis dahin war ich wieder völlig verschwitzt und zerzaust. Als ich gegen die schwere Tür drückte, erwartete ich, dass mir ein Schwall köstlich klimatisierter Luft entgegenwehen würde, doch mich empfing nur noch mehr heiße Luft.

Nachdem ich in der Schlange an der Einlasskontrolle gewartet hatte, war ich an der Reihe, meine Ausweisdokumente mit der Liste der angekündigten und genehmigten Besucher abgleichen zu lassen. Doch als ich gerade vortreten wollte, drängte sich ein weißhaariger Mann mit runder Nickelbrille an mir vorbei, stieß so heftig gegen mich, dass ich die Handtasche fallen ließ. Das Blatt Papier mit meinem jämmerlichen Lebenslauf landete auf dem Boden. Der Mann, der schon an den Sicherheitsleuten vorbeigestürmt war, machte kehrt und kam zurück. Er hob meinen Lebenslauf auf und reichte mir die nun befleckte, leicht geschönte und dennoch erbärmlich kurze Liste meiner Errungenschaften und Qualifikationen mit einem »Bitte sehr, Miss«. Dann war er fort, ehe ich reagieren konnte.

Im Lift leckte ich an einem Finger und kratzte damit an dem Dreckfleck auf meinem Lebenslauf herum. Es wurde nur schlimmer, und ich verfluchte mich, dass ich kein zusätzliches Exemplar mitgenommen hatte. Ich hatte den Lebenslauf mit Hilfe eines Buchs mit dem Titel *Wie man todsicher einen Job an Land zieht!* geschrieben, das ich mir in der Bücherei ausgeliehen hatte. Ich hatte ihn nach den Anweisungen darin formatiert, hatte sogar mehr für das festere elfenbeinfarbene Papier ausgegeben. Das nun verdreckte Blatt Papier war genau das, vor dem in dem Buch im Kapitel »Die Stunde des Amateurs« gewarnt wurde.

Um alles noch schlimmer zu machen, hatte sich, als ich das Blatt aufhob, das zusammengefaltete Papierhandtuch, das ich mir auf der Toilette in den Rockbund geschoben hatte, an meinem Strumpfgürtel hochgearbeitet, und ich spürte, wie es mir ins Kreuz drückte. Ich verbot mir, daran zu denken, was mich natürlich erst recht daran denken ließ.

»Wohin wollen Sie?«, fragte die Frau neben mir, deren Finger über den Knöpfen des Aufzugs schwebte.

»Oh«, antwortete ich. »Drei, nein, vier.«

»Vorstellungsgespräch?«

Ich hielt den fleckigen Lebenslauf hoch.

»Stenotypistin?«

»Woher wussten Sie das?«

»Ich habe einen guten Blick für Menschen.« Die Frau streckte mir ihre Hand entgegen. Sie hatte weit auseinanderstehende Augen und einen vollen Mund mit einem wachsartigen roten Lippenstift, der ihre Lippen wie rotes Weingummi wirken ließ. »Lonnie Reynolds«, sagte sie. »Ich war schon bei der Agency, als sie noch gar nicht die Agency war.« Darauf schien sie ebenso stolz zu sein, wie sie es satthatte. Als sie mir die Hand schüttelte, bemerkte ich eine helle Linie an ihrem Ringfinger. Sie bemerkte, dass ich bemerkt hatte, dass hier ein Ring fehlte, und hielt meinem Blick einen unbehaglichen Augenblick lang stand. Der Aufzug klingelte im dritten Stock.

»Irgendwelche Ratschläge?«, fragte ich, als sie hinaustrat.

»Tippen Sie schnell. Stellen Sie keine Fragen. Und lassen Sie sich keinen Scheiß gefallen.« Als zwei Männer in den Aufzug stiegen, hörte ich noch, wie sie mir hinter den beiden zurief: »Und das war übrigens eben Dulles, der Sie umgerannt hat.«

Ehe ich fragen konnte, wer das war, schlossen sich die Türen.

Im vierten Stock begrüßte mich die Empfangsdame, indem sie auf eine Reihe von Plastikstühlen an der Wand deutete, auf denen bereits zwei Frauen warteten. Als ich Platz nahm, spürte ich, wie sich das Papierhandtuch weiter hochschob. Ich verfluchte mich, nicht früher hierhergekommen zu sein.

Rechts von mir saß eine ältere Frau mit einer schätzungsweise zwei Jahrzehnte alten, dicken grünen Strickjacke und einem langen braunen Cordrock. Sie ähnelte eher einer Lehrerin als einer Stenotypistin oder meiner Vorstellung von einer Stenotypistin. Ich tadelte mich für meine Vorurteile. Die Frau hielt ihren Lebenslauf auf dem Schoß fest zwischen Zeigefingern und Daumen. War sie so nervös wie ich? Wollte sie in die Arbeitswelt zurückkehren, nachdem ihre Kinder aus dem Haus waren? Hatte sie eine andere berufliche Laufbahn eingeschlagen, Abendkurse besucht, weil sie etwas Neues anfangen wollte? Die Frau schaute mich an und flüsterte: »Viel Glück.« Ich lächelte und ermahnte mich, mit meinen Spekulationen aufzuhören.

Ich schaute auf die Wanduhr, um einen Vorwand zu haben, die kleine Brünette zu mustern, die links von mir saß. Sie schien frisch aus der Sekretärinnenschule zu kommen – vielleicht zwanzig Jahre alt, obwohl sie keinen Tag älter als sechzehn aussah. Deutlich hübscher als ich, hatte sie schimmernden rosa Nagellack in der Farbe von Ballettschuhen aufgetragen. Ihre Haare waren zu einer jener Frisuren aufgesteckt, bei deren Anblick man sich immer fragte, wie viel Zeit und Haarklammern dazu wohl nötig gewesen waren. Und ihre Kleidung wirkte nagelneu: ein langärmliges Kleid mit einem weißen Kragen, dazu Kitten-Heel-Pumps. Es war genau die Art von Kleid, das ich liebend gern gekauft hätte, wenn ich es in einem Kaufhausfenster gesehen hätte – anstatt nach Hause zu gehen, um es dort aus der Erinnerung zu zeichnen, damit mir meine Mutter eine Kopie nähen konnte. Der elende Wollrock war daraus entstanden, dass ich vor einem Jahr bei Garfinckel's im Schaufenster an einer Schaufensterpuppe ohne Hüften einen wunderschönen grauen Rock gesehen hatte.

Ich beschwerte mich viel zu oft, dass meine Kleidung nicht aus dem Laden stammte oder gar modisch war, aber nachdem sich der Prozessanwalt endgültig zur Ruhe gesetzt und mich entlassen hatte, war Mamas Schneiderwerkstatt das Einzige, was die Miete für unsere Kellerwohnung zahlte. Mama arbeitete im Esszimmer an einem alten Pingpongtisch, den wir im Sperrmüll gefunden hatten. Wir montierten das zerrissene Netz ab, und meine Mutter platzierte auf dem großen grünen Tisch ihren ganzen Stolz – eine mit Pedal angetriebene Vesta-Nähmaschine, ein Geschenk meines Vaters und einer der wenigen Gegenstände, die sie auf ihre Reise von Moskau hierher mitgenommen hatte. In Moskau war Mama in einer Bolschewitschka-Fabrik beschäftigt gewesen, aber sie hatte immer schon nebenbei schwarzgearbeitet und maßgeschneiderte Kleider und Brautkleider angefertigt. Sie war eine Bulldogge von einer Frau – im Aussehen wie im Temperament. Sie war am Ende der zweiten Welle russischer Emigranten aus dem Mutterland nach Amerika gekommen. Die Grenzen schlossen sich bereits, und wenn meine Eltern auch nur ein paar Monate länger gewartet hätten, wäre ich hinter dem Eisernen Vorhang aufgewachsen und nicht im Land der Freien.

Als sie das Inventar ihres winzigen Zimmers in einer Wohnung einpackten, die sie mit vier Familien teilten, war meine Mutter im dritten Monat mit mir schwanger und hoffte, die Küste Amerikas rechtzeitig zu erreichen, so dass ich dort zur Welt kommen würde. Tatsächlich war es Mamas Schwangerschaft gewesen, die meinen Eltern den Impuls zum Auswandern gegeben hatte. Während ihr Bauch sich wölbte, hatte mein Vater die nötigen Papiere zusammengetragen und fürs Erste eine Unterkunft in Amerika gefunden – bei Cousins zweiten Grades, die sich an einem Ort namens Pikesville, Maryland, ihren Lebensunterhalt verdienten. Das klang in Mamas Ohren damals sehr exotisch, und sie flüsterte es wie ein Gebet vor sich hin: »Maryland«, sagte sie dann. »Maryland.«

Damals hatte mein Vater in einer Munitionsfabrik gearbeitet, aber davor hatte er am Institut der Roten Professur in Moskau Philosophie studiert. In seinem dritten Studienjahr war er des Instituts verwiesen worden, weil er *Gedankengut zum Ausdruck brachte, das nicht im Rahmen des festgelegten Lehrplans war*. Der Plan meiner Eltern sah so aus, dass mein Vater sich Arbeit an einer der zahlreichen Universitäten in Baltimore oder Washington suchen würde, dass sie sparen würden, indem wir ein, zwei Jahre bei unseren Cousins wohnten, dann ein Haus, ein Auto kaufen und noch ein weiteres Kind bekommen würden – das volle Programm. Meine Eltern träumten von dem Baby, das sie erwarteten. Sie malten sich schon sein ganzes Leben aus: die Geburt in einem sauberen amerikanischen Krankenhaus, wie es seine ersten Wörter lernen würde – russische und englische –, wie es auf die besten Schulen gehen, wie es lernen würde, mit einem der großen amerikanischen Autos auf einer großen amerikanischen Autobahn zu fahren, vielleicht sogar Baseball spielen würde. In ihren Träumen sahen sie sich auf der Tribüne sitzen, Erdnüsse knabbern und ihr Kind anfeuern. In ihrem zukünftigen Heim würde Mama ein eigenes Zimmer haben, in dem sie ihre Kleider nähen, vielleicht ihr eigenes Geschäft aufbauen könnte.

Sie verabschiedeten sich von ihren Eltern und Geschwistern und von allen und allem, was sie je gekannt hatten. Sie wussten, dass sie, wenn sie einmal fortgegangen waren, niemals zurückkehren könnten, dass ihnen ihre Staatsangehörigkeit für immer entzogen würde, weil sie dem amerikanischen Traum folgten.

Ich wurde im Johns Hopkins Hospital geboren, und mein erstes Wort war ein russisches *da*, gefolgt von einem englischen *no*. Ich besuchte eine hervorragende öffentliche Schule, spielte sogar Softball und lernte im Crosley meines Cousins Autofahren. Nichts davon erlebte mein Vater mit. Es dauerte Jahre, bis Mama mir erzählte, warum ich ihn nicht kannte, und als sie es tat, sprudelte es so rasch aus ihr heraus, als habe sie etwas zu beichten. Wie sie es erzählte, hatten sie in der Schlange gestanden, um an Bord des Dampfers zu gehen, der sie über den Atlantik bringen sollte, als zwei Männer in Uniform herantraten und meinen Vater aufforderten, ihnen seine Papiere zu zeigen. Dazu hatten bereits andere Männer in Uniform sie aufgefordert, also hatte Mama nicht sofort die Gefahr verspürt, in der Papa schwebte, als er seine Papiere aus der Jackentasche zog. Ohne die Dokumente auch nur anzusehen, hatten die Männer ihn bei den Armen ergriffen und gesagt, ihr Vorgesetzter müsse sie sich anschauen – unter vier Augen. Mama versuchte noch, nach ihm zu greifen, aber die Männer zerrten ihn weg. Sie schrie, und Papa erklärte ihr ruhig, sie solle an Bord des Schiffes gehen – er werde gleich nachkommen. Auf ihren Protest hin wiederholte er: »Geh an Bord.«

Als das Tuten des Dampfers anzeigte, dass er gleich ablegen würde, eilte Mama nicht an die Reling, um zu schauen, ob mein Vater in letzter Minute die Gangway heraufgerannt käme; sie wusste bereits, dass sie ihren Ehemann nie wiedersehen würde. Stattdessen brach sie auf dem Stockbett zusammen, das für sie in einer Kajüte dritter Klasse reserviert war. Das Bett neben ihr würde für den Rest der Seereise leer bleiben, der stete Rhythmus meiner Tritte in ihrem Bauch ihre einzige Gesellschaft.

Jahre später, als wir ein Telegramm von Mamas Schwester in Moskau erhielten, in dem stand, dass Papa im Gulag gestorben war, verbrachte Mama genau eine Woche im Bett. Ich war damals erst acht, übernahm jedoch das Kochen und Saubermachen, ging in die Schule und wieder nach Hause, brachte Mamas kleine Näharbeiten zu Ende – einen zerrissenen Ärmel flicken, eine Hose säumen – und lieferte dann die fertigen Artikel aus.

Mamas erster Job in Amerika war bei Lou's Cleaners & Alterations, wo sie den lieben langen Tag Herrenhemden stärkte und bügelte und spätnachts heimkam, die Hände von den scharfen Chemikalien verfärbt und aufgesprungen. Nur gelegentlich bekam sie eine klägliche Gelegenheit, ihre Nadel herauszuholen und eine Hose zu säumen oder einen Jackenknopf anzunähen. Doch eine Woche nachdem sie vom Tod meines Vaters erfahren hatte, stand Mama aus dem Bett auf, legte ihr großes Make-up auf, kündigte bei Lou's und machte sich an die Arbeit. Stich für Stich, Perle für Perle, Feder für Feder richtete sie die gesamte Wucht ihrer Trauer darauf, Kleider zu nähen. Zwei Monate lang ging sie kaum aus dem Haus, und als sie fertig war, hatte sie zwei Überseekoffer mit Gewändern angefüllt, die schöner waren als alles, was sie je genäht hatte. Sie überredete den Priester der orthodoxen Heiligkreuzkirche, ihr zu erlauben, dass sie beim alljährlichen Herbstfest einen kleinen Tisch aufstellte, und verkaufte innerhalb weniger Stunden all ihre Kleider – sogar das Paradestück, ein Brautkleid, das eine Frau für ihre elfjährige Tochter erstand, die es irgendwann in ferner Zukunft tragen sollte. Danach hatten wir genug Geld, um aus dem überfüllten Haus unserer Cousins in Maryland auszuziehen, zwei Monatsmieten für eine Woh-

nung in D. C. als Kaution zu zahlen, und der Grundstein
für Mamas Geschäft war gelegt. Sie würde ihren amerikanischen Traum verwirklichen, und wenn sie es ganz allein
tun musste.

Mama richtete ihr Schneidergeschäft – *USA Dresses
and More for You* – in unserer Kellerwohnung ein, und ihr
Talent für die kompliziertesten Näharbeiten sprach sich
bald herum. Russische Amerikanerinnen der ersten und
zweiten Generation suchten sie auf, wenn sie Kleider für
eine Hochzeit oder eine Beerdigung oder andere besondere Anlässe brauchten, und Mama rühmte sich, sie könne
mehr Pailletten auf ein Oberteil nähen als sonst wer auf
diesem Kontinent. Schon bald war sie als zweitbeste russische Schneiderin im District bekannt. Die Nummer eins
war eine Frau namens Bianka, mit der Mama eine gesunde
Rivalität verband. »Sie nimmt es nicht so genau«, erklärte sie jedem, der es hören wollte. »Ihre Näharbeiten sind
schlampig. Ihre Säume gehen auf und hängen runter, wenn
der Wind mal aus der falschen Richtung weht. Sie ist schon
viel zu lange in Amerika.«

Mit ihrem Geschäft sorgte Mama für unser beider Lebensunterhalt, sie übernahm sogar die Gebühren für mein
College, als ich nur ein Teilstipendium für Trinity bekam.
Doch als unser Vermieter drohte, die Miete zu erhöhen,
war es unumgänglich, dass auch ich einen Job bekam. Und
während ich hier im Empfangsbereich saß und meine Kon-
kurrentinnen beäugte, setzte sich dieser Gedanke in meiner Brust fest, und ich presste die Hand dagegen, um ihn
zu unterdrücken.

Als ich gerade die Empfangsdame fragen wollte, wo die
Damentoilette war – damit ich endlich das Papierhandtuch
richten konnte, das mir mittlerweile den halben Rücken
hochgerutscht war –, kam ein Mann herein. Er klatschte in

die Hände, als wolle er eine Fliege töten. Dann erkannte ich ihn: Es war der Mann, der im Diner mit der Zeitung unterm Arm vor der Toilette gewartet hatte. Mir sackte der Magen in die Kniekehlen.

»Das ist alles?«, fragte der Mann.

Wir schauten einander an, wussten nicht, wen er angesprochen hatte.

Die Empfangsdame blickte auf. »Allerdings.«

Ich hätte mich am liebsten hinter dem Garderobenständer versteckt.

Wir folgten dem Mann einen Korridor entlang in ein Zimmer, in dem mehrere Schreibtische in Reihen aufgestellt waren. Auf jedem befanden sich eine Schreibmaschine und ein Stapel Papier. Ich setzte mich in die zweite Reihe, wollte nicht übereifrig erscheinen. Anscheinend wollte auch niemand sonst übereifrig erscheinen, und so war die zweite Reihe dann doch die vorderste.

Das Gesicht des Mannes – zumindest seine Nase – ließ vermuten, dass er einst Hockey gespielt oder geboxt hatte. Als ich Platz nahm, musterte er mich kurz, schien mich aber zum Glück nicht wiederzuerkennen. Er legte seine Anzugjacke ab und rollte die hellblauen Hemdsärmel hoch.

»Ich bin Walter Anderson«, sagte er. »Anderson«, wiederholte er. Ich erwartete beinahe, dass er sich umdrehen, eine Tafel herunterziehen und seinen Namen mit Kreide in Schönschrift daraufschreiben würde. Stattdessen klappte er seine Aktentasche auf und holte eine Stoppuhr heraus. »Wenn Sie diesen ersten Test bestehen, lerne ich auch Ihre Namen. Wenn Sie nicht schnell tippen können, empfehle ich Ihnen, jetzt gleich zu gehen.«

Er schaute jeder von uns in die Augen, und ich erwiderte seinen Blick, wie Mama es mir beigebracht hatte. »Sie werden dich nicht mit Respekt behandeln, wenn du ihnen nicht in die Augen schaust, Irina«, sagte sie immer zu mir. »Besonders die Männer.«

Die Frauen rutschten auf dem Stuhl hin und her, doch niemand stand auf.

»Gut«, sagte Anderson. »Fangen wir an.«

»Entschuldigung«, sagte die ältere Frau in der dicken Strickjacke. Sie hatte die Hand gehoben, und mir wurde vor Verlegenheit für sie ganz heiß.

»Ich bin nicht Ihr Lehrer«, sagte Anderson.

Sie ließ sofort die Hand sinken. »Gut.«

Anderson schaute zur Decke und atmete laut aus. »Hatten Sie eine Frage?«

»Was werden wir tippen?«

Er setzte sich an den großen Schreibtisch vorn im Raum und zog ein gelbes Buch aus seiner Aktentasche. Es war ein Roman: *Die Brücken von Toko-Ri.* »Sind Leseratten unter uns?«

Wir hoben alle die Hand.

»Gut«, meinte er. »Kenner von James Michener?«

»Ich habe den Film gesehen«, platzte ich hervor. »Grace Kelly war wunderbar.«

»Alle Achtung«, sagte Anderson. Er schlug das Buch auf der ersten Seite auf. »Fangen wir an?« Er hielt seine Stoppuhr in die Höhe.

∽

Danach, im vollen Aufzug, zog ich mir vorsichtig die Bluse von meinem verschwitzten Rücken. Ich langte unter den Stoff und angelte nach dem Papierhandtuch. Nichts. Es war weg. War es im Aufzug herausgefallen? Oder war es, Gott behüte, herausgerutscht, als ich nach dem Test aufgestanden war? War womöglich genau in diesem Augenblick Walter Andersons Blick auf das ekelerregende Ding gefallen? Ich überlegte, ob ich meine Schritte zurückverfolgen sollte, um herauszufinden, wo ich es verloren haben könnte, entschied dann aber, dass es gleichgültig wäre. Ich würde den Job ohnehin nicht bekommen.

Ich war die Zweitlangsamste der Gruppe, was ich wusste, weil Walter Anderson unsere Ergebnisse in eine Tabelle eingetragen und dann laut vorgelesen hatte.

»Na, das war's dann wohl«, sagte die hübsche junge Brünette namens Becky, als der Aufzug hinunterfuhr. Sie war die Langsamste gewesen.

»Es wird andere Gelegenheiten geben«, sagte die ältere Frau in der Strickjacke. Sie versuchte, es zu unterdrücken, aber ich konnte eine Spur Freude in ihrer Stimme ausmachen – sie hatte die bei weitem beste Punktzahl erreicht.

»Der Typ schien ohnehin ein totaler Widerling zu sein«, fuhr Becky fort. »Habt ihr gesehen, wie der uns angeglotzt hat? Als wären wir sein Abendessen, ein extrasaftiges Steak.« Sie sah mich an. »Besonders dich.«

»Ja klar, ganz bestimmt«, antwortete ich. Ich hatte bemerkt, dass Anderson mich anschaute, jedoch vermutet, das hätte zum Auswahlverfahren gehört. Doch so ging es mir mit Männern immer. Wenn mich einer attraktiv fand, bekam ich es stets als Letzte mit. Ein Mann musste es mir schon direkt ins Gesicht sagen, ehe ich es begriff – und selbst dann konnte ich es kaum glauben. Ich selbst fand mich ziemlich unscheinbar – eine Frau, an der man auf der Straße vorbeigeht, neben die man sich im Bus setzt, ohne ihr einen zweiten Blick zu schenken. Meine Mutter sagte immer, ich sei eine Frau, bei der man ganz genau hinsehen musste, um sie zu schätzen zu wissen. Und mir war es, ehrlich gesagt, lieber, wenn ich mich im Hintergrund halten konnte; das Leben war leichter, wenn man unbemerkt blieb – ohne die Pfiffe, die anderen Frauen hinterhergellten, ohne die Kommentare, nach denen sie ihren Busen hinter der Handtasche verbargen, ohne die Augen, die ihnen überall folgten.

Dennoch verspürte ich eine gewisse Enttäuschung, als mir im Alter von sechzehn Jahren klarwurde, dass ich mich nicht zu jener Art Schönheit entwickeln würde, die meine Mutter in ihrer Jugend gewesen war. Mama bestand nur aus Kurven, ich nur aus Ecken und Kanten. Als ich ein kleines Mädchen war, trug sie tagsüber bei der Arbeit stets ein sackartiges Hauskleid. Abends aber zog sie sich manchmal um, schlüpfte in eine ihrer eigenen Kreationen und führte mir vor, was sie für die reichen Frauen genäht hatte. Dann wirbelte sie herum und ließ in unserer Küche die weiten Röcke fliegen, und ich sagte ihr, dass das Kleid nie wieder so wunderschön aussehen würde wie an ihr.

Ich hatte ein Foto von ihr in meinem Alter gesehen, auf dem sie ihre Fabrikuniform trug – einen olivgrünen Kittel mit passender Kappe –, und wir hätten einander nicht weniger ähnlich sein können. Ich sah mehr wie mein Vater aus. Nachdem er gestorben war, bewahrte Mama ein Foto von ihm in seiner Militäruniform in der untersten Schublade ihrer Kommode auf. Manchmal zog ich, wenn Mama nicht zu Hause war, die Schublade auf und starrte das Foto an, sagte mir, wenn ich je vergessen sollte, wie er aussah, würde sich in meinem Inneren ein leerer Raum auftun, den ich nie wieder schließen könnte.

Vor den Toren der Agency verabschiedeten wir Bewerberinnen uns mit einem Winken voneinander. Die ältere Frau, die besser als wir anderen gewesen war, rief: »Viel Glück!«

»Das werde ich brauchen«, sagte die Frau, die beim

Test neben mir gesessen hatte, und zündete sich eine Zigarette an.

Ich würde es auch brauchen, obwohl ich nicht ans
Glück glaubte.

Zwei Wochen vergingen, und ich saß wieder am Küchen-
tisch und malte Kringel um Stellenangebote, während ich
Tee trank. Mama arbeitete am Pingpongtisch an einem
Kleid für die Tochter unseres Vermieters und deren Quin-
ceañera in der Hoffnung, ihm damit so viel Honig um den
Bart zu schmieren, dass er unsere Miete nicht erhöhen würde. Sie erzählte mir zum zweiten Mal an diesem Tag eine
Geschichte, die sie in der *Washington Post* gelesen hatte:
von einer Frau, die mitten auf der Key Bridge ein kleines
Mädchen zur Welt gebracht hatte. »Sie haben es nicht mehr
rechtzeitig ins Krankenhaus geschafft, also haben sie den
Wagen angehalten, und die Frau hat das Baby gleich da ent-
bunden! Kannst du das glauben?«, rief sie aus dem Nebenzimmer. Als ich nicht antwortete, wiederholte sie die Geschichte, diesmal zwei Dezibel lauter.

»Ich habe dich beim ersten Mal schon verstanden.«

»Kannst du das glauben?«

»Nein.«

»Was?«

»Ich habe gesagt, ich kann es nicht glauben.«

Ich musste aus dem Haus – spazieren gehen, irgendwo-
hin. Mama schickte mich auf Botengänge, aber sonst hatte
ich nicht viel zu tun. Ich hatte auf ein Dutzend Annoncen
geantwortet, aber nur ein Vorstellungsgespräch für die folgende Woche bekommen. Als ich den Mantel anzog, um
zu meinem Spaziergang aufzubrechen, klingelte das Tele-

fon. Ich rannte ins Wohnzimmer, wo ich gerade noch sah, wie Mama den Hörer aufnahm. »Was sagen Sie?«, fragte sie mit der besonders lauten Stimme, die sie sich für Telefonate aufhob.

»Wer ist dran?«, fragte ich.

»Irene? Hier gibt es keine Irene. Warum rufen Sie sie an?«

Ich schnappte mir das Telefon. »Hallo?« Mama zuckte mit den Schultern und ging wieder zum Pingpongtisch zurück.

»Miss Irina Dros-do-wa?«, sagte eine Frauenstimme.

»Ja, am Apparat. Es tut mir leid. Meine Mutter kann nicht...«

»Bleiben Sie in der Leitung. Ich habe Walter Anderson für Sie.«

»Was?«

In der Leitung erklang nun klassische Musik, und mein Magen verkrampfte sich. Einen Augenblick später hörte die Musik auf, unterbrochen von Walter Andersons Stimme: »Wir möchten Sie bitten, noch einmal herzukommen.«

»Ich dachte, ich wäre die Zweitschlechteste gewesen?«, fragte ich und biss vor Ärger die Zähne zusammen. Hatte ich ihn unbedingt an meine Mittelmäßigkeit erinnern müssen?

»Das stimmt.«

»Ich dachte, es gäbe nur eine offene Stelle?« Wollte ich mich selbst sabotieren?

»Uns hat gefallen, was wir gesehen haben.«

»Ich habe die Stelle?«

»Noch nicht, Speedy«, antwortete er. »Oder sollte ich mir in Anbetracht Ihrer Schreibmaschinenkünste doch lieber einen anderen Spitznamen ausdenken? Können Sie um zwei Uhr kommen?«

»Heute? Ich bin nicht sicher ...« Ich sollte Mama in ein Stoffgeschäft in Friendship Heights begleiten und ihr helfen, silberne Pailletten für das Quinceañera-Kleid auszusuchen. Sie ging nicht gern allein dorthin, weil sie glaubte, die Besitzerin des Ladens hätte Vorurteile gegen Russen. »Sie berechnet mir den zwei-, wenn nicht dreifachen Preis«, hatte sie mir beim letzten Mal, als sie allein dort gewesen war, erzählt. »Sie schaut mich an, als würde ich jeden Augenblick eine Bombe in den Laden werfen. Jedes Mal tut sie das!«

»Ja, heute«, erwiderte er.

»Um zwei?«

»Zwei.«

»Zwei?« Mama erschien in der Tür. »Um zwei müssen wir nach Friendship Heights.«

Ich scheuchte sie mit einer Handbewegung fort. »Ich komme«, sagte ich, hörte darauf nur Stille. Anderson hatte bereits aufgelegt. Ich hatte eine Stunde, um mich anzuziehen und in die Stadtmitte zu kommen.

»Also, was ist?«, fragte Mama.

»Ich habe noch ein Vorstellungsgespräch. Heute.«

»Du hast doch den Schreibmaschinentest schon gemacht. Was wollen die denn noch? Dass du vorturnst? Einen Kuchen bäckst? Was müssen die sonst noch wissen?«

»Keine Ahnung.«

Sie musterte das geblümte Hauskleid, das ich anhatte. »Was es auch sein mag, so kannst du da nicht hingehen.«

Diesmal trug ich Leinen.

Ich war wieder zu früh dran, wurde aber gleich in Walter Andersons Büro geführt, als ich eintraf. Doch mit der ersten Frage hatte ich nicht gerechnet. Er wollte nicht wissen, wo ich mich in fünf Jahren sah, was meiner Meinung nach meine größte Schwäche war oder warum ich den Job haben wollte. Und er fragte nicht, ob ich Kommunistin war oder irgendeine besondere Bindung zum Herkunftsland meiner Familie verspürte. »Erzählen Sie mir von Ihrem Vater«, begann er, sobald ich mich hingesetzt hatte. Er klappte einen dicken Ordner mit meinem Namen auf dem Deckel auf. »Michail Abramowitsch Drosdow.« Mir wurde eng um die Brust. Seit Jahren hatte ich seinen Namen nicht laut gehört. Trotz des Leinens merkte ich, wie sich in meinem Nacken die Schweißperlen sammelten.

»Ich habe meinen Vater nicht gekannt.«

»Moment«, sagte er und schob sich vom Schreibtisch weg. Aus der untersten Schublade holte er ein Tonbandgerät. »Ich vergesse immer, dieses Ding einzuschalten. Macht es Ihnen was aus?« Ohne meine Antwort abzuwarten, drückte er auf den Aufnahmeknopf. »Hier steht, dass er zu Zwangsarbeit verurteilt wurde, weil er sich auf illegalem Weg Reisedokumente besorgt hat.«

Das war es also, deswegen hatten sie ihn am Dock mitgenommen. Aber warum hatten sie meine Mutter gehen lassen? Ich fragte es Anderson.

»Zur Strafe«, sagte er.

Ich starrte auf die vielen Kaffeeflecke auf seinem Schreibtisch, die sich wie olympische Ringe überschnitten. Hitze flutete mir über Arme und Beine und ließ mich ein wenig ins Schwanken geraten. »Ich war acht, als ich es erfahren habe«, brachte ich heraus. Acht Jahre lang hatten wir nichts gewusst. Als Kind habe ich mir immer den Augenblick vorgestellt, wenn ich wieder mit meinem Vater vereint würde – ich malte mir aus, wie er aussehen, wie er mich in die Arme nehmen würde und ob er einen besonderen Geruch hätte, nach Tabak oder Rasierwasser.

Ich suchte in Andersons Gesicht nach Spuren von Mitgefühl, entdeckte aber nur leichten Unmut, als hätte ich wissen müssen, wozu das Große Rote Ungeheuer fähig war. »Es tut mir leid, aber was hat das mit der Stelle im Schreibpool zu tun?«

»Es hat alles damit zu tun, ob Sie hier arbeiten werden. Wenn Sie jetzt abbrechen möchten, wenn es Ihnen zu unangenehm ist, dann geht das für mich in Ordnung.«

»Nein, ich …« Ich wollte schreien, dass alles meine Schuld war, dass ich seinen Tod verursacht hatte, dass sie niemals so viel riskiert hätten, wenn ich nicht gezeugt worden wäre. Aber ich riss mich zusammen.

»Wissen Sie, wie er gestorben ist?«, fragte Anderson.

»Man hat uns gesagt, er sei in den Zinnbergwerken des BerLag an Herzschlag gestorben.«

»Glauben Sie das?«

»Nein.« Ich hatte immer das Gefühl gehabt, diese Antwort sei tief in mir vergraben, hatte sie aber nie laut ausgesprochen, nicht einmal vor Mama.

»Er hat es nie bis in dieses Lager für Politische geschafft. Er ist in Moskau gestorben.« Anderson legte eine Pause ein. »Während der Verhöre.«

Ich überlegte, was Mama wusste und was nicht. Hatte sie geglaubt, was in dem Telegramm ihrer Schwester über Papas Tod stand? Oder hatte sie es besser gewusst? Hatte sie die ganze Zeit um meinetwillen Theater gespielt?

»Wie fühlen Sie sich jetzt?«, fragte Anderson.

Auf diese Frage war ich nicht vorbereitet. Ich hielt den Blick starr auf die Kaffeeringe fixiert. »Verwirrt.«

»Sonst noch etwas?«

»Wütend.«

»Wütend?«

»Ja.«

»Also.« Er klappte den Ordner mit meinem Namen darauf zu. »Wir sehen in Ihnen gewisse Möglichkeiten.«

»Worum geht es hier?«

»Es ist unsere große Stärke, verborgene Talente aufzuspüren.«

Kapitel 3

DIE STENOTYPISTINNEN

Der Herbst war in Washington eingezogen. Es war dunkel, wenn wir aufwachten, und dunkel, wenn wir das Büro verließen. Die Temperaturen waren über Nacht um zwanzig Grad gefallen, und auf dem Weg zur Arbeit hielten wir den Kopf gesenkt, um uns nicht dem Wind auszusetzen, der zwischen den Gebäuden hindurchpeitschte, achteten vorsichtig darauf, mit den Absätzen nicht auf nassem Laub auszurutschen oder auf den glitschigen Bürgersteigen den Halt zu verlieren. An solchen Morgen – wenn der Gedanke, aus dem warmen Bett aufzustehen, um in einer überfüllten Straßenbahn unter der Achsel irgendeines Mannes zu stehen und den Tag in einem zugigen Büro im unerbittlichen Licht von Neonleuchten zu verbringen, uns beinahe dazu gebracht hätte, anzurufen und uns krankzumelden – trafen wir uns vor der Arbeit bei Ralph's auf einen Kaffee und Doughnuts. Wir brauchten diese zwanzig Minuten, diese Portion Zucker – ganz zu schweigen von einem guten Kaffee. Das Gebräu in der Agency war zwar braun und heiß, schmeckte aber eher wie die Papierbecher, aus denen wir es tranken.

Ralph war eigentlich ein kleiner alter Grieche namens Markos. Er war, wie er uns erzählte, nur deswegen in die Staaten gekommen, um hübsche amerikanische Mädels wie uns mit den Süßigkeiten zu mästen, die er jeden Morgen backte und wofür er um vier Uhr früh aufstand. Er nannte uns »wunderschön« und »hinreißend«, auch wenn er uns durch seine vom grauen Star getrübten Linsen fast gar nicht sehen konnte. Er flirtete schamlos mit uns, obwohl seine Gattin – eine weißhaarige Frau namens Athena, deren Busen so groß war, dass sie einen Schritt zurücktreten musste, wenn sie die Kasse aufmachte – stets direkt hinter der Theke stand. Athena schien das jedoch nichts auszumachen. Sie verdrehte die Augen und lachte den alten Mann an. Wir lachten ebenfalls und legten kurz eine Hand auf seinen Arm in der Hoffnung, er würde einen zusätzlichen mit Zucker bepuderten Doughnut in unsere Tüte stecken, ehe er sie uns mit einem Zwinkern seiner milchigen Augen reichte.

Wer zuerst bei Ralph's eintraf, sicherte uns eine Nische hinten im Laden. Es war wichtig, in einer der Nischen zu sitzen, weil wir so die Tür im Auge behalten und sehen konnten, wer hereinkam. Ralph's war nicht das Café, das der Zentrale der Agency am nächsten lag, doch trotzdem kam gelegentlich ein Officer hereinspaziert, und vieles von dem, was wir während unserer morgendlichen Treffen besprachen, war nicht für fremde Ohren bestimmt.

Gail Carter war gewöhnlich die Erste, weil ihr kleines Apartment über dem Hutgeschäft in H Street nur zwei Häuserblocks entfernt lag. Gail teilte sich die Wohnung mit einer Frau, die im dritten Jahr als Praktikantin bei der Regierung auf dem Capitol Hill arbeitete und deren reicher Vater eine Textilfabrik in New Hampshire besaß und für ihren Lebensunterhalt aufkam.

Dieser Montagmorgen im Oktober begann mit dem üblichen Hin und Her. »Die reine Hölle«, sagte Norma Kelly. »Letzte Woche war die reine Hölle.« Norma war mit achtzehn nach New York gezogen und hatte damals davon geträumt, Dichterin zu werden. Mit ihrem hellroten Haar, das von ihren irischen Wurzeln zeugte, war Norma an der West Forty-Second Street aus dem Bus gestiegen und hatte sich noch mit dem Koffer in der Hand auf den Weg zu Costello's gemacht, um sich dort an die geschniegelten Werbeleute der Madison Avenue und die freiberuflichen Autoren des *New Yorker* heranzumachen. Mit der Zeit fand sie heraus, dass die einen wie die anderen sich eher für den Inhalt ihrer Kleider interessierten als für das, was Norma zu Papier bringen wollte. Doch bei Costello's lernte sie auch ein paar Leute von der Agency kennen. Die hatten eigentlich auch nur flirten wollen, als sie ihr rieten, sich doch dort um einen Job zu bewerben, aber sie brauchte dringend einen Gehaltsscheck und tat es einfach. Norma strich sich eine Haarsträhne hinters Ohr und rührte drei Löffel Zucker in ihren Kaffee. »Nein, die Woche war schlimmer als die Hölle.«

Judy Hendricks schnitt ihren unglasierten Doughnut mit einem Buttermesser in vier gleich große Stücke. Judy war davon überzeugt, dass ihre Arme zu dick waren, und machte immer irgendeine Wunderdiät, von der sie in *Woman's Day* oder *Redbook* gelesen hatte. »Was ist denn schlimmer als die Hölle?«, erkundigte sich Judy.

»Diese Woche, die ist schlimmer.« Norma nippte an ihrem Kaffee.

»Ich weiß nicht«, meinte Judy. »Letzte Woche war schon ziemlich furchtbar. Ich meine, die Besprechung über diese neuen Tonbandgeräte, die Mohawk Midgetapes? Wir hätten sicher auch ohne zweistündige Einweisung begriffen, wie man auf *Record* drückt. Wenn der Mann noch ein einziges Mal auf das Diagramm gezeigt hätte, wären mir die Augen aus den Höhlen gekullert.« Sie wischte sich einen unsichtbaren Krümel von der Lippe, obwohl sie ihren Doughnut noch gar nicht berührt hatte.

Norma drückte sich die Serviette an die Brust. »Aber wie um alles in der Welt sollen wir was verstehen, wenn es uns nicht ein Mann gründlich erklärt?«, sagte sie mit ihrer besten Scarlett-O'Hara-Stimme.

»Es kann immer noch schlimmer kommen«, meinte Linda. »Ihr dürft euch von solchen Kleinigkeiten nicht runterziehen lassen. Ihr müsst euch die Kopfschmerzen für die richtig großen Sachen aufheben. Zum Beispiel, dass sie seit Trumans Amtszeit den Tamponautomaten nicht aufgefüllt haben.«

Obwohl sie erst dreiundzwanzig war, redete Linda, seit sie verheiratet war, als besäße sie einen Schatz an Erfahrungen, den wir unverheirateten Mädels unmöglich ermessen konnten – als wären wir noch Jungfrauen oder so. Das ging uns zwar auf die Nerven, trotzdem betrachteten wir sie als eine Art Muttergestalt: die Erste, die uns beruhigte, wenn wir einem der Männer die Meinung sagen wollten, die uns eine widerspenstige Haarsträhne glattstrich. Die uns erklärte, wann der angemessene Zeitpunkt war, einem Mann mitzuteilen, dass er bei uns was erreichen konnte, und was wir tun sollten, wenn wir ihn zu nah rangelassen hatten und er am nächsten Tag nicht anrief.

»Ich schwöre euch, wenn ich mir noch einmal von Anderson anhören muss, dass meine Stimme zu tief und rau klingt, wenn ich ans Telefon gehe …«, sagte Gail. Walter Anderson war ein Bärenjunges von einem Mann mit ewig ungleich langen Koteletten, der vielleicht früher einmal sehr sportlich gewesen sein mochte, aber inzwischen den Fußweg vom Bus zum Büro für sein tägliches Training hielt. Er war in der SR für den Schreibpool und andere Verwaltungsaufgaben verantwortlich. Während seiner Zeit im OSS war er an der Front eingesetzt worden, doch als die Agency 1947 gegründet wurde, gab man ihm einen Bürojob.

Anderson fühlte sich am Schreibtisch nie ganz wohl und tigerte auf und ab, ständig auf der Suche nach etwas oder jemandem, an dem er seine aufgestaute Frustration auslassen konnte. Doch nachdem er jemanden abgekanzelt hatte, tat es ihm oft leid, und er glich es mit übertrieben großen Schachteln voller Doughnuts und frischen Blumen in unserem Pausenraum aus. Er zog es vor, von uns Walter genannt zu werden, also nannten wir ihn Anderson.

Gail tauchte eine zusammengedrehte Papierserviette in ihr Wasserglas und tupfte damit an einem rosa Marmeladenfleck an der Manschette ihrer Bluse herum. »Wir werden als Regierungsmädels an die Schreibmaschine verbannt, während zu groß geratene Kinder wie Anderson uns sagen, was wir zu tun haben.« Gail hatte nicht etwa einen kleinen, sondern einen voll ausgewachsenen Komplex. Nachdem sie an der Uni in Berkeley Ingenieurwissenschaften studiert hatte, hatte sie sich beim NSF und beim Verteidigungsministerium beworben und war abgelehnt worden, weil sie angeblich »keinen höheren Abschluss« hätte – der Code dafür, dass sie schwarz war und eine Frau. Gail wusste genau, dass einige ehemalige weiße Kommilitonen, natürlich allesamt Männer, mit demselben Abschluss, den auch sie hatte, dort arbeiteten – und stetig befördert wurden. Da ihre Ersparnisse zur Neige gingen, bewarb sie sich für Stellen als Stenotypistin und wanderte fortan von einem Regierungsjob zum nächsten. Als sie zur Agency kam, war sie endgültig bedient, weil sich noch immer niemand die Mühe gemacht hatte, ihre wahren Fähigkeiten zur Kenntnis zu nehmen. »Und neulich, wisst ihr, was er da zu mir gesagt hat?«, fuhr Gail fort. »Dass er und seine Frau *völlig hin und weg von der Nat King Cole Show sind* und dass ich *sehr stolz* sein müsste, ihn im Fernsehen zu sehen. Als ich ihn dann gefragt habe, worauf genau ich stolz sein sollte, hat er nur was vor sich hin gemurmelt und zugesehen, dass er Land gewinnt.« Sie nippte an ihrem Kaffee. »Ich bin ja stolz, aber das wollte ich ihm natürlich nicht auf die Nase binden.«

»Zumindest sind die Arbeitszeiten gut«, meldete sich Kathy Potter zu Wort. Unsere ewige Optimistin mit der zehn Zentimeter hoch toupierten, gelackten Frisur war mit ihrer älteren Schwester Sarah in die Agency gekommen, die nach zwei Monaten einen Offizier geheiratet hatte und mit ihm auf einen Auslandsposten gezogen war. Ohne Sarah an ihrer Seite war Kathy recht schweigsam, aber wenn sie einmal etwas sagte, dann immer, um uns daran zu erinnern, dass das Glas halbvoll war.

»Auf einen Nine-to-five-Job!«, sagte Norma und erhob ihren Henkelbecher, obwohl niemand sonst ihr folgte. Sie stellte ihn leise wieder ab.

»Und auf die Zusatzleistungen«, fügte Linda hinzu. »Als ich nach dem College bei diesem Zahnarzt gearbeitet hatte, war ich nicht mal für Zahnbehandlungen versichert. Kann man das glauben? Er hat meine kaputte Zahnfüllung sozusagen schwarz nach Dienstschluss ersetzt, wenn ihr wisst, was ich meine. Und das nur, weil er mich, wie er es ausdrückte, *besser kennenlernen wollte* und glaubte, das Lachgas könnte da helfen.«

»Und, hat es geholfen?«

»Na ja…« Sie biss in ihren Doughnut.

»Na?«, bohrte Norma weiter.

Linda schluckte. »Das Zeug bringt einen wirklich in Stimmung.«

Nach dem Kaffee bei Ralph's ließen wir uns Zeit mit unserem Fußweg zur 2430 E Street. Die Zentrale der Agency

lag ein wenig von der Straße zurückgesetzt in einem Ge-
bäudekomplex, in dem während des Krieges der OSS untergebracht gewesen war. Wir gingen durch ein schwarzes
Eisentor und den Weg entlang. Erst etwa zwei Jahre später
sollte die Agency nach Langley umziehen; bis dahin war die
Zentrale über verschiedene dieser gesichtslosen Gebäude
verteilt, die auf die National Mall hinausgingen. Wir nannten sie »Tempos«, weil man uns, seit wir hier arbeiteten,
erzählte, wir würden bald umziehen. Die Gebäude hatten
Blechdächer und waren im Winter schwer zu heizen, und
die Klimaanlagen funktionierten gerade mal so gut wie die
meisten in Washington.

Jedes Mal, bevor sie durch die schwere Eingangstür ins
Foyer trat, machte Norma denselben Witz und tat so, als
würde sie zögern. »Ich gehe nicht rein«, sagte sie an jenem
Montag, hielt sich an einem kahlen Kirschbaum neben der
Tür fest. Wir zogen sie mit uns hinein und stellten uns in
die Schlange an der Einlasskontrolle, die eingeschweißten
Dienstausweise in der Hand, die Handtaschen geöffnet und
bereit dafür, dass jemand mit einem Holzstab darin herumwühlte.

Wir kannten ihren Namen schon, bevor sie kam. Lonnie
Reynolds aus der Personalabteilung hatte ihn uns am Freitag, ehe sie anfing, verraten: »Irina Drosdowa. Anderson
bringt sie am Montagmorgen vorbei und stellt sie vor.«

»Noch jemand aus Russland«, sagte Norma und sprach
aus, was wir alle dachten. Es war nicht ungewöhnlich, dass
Russen auf unsere Seite wechselten – in der SR gab es in
dieser Zeit tatsächlich so viele Überläufer, dass wir schon
witzelten, der Wasserspender sei mit Wodka gefüllt. Dulles

mochte es gar nicht, wenn man von »Überläufern« sprach, er zog es vor, sie als »Freiwillige« zu bezeichnen. Jedenfalls waren die Russen üblicherweise Männer, keine Stenotypistinnen.

»Seid nett zu ihr«, bat uns Lonnie. »Sie scheint ein anständiges Mädchen zu sein.«

»Wir sind immer nett.«

»Wenn ihr das sagt«, meinte Lonnie und verließ den Schreibpool.

Wir hatten Lonnie noch nie gemocht.

Irina saß schon an ihrem Schreibtisch, als wir an jenem Montagmorgen eintrafen. Gertenschlank, mit unscheinbarem mittellangem blondem Haar und der aufrechten Haltung einer Debütantin. Wir ignorierten sie eine gute Stunde lang, verrichteten unsere Tagesgeschäfte wie üblich, während sie kleine Veränderungen an ihrem Stuhl und ihrer Schreibmaschine vornahm, an den Knöpfen ihrer braunen Jacke herumnestelte und Büroklammern von einer Schublade in die andere räumte.

Wir waren nicht absichtlich unhöflich. Aber dieses neue Mädel kam als Ersatz für Tabitha Jenkins, eine unserer ältesten Kolleginnen. Tabithas Ehemann war bei Lockheed gewesen und seit kurzem in Rente, und die beiden hatten sich ins sonnige Fort Lauderdale abgeseilt. Und nun saß diese Russin an ihrem Schreibtisch.

Wir zögerten die üblichen Freundlichkeiten also ein wenig länger hinaus als gewöhnlich. Als die Uhr an der Zehn vorbeitickte, wurde es immer ungemütlicher. Jemand musste etwas sagen, und schließlich war es Irina selbst, die das Eis brach. Sie stand auf, und alle Augen musterten ihre gertenschlanke Figur vom Scheitel bis zur Sohle.

»Entschuldigung«, sagte sie, eher zum Fußboden als zu einer von uns. »Wo finde ich die Damentoilette?« Sie zupfte sich einen Faden von der Jacke. »Es ist mein erster Arbeitstag«, fügte sie hinzu und errötete, weil das offensichtlich war. Sie hatte eine merkwürdige Art zu reden: keine Spur eines Akzents, aber doch etwas verhalten, als müsse sie über jedes Wort nachdenken, ehe sie es aussprach.

»Du klingst nicht wie eine Russin«, sagte Norma, anstatt ihr den Weg zur Toilette zu zeigen.

»Bin ich auch nicht. Na ja, eigentlich nicht. Ich bin hier geboren, aber meine Eltern sind von dort.«

»Das sagen alle Russen, die hier arbeiten«, meinte Norma, und wir kicherten. »Ich bin Norma.« Sie streckte ihr die Hand hin. »Auch hier geboren.«

Irina schüttelte Norma die Hand. Wir spürten, wie die Spannung nachließ. »Schön, euch kennenzulernen«, sagte sie. Sie sah in die Runde und nahm mit jeder von uns Blickkontakt auf.

»Den Flur runter, dann rechts und noch mal rechts«, sagte Linda.

»Was?«, fragte Irina.

»Für kleine Mädchen.«

»O ja«, erwiderte sie. »Danke.«

Wir schauten ihr hinterher, bis sie verschwunden war, ehe wir über sie diskutierten: dass sie Russin war (oder eben nicht), ihre Haarfarbe (nicht aus der Tube), ihre merkwürge Art zu reden (wie eine Katharine Hepburn für Arme), ihre leicht altmodische Kleidung (Sonderangebot oder selbstgenäht?).

»Sie scheint nett zu sein«, meinte Judy.

»Geht so«, sagte Linda.

»Wo haben sie die aufgetrieben?«

»Im Gulag?«

»Ich finde sie hübsch«, sagte Gail.

Da mussten wir ihr zustimmen. Irinas Schönheit war

nicht von der Art, mit der man Wettbewerbe gewann, aber sie war unleugbar – eine subtilere Art von Schönheit.

Irina kehrte zum Schreibpool zurück, dicht gefolgt von Lonnie. »Ich hoffe, die Mädels hier haben Sie willkommen geheißen?«, fragte Lonnie.

»O ja«, antwortete Irina ohne einen Anflug von Sarkasmus.

»Gut. Die können ganz schön schwer zu knacken sein.«

»Dabei habe ich mir sagen lassen, in der Personalabteilung wären die meisten Knacker«, wandte Norma ein.

Lonnie verdrehte die Augen. »Nun, da Mr Anderson uns heute Morgen nicht die Ehre seiner Anwesenheit gibt…«

»Ist er krank?«, unterbrach Linda sie. Wenn Anderson nicht da war, gönnten wir uns immer extralange Mittagspausen.

»Er ist nicht im Haus. Mehr weiß ich nicht. Ob er auf einer Parkbank in Ohnmacht gefallen ist oder sich die Mandeln rausnehmen lässt, geht mich nichts an.« Lonnie baute sich vor Irina auf, den Rücken zu uns gewandt. »Jedenfalls soll ich mich davon überzeugen, dass Sie alles haben, was Sie brauchen, und dann soll ich Sie« – sie malte mit den Fingern Anführungsstriche in die Luft – »zu einer Besprechung ganz südlich holen.«

Irina erklärte Lonnie, sie habe alles, was sie brauchte, und folgte ihr nach draußen. Sobald sie fort waren, zogen wir uns für weitere Spekulationen auf die Damentoilette zurück. »Eine Besprechung?«, fragte Linda. »Jetzt schon?«

»Meint ihr, die ist bei J. M.?«, fragte Kathy, womit sie den Leiter der SR meinte, John Maury.

»Sie hat ganz südlich gesagt«, wandte Gail ein. Ganz

südlich bezog sich auf das heruntergekommene Holzgebäude beim Lincoln Memorial. »Das ist Frank.«

Norma zündete sich eine Zigarette an. »Ein Moskauer Geheimnis?« Sie nahm einen Zug an der Zigarette, blies dann den Rauch aus. »Es muss eine Besprechung bei Frank sein.«

Frank Wisner war der Boss unter dem großen Boss und der Vater aller Geheimoperationen der Agency. Gründungsmitglied des Georgetown Set, einer Gruppe einflussreicher Politiker, Journalisten und Agency-Männer. Wisner – ein Mann, dessen Singsang beim Sprechen ebenso an seine Herkunft aus dem Süden erinnerte wie sein Südstaatencharme – war dafür bekannt, dass er die meisten wichtigen Angelegenheiten während seiner berühmten Essen am Sonntagabend in die Wege leitete. Bei diesen Gesellschaften hatte nach dem Braten und der Apfelpastete, als allen von Zigarren und Bourbon der Kopf schwirrte, die Vision einer neuen Welt konkrete Form angenommen.

Wieso sollte Irina zu Frank? An ihrem ersten Arbeitstag? Man musste kein Genie sein, um sofort zu begreifen: Irina war nicht wegen der pro Minute getippten Wörter eingestellt worden.

Normalerweise luden wir die Neue erst einmal zum Mittagessen bei Ralph's ein, um mit ihr warm zu werden und die wichtigsten Fakten herauszubekommen: Nordwesten oder Nordosten? College oder Sekretärinnenschule? Allein oder in einer Beziehung? Dröge oder zu Späßen aufgelegt? Dann quetschten wir sie darüber aus, wo sie ihre Haare machen ließ, was sie am Wochenende unternahm, warum sie zur Agency gekommen war, was sie davon hielt, dass wir neuerdings laut Weisung keine flachen Schuhe oder ärmellosen Kleider mehr tragen durften. Doch als die Mittagspause heranrückte und verstrich und Irina noch immer nicht zurückgekommen war, mussten wir uns damit begnügen, ohne sie auf einen schnellen Snack in die Cafeteria zu gehen.

Sie kam zurück und hatte einen Stapel handgeschriebener Einsatzberichte dabei, die abzutippen waren – und ihr Verhalten war unverändert. Wenn schon sonst nichts, Profis waren wir. Und so fragten wir nicht, wie ihre Besprechung gewesen war oder welche besonderen Fertigkeiten sie besaß oder welche anderen Pflichten man ihr zugewiesen hatte.

～

Es war halb fünf – die Zeit, in der wir anfingen, langsamer zu tippen und unsere unerledigte Arbeit für den nächsten Tag zu den Akten zu legen und alle drei Minuten auf die Uhr zu schauen. Aber Irina tippte noch immer mit Schwung. Wir waren erfreut, dass die Neue eine anständige Arbeitsmoral hatte, zusätzlich zu allen anderen verborgenen Talenten, die sie besitzen mochte. Eine Schwachstelle im Schreibpool würde nur bedeuten, dass wir anderen alle mehr Arbeit bekämen. Um Punkt fünf Uhr standen wir auf und fragten Irina, ob sie Lust hätte, mit uns zu Martin's zu gehen.

»Martini? Tom Collins? Singapore Sling?«, fragte Judy. »Was willst du trinken?«

»Ich kann nicht«, antwortete Irina und deutete auf einen Stapel Papier. »Ich muss noch ein paar Dinge nachholen.«

»Nachholen?«, sagte Linda, als wir schließlich draußen waren. »An ihrem ersten Arbeitstag?«

»Hattest du an deinem ersten Arbeitstag eine Besprechung mit Frank?«, fragte Gail.

»Zum Teufel, ich hatte noch gar keine Besprechung mit Frank«, meinte Norma.

Die kalten Steine des Neides rumpelten in unseren Mägen, und wir wollten mehr wissen: Wir wollten alles über das neue russische Mädel herausfinden.

~

Irina arbeitete sich rasch ein. Wochen vergingen, und kein einziges Mal bat sie um Hilfe. Und das war ein Glück, denn wir hatten beileibe keine Zeit, jemandem die Hand zu halten. In diesem November war die Atmosphäre in der SR mehr als angespannt, nachdem die Nachricht von dem erfolglosen Aufstand der Ungarn gegen die Sowjetunion – und von unserer Rolle dabei – die Runde gemacht hatte. Von den Propagandabemühungen der Agency ermutigt, waren die ungarischen Protestierer in Budapest auf die Straße gegangen, um sich gegen die sowjetischen Besatzer aufzulehnen. Sie hatten geglaubt, Unterstützung von den westlichen Alliierten erwarten zu können. Es kam keine. Die Revolution dauerte ganze zwölf Tage, ehe die Sowjets ihr ein gewaltsames Ende bereiteten. Die Zahl der getöteten Ungarn, die in der *New York Times* genannt wurde, war entsetzlich, doch die Zahl, die wir in unseren Berichten tippten, noch viel furchtbarer. Sie meinten, das Richtige zu tun, glaubten, ihre gut vorbereiteten Pläne würden aufgehen. Unsere besten Leute waren beteiligt. Wie hätten sie scheitern können? Doch jetzt lag das Land in Trümmern. Die Agency *war* gescheitert. Allen Dulles – der Boss aller Spione, den wir nur zu sehen bekamen, wenn diejenigen von uns, die bei der Sicherheitsüberprüfung für ausreichend unbedenklich befunden worden waren, bei einer wichtigen Besprechung Protokoll führen sollten – verlangte Antworten, und es fiel den Männern ungeheuer schwer, ihm diese zu geben.

Wir wurden gebeten, Überstunden zu machen, an Besprechungen nach Arbeitsschluss teilzunehmen. Wenn wir länger bleiben mussten, als die Busse und Straßenbahnen fuhren, bezahlten sie unsere Taxis nach Hause. Als es auf Thanksgiving zuging, fürchteten wir, sie würden uns den Urlaub streichen. Gott sei Dank taten sie das nicht.

Diejenigen von uns, deren Familien so weit weg wohnten, dass sie nur per Flugzeug zu erreichen waren, blieben gewöhnlich über Thanksgiving in Washington und sparten ihre Gehaltsschecks für die Reisen zu Weihnachten. Dann trafen wir uns bei derjenigen, deren Wohnung am größten oder deren Mitbewohnerin verreist war, und trugen alle etwas zum Menü bei. Wir brachten einen Stuhl und eine abgedeckte Schüssel mit, und obwohl wir zu planen versuchten, wer was beisteuerte, hatten wir am Ende doch immer mindestens vier Kürbiskuchen und genug Truthahn für eine ganze Woche.

Diejenigen, deren Familien sich per Bus oder Bahn erreichen ließen, fuhren nach Hause. Und dort hießen uns unsere Eltern und Geschwister als die verlorenen Töchter willkommen. Für sie lag Washington mehr als eine Weltreise entfernt: Es war der Ort, an dem die Abendnachrichten gemacht wurden. Wir redeten absichtlich vage über unsere Arbeit, und unsere Familien hielten unser Leben für sehr viel aufregender, als es tatsächlich war. Wir ließen Namen wie Nelson Rockefeller und Adlai Stevenson einfließen oder den dieses unglaublich attraktiven Senators aus Massachusetts, Jack Kennedy, und sagten, wir seien diesen wichtigen Leuten auf der einen oder anderen Party oder Veranstaltung begegnet, obwohl wir von Glück reden konnten, wenn wir jemanden kannten, der jemanden kannte, der sie mal getroffen hatte.

Für diejenigen von uns, die in ihrer Heimat angekommen waren, gab es am Abend vor Thanksgiving immer ein großes Wiedersehen in einer Bar vor Ort. Die alte Meute von der High School traf sich zu Cocktails, und wir wählten unsere schicksten Stöckelschuhe und unsere weichsten Kaschmirpullover und achteten darauf, dass unser Haar perfekt frisiert war und wir keine Lippenstiftflecke auf den Zähnen hatten. Die beliebten Jungs, die uns in der High School übersehen hatten, vergaßen ihre Eheringe und sagten uns, wie toll es wäre, uns wiederzusehen, und wir sollten öfter nach Hause zurückkommen. In D. C. gehörten wir einfach zum großen Pulk der Regierungsmädels, aber in unseren Heimatstädten waren wir wer.

Wir verabschiedeten uns mit einem »Bis nächstes Jahr« von unseren alten Klassenkameraden und gingen leicht beschwipst nach Hause. Dort hatte mindestens ein Elternteil versucht, auf uns zu warten, war aber auf dem Sofa eingeschlafen. Am nächsten Tag bereiteten wir den Truthahn zu, aßen den Truthahn, machten ein Nickerchen, aßen noch mehr Truthahn und machten das nächste Nickerchen. *Es hat gutgetan, zu Hause zu sein*, erzählten wir unseren Tanten und Onkeln, Cousins und Cousinen. Und nach weniger als zwei Tagen saßen wir wieder im Bus oder Zug nach D. C., ein Truthahn-Sandwich in der Handtasche.

Als wir am Montag nach diesem Thanksgiving zurückkehrten, hatten wir Irina völlig vergessen und waren geradezu überrascht, sie an Tabithas Schreibtisch sitzen zu sehen. Aber wir erkundigten uns höflich, was sie über die Feiertage gemacht hatte. Sie erzählte uns, dass sie und ihre Mutter eigentlich nicht Thanksgiving feierten, sich aber Truthahn-Fertiggerichte von Swanson gegönnt hätten, die überraschend gut geschmeckt hätten. »Meine Mutter hat mir die Hälfte meiner Erbsen und meines Kartoffelbreis weggegessen, während ich mir ein Glas Wein holen war«, sagte sie. Wir hatten nicht gewusst, dass Irina mit ihrer Mutter zusammenlebte. Wir wussten kaum etwas über sie. Doch ehe wir weitere Fragen stellen konnten, kam Anderson mit Stapeln von Arbeit. »Dieses Jahr ist früher Weihnachten, Mädels«, verkündete er.

Wir stöhnten. Wie sehr beneideten wir unsere Kolleginnen auf dem Capitol Hill, die lange Auszeiten genossen, wenn der Kongress nicht tagte. Wir hatten kein solches Glück; die Agency schlief nie.

»'ne Menge Arbeit aufzuholen, Mädels. Also, hopp, hopp ans Werk!«

»'ne Menge Füllung gefressen letzte Woche, was?«, murmelte Gail, als Anderson ging.

Also machten wir uns an die Arbeit, und der restliche Morgen zog sich zäh in die Länge. Um elf waren wir schon bei unserer fünften Zigarette und schauten ständig auf die Uhr. Um zwölf sprangen wir buchstäblich von unseren Stühlen auf, um Mittag essen zu gehen. Die meisten von uns hatten Sandwiches mit übriggebliebenem Truthahn dabei, und Kathy hatte in einer Thermosflasche Truthahnsuppe mit Nudeln mitgebracht. Aber es war einfach einer der Tage, an denen wir aus dem Büro rausmussten. Der erste Tag nach dem Urlaub, und sei er noch so kurz gewesen, war immer der schlimmste.

Linda stand als Erste auf und knackte mit den Knöcheln. »Cafeteria?«

»Wirklich?«, fragte Norma.

»Oder zu Hot Shoppes?«, schlug Norma vor. »Ich hätte Lust auf ein Orange Freeze.«

»Zu kalt draußen«, meinte Judy.

»Zu weit weg«, sagte Kathy.

»La Niçoise?«, schlug Linda vor.

»Nicht jeder hat den Luxus eines Ehemanns, der ein Gehalt nach Hause bringt«, sagte Gail.

Wir schauten einander an und sagten wie aus einer Kehle: »Ralph's?«

Ralph's hatte nicht nur die allerbesten Doughnuts im District, sondern auch die köstlichsten Pommes frites und hausgemachtes Ketchup. Außerdem aßen die Männer dort nie zu Mittag. Sie gaben dem Old Ebbitt Grill den Vorzug, wo sie sich an Austern gütlich tun und sich an Zehn-Cent-Martinis satt trinken konnten. Manchmal, wenn ihnen gerade großzügig oder verliebt zumute war oder beides, luden die Männer uns dorthin ein. Dann bestellten sie ganze Tabletts voller Austern und Runden von Martinis für unseren Tisch, obwohl Kathy gegen Krustentiere allergisch war und Judy sich weigerte, irgendetwas zu essen, was man aus dem Ozean gefischt hatte.

Wir fragten Irina, ob sie sich zu uns gesellen wolle, weil sie endlich redete und wir sie weiterreden lassen wollten. Zu unserer Überraschung stimmte sie zu, obwohl wir gesehen hatten, wie sie am Morgen ein Fertigessen in den Kühlschrank im Pausenraum geräumt hatte.

Als wir auf dem Weg nach draußen waren, kamen uns Teddy Helms und Henry Rennet entgegen. Teddy mochten wir, aber bei Henry sah das ganz anders aus. Die Männer in der Agency gingen davon aus, dass wir nur in der Ecke saßen und still vor uns hin tippten. Aber wir hörten die Dinge nicht nur und schrieben sie nieder – wir merkten sie uns auch, vor allem die Namen. Und Henrys Name stand ganz oben auf unserer Liste. Uns war schleierhaft, warum er und Teddy Freunde waren. Henry war der Typ Mann, dem sein Selbstbewusstsein, nicht etwa sein gutes Aussehen, im Leben sehr viel eingebracht hatte. Viel zu viel: Frauen, eine hochrangige Position gleich nach dem Abschluss in Yale, genau die Einladungen, die man in Washington brauchte. Teddy war das genaue Gegenteil – jemand, der nachdachte, ehe er redete, der grüblerisch und ein wenig geheimnisvoll war.

»Ihr habt mir die Neue noch gar nicht vorgestellt.« Henry mischte sich ein, obwohl wir jeden Blickkontakt mit ihm vermieden hatten. Teddy stand neben ihm, die Hände in den Taschen, und schaute Irina von der Seite an.

»Die Haie ziehen schon ihre Kreise«, flüsterte Kathy.

»Hatten Sie etwa eine Einladung zur Einstandsparty erwartet?«, fragte Norma, der es nie ganz gelang, ihre Verachtung für Henry zu verbergen. Im vorigen Sommer hatte in der SR das Gerücht die Runde gemacht, dass er nach einem Grillabend bei Anderson mit Norma geschlafen hätte. In Wirklichkeit hatte Henry ihr angeboten, sie nach Hause zu fahren, und ihr dann an einer roten Ampel unter den Rock gefasst und sie befummelt. Norma war so schockiert gewesen, dass sie kein Sterbenswörtchen von sich gab, sie hatte einfach die Autotür aufgemacht und war ausgestiegen, mitten in den Verkehr hinein. Henry brüllte ihr aus dem Fenster hinterher, sie solle nicht so dämlich sein und in den gottverdammten Wagen zurückkommen, während die Autos hupten, um sie aus dem Weg zu scheuchen. Sie ging vier Meilen zu Fuß nach Hause, und erst Monate später erzählte sie uns von dem Vorfall.

»Natürlich«, sagte Henry. »Es ist meine Aufgabe, alles zu wissen, was hier vor sich geht.«

»Ach ja?«, fragte Judy.

»Ich bin Irina.« Sie streckte ihm die Hand hin, und Henry lachte.

»Wie originell«, sagte Henry und schüttelte ihr auf seine knochenzermalmende Art die Hand. »Ich bin Henry, angenehm.« Er wandte sich an Norma. »Das war doch gar nicht so schwer, oder?«

»Ich bin Teddy«, sagte Teddy und streckte Irina die Hand hin.

»Freut mich.« Es war klar, dass Irina nur höflich war, aber Teddy druckste wie ein Schuljunge herum und war eindeutig auf den ersten Blick hin und weg.

»Also«, sagte Norma und tippte auf eine unsichtbare Armbanduhr. »Aus unserer Mittagsstunde ist jetzt eine Mittags-halbe-Stunde geworden.«

Draußen schlug uns eine Windbö entgegen. Wir zogen unsere Schals fester, und Irina legte sich ein Fransentuch über den Kopf und wickelte es sich dann um den Hals. Wir fragten uns, wie viel von der alten Heimat wohl noch in ihr steckte. Wir wollten Irina sofort wegen Henry warnen und herausfinden, was sie von Teddy hielt, aber weil niemand mithören sollte, beschlossen wir, uns das aufzuheben, bis wir bei Ralph's waren.

Weihnachtliche Kränze und Girlanden an allen Laternenmasten hatten inzwischen die letzten Spuren des Herbstes verdrängt. Wir kamen bei Kann's vorbei und blieben stehen, um einer jungen Frau zuzusehen, die gerade in der Auslage des Geschäftes letzte Hand an eine kunstvolle Winterwunderlandschaft anlegte. Sie drapierte einzelne Lamettafäden über einen kahlen Kirschzweig, trat dann zurück, um ihre Arbeit zu bewundern. »So schön«, sagte Irina. »Ich liebe Weihnachten.«

»Ich dachte, die Russen feiern kein Weihnachten?«, fragte Linda. »Von wegen keine Religion und so?«

Wir schauten einander an, unsicher, ob diese Bemerkung Irina vielleicht verletzt hatte. Sie zog sich das Tuch fester ums Gesicht und sagte dann mit dick aufgetragenem russischem Akzent: »Nun, ich bin hier geboren, nicht?« Sie lächelte. Wir lachten und merkten, wie die kaum spürbaren Mauern unserer Gruppe zurückzuweichen begannen.

Kapitel 4

DIE SCHWALBE

Erinnern Sie sich noch an die Schlange?«, fragte Walter Anderson, während er sein Champagnerglas so schief über die Reling der *Miss Christin* hielt, dass es in den Potomac überlief. Mit roten Wangen, die eher dem Alkohol als der knackigen Herbstluft geschuldet waren, hielt er Hof vor sechs Leuten, die diese Geschichte bereits viele Male gehört hatten, mich eingeschlossen.

»Wer könnte die Schlange vergessen?«, fragte ich.

»Sie ganz bestimmt nicht, Sally.« Er zwinkerte mir übertrieben zu.

Ich zog Anderson gern ein bisschen auf, und er zahlte es mir genauso gern mit gleicher Münze zurück. Wir waren während des Krieges beide in Kandy bei Morale Operations, der Abteilung für psychologische Kriegsführung, stationiert gewesen, hatten Aufträge erledigt, bei denen es darum ging, Nachrichten so zu steuern, dass sie dem Wohl der Allgemeinheit dienten. Mit anderen Worten, wir hatten Propaganda verbreitet. Damals hatte er sich viel Mühe gegeben, sich an mich heranzumachen, und nachdem ich ihn zum zehnten Mal hatte abblitzen lassen, hatte er sich mit der Rolle des großen Bruders abgefunden.

»Haben Sie was im Auge?«, fragte ich. Die meisten Leute fanden ihn unausstehlich, ich hielt Anderson einfach für einen harmlosen Blödel.

Beim Publikum kam das bestens an: Jedes Mal, wenn wir alle beisammen waren, kamen umso mehr alte Geschichten an die Oberfläche, je tiefer der Pegel in den Flaschen sank. Nach dem Krieg waren die meisten auf andere Posten gewechselt und erlebten neue Geschichten, über die sie kein Sterbenswörtchen verlieren durften. Also erzählten sie die alten Geschichten, die sie schon Hunderte von Malen zuvor erzählt hatten. Die Schlangengeschichte war einer von Andersons Klassikern. Nach seiner Zeit im OSS, so das Gerücht, versuchte er sich daran, in Hollywood Drehbücher zu schreiben. Wir hörten davon, dass er an einer Reihe von Skripts gearbeitet hatte, einer Art Kreuzung aus *Mantel-und-Degen-Film* und *Besucher aus dem Weltraum*. Er hatte auch erste Gespräche mit Produzenten geführt, aber die Sache war nie recht in die Gänge gekommen. Dann hatte er beschlossen, den Rest seiner Tage damit zu verbringen, im Columbia Country Club seinen Rückschwung beim Golf zu perfektionieren, aber das wurde ihm anscheinend nach ein, zwei Monaten langweilig, und so klopfte er bei Dulles an – buchstäblich an dessen Haustür in Georgetown – und fragte nach einem Job bei der Agency. Anderson war damals Anfang fünfzig, und man gab ihm eine Stelle in der Verwaltung, obwohl er inständig darum gebeten hatte, wieder an vorderster Front arbeiten zu können.

Die alte Truppe hatte sich zusammengefunden, um eine Art Jubiläum zu feiern. Elf Jahre zuvor hatten wir bei Kriegsende unseren Posten in Ceylon verlassen. Die Zukunft des OSS und der amerikanischen Geheimdienste war damals ungewiss. Es sollte noch zwei Jahre dauern, bis die Agency gegründet wurde – zwei Jahre, bis man all den abtrünnigen OSS-Offizieren ein Zuhause gab, die es satt waren, in ihren Anwaltskanzleien und Börsenmaklerfirmen in New York Geld zu scheffeln, und die sich, mehr noch als nach dem erneuten Dienst für ihr Land, nach jener besonderen Macht sehnten, die der erlangt, der Geheimnisse zu wahren hat. Eine Macht, die manche, mich eingeschlossen, berauschender fanden als jede Droge, als Sex oder jede andere Methode, seinen Puls zu beschleunigen. Wir hatten geplant, unseren zehnten Jahrestag zu feiern, aber es wurde immer und immer wieder verschoben, bis jemand einfach einen Termin festsetzte.

»Jedenfalls«, fuhr Anderson fort, »war das Scheißding wirklich und wahrhaftig neun Meter lang.«

»Neunundzwanzig Fuß?«, ließ sich einer der jüngeren Agency-Männer hören.

»Genau, Henry, mein Junge. Und jetzt passen Sie gut auf! Dieses Vieh war eine Menschenfresserin. Hatte schon ein halbes Dutzend Burmesen umgebracht, als man mich hinzuzog.«

»Woher wissen Sie, dass es eine *Sie* war?«, erkundigte ich mich.

»Glauben Sie mir, Sally. Nur eine weibliche Schlange konnte so viel Unheil anrichten. Und es war ein Mann nötig, um sie in ihre Schranken zu weisen.«

»Und warum hat man dann Sie hinzugezogen?«, fragte ich.

»Beziehungen zur örtlichen Bevölkerung«, antwortete er mit ungerührter Miene. »Diese Schlange war eine echte Gefahr. Ich sag's euch, die war wie aus einem Horrorfilm. Sie tritt bis heute in meinen Alpträumen auf. Fragt nur Prudy.« Er deutete auf seine Gattin, die sich mit den anderen Ehefrauen im Inneren der Yacht aufwärmte. Sie war eine zierliche Frau mit großen gelben Plastikohrringen, die ihre Ohrläppchen in die Länge zogen, und sie schaute durch das Fenster zu uns heraus und winkte. »Jedenfalls wollte sie nicht aus ihrem Bau kommen ...«

»Genau wie diese Geschichte!«, rief jemand von hinten in der Menge.

»Also, es war eigentlich eher eine Höhle als ein Bau«, fuhr Anderson fort und ignorierte den Zwischenrufer. »Oft blieb sie monatelang da drin. Schlief, wartete. Bis sie eines Tages rausgeschlittert kam und sich vor einer Kuh in Stellung brachte. Und dann, rumms!« Er klatschte laut in die Hände. »Hat das arme Vieh ohne auch nur das kleinste Muh mit in ihre Höhle gezerrt. War ein echter wirtschaftlicher Verlust für die Dorfgemeinschaft. Und da konnten wir ja nicht einfach zusehen, oder?«

»Ist doch nicht der schlechteste Abgang«, sagte Frank Wisner, der sich zu der Gruppe gesellte. Der Kreis öffnete sich, damit der Boss einen Platz in der ersten Reihe bekam. Frank hatte das Boot bezahlt, auf dem wir standen, den Alkohol, den wir tranken, und die Krabbencocktails, die wir aßen. »Man ahnt nichts Böses«, fuhr er in seinem Mississippi-Singsang fort. »Steht nur irgendwo auf einer Wiese, käut ein bisschen wieder, überlegt, ob man zum Trinken an den Bach runtergehen soll, und dann …«

»Sei nicht so makaber, Frank«, sagte Anderson. »Herrgott noch mal.«

Anderson hatte zu nuscheln begonnen – und wenn es so weit war, brachten ihn die Worte, die er noch herausbekam, gewöhnlich in Schwierigkeiten. Da jetzt auch der Boss in der Menge stand, deutete ich ihm mit einer Handbewegung an, er solle voranmachen und seine verdammte Geschichte schleunigst zu Ende erzählen.

»Ich habe die ganze Operation beaufsichtigt.«

»Operation Kaa?«, fragte meine alte Freundin Beverly. Halb lachte sie, halb hatte sie Schluckauf, und die Menge kicherte.

»Himmelherrgott, kann ich jetzt weitererzählen?«

»Es hält dich niemand zurück«, sagte Bev mit kehliger Stimme, die darauf schließen ließ, dass sie ein Glas Schampus über den Durst getrunken hatte. Sie trug ein schwarzes Sackkleid von Givenchy, das sie unlängst bei einer Parisreise gekauft hatte. Nach dem Krieg hatte Bev einen Erdöl-Lobbyisten geheiratet, der es ihr ermöglichte, sich nach der neusten Mode zu kleiden, solange sie darüber hinwegsah, wenn er nach Hause kam und nach Bourbon und einem billigen Imitat von Chanel N° 5 roch. Sie konnte den Typen nicht ausstehen, also achtete sie darauf, dass das Arrangement so ausgewogen wie möglich war, indem sie alles frisch vom Laufsteg kaufte, ganz zu schweigen von dem einen oder anderen Techtelmechtel mit ihren alten Verehrern vom OSS, das sie sich gönnte.

Jemand reichte Anderson einen Flachmann. Er nahm einen Schluck und hustete. »Jedenfalls habe ich zehn Mann mit in diese Höhle, diesen Bau, was auch immer, genommen. Der Plan war, sie auszuräuchern und dann in den Sack zu stecken.«

»Was für einen Sack nimmt man denn für eine Neun-Meter-Schlange?«, fragte Frank. Er lächelte, stachelte Anderson an. Sie waren gleichzeitig zum OSS gekommen, aber Frank war nach ganz oben aufgestiegen, während Anderson irgendwo in der Mitte steckengeblieben war. Frank war noch immer attraktiv, hatte sich die Statur des Star-Leichtathleten bewahrt, der er vor dreißig Jahren am College gewesen war. Er war ein Mann, der alles für möglich hielt – besonders mit ihm selbst am Ruder. Aber irgendwas stimmte an diesem Abend nicht mit ihm. Ich hatte beobachtet, dass er mehrmals abseits von den anderen Gästen geblieben war und über den langsam strömenden Potomac hinausgeblickt hatte. Ich fragte mich, ob an den Gerüchten etwas dran sein könne, dass er einen Zusammenbruch erlitten hatte, nach-

dem die Sowjets die ungarische Revolution blutig nieder-
geschlagen hatten, die er mit herbeigeführt hatte.

Anderson nahm noch einen Schluck aus dem Flachmann und räusperte sich. »Gute Frage, Boss. Wir haben ein
paar Jutesäcke zusammengenäht, dann einen riesenlangen
Reißverschluss in der Mitte eingefügt.«

Frank grinste. Er kannte das Ende der Geschichte natürlich. »Und das hat gehalten?«

Anderson nahm noch einen Schluck. »Ich habe fünf
Männer den Sack halten lassen, zwei, die den Reißverschluss zuziehen sollten, sobald die Schlange drin war, zwei
in Bereitschaft mit Pistolen und ich als letzte Absicherung –
falls was schiefging.«

»Was konnte da schon schiefgehen?«, fragte ich.

»Was konnte nicht schiefgehen?«, merkte Frank an,
und die Zuhörer lachten lauter, als der Witz des Chefs es
verdient hätte.

»Ich sag's euch!«, antwortete Anderson. Doch ehe er
fortfahren konnte, geriet die *Miss Christin* ins Schlingern,
und die Maschinen stoppten. Jemand ging zum Kapitän,
um sich zu erkundigen, was los war, und stellte fest, dass
der nicht auf der Brücke war, sondern im Salon von den
Ehefrauen umringt einen Drink genoss. Der Kapitän machte sich auf den Weg zum Schiffsingenieur, der ihm bestätigte, dass eine Sicherung durchgebrannt war, und erklärte, er
würde im Yachthafen anrufen und darum bitten, dass das
Schiff ans Dock geschleppt würde. Frank wies den Kapitän
an, mit dem Telefonat noch eine Stunde zu warten, und die
Party ging auf offener See weiter.

Während wir so dahindümpelten, erzählte Anderson,
sie hätten die Schlange mit einem Kanister Tränengas aus
ihrer Höhle ausgeräuchert, und als sie herauskam, hätten
sie sie im Sack eingefangen und den Reißverschluss zuge-

zogen. Doch die Schlange, eine echte Kämpferin, sprengte sich innerhalb von Minuten wieder heraus. Aber keine Sorge, da stand ja Anderson mit seiner gezückten Pistole: »Genau zwischen die Augen«, sagte er.

»Das arme Ding«, meinte ich.

»Totaler Quatsch«, sagte Frank.

Anderson legte die Hand aufs Herz. »Ich schwöre.«

Tatsächlich hatte Andersons Frau Prudy die Geschichte bestätigt, als ich sie zum ersten Mal hörte – bei Steaks zum Abendessen in The Colony –, und erklärt, dass die Schlangenhaut wirklich bei ihnen im Keller in einer alten Kühlbox vor sich hin gammelte. »Warum er das widerliche Ding überhaupt mit nach Hause gebracht hat, ist mir schleierhaft«, sagte sie zu mir.

Ich drückte Anderson kurz den Arm und entschuldigte mich, um mich am Heck zu Bev zu gesellen. Sie beugte sich vor und zündete mir eine Zigarette an. »Hallo Fremde«, sagte sie. »Ist die Geschichte schon vorbei?«

»Endlich.«

In der Ferne sahen wir das angestrahlte Jefferson Memorial, dahinter schlief der nächtliche District. Unter dem orangegelben Nachthimmel wirkte die Stadt friedlich, die Machtspielchen und das ständige Gerangel schienen zumindest für die Dauer der Nacht zu ruhen.

»Ganz schön, was?«, fragte Bev.

»Wirklich ganz schön, Bev.« Überrascht hatte ich festgestellt, dass ich mich tatsächlich amüsierte. Nach dem Krieg war ich nach Washington zurückgekommen, weil man mir versprochen hatte, dass ich einen guten Job im Außenministerium ergattern könnte. Ich bekam auch einen – doch anstatt eines bequemen Postens im Außenministerium mit eigenem Büro schickte man mich in den Keller und ließ mich Akten sortieren. Das hielt ich gerade mal sechs Monate durch, ehe ich kündigte und auf Abstand zu den Jungs in diesem Verein ging.

Ich war schon so manches gewesen, Archivarin aber noch nie. Und ich konnte nicht einmal vorgeben, es zu sein. Ich war Krankenschwester, Kellnerin und Erbin gewesen. Ich hatte mich als Bibliothekarin ausgegeben. Jemandes Ehefrau, jemandes Geliebte, Verlobte, Liebhaberin, all das war ich gewesen. Russin, Französin und Britin. Ich war aus Pittsburgh, Palm Springs und Winnipeg gekommen. Ich konnte so gut wie jede Rolle übernehmen. Ich hatte eines jener Gesichter – mit großen Augen und stets zu einem Lächeln bereit –, die den Leuten die Überzeugung einflößen, sie könnten in einem lesen wie in einem Buch, dass man nichts zu verbergen hatte und, wenn doch, es ohnehin nicht verbergen könnte. Mein Gesicht und – wegen der wachsenden Beliebtheit von Schauspielerinnen mit üppigeren Kurven wie Marilyn Monroe und Jayne Mansfield – auch meine Figur, gegen die ich als junges Mädchen noch anzuhungern versucht hatte, all das war mir immer zugutegekommen, wenn es darum ging, mächtigen Männern ihre Geheimnisse abzutrotzen.

Ich spazierte mit hocherhobenem Kopf aus dem Außenministerium, rief dann die Mädels zusammen. Wir gingen auf einen Drink und dann ins Café Trinidad, um bis zur Sperrstunde zu tanzen, die in D. C. leider schon um Mitternacht begann. Am nächsten Tag pflegte ich meinen Kater mit einem kalten Wickel und einer Bloody Mary, bis ich ein wenig die Nerven verlor, als mir klarwurde, dass ich keinen Job, kein Einkommen und keine Ersparnisse hatte. Letzteres wegen eines Wesenszuges, der mein Segen und Fluch zugleich war: wegen meines außerordentlich gut entwickelten Sinns für alles Schöne. Ein Segen, weil mein angeborenes Stilgefühl den Leuten den Eindruck vermittelte, ich sei mit einem silbernen Löffel im Mund an einem Ort wie

Grosse Pointe oder Greenwich geboren und nicht in einer heruntergekommenen Häuserzeile mit Schindelfassaden in Little Italy in Pittsburgh. Ein Fluch, weil mein guter Geschmack oft meine Mittel übertraf.

Ich wusste, dass ich mir etwas überlegen musste, ehe mein Kontostand in alarmierende Niederungen herabsank. Zu Mommy oder Daddy zu rennen, ein Luxus, auf den einige meiner Freundinnen zurückgreifen konnten, wenn die Zeiten härter wurden, kam nicht in Frage. An diesem Abend blätterte ich mein kleines schwarzes Adressbuch durch und arrangierte eine Reihe von Treffen mit Lobbyisten und Anwälten in D. C., mit dem einen oder anderen Diplomaten und ein, zwei Kongressabgeordneten. Die Begegnungen waren langweilig und ermüdend, aber irgendwann war die Miete für meine Wohnung in Georgetown bezahlt, ich hatte dabei sehr gut gegessen, und die Männer, deren Gesellschaft ich zu genießen vorgab, hatten dafür gesorgt, dass meine Kleidung mit der von Bev wetteifern konnte. Ich fühlte mich nicht zu ihnen hingezogen, und doch, wie leicht war es gewesen, sie vom Gegenteil zu überzeugen.

Diese Art »Arbeit« kam mir sehr entgegen. Aber nach einer Weile wurde mir der ständige Kreislauf von Taxi, Dinner, Hotel, Taxi, Dinner, Hotel langweilig. Das und der hohe Aufwand an persönlicher Pflege ermüdeten mich. All das Bürsten, Zupfen, Färben, Wachsen, Bleichen, Quetschen, ja sogar das ewige Einkaufen forderte allmählich seinen Tribut.

Ich überlegte, ob ich Stewardess werden sollte. Das Pan-Am-Blau würde mir großartig stehen. Außerdem liebte ich das Reisen. Das hatte mir während des Krieges am besten gefallen: die Möglichkeit, jederzeit seine Zelte abzubrechen, um an einen neuen Ort zu gehen, und alle paar Monate versetzt zu werden. Aber die würden nur einen Blick auf mein Alter werfen – zweiunddreißig, wenn ich ehrlich war, sechsunddreißig, wenn ich wirklich ehrlich war – und sagen, ich wäre »überqualifiziert«.

Um der Wahrheit die Ehre zu geben: Ich vermisste die Arbeit beim Geheimdienst, ich vermisste das Gefühl, zu den Eingeweihten zu gehören. Als Bev also ein letztes Mal anrief, um mich zu überreden, zu dieser Party zu gehen, sagte ich schließlich ja.

»So viele vertraute Gesichter«, meinte Bev und musterte die Schar der Gäste. Die Musik hatte wieder eingesetzt, und die Leute tanzten und schütteten einander ihren Gin Fizz über. Auf der anderen Seite des Decks entdeckte ich Jim Roberts, der gerade irgendeinem armen Mädchen zu Leibe rückte. Jim hatte mich einmal bei einer Botschaftsparty in Schanghai in die Ecke manövriert, mir die Hände um die Taille gelegt und gesagt, er würde erst loslassen, wenn ich ihm ein Lächeln schenkte. Ich lächelte und rammte ihm das Knie in den Schritt.

»Vielleicht ein paar vertraute Gesichter zu viel.«

»Darauf trinke ich«, sagte Bev. Sie lehnte sich über die Reling und strich sich eine Strähne ihres dunkelbraunen Haars aus dem Gesicht. Bev war eine jener Frauen, deren Schönheit sich spät entwickelt, die die Jahre in der High School, im College und in den frühen Zwanzigern übersprangen, erst mit Ende zwanzig aufzublühen begannen und die volle Pracht erst mit den Dreißigern erreichten. Bev hatte selbst ihre Erfahrungen mit Jim Roberts gemacht. »Und trotzdem«, fuhr sie fort, »wünschte ich mir, alle Mädels hätten hier sein können.«

»Ich auch.« Bev und ich waren die Einzigen aus unserer alten Clique, die noch in Washington wohnten. Julia lebte mit ihrem neuen Ehemann in Frankreich, Jane war mit dem Ehemann einer anderen in Djakarta, und Anna war entweder in Venedig oder in Paris, je nachdem, wie sie in diesem Monat gerade gelaunt war. Wir hatten uns damals auf der *Mariposa* kennengelernt, einem ehemaligen Luxusdampfer, den man requiriert hatte, um GIs an die Front zu bringen. Wir waren die einzigen Frauen an Bord und teilten uns eine enge Kabine, die mit Metallstockbetten, einer Toilette und einer Badewanne ausgestattet war, die kaltes Salzwasser ausspuckte. Trotz der lagerähnlichen Bedingungen und der Seekrankheit kamen wir alle fabelhaft miteinander aus. Wir waren Anfang zwanzig und bereit, die Welt zu erobern. Wir waren Mädchen, die mit der *Schatzinsel* und *Robinson Crusoe* aufgewachsen und später zu H. Rider Haggards *Sie. Roman aus dem dunkelsten Afrika* übergegangen waren. Wir fanden zusammen, weil wir alle glaubten, dass ein Leben voller Abenteuer nicht den Männern vorbehalten war, und wir machten uns daran, unseren Anteil einzufordern.

Das Wichtigste war, dass wir einen ähnlichen Humor hatten, was hilfreich ist, wenn man sich eine Toilette mit fragwürdiger Spülung teilen muss – besonders wenn das Schiff in rauerem Seegang gerät. Julia trieb für ihr Leben gern Schabernack, und einmal brachte sie das Gerücht in Umlauf, wir wären eine Gruppe katholischer Nonnen auf dem Weg nach Kalkutta. Die Männer, die uns bis dahin bei jeder sich bietenden Gelegenheit hinterhergerufen und gepfiffen hatten, wurden nun ganz ehrfürchtig, wenn sie uns auf den Korridoren begegneten. Ein Soldat hatte uns sogar gefragt, ob wir für seinen kranken Hund beten würden. Ich schlug ein Kreuz, und Bev prustete vor Lachen los.

Als die *Mariposa* in Ceylon festmachte, waren wir unzertrennlich und klammerten uns hinten in dem Lastwagen aneinander fest, mit dem wir durch den Dschungel zum Hafen in Kandy gebracht und dort wie Ballast abgeworfen wurden. Umgeben von Teeplantagen und grellgrünen Reisterrassen, die sich sanft von den Hügeln erstreckten, schien Kandy, obwohl es lediglich eine Bucht von den Schrecken entfernt lag, die in Burma wüteten, so weit vom Krieg entfernt zu sein wie nur irgend möglich.

Viele von uns dachten gern an unsere Zeit in Kandy zurück. Und wenn wir einander schrieben oder, wenn wir Glück hatten, uns persönlich trafen, schwelgten wir in Erinnerungen an die vielen Nächte unter einem Himmel, der so weit und so dunkel war, dass die Sterne in mehreren Schichten funkelten. Wir sprachen davon, wie wir mit einer rostigen Machete Papayas direkt von den Bäumen geschnitten hatten, die um unsere strohgedeckten OSS-Büros standen, oder davon, wie einmal ein Elefant auf unser Gelände vorgedrungen war und mit einem Glas Erdnussbutter wieder herausgelockt werden musste. Wir erinnerten uns an die Partys im Offiziersclub, die die ganze Nacht hindurch gingen, wie wir die Beine in den blaugrünen Kandy Lake baumeln ließen und sie rasch wieder herauszogen, wenn wir irgendein blubberndes Wesen aufgestört hatten, das dort in der Tiefe lauerte. Da waren die langen Reihen der Mönche auf dem Hin- und Rückweg zum Tempel des Heiligen Zahns, die verschwitzten Wochenenden in Colombo, das Brillenlangur-Weibchen, das wir Matilda getauft hatten und das in unserer Essenshütte seine kleinen Affenjungen auf die Welt gebracht hatte.

Ich hatte als Hilfskraft bei den Morale Operations angefangen – Ablage, Tippen und dergleichen. Als ich eine Einladung zu einem Dinner in der luxuriösen Residenz von Earl Louis Mountbatten oben auf dem Hügel erhielt, von der man auf das OSS-Gelände herabschaute, nahm meine Laufbahn eine Wende. Es war die erste von vielen Partys, an denen ich teilnehmen würde, und dort bemerkte ich zum ersten Mal, dass mächtige Männer mir nur allzu gern Informationen mitteilten, ob ich sie nun darum gebeten hatte oder nicht.

So fing es an. Für diese erste Party hatte ich mich in ein tief ausgeschnittenes schwarzes Abendkleid gezwängt, das Bev »für alle Fälle« eingepackt hatte, und gegen Ende des Abends ließ ein brasilianischer Waffenhändler, der mit mir geschäkert hatte, die Bemerkung fallen, er glaube, es gebe einen Maulwurf in Mountbattens Stab. Ich gab diesen Hinweis am nächsten Tag an Anderson weiter. Was der OSS mit dieser Information anstellte, weiß ich nicht. Doch schon bald wurde ich mit Einladungen zu solchen Dinners überhäuft, man brachte mich mit wichtigen Besuchern zusammen und gab mir Fragen mit, die ich den redseligen Männern stellen sollte.

Ich machte meinen neuen Job gut – so gut, dass man mir eine Vergütung zum Kauf von Kleidern zugestand, die zusammen mit unserem Toilettenpapier, dem Frühstücksfleisch und dem Mückenschutzmittel per Schiff zu uns geschickt wurden. Das Komische an der Sache war, dass ich mich nie als Spionin verstand. Sicher brauchte es für dieses Gewerbe doch mehr, als nur zu lächeln und über blöde Witze zu lachen oder so zu tun, als interessiere einen alles, was diese Männer sagten. Damals gab es noch keinen Namen dafür, aber bei dieser ersten Party wurde ich zur Schwalbe: einer Frau, die ihre gottgegebenen Talente nutzt, um an Informationen zu gelangen – Talente, die ich seit der Pubertät erprobt hatte, in meinen Zwanzigern verfeinert und in meinen Dreißigern schließlich vervollkommnet hatte. Diese Männer glaubten, dass sie mich ausnutzten, doch es war genau umgekehrt; meine Macht lag darin, dass ich ihnen das Gegenteil vorgaukelte.

»Lust zu tanzen?«, fragte Bev.

Ich rümpfte die Nase, als Bev mit den Hüften wackelte. »Dazu?«, brüllte ich ihr über Perry Como hinweg zu. Bev war das egal. Sie packte mich bei den Armen und schwenkte sie so lange vor und zurück, bis ich klein beigab. Als ich gerade in Schwung kam, schaltete jemand mit einem Ratschen der Nadel den Plattenspieler aus. Hinten in der Menschenmenge schlug jemand mit der Gabel gegen ein Glas, und alle anderen taten es ihm nach, bis das ganze Boot klang wie ein Kronleuchter im Sturm.

»Ach du je«, sagte Bev. »Jetzt geht's los.«

Die Männer fingen mit den Trinksprüchen an. *Auf Frank! Auf Wild Bill! Auf die immer wachsamen alten Kerle! Auf die sonst so traurigen alten Säcke!* Dann wurden die Lieder gesungen, mit denen wir auch damals in Kandy unsere Abende beendet hatten: »I'll Be Seeing You« und »Lili Marleen«, gefolgt von den nicht-ganz-so-geheimen Clubliedern aus Harvard und Princeton und Yale. Bev und ich hatten uns immer über dieses trunkene Musical amüsiert, mit dem jede Party zu Ende ging – aber in dieser Nacht mussten wir uns einfach unterhaken und in den Gesang einfallen.

Das Tuten eines nahenden Schleppers, der gekommen war, um uns in den Yachthafen zurückzuziehen, unterbrach die dritte Runde von Yales »'neath the Elms«. Wir riefen hinüber, dass der Kapitän des Schleppers auf einen Absacker zu uns kommen solle. Doch er und ein anderer Mann, die beide nicht gerade glücklich darüber schienen, dass man sie aus dem Bett gezerrt hatte, damit sie uns besoffene Meute retteten, machten sich unbeirrt daran, die *Miss Christin* zu vertäuen.

Als wir wieder an Land waren, debattierten die Männer hin und her, ob man sich zum Social Club auf der Sixteenth oder zum 24-Stunden-Diner an der U Street aufmachen sollte. Bev und ich verabschiedeten uns bei der schwarzen Limousine, die ihr Mann geschickt hatte, und versprachen uns, dass bis zum nächsten Wiedersehen nicht wieder so viel Zeit verstreichen würde. »Bist du sicher, dass ich dich nicht mitnehmen soll?«, fragte sie.

»Ich brauche ein bisschen frische Luft.«

»Wie du willst.« Sie warf mir vom offenen Fenster eine Kusshand zu, als der Wagen losfuhr.

Jemand tippte mir auf die Schulter. »Darf ich Sie begleiten?«, fragte Frank. »Ich kann auch ein bisschen frische Luft gebrauchen«, meinte er, und sein Atem war minzfrisch mit einem Hauch Tabak. Er schien vollkommen nüchtern zu sein. Ich fragte mich, ob er den ganzen Abend Coca-Cola getrunken hatte. »Wir gehen doch in dieselbe Richtung, nicht?«

Frank wohnte nur eine Straße weiter als ich, doch sein Stadthaus in Georgetown war Lichtjahre von meiner kleinen Wohnung über einer französischen Bäckerei entfernt. »Das tun wir«, bestätigte ich. Frank war nicht der Typ Mann, der Hintergedanken hatte, wenn er eine junge Frau nach Hause begleitete. Solange ich ihn kannte, hatte er nie irgendwelche Annäherungsversuche unternommen. Wenn Frank sagte, dass er sich unterhalten wolle, dann wollte er gewöhnlich über Geschäftliches reden. Er gab seinem Fahrer, der neben der offenen Tür seiner schwarzen Limousine stand, ein Zeichen. »Ich gehe heute Abend zu Fuß«, rief er. Der Fahrer tippte sich an die Mütze und schloss die Tür.

Wir entfernten uns vom Potomac und gingen durch die verschlafenen Straßen des Zentrums von Washington.

»Ich bin froh, dass Sie gekommen sind«, sagte er. »Ich hatte gehofft, Beverly könnte Sie dazu überreden.«

»Sie wusste Bescheid?«

»Weiß sie nicht immer Bescheid?«

»Ich ...« Ich lachte. »Ja, ich denke schon.«

Er schwieg wieder, als hätte er vergessen, warum er mich auf meinem Heimweg begleiten wollte.

»Sie hätten Ihren Fahrer früher nach Hause schicken können, anstatt ihn die ganze Nacht auf Sie warten zu lassen.«

»Ich wusste vorher nicht, dass ich zu Fuß gehen würde«, sagte er. »Nicht, ehe ich mich entschieden hatte.«

»Sich entschieden?«

»Fehlt es Ihnen?«

»Die ganze Zeit«, antwortete ich.

»Darum beneide ich Sie. Wirklich, ich beneide Sie.«

»Wünschten Sie, Sie hätten auch aufgehört? Nach dem Krieg?«

»Ich habe nie viel über das Wenn und Aber nachgedacht«, sagte Frank. »Aber jetzt ... bin ich mir nicht mehr so sicher. Die Welt ist nicht mehr so schwarz-weiß wie früher.«

Wir waren bei der Bäckerei angekommen. Es brannte Licht, der Bäcker schob bereits die Baguettes in den Ofen. Ich hatte mich nicht nur für diese Wohnung entschieden, weil sie in meiner Preisklasse lag, als ich im Außenministerium anfing, sondern auch, weil ich den Duft des frisch gebackenen Brotes beinahe noch mehr liebte als seinen Geschmack.

»Ich habe mir sagen lassen, Sie suchen eine andere Arbeit.«

»Vor Ihnen kann man auch nichts geheim halten, Frank.«

Er lachte. »Nein, wirklich nicht.«

»Wieso? Haben Sie von einer Stelle gehört?«

Er warf mir ein dünnlippiges Lächeln zu. »Na ja, ich habe was, das für Sie vielleicht von Interesse sein könnte.«

Ich neigte mein Ohr zu ihm hin.

»Es geht um ein Buch.«

OSTEN

1950–1955

Kapitel 5

~~DIE MUSE~~
DIE REHABILITIERTE

*H*ochverehrter Anatoli Sergejewitsch Semjonow,
*dies ist nicht der Brief, auf den Sie schon so lange warten.
Hier geht es nicht um das Buch. Dies ist nicht das Geständnis,
das die Verbrechen beweist, die Sie mir angelastet haben. Es ist
auch keine Beteuerung meiner Unschuld. Ich bin unschuldig,
was all das angeht, dessen ich angeklagt wurde, aber ich bin
nicht frei von Schuld. Ich habe mir einen Mann genommen, obwohl ich wusste, dass er eine Ehefrau hatte. Ich habe als Tochter versagt, als Mutter versagt – und meine eigene Mutter muss
jetzt die Scherben aufsammeln, die ich hinterlassen habe. All
das ist nun vorbei, und doch verspüre ich noch den Drang zu
schreiben.*

*Vielleicht glauben Sie jedes Wort, das ich mit diesem Blei-
stift schreibe, den ich für zwei Zuckerrationen eingetauscht
habe, vielleicht halten Sie auch alles für Fiktion. Darauf kommt
es nicht an. Ich schreibe nicht für Sie; Sie sind nur ein Name,
der oben auf meinem Brief steht. Und ich werde diesen Brief nie
abschicken. Alle Seiten werden verbrannt, sobald ich sie fertig-
geschrieben habe. Ihr Name ist für mich nicht mehr als eine blo-
ße Grußformel.*

*Sie haben gesagt, ich hätte Ihnen während unserer nächt-
lichen Unterhaltungen nicht alles erzählt, ich hätte in meinen
»Geschichten« große Lücken gelassen. Als Vernehmer wis-*

sen Sie wahrscheinlich, wie unzuverlässig das Gedächtnis sein kann. Man wird den Ablauf der Ereignisse im Kopf nie richtig erfassen. Trotzdem werde ich es versuchen.

Ich habe diesen einen gespitzten Bleistift. Er ist kürzer als mein Daumen, und mir tut schon jetzt das Handgelenk weh. Aber ich werde mit diesem Stift schreiben, bis er aufgebraucht, ganz zu Staub zerfallen ist.

Aber wo soll ich anfangen? Soll ich mit diesem Augenblick beginnen? Wie ich meinen Tag verbracht habe, den sechsundachtzigsten der 1825 Tage, die ich brauche, um rehabilitiert zu werden? Oder sollte ich mit dem beginnen, was schon geschehen ist? Wollen Sie etwas über meine Sechshundert-Kilometer-Reise an diesen Ort erfahren? Saßen Sie schon einmal in einem der Züge, die ins Nirgendwo fahren? Haben Sie schon einmal die fensterlosen Holzkästen von innen gesehen, in denen wir unablässig bibberten, während wir darauf warteten, an den nächsten Ort gebracht zu werden? Wissen Sie, wie es ist, am Ende der Welt zu leben, Anatoli? So weit weg von Moskau, von Ihrer Familie, von allem, was warm ist, von jeglicher Freundlichkeit?

Interessiert es Sie, dass die Wachen uns während des letzten Abschnittes unserer Reise zwangen, zu Fuß zu gehen? Dass es so kalt war, dass die anderen Frauen, als die Gefangene neben mir zusammenbrach, ihr den Stiefel vom Fuß rissen und ihr kleiner Zeh noch darin steckte? Oder dass ich ein Zugabteil mit einer Frau teilte, der zwei dünne Zöpfe über den Rücken hingen und die behauptete, sie hätte ihre beiden kleinen Kinder in der Badewanne ertränkt? Dass sie, als jemand sie fragte, warum sie das getan hätte, antwortete, eine Stimme, die noch immer nicht verstummt sei, hätte es ihr aufgetragen? Sollte ich Ihnen davon erzählen, wie sie nachts schreiend aufwachte?

Nein, Anatoli, von diesen Sorgen schreibe ich Ihnen nicht. Wirklich, bei allem, was Sie wissen, langweilen diese Einzelheiten Sie wahrscheinlich nur, und langweilen möchte ich Sie nicht. Ich wünsche mir, dass Sie weiterlesen.

Lassen Sie mich zurückdenken.

Von Moskau aus kamen wir zunächst in einem Übergangslager an, das von weiblichem Wachpersonal geleitet wurde – das war eine kleine Verbesserung gegenüber den Bedingungen, unter denen Sie und ich uns kennengelernt haben. Die Zellen waren sauber, hatten Betonböden und rochen nach Ammoniak. Jede Frau in unserer Zelle, Zelle Nummer 142, hatte ihre eigene Matratze, und die Wärterinnen schalteten nachts das Licht aus und ließen uns endlich schlafen.

Doch nicht lange.

Wenige Tage nach unserer Ankunft kamen sie in der Nacht und leerten die Zelle Nummer 142. Sie setzten uns in die Züge und sagten uns, der nächste Halt, der einzige Halt wäre Potma. Der Zug war dunkel und roch nach verfaulendem Holz. Eisenstäbe trennten die Abteile vom Korridor, so dass uns die Wachen jederzeit sehen konnten. Es standen zwei Blecheimer in der Ecke – einer war unsere Toilette, der andere voller Löschkalk, um unseren Dreck zu überdecken. Ich ergatterte in einem hölzernen Stockbett einen Platz in der oberen Etage, wo ich mich hinlegen und die Beine ausstrecken konnte. Wenn ich den Kopf verdrehte, konnte ich durch die Ritzen in der Decke ein Scheibchen Himmel sehen. Wäre dieses winzige Stück Himmel nicht gewesen, ich hätte nicht gewusst, ob es Tag oder Nacht war und wie viele Tage und Nächte vergangen waren, seit wir eingestiegen waren.

Es war Nacht, als der Zug anhielt.

Der Bahnhof sah eher aus wie eine Futterkrippe. Doch anstelle von Schafen oder Eseln erwarteten uns auf dem Bahnsteig Männer in abgewetzten Uniformen mit Hunden, die wie stämmige Löwen wirkten. Die Wachen brüllten uns an, wir sollten aussteigen, und wir schauten einander mit furchtsamen Blicken an. Als keine aufstand, packte eine der Wachen eine junge Frau mit kurzem rotem Haar beim Arm und befahl ihr, sich in die Reihe zu stellen. Wir folgten schweigend.

Der Wärter am Kopf der Schlange hob eine Hand, und der Marsch begann. Als wir den Bahnsteig verlassen hatten, wurde uns klar, dass es für den restlichen Weg keinen anderen Zug oder Lastwagen geben würde. Ich zog mir die Ärmel meines Mantels über die zur Faust geballten Hände. So waren sie warm, aber ich wusste, dass es nicht lange anhalten würde.

Durch jungfräulichen Schnee bahnten wir uns einen Weg an den Bahngleisen entlang, bis sie endeten und im Weiß versanken. Keine fragte, wie lange wir marschieren würden, aber wir konnten an nichts anderes denken. Würden es zwei Stunden oder zwei Tage sein? Oder zwei Wochen? Stattdessen versuchte ich, mich auf die Fußstapfen der Frau vor mir zu konzentrieren, deren Namen ich nie erfuhr. Ich versuchte, meine eigenen kleineren Füße ordentlich in die Spuren einzupassen, die sie hinterließ. Ich versuchte, nicht daran zu denken, dass meine Zehen und Finger zu kribbeln angefangen hatten, dass mir der Rotz aus der Nase triefte und in dem Grübchen über meiner Oberlippe gefror – in dem gleichen Grübchen, das Borja oft mit der Fingerspitze berührt hatte, wenn er mich neckte.

All das hätte eine Szene aus Doktor Shiwago sein können. Ja, Anatoli, aus dem Buch, das Sie so gern lesen wollen. Unser Marsch fühlte sich an, als hätte Borja ihn sich ausgedacht. Der Vollmond erleuchtete die schneebedeckte Straße, warf seinen silbrigen Schein auf unsere Fußstapfen. Es war eine tödliche Schönheit, und wenn ich noch einen Funken Verstand gehabt hätte, wäre ich vielleicht einfach losgerannt, in die Wälder hinein, die die Straße säumten, wäre gerannt und gerannt, bis mein Körper erschöpft zusammensackte oder bis mich jemand aufhielt. Ich glaube, ich wäre gern dort gestorben, an diesem

Ort, der sich anfühlte, als hätten ihn Borjas Träume herauf-
beschworen.

Zuerst spitzten die Wachtürme – jeder von einem roten Stern
gekrönt – hinter den Wipfeln der hohen Tannen in der Ferne
hervor. Als wir näher kamen: der Stacheldrahtzaun, der kahle
Hof, die Reihen von Baracken, ein dünner Rauchfaden, der den
Himmel mit dem Schornstein eines jeden Hauses verband. Ein
unterernährter Hahn schritt den Zaun ab, sein Schnabel war ge-
borsten, sein Kamm eingekerbt.

Wir waren angekommen.

Ich kann nicht für uns alle sprechen, aber ich hatte jede
Sekunde, jede Minute, jede Stunde und jeden Tag unseres Vier-
tagemarsches damit verbracht, von Wärme zu träumen. Doch
als man uns durch ein Tor im Stacheldrahtzaun trieb und wir
uns an den Feuern in Blechfässern auf dem Hof wärmen durften, war mir kälter als je zuvor.

Auf der anderen Seite des Hofes standen vierzig oder fünfzig Frauen in einer Reihe, Blechteller und Becher in den Händen, warteten sie auf ihr Essen. Sie wandten sich um, als wir
näher kamen, musterten abschätzend unsere bleichen Gesichter, unsere vollen Haarschöpfe, unsere Hände: mit Frostbeulen,
ja, aber noch ohne Schwielen. Wir schauten auf ihre gelblichen
Gesichter, die mit Kopftuch bedeckten oder rasierten Schädel,
ihre breiten, gebeugten Schultern. Schon bald würde es sein, als
blickte man in einen Spiegel. Schon bald würden wir da für Essen anstehen, während eine neue Gruppe Frauen ihre Rehabilitierung begann.

Ein Dutzend Wärterinnen erschien, und die Männer, die
uns hatten hermarschieren lassen, machten kehrt und stapften
schweigend in den Schnee zurück. Wir wurden in ein langes

Gebäude mit festem Boden und einem Ofen geführt. Dort wiesen uns die Wärterinnen an, wir sollten uns auskleiden. Nackt und bibbernd standen wir da, während sie uns mit den Fingern durchs Haar fuhren, dann über unsere Körper, wobei sie unsere Arme anhoben und unter unseren Brüsten nachschauten. Sie befahlen uns, die Finger, die Zehen, die Beine zu spreizen. Sie steckten ihre Finger in unsere Münder. Mir wurde allmählich warm, aber nicht von dem Holzofen. In mir begann eine Wut zu brennen, mit der ich noch immer zu kämpfen habe. Haben Sie je eine solche Wut verspürt, Anatoli? Eine Wut, die irgendwo in Ihnen lodert, die Sie nicht orten können, die Sie aber plötzlich entflammen lassen kann wie ein Streichholz das Benzin? Überkommt diese Wut Sie nachts, wie sie mich überkommt? Sind Sie deswegen in der Position, die Sie jetzt innehaben? Ist Macht, ganz gleich was sie kostet, die einzige Linderung?

Nach der Durchsuchung stellten wir uns wieder hintereinander auf. Im Gulag steht man immer Schlange, Anatoli. Sie reichten uns Stücke Kalkseife, nur winzige Scheibchen, und drehten die Duschen auf. Das Wasser war kalt, fühlte sich aber auf unserer durchfrorenen Haut brühheiß an. Wir trockneten an der Luft und wurden dann mit einem Pulver bestäubt, das alles, was wir vielleicht mitgebracht hatten, töten sollte.

Eine Polin mit wunderschönen flachsblonden Haarbüscheln rings um ihren ansonsten kahlen Schädel saß an einem Tisch und flickte Kittel von der Farbe eines trüben Tages. Sie musterte uns eine nach der anderen und deutete dann entweder auf einen Stapel Kittel zu ihrer Rechten oder zu ihrer Linken: groß und noch größer.

Eine Frau mit abstehenden Ohren und einer noch weiter abstehenden Nase gab uns Schuhe, ohne auch nur den Versuch zu machen, unsere Größe zu raten. Ich stieg in die schwarzen Lederschuhe, und als ich losging, schlappten meine Fersen heraus. Ich würde einen Monat lang meine Zuckerration ansparen müssen, bis ich sie bei einer anderen Gefangenen eintauschen konnte – nicht etwa für ein neues Paar Schuhe, das mich mindestens fünf Monate Zucker gekostet hätte, sondern für ein Ende Band, mit dem ich mir die Schuhe an den Füßen festschnüren konnte.

Die Wärterinnen teilten die Schlange in drei Teile ein, und ich folgte meiner Schlange in Baracke Nummer 11. Dort würde ich die nächsten drei Jahre leben, Anatoli, und mich nur mit schlurfenden Füßen fortbewegen, damit ich keinen Schuh verlor.

Baracke Nummer 11 war leer, die Bewohnerinnen arbeiteten noch auf den Feldern. Eine Wärterin deutete auf die freien Stockbetten, immer drei übereinander, hinten im Raum, am weitesten vom Holzofen entfernt. Wir duckten uns unter der Wäscheleine hindurch, die von einer Wand zur anderen gespannt war und auf die die Frauen gewaschene, immer noch fleckige Socken und Unterwäsche gehängt hatten. Die Baracke roch nach Schweiß und Zwiebeln und warmen Körpern. Sie roch nach den Lebenden; ein schwacher Trost.

Ich legte die Wolldecke, die man mir gegeben hatte, auf das oberste Bett, in der zweiten Reihe von hinten. Ich wählte dieses Bett, weil eine zierliche Frau, die ich schon im Zug bemerkt hatte, das Bett darunter genommen hatte. Ich schätzte, dass sie ungefähr so alt war wie ich, Mitte dreißig. Sie hatte schwarzes Haar und zarte Hände, und ich dachte, wir könnten vielleicht Freundinnen werden. Sie hieß Ana.

Ich freundete mich nie mit Ana an. Auch mit keiner der anderen Frauen in Baracke Nummer 11. Am Ende jedes Tages waren wir völlig erschöpft und mussten unsere ganze Energie darauf verwenden, am nächsten Tag wieder aufzustehen und mit allem von vorn anzufangen.

Die erste Nacht in Potma war ruhig. Alle Nächte waren es, uns sang nur das Heulen des Windes in den Schlaf. Manchmal hörten wir den Schrei einer Frau, die der Einsamkeit unterlegen war, durch das Lager hallen wie eine Luftschutzsirene. Diese Frau wurde schnell zum Schweigen gebracht – wie, das konnten wir uns nur ausmalen. Und obwohl niemand von diesen Schreien redete, hörten wir sie doch alle und schrien lautlos mit.

An meinem ersten Tag auf den Feldern war die Erde hartgefroren, und die Spitzhacke war so schwer, dass ich sie nicht über Taillenhöhe heben konnte. Binnen einer halben Stunde hatte ich Blasen an den Händen. Ich musste all meine Kraft aufbringen, nur um den Boden zu durchbrechen – und trotzdem war es nicht mehr als ein kleiner Spalt, so breit wie ein Finger. Die Frau neben mir hatte mehr Glück, man hatte ihr eine Schaufel gegeben, auf die sie den Fuß setzen konnte, so dass ihr Gewicht die Spitze in den Boden zwang. Aber ich hatte nur eine Hacke und ein paar Kubikmeter Erde umzugraben, ehe man mir meine Tagesration geben würde.

An diesem ersten Tag meiner Rehabilitierung aß ich nichts.

Am zweiten Tag meiner Rehabilitierung aß ich wieder nichts.

An meinem dritten Tag brachte ich noch immer nur ein paar Dellen in der Erde zustande, bekam also meine Ration wieder nicht. Aber eine junge Nonne brach ein Stück von ihrem Brot ab und reichte es mir, als ich in der Schlange zum Waschhaus an ihr vorüberging. Ich war dankbar, und zum ersten Mal, seit die Männer mich aus meiner Wohnung in Moskau abgeholt hatten, dachte ich, dass ich vielleicht anfangen sollte zu beten.

Die Nonnen von Potma faszinierten mich, Anatoli. Es war eine kleine Gruppe aus Polen, und sie waren zäher als die hartgesottensten Kriminellen. Sie weigerten sich nachzugeben, wenn sie mit dem Befehl einer Wärterin nicht einverstanden waren. Während des Morgenappells beteten sie laut, was die Wärterinnen wütend machte, mich jedoch tröstete, obwohl ich selbst nicht sonderlich fromm war. Manchmal statuierten die Wärterinnen ein Exempel gegen solche Unverfrorenheit, zerrten eine von ihnen am Kittel aus der Warteschlange und nötigten sie, sich vor uns hinzuknien. Sie wurde gezwungen, einen ganzen Tag in dieser Haltung zu verharren, die nackten Knie auf den felsigen Grund gepresst. Aber sie gab nie klein bei, bat nie darum, aufstehen zu dürfen – verharrte betend mit dem seligen Lächeln einer heiligen Närrin. Die Nonnen zählten mit den Fingern die Perlen an unsichtbaren Rosenkränzen ab, selbst dann noch, als ihre Gesichter unter der erbarmungslosen Sonne brannten, selbst dann noch, als ihnen der Urin von den Kitteln triefte und sich einen Weg durch den Staub bahnte.

Ein, zwei Mal steckten die Wärterinnen alle Nonnen zusammen in den Strafblock – die erste Baracke, die man im Lager gebaut hatte, deren Dach schon halb eingefallen war und in die die Kälte ungehindert eindrang, ganz zu schweigen von Insekten und Ratten.

Es fiel mir schwer, die Nonnen nicht zu beneiden, obwohl sie weitaus härter bestraft wurden als ich. Sie hatten einander, und sie brauchten keine Nachrichten aus der Welt da draußen, nach denen wir anderen uns verzweifelt sehnten. Auch wenn sie voneinander getrennt waren, fielen sie nie der dunklen Einsamkeit zum Opfer, die uns andere heimsuchte. Ihr Gott war stets bei ihnen. Ich hatte all meinen Glauben in einen Mann gesetzt: meinen Borja, einen gewöhnlichen Sterblichen, einen Dichter. Und da ich seit dem Tag, an dem die Männer mich aus meiner Wohnung abholten, keine Möglichkeit hatte, mit ihm Kontakt aufzunehmen, wusste ich noch nicht einmal, ob er tot oder lebendig war.

～

Am vierten Tag meiner Rehabilitierung hatten sich bereits dicke Schwielen auf meinen früher so zarten Händen gebildet, und ich konnte endlich die Spitzhacke richtig anpacken. Nun schwang ich sie mit überraschender Kraft hoch über meinen Kopf und in die Erde. Am Ende des Tages hatte ich das mir zugewiesene Stück Erde umgegraben und bekam endlich meine Ration, von der ich allerdings nur ein paar Bissen essen konnte. Mein Körper hatte sich schneller angepasst als mein Kopf. Ist das nicht immer so, Anatoli?

Diese ersten schrecklichen Tage vergingen, dann Wochen, dann Monate, dann Jahre – nicht als Tage auf einem Kalender gezählt, sondern nach den Löchern, die ich gegraben hatte, nach den Läusen, die ich mir aus dem Haar zupfte. Gezählt nach geplatzten Blasen und Hornhaut vom Schaufeln, nach Kakerlaken, die wir unter unseren Betten getötet hatten, und nach der Zahl der sichtbar gewordenen Rippen. Und es gab nur zwei Jahreszeiten: Sommer und Winter, eine so grausam wie die andere.

Ich fand heraus, was ein menschlicher Körper zum Überleben braucht, wie wenig das ist. Ich konnte mit achthundert Gramm Brot, zwei Stückchen Würfelzucker und einer Suppe überleben, die so dünn war, dass man nur schwer erkennen konnte, ob es sich tatsächlich um Nahrung oder um trübes Wasser handelte.

Doch der Kopf braucht zum Überleben so viel mehr, und Borja war meinen Gedanken nie fern. Ich glaubte immer, spüren zu können, wenn er an mich dachte – dass er das Kribbeln war, das mir wie ein Flüstern über den Nacken oder über die Arme huschte. Über Monate hinweg spürte ich es. Dann verging ein Jahr ohne dieses Gefühl, dieses Kribbeln, dann noch eines. Bedeutete das, dass er tot war? Wenn sie mich in den Gulag schickten, wie viel schlimmer musste dann das sein, was sie mit ihm machten?

Anatoli, jetzt kann ich Ihnen sagen, dass meine Fünfjahresstrafe Segen und Fluch zugleich war. Nur Moskauer Bürger erhielten so jämmerlich geringe Strafen. Daran erinnerte mich die Brigadeführerin in unserer Baracke immer wieder – eine Ukrainerin namens Buinaja, die man zu zehn Jahren verurteilt hatte, weil sie auf ihrer Kolchose einen Sack Mehl gestohlen hatte. Sie war stark und streng und alles, was ich nicht war. Mit der Zeit wurde ich bei der Feldarbeit kräftiger, aber ich war noch immer eine der Langsamsten, und Buinaja machte mich bewusst zum Ziel ihrer scharfen Zunge.

Einmal war ich, nachdem ich vom Feld zurückgekommen war, zu müde zum Baden und ging sofort in mein Stockbett, war so erschöpft, dass ich nicht einmal meinen dreckverkrusteten Kittel auszog. Als ich gerade die Augen schloss, hörte ich Buinajas unverwechselbare Stimme: »Nummer drei-vier-sieben-acht!«, rief sie wie eine hustende Elster und nannte mich wie die Wärterinnen mit meiner Gefangenennummer.

Ich rührte mich nicht. Doch sie rief erneut meine Nummer, und Ana klopfte von unten an mein Bett. Als ich nicht reagierte, trat sie dagegen. »Antworte ihr, sonst gibt es Ärger«, flüsterte sie.

Ich setzte mich auf. »Ja?«

»Ich habe immer gedacht, ihr Moskauer wärt reinliche Leute. Du riechst wie Scheiße.«

Eine Welle des Lachens breitete sich in Baracke Nummer 11 aus, und ich spürte, wie mir die brennende Schamesröte über die Brust und den Nacken und in die Wangen stieg. Ich stank tatsächlich, obwohl es Frauen in der Baracke gab, die weit schlimmer rochen.

»Ich wurde in einem Erdloch geboren«, fuhr sie fort, »und selbst mir hat man beigebracht, mich mindestens einmal in der Woche zwischen den Beinen zu waschen. Kein Wunder, dass nur verräterische Dichterlinge bei dir ranwollen. Deswegen bist du doch hier?«

Gelächter erhob sich, als ich die Beine über die Bettkante schwang. Meine Beine zitterten so sehr, dass ich sicher war, sie würden den Boden zum Schwingen bringen. Ich spürte alle Augen in Erwartung meiner Reaktion auf mich gerichtet. Aber ich zögerte und drehte mich zur Wand, was Buinaja und die anderen nur noch lauter lachen ließ. Schließlich nahm sie eine Handvoll ihrer schmutzigen Unterwäsche und kam quer durch die Baracke zu mir marschiert, bis sie mein Stockbett erreicht hatte. »Hier«, sagte sie und warf die Unterwäsche auf den Boden. »Während du deinen dreckigen Körper saubermachst, was du jetzt sofort tun wirst, macht es dir doch nichts aus, ein paar von meinen Sachen zu waschen? Natürlich nicht.«

Anatoli, ich würde gern berichten, dass ich mich von der Wand zum Zimmer zurückgedreht und Buinaja ihre dreckigen Sachen ins Gesicht geworfen habe. Dass ich mich behauptet und ihr eine Ohrfeige gegeben habe, was zu einem Kampf führte, der mir am nächsten Tag blaue Flecke bescherte. Dass ich zwar den Kampf verloren, aber Buinajas Respekt gewonnen habe.

Doch das tat ich nicht. Ich trug ihre schmutzigen Sachen zum Waschbecken, schrubbte sie mit meiner Ration Kernseife und hängte sie sorgfältig am besten Platz gleich neben dem Holzofen zum Trocknen auf. Danach zog ich mich aus und wusch mich in dem kalten, trüben Wasser. Dann schlief ich. Am nächsten Tag geschah dasselbe wieder.

Wenn ich Ihnen jetzt erzählen würde, wonach Sie während unserer nächtlichen Unterhaltungen in der Lubjanka gefragt haben, Anatoli, würde es mir helfen? Würde meine Strafe gemindert, wenn ich jetzt kooperierte? Wenn ich Ihnen jede

Anschuldigung gestehen würde, könnte ich dann von hier fortgehen? Wenn ich das spitze Ende meiner Hacke nehmen und
all meine Kraft einsetzen würde, könnte ich die Sache dann für
immer beenden?

⁓

Man sollte meinen, der Winter wäre schlimmer, aber es waren die Sommer, die uns am meisten zermürbten. Während wir
auf den Feldern arbeiteten und die Erde umgruben oder weg-
schleppten, sammelte sich der Schweiß in Lachen unter unseren grauen Kitteln. Wir nannten diese Kittel »Teufelshaut«, weil
sie unsere Haut nicht atmen ließen. Wir bekamen wunde Stellen und Ausschlag und zogen schwarze Fliegen an, die gemeine
Stiche hinterließen. Um uns vor der Sonne zu schützen, spannten wir Gaze über verrostete Drahtstücke und bastelten daraus
Hüte, die der Kopfbedeckung eines Imkers ähnelten. Andere
Frauen, deren Haut bereits von einem Jahrzehnt oder mehr auf
den Feldern gegerbt war, lachten über uns und unseren kost-
baren porzellanweißen Moskauer Teint. Diese Frauen waren
dreißig oder vierzig, sahen aber aus wie sechzig oder siebzig. Sie
wussten, dass es nur eine Frage der Zeit war, bis auch wir den
Versuch aufgeben würden, die Sonne abzuhalten – bis auch wir
unsere Gesichter erheben und dem Licht erlauben würden, uns
die letzte Erinnerung an die Menschen zu nehmen, die wir waren, ehe wir nach Potma kamen.

Wir waren immer zwölf Stunden am Stück auf dem Feld,
Anatoli. Ich verbrachte diese Stunden damit, mir in Gedanken
Borjas Gedichte aufzusagen – stimmte den Rhythmus jeder Zei-
le, jeder Pause mit dem klingenden Aufprall meiner Hacke ab.

Abends, wenn wir vom Feld zurückkehrten und sie unsere Körper abtasteten, um sicher zu sein, dass wir nichts mit in
die Baracken zurückgebracht hatten, ließ ich mir Borjas Worte

durch den Kopf gehen, um zu übertönen, was da mit meinem Körper geschah.

Ich verfasste auch eigene Gedichte, und die Zeilen erschienen in meinem Kopf genau wie auf dem Papier. Ich sagte sie mir immer und immer wieder vor, bis sie in meinem Gedächtnis fest einzementiert waren. Doch aus irgendeinem Grund kann ich sie jetzt nicht mehr wiedergeben, wo ich Papier habe, um sie aufzuschreiben. Vielleicht sind gewisse Gedichte nur für einen selbst bestimmt.

Eines Abends riefen sie mich, nachdem ich Buinajas schmutzige Wäsche gewaschen hatte. Ich wollte mich gerade hinlegen, als eine neue Wärterin, die den Tonfall noch nicht ganz beherrschte, mit dem die anderen Wärterinnen ihre Befehle bellten, in die Baracke kam und mit ihrer Singsangstimme meine Nummer rief. Ich zog Kittel und Schuhe an und folgte ihr zur Tür hinaus.

Als die Wärterin am Ende des Pfades, der zwischen den Baracken hindurchführte, nach links abbog, begriff ich, wohin wir gingen: zu dem kleinen Haus, um das sich die Gefangenen kümmern durften, die sich der Gunst des Lager-Paten erfreuten. Dieses Häuschen unterschied sich so sehr vom übrigen Lager, dass ich, als ich es zum ersten Mal sah, dachte, ich hätte Halluzinationen. Es erinnerte mich an die Datscha meiner Großmutter – strahlend grün mit weißen Leisten und adretten Blumenkästen an den Fenstern.

In einem der Fenster konnte ich den Schein einer Lampe mit rotem Schirm erkennen. Dahinter erblickte ich an einem Schreibtisch den Paten – einen Mann, den ich zuvor nur ein einziges Mal gesehen hatte, inmitten einer Gruppe von niedrigen Regierungsbeamten, die einmal Potma besichtigt hatten.

Selbst aus der Ferne konnte ich seine buschigen weißen Augenbrauen erkennen, Anatoli. Sie schienen sich über seine ganze Stirn zu erstrecken, reichten beinahe bis zu dem weißen Haar hinauf, das er sich über die Glatze nach vorn gekämmt hatte. Er wirkte freundlich, wie er da wie ein ganz gewöhnlicher Djeduschka an seinem Schreibtisch saß. Aber ich wusste von einigen der anderen Frauen, dass er kein harmloser Großvater war. Es war die Aufgabe des Paten, Gefangene zu verhören und Informanten anzuwerben. Und es war weithin bekannt, dass er sich einige Lagerehefrauen genommen hatte – Frauen, die in das grüne Häuschen gerufen und vor die Wahl gestellt wurden, entweder zuzulassen, dass er mit ihnen machte, was immer er wollte, oder den Rest ihrer Strafe in einem anderen Lager zu verbüßen, wohin man die gewalttätigsten Straftäterinnen brachte.

Die Lagerehefrauen waren an den seidenen Bademänteln zu erkennen, die sie nach dem Baden trugen, und an den großen Strohhüten, die sie aufsetzten, um ihre Gesichter vor der Sonne zu schützen. Sie wurden vom Feld zu leichteren Arbeiten in der Küche oder in der Wäscherei versetzt. Oder sie kümmerten sich stundenlang um die Hecken und Blumen beim Häuschen – und dann im Inneren des Häuschens um alles, was sonst noch Pflege benötigte. Alle Lagerehefrauen waren wunderschön, aber die Hübscheste unter ihnen war eine Achtzehnjährige namens Lena. Ich habe Lena nie gesehen, aber überall im Lager redete man von ihrem fabelhaften schwarzen Haar, das lang und glatt wie der Rücken eines Orcawals war. Man munkelte, Lena habe vom Paten ein besonderes Shampoo bekommen, das er aus Frankreich ins Land geschmuggelt habe, und dazu ein Paar Glacéhandschuhe, um ihre schmalen Finger zu schützen, da sie in Georgien vor ihrer Verhaftung eine vielversprechende Pianistin gewesen war. Man munkelte auch, dass sie einmal schwanger gewesen sei und dass man eine Babka, eine Kräuterfrau, mit ih-

ren Stricknadeln herbeigeholt hatte, um die Abtreibung durch-
zuführen.

*Das waren Gerüchte, nichts als Gerüchte, sagte ich vor
mich hin, als die Wärterin mit ihrem Knüppel auf die Tür des
Häuschens deutete. Ich redete mir ein, ich wäre zu alt für den
Geschmack des Paten, der, wie ich gehört hatte, nur Frauen
mochte, die noch keine Kinder hatten oder noch nicht zweiundzwanzig waren.*

*Ich betrat das Zweizimmerhäuschen und blieb bei der Tür
stehen. Der Pate saß an seinem Schreibtisch und schrieb. Ich
wünschte mir, dass er etwas sagen würde, aber er deutete nur
mit seinem Füllfederhalter auf den Stuhl vor seinem Schreibtisch. Zehn Minuten vergingen, ehe er den Füller weglegte und
mich anschaute. Wortlos zog er seine Schreibtischschublade
auf und reichte mir ein Päckchen. »Für dich. Die dürfen diesen
Raum nicht verlassen. Du musst sie hier lesen.« Er schob mir
ein Blatt Papier hin. »Und wenn du fertig bist, unterschreibst
du, dass du sie gesehen hast.«*

»Was ist das?«

»Nichts von Bedeutung.«

*In dem Päckchen waren ein zwölfseitiger Brief und ein klei-
nes grünes Notizbuch. Ich schlug es auf, aber die Wörter dran-
gen nicht zu mir durch. Ich sah nur die Schrift – seine Handschrift –, krakelige Schleifen, die mich immer an auffliegende
Kraniche erinnerten. Ich blätterte das Notizbuch durch, dann
den Brief, und allmählich begriff ich die Wörter. Borja lebte. Er
war frei. Und er hatte mir ein Gedicht geschrieben.*

*Das Gedicht werde ich nicht mit Ihnen teilen, Anatoli.
Hatten Sie das erwartet? Ich las es immer und immer wieder,
bis es sich mir eingeprägt hatte, danach sah ich die Seiten nie
wieder. Vielleicht haben Sie sie ohnehin schon gelesen, aber ich
will so tun, als wäre es nicht so – als gehörten seine Worte mir
und nur mir allein.*

In dem Brief schrieb er mir, dass er alles in seiner Macht Stehende versuche, um mich freizubekommen, und wenn er mit mir tauschen könne, würde er es mit Freuden tun. Er schrieb, die Schuld laste schwer auf seiner Brust und werde täglich schwerer. Er fürchtete, irgendwann könne die Schuld so schwer wiegen, dass seine Rippen brechen und er zu Tode gequetscht würde.

Als ich den Brief las, verspürte ich etwas, das wohl nur die Nonnen im Lager nachempfinden konnten – die Wärme und den Schutz, die einem der Glaube schenkt.

Warum durfte ich lesen, was Borja geschrieben hatte, Anatoli? Warum hatte der Pate mir den Brief gegeben, nach all der Zeit? Vielleicht wollte er etwas dafür haben. Was immer es war, ich wusste, dass ich bereit sein würde, es zu tun. Ich wäre Informantin geworden, ich wäre Lagerehefrau geworden – was immer nötig war, solange ich von ihm hören durfte.

Aber, Anatoli, der Pate verlangte nie, dass ich seine Frau würde, und er machte mich auch nicht zu seiner Informantin. Erst später erfuhr ich, dass Borja einen Beweis dafür verlangt hatte, dass ich noch am Leben war, und dass sie ihm Monate später das Blatt Papier schickten, das ich in jener Nacht unterschrieb, nachdem ich seinen Brief gelesen hatte.

Man munkelte, Stalin sei krank und halte die Zügel nicht mehr so straff. Nach meiner Nacht im Häuschen erlaubte man mir, Post von meiner Familie und von Borja in Empfang zu nehmen. Er schrieb von seinem Herzinfarkt, den er für eine Folge meiner Verhaftung hielt, und dass er Monate in einem Krankenhausbett verbracht und gefürchtet hatte, er werde mich nie wiedersehen.

Er schrieb, er sei von neuem wie besessen davon, seinen Roman fertigzuschreiben, jetzt, da er wieder gesund war und Kontakt mit mir haben durfte. Er sagte, er würde ihn vollenden, koste es, was es wolle, und nichts – weder die Behörden, die

wahrscheinlich seine Briefe lasen, noch sein schwaches Herz –
würde ihn davon abhalten.

⚬

Lieber Anatoli, können Sie sich an die Nacht vor Stalins Tod erinnern?

Ich träumte in jener Nacht von Vögeln. Nicht von den weißen Tauben, nach denen ich mich gesehnt hatte – die die Frauen
im Lager für ein Zeichen einer unmittelbar bevorstehenden Ent-
lassung hielten –, sondern von schwarzen Krähen, die zu Tausenden in Reihen saßen wie Schachbauern auf einem leeren Be-
tonplatz. Die Krähen schienen kaum zu atmen, und als ich auf
sie zuging und in die Hände klatschte, regten sie sich nicht. Ich
klatschte und klatschte, bis meine Hände wund waren. Und als
ich mich abwandte, um fortzugehen, scheuchte ein unhörbares
Signal sie auf zum Flug. Sie schwärmten fort, eine bebende Wolke, die den Mond verdeckte. Ich schaute hinterher, während die
Wolke nach rechts schwenkte, dann nach links. Und plötzlich
zerstob sie in alle Richtungen, jeder Vogel nahm seinen eigenen
Weg.

Am nächsten Morgen setzte die Musik bereits vor der Mor-
gendämmerung ein. Sie plärrte aus den Lautsprechern des La-
gers. Wir schienen alle gleichzeitig aufzufahren, blinzelten, bis
unsere Augen sich an die Dunkelheit gewöhnt hatten. Trauermusik – sie spielten Trauermusik. Niemand in Baracke Nummer 11 sagte ein Wort. Niemand fragte, wer gestorben war. Wir
wussten es schon.

Während die Musik weiterspielte, spritzten wir uns kaltes Wasser aus dem Badetrog ins Gesicht und zogen unsere Kittel an, wussten nicht, ob man uns aufrufen würde. Als kein Ap-
pell kam, setzten wir uns auf unsere Stockbetten und warteten
schweigend. Buinaja ging zur Tür, öffnete sie einen Spaltbreit

und streckte den Kopf nach draußen. »Nichts«, sagte sie und schüttelte den Kopf.

Die Musik brach ab, und es knisterte aus den Lautsprechern. Wir hörten, wie die Nadel auf eine Platte gesetzt wurde, und dann setzte unsere Nationalhymne ein. Wir schauten uns um, wussten nicht, ob wir sitzen oder aufstehen und singen sollten. Ein paar Frauen standen auf, dann schlossen wir anderen uns an. Die Hymne war zu Ende, und wir blieben stehen. Nach einem Augenblick des Schweigens knisterten die Lautsprecher erneut, und die vertraute tiefe Stimme von Juri Borissowitsch Lewitan von Radio Moskau verkündete: »Das Herz des Kampfgefährten und genialen Fortsetzers der Sache Lenins, des weisen Führers und Lehrers der Kommunistischen Partei und des Sowjetvolkes, Josef Wissarionowitsch Stalin, hat aufgehört zu schlagen.«

Die Aufnahme war zu Ende, und wir wussten, dass wir jetzt weinen sollten. Und das taten wir. Wir weinten, bis unsere Augen geschwollen und unsere Hälse rau waren. Aber keine einzige dieser Tränen wurde für ihn vergossen.

Schon bald nach dem Fall des Roten Zaren wurden meine fünf Jahre auf drei verkürzt. Ich würde am 25. April zu Hause sein. Stalins Tod bewegte unsere neuen Anführer dazu, 1,5 Millionen von uns freizulassen. Als ich den Brief erhielt, der das Datum meiner Freilassung nannte, ging ich in Baracke Nummer 11 zurück und schaute in das schartige Stück Glas, das über dem Badetrog hing. Ich hatte den sonnenbraunen Teint eines Menschen, der Jahre in den Lagern verbracht hatte. Meine Augen waren noch immer kornblumenblau, aber von Krähenfüßen und dunklen Ringen eingerahmt. Meine Nase war fleckig vom Sonnenbrand. Meine Figur zeugte weniger von Gesundheit als vom nackten Überleben: Meine Schlüsselbeine stachen hervor, jede Rippe war zu sehen, meine Oberschenkel waren dünn wie Stecken, mein blondes Haar war matt und leblos, an einem Schneidezahn fehlte eine Ecke, weil in meiner Suppe ein Kieselstein gewesen war.

Was würde Borja denken? Ich erinnerte mich daran, dass er mir einmal erzählt hatte, er habe sich gefürchtet, seine Schwestern nach Jahren der Trennung wiederzusehen, nachdem sie nach Oxford emigriert waren. Er sagte, er hätte es beinahe vorgezogen, sie nicht wiederzusehen, um die schöne jugendliche Erinnerung, die er an sie hatte, nicht zu zerstören. Würde er dasselbe meinetwegen empfinden? Würde er mich ansehen, wie er seine Frau angesehen hatte – wie jemanden, mit dem er nicht mehr das Bett teilte? Würde er mich mit meiner eigenen Tochter vergleichen, die er zu einer wunderschönen jungen Frau hatte heranwachsen sehen, während ich über meine Jahre hinaus gealtert war? »Ira ist ein lebendiges Abbild ihrer Mutter geworden«, hatte er mir auf einer Postkarte geschrieben.

Buinaja, die noch keine Amnestie erhalten hatte, ging hinter mir vorbei, als wolle sie sich das Gesicht waschen, drehte sich dann um und schubste mich gegen den improvisierten Spiegel. Glasscherben fielen zu Boden, und ich stolperte zurück, während mir ein dünner Faden Blut von der Stirn rann. Sie lächelte mich an, aber ich lächelte nur zurück, während mir das Blut in den Mund triefte. Sie zog ein finsteres Gesicht und ging weg. Das war das letzte Mal, dass ich sie gesehen habe. Aber als ich hörte, dass jene, die keine Amnestie bekommen hatten, schließlich den Aufstand wagten – und dass während dieses Aufstands die Felder und das Häuschen des Paten und das ganze Lager niederbrannten –, stellte ich mir vor, dass Buinaja diejenige gewesen war, die das Streichholz angezündet hatte.

Ich stieg als rehabilitierte Frau in den Zug nach Moskau, Anatoli. Die Stadt war in den drei Jahren, die ich fort gewesen war, gewachsen. Kräne hoben Stahlträger in die Luft. Fabriken waren an die Stelle von Feldern getreten. Zwischen den alten zweigeschossigen Gebäuden aus Holz schossen Wohnblocks mit Tausenden von Fenstern und Tausenden von Wäscheleinen über Tausenden von Balkonen in die Höhe. Stalins barocke und gotische Wysotki, die sieben Hochhäuser, reckten sich mit ihren sternbekrönten Türmen gen Himmel, veränderten die Stadtlandschaft und verkündeten der Welt, dass auch wir Häuser bauen konnten, die an den Wolken kratzten.

Es war April, und die Stadt stand an der Schwelle des Frühlings. Ich war gerade rechtzeitig nach Hause gekommen, um zu erleben, wie der violette Flieder und die Tulpen und die Beete mit roten und weißen Stiefmütterchen aus dem Winterschlaf erwachten. Ich stellte mir vor, wie ich wieder mit Borja über Moskaus breite Boulevards spazieren würde. Ich schloss die Augen, um das Bild zu genießen, und als ich sie wieder aufschlug, war der Zug angekommen. Ich blickte ängstlich an den Gleisen entlang. Er hatte gesagt, er würde auf mich warten.

Kapitel 6

DER WOLKENBEWOHNER

Boris wacht auf. Sein erster Gedanke gilt einem Zug, der einen hellen Pfad durch die Landschaft schneidet, auf dem Weg zur weißsteinigen Mutter Moskau. Unter einer dünnen Bettdecke reckt er die Füße und stellt sich vor, wie Olgas gerundete Wange an das Fenster des Zugs gepresst ist. Wie er es geliebt hatte, ihr beim Schlafen zuzuschauen, sogar wie sie schnarchte, leise wie ein fernes Fabrikpfeifen.

In sechs Stunden wird der Zug, der seine Geliebte bringt, im Bahnhof einfahren. Olgas Mutter und Kinder werden an den Gleisen auf sie warten, auf Zehenspitzen stehen, um die Ersten zu sein, die sie sehen, wenn sie aus dem Zug aussteigt. In fünf Stunden soll Boris ihre Familie in der Wohnung in der Potapow-Straße treffen, damit sie alle zusammen zum Bahnhof gehen können.

Drei Jahre, seit er ihre Stimme gehört hat. Drei Jahre, seit er sie berührt hat. Das letzte Mal auf einer Bank in der öffentlichen Grünanlage vor dem Verlagsgebäude von *Goslitisdat*. Sie schmiedeten Pläne für den Abend, und dann machte Olga eine Bemerkung über einen Mann in einem Ledermantel, der ihr Gespräch zu belauschen schien. Boris musterte den Mann und entschied, das wäre einfach nur ein Mann, der auf einer Bank saß. »Mehr nicht«, sagte er ihr.

»Bist du dir sicher?«

Er drückte ihr die Hand.

»Vielleicht solltest du bei mir bleiben, anstatt nach Hause zu gehen?«, fragte sie.

»Ich muss noch arbeiten, Liebes, aber ich sehe dich heute Abend in Peredelkino. Sie ist zwei Tage in Moskau«, sagte er, vermied sorgfältig, den Namen seiner Frau in Olgas Gegenwart auszusprechen. »Wir können entspannen und spät zu Abend essen. Und ich würde gern hören, was du von dem neuen Kapitel hältst.«

Sie stimmte zu und küsste ihn keusch auf die Wange, wie sie es in der Öffentlichkeit immer tat. Er hasste es, wenn sie ihn so küsste, fühlte sich dann wie ein Onkel oder, schlimmer noch, wie ihr Vater.

Hätte er gewusst, dass ihr Treffen auf der Parkbank das letzte sein würde, dass er Olga danach drei Jahre lang nicht sehen würde, er hätte den Kopf zu ihr gewandt und sie auf den Mund geküsst. Er wäre nicht nach Hause geeilt, um zu arbeiten. Er hätte ihr wegen des Mannes im Ledermantel geglaubt. Er hätte ihre Hand nicht losgelassen.

An diesem Abend wartete Boris darauf, dass Olga in seiner Datscha eintraf, aber nachdem Stunden ohne ein Lebenszeichen von ihr vergangen waren, wusste er, dass etwas nicht stimmte. Er ging sofort zu Olgas Wohnung, wo ihre Mutter saß – und wie erstarrt mit den Fingern einen riesigen Schlitz in einem Sofakissen betastete. Sie schaute mit leerem Blick auf, als Boris das Zimmer betrat, und beantwortete seine Fragen nur mit Satzfetzen: »Männer in schwarzen Anzügen«, sagte sie. »Zwei … nein, drei … All ihre Briefe … ihre Bücher … ein schwarzes Auto.« Boris brauchte keine genauen Antworten, um zu wissen, wer die Männer in den schwarzen Anzügen gewesen waren und wohin sie Olga mitgenommen hatten.

»Wo sind die Kinder?«, fragte er.

Sie zupfte eine schwarz-weiße Gänsefeder aus dem geborstenen Kissen und rieb sie zwischen den Fingern.

»Sind sie hier? Sind sie in Sicherheit?«

Als Olgas Mutter nicht antwortete, ging Boris zum Schlafzimmer der Kinder und war ebenso erleichtert wie erschüttert, als er hinter der geschlossenen Tür Mitjas und Iras gedämpftes Weinen hörte.

Er wandte sich um und sah zu seiner Überraschung Olgas Mutter hinter sich auf dem Flur stehen. Ehe er ihr eine weitere Frage stellen konnte, schleuderte sie ihm ihre eigenen entgegen: »Du gehst doch und holst sie da raus, nicht? Verlangst, dass die sie freilassen? Machst das alles rückgängig?« Sie wedelte mit der Feder vor seinem Gesicht herum. »Um alles wiedergutzumachen, was du getan hast. Die Gefahr, in die du sie gebracht hast.«

Boris hatte damals Olgas Mutter versprochen, er würde schnurstracks zur Lubjanka gehen und alles in seiner Macht Stehende tun, um ihre Tochter zu retten. Er hatte ihr nicht erzählt, dass er überhaupt keine Macht hatte, dass es müßig wäre, an die Tore der Lubjanka zu pochen und Olgas Freilassung zu fordern. Dass sein Status als berühmtester lebender Schriftsteller Russlands nichts ausrichten konnte, wenn die die Absicht hatten, ihn auf dem Umweg über sie zu verletzen. Dass die, wenn überhaupt, auch ihn einsperren würden.

Er ging nach Hause, nicht in seine Datscha in Peredelkino, sondern in seine Moskauer Wohnung, zu seiner Frau. Sinaida saß am Küchentisch, rauchte und spielte mit Freunden Karten. »Du siehst aus, als wärst du einem Gespenst begegnet«, sagte sie, als er eintrat.

»Ich habe viele Gespenster gesehen«, erklärte er ihr. Sie hatte den Ausdruck auf dem Gesicht ihres Mannes erkannt. Es war derselbe Ausdruck, den er während der Säuberungen oft gehabt hatte. Während des Großen Terrors waren Tausende im Gefängnis eingesperrt worden, beinahe alle in den Lagern umgekommen. Dichter, Schriftsteller, Künstler, Boris' Freunde, Sinaidas Freunde. Astronomen, Professoren, Philosophen. Es war erst ein Jahrzehnt vergangen, und die Wunden waren noch nicht verheilt – Erinnerungen, die so blutig und rot wie die Fahne waren. Sie wusste, dass sie besser nicht fragte, was passiert war.

⁓

Wenn Olgas Zug eintrifft, ist sie seit vier Tagen auf Reisen. Von Potma wird sie zuerst zu Fuß gegangen sein, dann einen Lastwagen, einen Zug und einen weiteren Zug genommen haben, ehe sie Moskau erreicht.

Boris steht auf und zieht sich ein sauberes weißes Oxfordhemd und braune Wollhosen mit Hosenträgern an. Sorgfältig achtet er darauf, seine schlafende Frau nicht zu wecken, geht die Treppe hinunter, schlüpft in seine Gummistiefel und verlässt die Datscha durch den Seiteneingang.

Die Sonne lugt gerade über den Wipfeln der knospenden Birken hervor, als Boris über den Pfad durch den Wald geht. Er hörte irgendwo in den Ästen ein Elsternpaar schwatzen und hält inne, um hinaufzuschauen, kann die Vögel aber nicht ausmachen. Der Pfad schlängelt sich auf einen Bach zu, der durch den eben geschmolzenen Schnee erheblich angestiegen ist. Boris bleibt auf dem schmalen Steg stehen und atmet tief ein. Er liebt den Geruch des kalten Wassers, das unter ihm fließt.

Der Sonne nach schätzt Boris, dass es sechs Uhr ist. Anstatt über den Friedhof und um die Außenmauer der Sommerresidenz des Patriarchen zu gehen, nimmt Boris die Abkürzung zur Hauptstraße und zum Schriftstellerverein hinunter, um schneller wieder nach Hause zurückzukehren. Er will noch wenigstens ein, zwei Stunden schreiben, ehe er aufbricht, um sich in Moskau mit Olgas Familie zu treffen.

In der Küche brennt Licht, als er sich dem Haus nähert. Sinaida schürt den Herd an und bereitet das übliche Frühstück für Boris zu: zwei Spiegeleier mit getrocknetem Dill. Obwohl noch Kälte in der Luft liegt, zieht sich Boris aus und wäscht sich an seinem Trog vor dem Haus. Selbst nachdem seine Datscha mit einem neuen Badezimmer und fließendem warmem Wasser winterfest gemacht wurde, zieht es Boris noch vor, sich draußen zu waschen, empfindet das kalte Wasser als angenehmen Schock.

Während sich Boris mit einem stockigen Handtuch abtrocknet, begrüßt ihn sein alter Hund und leckt ihm die Wassertropfen ab, die über seine langen, dünnen Beine rinnen. Boris tätschelt Tobik den Kopf und schilt den halbblinden Köter, weil er ihn wieder einmal nicht auf seinem Morgenspaziergang begleitet hat.

Als er die Datscha betritt, beleidigt der Lärm des Fernsehers seine Ohren. Sinaida hat darauf bestanden, einen Fernseher anschließen zu lassen. Monatelang hat er dagegen gekämpft, erst klein beigegeben, als sie drohte, nicht mehr für ihn zu kochen. Der Fernseher, ein Luxus, zeigt die hundertste Wiederholung von Stalins Beisetzung. Boris bleibt stehen und sieht zu, wie die Kamera auf die Gesichter in der Menge schwenkt, die am meisten von Trauer überwältigt sind. Er verzieht das Gesicht und schaltet den Apparat aus.

»Was war das?«, ruft Sinaida aus der Küche.

»Guten Morgen«, antwortet Boris. Er hat keinen Hunger, setzt sich trotzdem. Sie stellt ihm seinen Teller hin und schenkt ihm eine Tasse Tee ein. Sie gesellt sich nicht zu ihm an den Tisch, wendet sich stattdessen zum Spülbecken, um die Bratpfanne abzuwaschen, während sie eine Zigarette raucht und die Asche in den Abfluss fallen lässt.

»Könntest du das Fenster aufmachen, Sinaida?«, fragt Boris. Er hasst den Geruch von Zigaretten, und obwohl sie ihm gelobt hat, weniger zu rauchen, hat sie ihr Versprechen bisher nicht gehalten. Sie seufzt, drückt die Zigarette aus und spült weiter Geschirr. Boris schaut seine Frau im Morgenlicht an, das durch das Fenster über der Spüle hereinströmt. Die Falten auf ihrer Stirn und die hängende Haut an ihrem Hals verschwimmen einen Augenblick lang, und sie sieht wieder aus wie die Frau, die er vor zwanzig Jahren geheiratet hat. Er überlegt, ob er ihr sagen soll, dass sie wunderschön ist, aber das schlechte Gewissen lässt ihn schweigen, weil er weiß, dass er schon bald Olga treffen wird.

Die Uhr auf dem Flur schlägt sieben. Olgas Zug kommt in vier Stunden an. Boris zwingt sich, zu Ende zu frühstücken. Er schluckt den letzten Bissen Ei herunter und schiebt seinen Stuhl vom Tisch zurück.

»Gehst du schreiben?«, fragt Sinaida.

Mit dieser Frage kommt Boris der Verdacht, dass seine Frau seine Pläne längst kennt. »Ja«, antwortet er, »aber kaum mehr als eine Stunde. Ich habe in der Stadt zu tun.«

»Warst du nicht erst gestern dort?«

»Das war vor zwei Tagen, meine Liebe.« Er legt eine Pause ein. Er ist im Belügen seiner Frau aus der Übung gekommen. »Ich treffe mich mit einem Redakteur der *Literaturnaja Moskwa*. Er hat Interesse an ein paar neuen Übersetzungen.«

»Vielleicht fahre ich mit«, sagt sie. »Ich habe ein paar Einkäufe zu erledigen.«

»Nächstes Mal, Sina. Dann gönnen wir uns einen ganzen Tag. Gehen vielleicht spazieren und schnuppern an den knospenden Linden.«

Sinaida nickt. Sie nimmt seinen Teller und spült ihn schweigend ab.

Boris sitzt an seinem Schreibtisch. Aus dem Weidenkorb zu seinen Füßen nimmt er die Seiten, die er am Tag zuvor geschrieben hat. Er runzelt die Stirn und streicht einen Satz mit dem Füller durch, dann einen Absatz, dann eine Seite. Er nimmt ein frisches Blatt Papier und versucht, die Szene noch einmal zu schreiben.

Der Schreibtisch hat seinem lieben Freund Tizian Tabidse gehört, dem großen georgischen Dichter. Auf dem Höhepunkt der Säuberung von 1937 wurde Tizian an einem Herbstabend aus seiner Wohnung abgeholt. Seine Frau Nina rannte auf die Straße, jagte barfuß hinter dem schwarzen Auto her. Als man ihn wegen *antisowjetischer Aktivitäten* des Hochverrats anklagte, benannte Tizian als seinen einzigen Komplizen seinen Lieblingsdichter aus dem 18. Jahrhundert, Besiki.

Boris hat sich viele Male vorgestellt, was Tizian widerfahren ist, nachdem ihn das schwarze Auto geholt hat, weil er glaubt, wenn er sich das Schicksal seines Freundes nicht ausmalte, hätte Tizian allein gelitten. Manchmal sagt er sich, dass es immer noch die Möglichkeit gibt, sein Freund könnte am Leben sein, aber Nina hat diese Hoffnung schon lange aufgegeben. Als sie Boris den Schreibtisch ihres Mannes schenkte, sagte sie ihm, er müsse Tizians Arbeit fortsetzen. »Schreibe den großen Roman, von dem du träumst«, forderte sie ihn auf. Boris nahm Ninas Geschenk an, fühlte sich dessen jedoch nie würdig.

Tizian war nicht der erste von Boris' Freunden, der geholt wurde. Boris denkt oft an sie, wenn er nachts nicht schlafen kann, geht in Gedanken die Schicksale seiner schreibenden Freunde eines nach dem anderen durch. Da war Ossip Mandelstam, der zitternd in einem Übergangslager ausharrte, wissend, dass seine Tage gezählt waren. Paolo Iaschwili, der die Stufen zum Haus der Schriftsteller hinaufging, dort einen Augenblick innehielt und sich die Pistole an den Kopf setzte. Und Marina Zwetajewa, die die Schlinge knüpfte und dann das Seil über einen Deckenbalken warf.

Es war allgemein bekannt, dass Stalin Gefallen an Boris' Gedichten gefunden hatte. Und was bedeutete es, wenn ein solcher Mann eine Wesensverwandtschaft zu einem verspürte und die eigenen Worte der Grund dafür waren? Worin hatte der Rote Zar sich wiedergefunden? Die Wahrheit, so bitter sie auch sein mochte, war, dass seine Worte ihm nicht mehr gehörten, sobald sie einmal draußen in der Welt waren. Einmal veröffentlicht, konnte sie jeder für sich beanspruchen, sogar ein Wahnsinniger. Und es war noch bitterer, zu wissen, dass man ihn von Stalins Säuberungsliste gestrichen hatte, nachdem der Wahnsinnige selbst seinen Schergen gesagt hatte, sie sollten diesen heiligen Narren, den Wolkenbewohner nicht anrühren.

Boris hört die gedämpften Glocken der Uhr unten acht schlagen. In drei Stunden kommt Olgas Zug an, und er hat noch kein einziges Wort geschrieben. Die Szene, die ihm am Vortag so leicht aus der Feder geflossen ist, weigert sich nun, in neuer Form auf dem Papier zu erscheinen.

Vor beinahe zehn Jahren hat er angefangen, *Doktor Shiwago* zu schreiben, und obwohl er seither mit dem Buch große Fortschritte gemacht hat, wünscht er doch, er könnte noch einmal in die Zeiten zurückgelangen, als der Roman sich gerade in ihm zu formen begann, als er aus einem bisher unerschlossenen Reservoir in seinem Inneren zu strömen begann. Damals fühlte es sich an, als hätte er eine neue Liebe gefunden – die Besessenheit, die Vernarrtheit, kein Gedanke an irgendetwas anderes, Figuren, die bis in seine Träume eindrangen, das Herz schwerelos bei jeder neuen Entdeckung, jedem Satz, jeder Szene. Manchmal hatte Boris das Gefühl, diese Geschichte wäre das Einzige, was ihn noch am Leben hielt.

Kurz vor Olgas Verhaftung stampften die Behörden fünfundzwanzigtausend Exemplare von Boris' *Ausgewählten Werken* ein. Wenn Boris nicht einschlafen konnte, stellte er sich oft vor, wie seine Worte sich in dem milchigen Papiermatsch auflösten.

Die immer striktere Zensur zusammen mit der Verhaftung seiner Geliebten feuerten Boris an, *Doktor Shiwago* zu vollenden. Er zog sich zum Schreiben aufs Land zurück, war dann aber nicht in der Lage dazu. Eine Blockade, die ihm Angst machte, so sehr, dass es ihn wie Nadeln in der Brust stach. Schließlich wurden aus den Nadeln Messer, und bald war er an ein Krankenhausbett gefesselt. Er hatte einen Herzinfarkt erlitten, und da, an Schläuchen hängend und mit der Bettpfanne neben sich, überlegte Boris, wer den Schreibtisch erben würde, den Nina ihm geschenkt hatte. Würde Tizians Schreibtisch an einen seiner Söhne vererbt werden? Oder vielleicht an einen anderen Schriftsteller? Oder würde ihn jemand mit der Axt zu Feuerholz zerschlagen, um seine Witwe und seine Kinder zu wärmen, worin er versagt hatte? Seinen unvollendeten Roman könnten sie auch gleich mit auf den Scheiterhaufen werfen.

Boris erholte sich rechtzeitig von seinem Herzinfarkt, um das Ende einer Ära mitzuerleben. Stalin war tot, und Olga würde zu ihm zurückkehren. Die Dinge konnten weitergehen wie zuvor.

Boris geht zu seinem Stehpult, vielleicht inspiriert diese Veränderung der Haltung eine Bewegung seines Füllers. Aber es funktioniert nicht. Boris schaut aus dem Fenster. Schräg fällt die Sonne über die untere Hälfte seines Gartens, und er schätzt, dass Olgas Zug in zwei Stunden eintreffen wird. Innerhalb einer Stunde muss er das Haus verlassen, um ihre Familie pünktlich zu treffen. Er beobachtet, wie ein kleiner Schwarm Enten auf dem Hof landet und anfängt, in der frisch umgegrabenen Erde nach Würmern zu picken.

Boris hat in den drei Jahren, die Olga in Potma war, den Garten vernachlässigt. Im ersten Frühling nach Olgas Verhaftung schickte Sinaida sich an, das Unkraut zu jäten, damit gepflanzt werden konnte. Während seines Morgenspaziergangs begann Sinaida mit der Arbeit, und als er zur Datscha zurückkehrte, hatte sie das Netz aus Unkraut bereits halb mit der Gartenschere durchgeschnitten. Er hatte ihr zugerufen, sie solle aufhören, aber sie gab vor, ihn nicht gehört zu haben. Er öffnete das Tor und rannte in den Garten. »Nein«, beharrte er und nahm ihr die Gartenschere aus der Hand.

Sinaida fiel auf die Knie. »Die Welt ist nicht stehen geblieben«, rief sie aus. »Die Welt ist hier. Hier vor dir!« Sie riss eine Faustvoll Unkraut aus der Erde und schleuderte sie ihm vor die Füße.

Sinaida hatte nie wieder versucht, Unkraut zu jäten, und jedes Mal, wenn sie am Garten vorüberging, weigerte sie sich, ihn auch nur anzusehen. Bald war er so überwuchert, dass es selbst Boris schwerfiel, die ursprünglichen Grenzen auszumachen.

Bis Boris Olgas Postkarte las und das Datum 25. April sah. Am selben Nachmittag verbrachte er Stunden damit, den gerade getauten Boden mit einem Spaten umzugraben.

Am nächsten Tag verbrannte er die Blätter und das Unkraut in einem kleinen Feuer am Rand des Grundstücks und füllte eine Schubkarre mit Steinen, die ihren Weg in den Garten gefunden hatten. Er düngte den Boden, indem er einige Forellen einen Meter tief eingrub. Er reparierte die kaputte Holzbank. Als er zum ersten Mal seit drei Jahren wieder darauf saß, plante er, was er wann und wo anpflanzen würde. Erst Grünkohl und Spinat. Dann Dill, Erdbeeren, Johannisbeeren, Stachelbeeren und Gurken. Dann Kürbis, Kartoffeln und Rettiche. Dann Zwiebeln und Lauch. Sobald seine Pläne für den Garten konkreter waren, dachte Boris darüber nach, was Olgas Rückkehr alles mit sich bringen würde.

Vor drei Jahren hätte sich Boris eine Welt ohne Olga im Mittelpunkt nicht vorstellen können. Und obwohl kein Tag verstrichen war, an dem er nicht an sie gedacht hatte, hatte die Sehnsucht, die er verspürte, mit der Zeit nachgelassen, und er hatte zu schätzen gelernt, wie einfach sein Leben geworden war. Er hatte keine Schuldgefühle mehr, weil er seine Frau anlog, war nicht mehr verlegen, weil die Leute tratschten, weil Sinaida Bescheid wusste, die Sache aber nie ansprach. Er verspürte kein Unbehagen mehr, das Olgas wechselhafte Launen ihm verursachten, keine Hilflosigkeit mehr, weil er nicht in der Lage war, ihr alles zu geben, was sie verlangte.

Nach jenem Tag im Garten überlegte Boris hin und her, suchte Gründe, warum er bei Olga bleiben oder sich von ihr distanzieren sollte. Ohne Olga würde er niemals dieselben Höhen erleben wie in ihrer Nähe, würde allerdings auch die niederschmetternden Täler vermeiden. Er würde nie mehr dieselbe brennende Begierde verspüren, jedoch auch nicht ihre Wutanfälle, ihre Drohungen, ihre Stimmungen ertragen müssen.

Während er so hin und her gerissen war, las Boris einen Abschnitt aus *Onegins Reise* und notierte sich Puschkins Worte auf einem Zettel. Tagelang betrachtete er die Zeilen, überlegte, ob er den Zettel wegwerfen oder die Worte in seinen Roman aufnehmen sollte.

Mein Ideal ist jetzt die Alte, die mich verpflegt,
Mein Wunsch die Ruh,
Ein Leben schlicht und frei dazu

Schließlich beschloss er, sie in den Roman aufzunehmen und der Beziehung zu Olga ein Ende zu setzen. Eine Woche bevor er Olga am Bahnhof abholen sollte, bat Boris Olgas Tochter Ira, sich mit ihm auf dem Puschkin-Platz zu treffen, wo er sich vor sieben Jahren zum ersten Mal mit ihrer Mutter verabredet hatte.

Boris kam als Erster an. Er setzte sich auf eine Bank und beobachtete einen älteren Mann, der den Tauben Sonnenblumenkerne hinwarf. Als dem Mann die Kerne ausgingen, warf er kleine Zeitungsfetzchen in der Hoffnung, die Vögel würden den Unterschied nicht bemerken und noch eine Weile in seiner Nähe bleiben. Aber nachdem sie ein paarmal Papier aufgepickt hatten, zogen die Vögel weiter.

Ira kam um die Ecke und entdeckte Boris auf der Bank. Sie winkte, und ein Grinsen machte sich auf ihrem Gesicht breit.

Als Boris sie kennengelernt hatte, war sie noch ein kleines Mädchen mit rosa Schleifen im Haar und weißen Schuhen gewesen. Er erinnerte sich daran, wie er Ira und Mitja das erste Mal in Olgas Wohnung gesehen hatte. Wie das Gespräch zunächst zäh war, die Kinder sich dann aber zu öffnen begannen, nachdem er sie mit Fragen bestürmt hatte: *Wie gefällt es euch in der Schule? Welche Lieder kennt* ihr? Mögt ihr Katzen? Seid ihr lieber in der Stadt oder auf dem Land? Mögt ihr Gedichte?

»O ja«, hatte Ira auf die letzte Frage geantwortet. »Ich schreibe Gedichte.«

»Würdest du so nett sein, mir eines aufzusagen?«

Ira stand da und sprach ein Gedicht über ein Spielzeugpferd, das zum Leben erwachte und quer durch Moskau galoppierte, um dann durch ein Loch im zugefrorenen Fluss zu fallen. Sie sagte es auswendig auf, mit einer Leidenschaft und Lebendigkeit, die Boris erstaunte.

Jetzt war Ira eine junge Frau von fünfzehn und trug das Seidentuch ihrer Mutter um die Schultern. Boris bewunderte ihre Schönheit und schämte sich, weil er die vertraute Regung der Leidenschaft verspürte, die einst Olga in ihm entfacht hatte, als er sie bei *Nowy Mir* zum ersten Mal gesehen hatte.

»Lass uns ein Stück gehen«, sagte Ira und nahm Boris beim Arm. Sie hatte ihm oft gesagt, er sei ihr *Beinahe-Vater*, ein Kompliment, das ihn so sehr entzückte, wie es ihn mit Unbehagen erfüllte. »Es ist so ein schöner Tag.« Sie sprach schnell, erzählte ihm von all den Vorbereitungen, die sie für die Heimkehr ihrer Mutter trafen. Sie sagte, sie hätten für den Abend, an dem ihre Mutter wiederkommen würde, ein Fest geplant, dass sie und ihre Großmutter bereits angefangen hatten, es vorzubereiten, und eine Nachbarin ihnen zwei Flaschen Cognac dafür geschenkt hatte. »Natürlich wirst du neben Mama der Ehrengast sein. Ich habe sogar ein paar von den Haselnusspralinen aufgetrieben, die du so magst.«

»Ich fürchte, ich kann wohl nicht teilnehmen«, sagte Boris.

Ira blieb stehen und wandte sich zu ihm um. »Wie meinst du das?«, fragte sie.

»Ich bin mir nicht sicher, ob ich die Treppen steigen kann.« Er legte eine Hand aufs Herz. »Es geht mir noch immer nicht so gut.«

»Mitja und ich helfen dir. Wir helfen Babuschka zweimal am Tag die Treppe rauf und runter.«

»Ich habe in letzter Zeit ziemlich viel zu tun. Mit dem Roman. Und ich arbeite an einer neuen Übersetzung. Ich habe kaum genug Zeit, um mir die Haare zu kämmen.« Er tätschelte zum Scherz sein silbernes Haar, aber Ira lachte nicht. Ihr Gesicht verfinsterte sich, und sie fragte, was wichtiger sein könnte, als die Rückkehr ihrer Mutter zu erleben, nach allem, was sie durchgemacht hatte.

»Ich werde deine Mutter niemals im Stich lassen, dich und Mitja auch nicht. Aber es ist vorbei.«

»Dein Herz ist nach nur ein paar Jahren erkaltet?«

»Wir müssen uns der neuen Wirklichkeit beugen. Du musst deiner Mutter sagen, dass wir Freunde sein können, aber mehr nicht. Nach meiner Krankheit ist mir klargeworden, dass ich bei meiner Familie bleiben und mich ihr gegenüber anständig verhalten muss.«

»Du hast es mir gesagt. Du hast es Mitja gesagt. Du hast es meiner Großmutter gesagt. Du hast es meiner Mutter gesagt. *Wir* sind deine Familie.«

»Das seid ihr. Natürlich, aber...«

»Warum sagst du das mir und nicht meiner Mutter?«

»Ich brauche deine Hilfe, um sie davon zu überzeugen, dass es das Beste ist. Für uns alle.«

»Ich überlasse meiner Mutter die Entscheidung, was für sie das Beste ist«, sagte Ira.

»Bitte versteh doch...«

»Ich habe es nie verstanden.« Sie entzog ihm ihren Arm. »Nie.«

»Ich will die Dinge nicht so stehenlassen.«

»Dann gehst du mit uns zum Bahnhof und holst meine Mutter ab. Du umarmst sie. Nach allem, was sie durchgemacht hat – deinetwegen. Das ist das mindeste, was du tun kannst. Dann kannst du ihr selbst sagen, was du ihr sagen musst.«

Boris stimmte zu, und sie gingen ihrer Wege. Als er Ira hinterherschaute, dachte er, wie sehr doch ihr Rücken dem Olgas ähnelte. Er wollte Ira hinterherrufen – ihr sagen, dass er sich geirrt hatte, dass er es nicht so gemeint hatte, dass natürlich alles wieder so werden würde wie zuvor. Wie könnte es auch anders sein?

Stattdessen ging er zu seiner Bank zurück und sah einen weiteren alten Mann, der an der gleichen Stelle wie der vorherige die Tauben fütterte. Er fragte sich, wie viele Jahre ihm wohl noch blieben, bis er den Platz dieses alten Mannes einnehmen würde, die Manteltaschen voller Vogelfutter.

~

Olga ist wahrscheinlich inzwischen wach. Er fragt sich, wie sie wohl aussieht. Ist sie noch immer so schön? Oder hat das Lager sie verändert? Und was wird Olga wohl denken, wenn sie ihn wiedersieht? Er hat abgenommen, sein Haar ist weniger geworden, und zum ersten Mal in seinem Leben spürt er sein Alter. Das Einzige, was er während ihrer Abwesenheit hat richten lassen, sind seine Zähne. Doch selbst mit den perfekten neuen Porzellankronen sieht er, wenn er in den Spiegel blickt, einen alten Mann, in sich zusammengesunken, mit einem schwachen Herzen.

Boris verdrängt diesen Gedanken und wendet sich wieder seiner Arbeit zu. Endlich fällt ihm der richtige Satz ein, und die restlichen Wörter strömen aufs Papier. Das Blatt füllt sich, und er lässt es in den Weidenkorb fallen, zieht ein weiteres hervor. Er weiß, dass er in den nächsten Minuten aufbrechen muss, wenn er nicht zu spät kommen will, dennoch schreibt er weiter.

Als er wieder von seiner Arbeit aufblickt, ist es in seinem Arbeitszimmer im Obergeschoss dunkel geworden, und er kann das Huhn riechen, das Sinaida brät. Er zieht an der Kette der kleinen Schreibtischlampe und schreibt weiter.

Als er endlich zum Abendessen nach unten geht, lächelt Sinaida ihren Mann an. Sie löscht ihre Zigarette aus und zündet die beiden Kerzen mitten auf dem Tisch an. Sie sagt nichts darüber, dass Boris nicht nach Moskau gefahren ist, auch er nicht. Sie essen schweigend miteinander, und er spürt, wie sich eine Spannung in seiner Schulter löst, die er gar nicht bewusst wahrgenommen hatte. Genau so sollte er den Rest seiner Tage verbringen: schreiben, produktiv sein, eine warme Mahlzeit mit seiner Frau essen. Er bittet um Wein, und seine Frau schenkt ihm sein Glas voll.

Er sagt sich, er dürfe nicht an Olga denken und daran, was sie gerade tut. Isst sie mit ihrer Familie zusammen ein Festmahl, oder hat sie den Appetit verloren? Wird sie schlafen können heute Nacht? Er versucht, nicht an ihr Gesicht zu denken, als sie ihre Familie sah, die auf dem Bahnsteig wartete, um sie zu begrüßen – ihr Gesicht, als sie bemerkte, dass er nicht da war.

Boris wacht auf. Es ist noch dunkel. Er zieht sich an und verlässt die Datscha, um seinen Morgenspaziergang zu machen, achtet sorgfältig darauf, seine schlafende Frau nicht zu wecken. Als er an seinem Garten vorübergeht, sieht er ein paar helle grüne Tupfer, die durch die Erde gestoßen sind. Er geht den Hang hinunter, am Bach vorbei und über den Friedhof hinauf ins Dorf. Dann wartet er am Bahnhof auf den Morgenzug nach Moskau.

Erst als er schon in Olgas Straße ist, entscheidet er sich, wirklich zu ihr zu gehen. Langsam steigt er die fünf Treppen hinauf, hält sich am Handlauf fest. Auf jedem Treppenabsatz redet er sich ein, dass er sie nur für einen Augenblick besucht, nur einen Augenblick, um ihr das zu sagen, was er Ira im Park erklärt hat. Sie verdient es, das von ihm persönlich zu hören, sagt er sich, als er ihre Tür erreicht hat. Er presst die Hand an die Brust, will sein Herz beruhigen. Bevor er anklopft, holt er tief Luft, aber sie öffnet, ehe er nur die Faust heben kann. Sieben Jahre sind vergangen, seit sie sich kennengelernt haben, drei Jahre, seit er sie zuletzt gesehen hat. Sie ist in dieser Zeit um das Zweifache gealtert: Ihr blondes Haar, halb unter einem Kopftuch verborgen, ist matt wie Stroh; ihre Kurven sind geraden Konturen gewichen; Fältchen strahlen von ihrem Mund und ihren Augenwinkeln aus, ziehen sich über ihre Stirn; ihre Haut ist von Sonnenflecken und unvertrauten Muttermalen gezeichnet.

Und doch fällt er auf die Knie. Sie ist schöner als je zuvor.

Boris stellt nicht mehr in Frage, was zu tun ist. Er steht auf und küsst sie – und sie lässt es einen Augenblick lang zu, ehe sie zurückweicht. Olga zieht sich in ihre Wohnung zurück, lässt aber die Tür geöffnet. Boris folgt ihr, streckt die Arme nach ihr aus, will sie umfangen. Sie hält die Hand hoch, um ihn aufzuhalten. »Nie wieder«, sagt sie.

»Nie wieder?«, fragt er.

»Lässt du mich so warten.«

»Nie«, sagt er. »Nie.«

Kapitel 7

~~DIE MUSE~~
~~DIE REHABILITIERTE~~
DIE SENDBOTIN

Wie oft hatte ich mir unser Wiedersehen ausgemalt? Mir vorgestellt, wie Borja wartete, den Hut in der Hand, die Gleise entlangschaute? Wie oft hatte ich an diese erste Umarmung gedacht? Wie oft hatte ich meine Arme gestreichelt und meine Schultern liebkost, wenn ich allein in meinem Stockbett lag, um mir vorzuspielen, wie es sich anfühlen würde?

Dreieinhalb Jahre waren vergangen, seit wir das letzte Mal das Bett geteilt hatten, und wir verschwendeten keine Zeit.

Seine erste Berührung war wie ein Schock für mich. Es war so lange her, dass mich jemand berührt hatte. Wir kamen zueinander wie zwei aufeinanderprallende Felsbrocken, und der Widerhall dieses Zusammenstoßes dröhnte durch ganz Moskau.

Danach legte ich meinen Kopf an seine Brust, um seinem Herzschlag zu lauschen. Ich scherzte, dass er nach zwei Infarkten einen neuen Rhythmus hatte. »Und deine Zähne.« Seine großen gelblichen Zähne mit der Zahnlücke in der Mitte waren nun aus schimmerndem weißem Porzellan.

»Sie gefallen dir nicht?«, fragte er. Er schloss den

Mund, und ich hebelte ihn mit meinem kleinen Finger wieder auf. Er tat so, als wolle er auf meinen Finger beißen.

~

Er hielt mich fester, ließ nicht so leicht los wie früher. Er wollte meine Wohnung gar nicht mehr verlassen, außer zum Schreiben und Schlafen. Während meiner Abwesenheit war er dauerhaft in seine Datscha in Peredelkino gezogen, die in den Jahren, in denen ich fort war, um drei neue Zimmer erweitert worden war und eine Gasheizung, fließendes Wasser und eine neue Badewanne auf Löwenfüßen bekommen hatte. Während ich in der Baracke lebte, wohnte er in einer Oase im Wald, von der die meisten Russen nur träumen konnten.

Nach Potma bat ich ihn frei und ohne jedes Schuldgefühl darum, seine glücklichen Lebensumstände mit uns zu teilen – Geld für Kleidung, Bücher, Essen, Schulsachen für die Kinder, ein neues Bett.

Da waren auch noch andere Dinge.

Er überließ alle geschäftlichen Angelegenheiten, die mit seinem Schreiben zu tun hatten, mir: die Verträge, die Lesungen, die Honorare für seine Übersetzungsarbeiten. Wenn ein Redakteur anrief und ein Treffen wünschte, war ich diejenige, die daran teilnehmen würde. Ich wurde seine Agentin, sein Sprachrohr, die Person, an die sich die Leute wandten, wenn sie ihn erreichen wollten. Endlich fühlte ich mich so nützlich für ihn, wie Sinaida es war. Aber anstatt zu kochen und sauberzumachen, war ich die Person, die seine Worte in die Welt hinausgeleitete. Ich wurde seine Sendbotin.

Beinahe täglich fuhr ich mit dem Zug von Moskau nach Peredelkino, und wir trafen uns auf dem Friedhof.

Dort konnten wir allein sein, um über *Shiwago* zu diskutieren oder einfach zusammenzusitzen. Unsere einzige Gesellschaft war gelegentlich eine Witwe oder ein Witwer, die Plastikblumen in der Hand trugen, oder der Friedhofsaufseher, der gewöhnlich in seinem Schuppen blieb, Zigaretten rauchte und las. Manchmal brachte ich in einer Stoffserviette kleine Fleischstücke für die zwei großen Hunde mit, die mich am Eisentor begrüßten.

Unser Stammplatz war an dem Hang in dem unbelegten Teil des Friedhofs. Bei schönem Wetter setzten wir uns auf eines meiner Schultertücher, das wir auf dem Gras ausbreiteten.

»Ich möchte genau an dieser Stelle beerdigt werden«, sagte er mir mehr als einmal.

»Sei nicht so makaber.«

»Ich fand das romantisch.«

Als wir einmal an unserem Platz saßen, bemerkte Borja seine Frau, die über die Hauptstraße auf ihre Datscha zuging. Sinaida sah aus wie eine alte Frau – ging langsamen Schrittes, das Haar mit einer Plastikregenhaube bedeckt, in beiden Händen schwere Einkaufstaschen. Sie blieb stehen, stellte die Taschen ab und zündete sich eine Zigarette an. Ich setzte mich auf, um sie besser sehen zu können. Borja schob mich sanft wieder nach unten.

In diesem Sommer mietete ich mir, um näher bei ihm zu sein, ein Haus auf der anderen Seite des Ismalkowo-Sees, dreißig Gehminuten von seiner Datscha entfernt. Borja würde nicht bei mir leben, aber es wäre ein Ort, der uns gehörte, ein Ort für einen Neubeginn.

Die Kinder bezogen ein Schlafzimmer, und ich machte die verglaste Veranda zu meinem. Mama blieb meistens in Moskau, das Land war ihr, so meinte sie, nur in geringer Dosierung angenehm.

Wie sehr ich dieses Glashaus liebte. Dass die knorrigen Wurzeln der Pappel natürliche Stufen zu meiner Tür bildeten. Dass die Veranda nur aus Licht bestand und dass ich Borja über den Pfad näher kommen sehen konnte, während ich im Bett lag.

Doch als Borja das Häuschen zum ersten Mal erblickte, schalt er mich, ein Glashaus biete keine Privatsphäre, wo ich doch genau deswegen näher zu ihm gezogen war, damit wir mehr für uns sein könnten. An diesem Nachmittag fuhr ich mit dem Zug in die Stadt und kaufte roten und blauen Chintz. Den Abend verbrachte ich damit, Gardinen zu nähen, die mein Lichtzimmer in eine dunkle Höhle verwandelten.

Es war ein heißer Sommer. Entlang des Pfades brachen hier und da wilde Rosen als rote und rosafarbene Farbkleckse hervor, und täglich rissen Gewitter den Himmel auf. Die Glaswände meines Zimmers beschlugen von der eingeschlossenen Hitze. Ich öffnete alle Fenster, was allerdings nur wenig Linderung brachte. Borja und ich schwitzten meine Laken durch, und ich scherzte, wir könnten mein Schlafzimmer in ein Gewächshaus verwandeln und dort tropische Früchte wie Mangos und Bananen anbauen. Borja fand das nicht lustig. Er hasste das Glashaus.

Doch Mitja liebte es genauso sehr wie ich. Er fand rasch Gefallen am Landleben, strich tagelang durch den Wald und brachte in seinen Hosentaschen Pflanzen und Steine und Frösche mit nach Hause. Er schuf den Fröschen ein Zuhause in einem Zinneimer, den er mit Gras und Kieselsteinen und dem Deckel eines Marmeladenglases als Wassertränke einrichtete. Er schmierte sich Schlamm unter die Augen und bastelte sich aus einem Ast und einer Schnur einen Bogen, um Robin Hood zu werden.

Ira war ganz anders. Sie weigerte sich, mit ihrem Bruder zu spielen, denn während meiner Abwesenheit war sie aus dieser Art der Kinderspiele herausgewachsen. Sie maulte, weil sie den ganzen Tag in diesem kleinen Haus festsaß, während ihre Freunde in Moskau waren. »Hier bekommt man nicht einmal irgendwo Eiscreme«, sagte sie. Als ich ihr Sahneeis mit frischer Minze aus Borjas Garten machte, spuckte sie sie aus. »Die schmeckt wie Dreck«, murrte sie und schob die Schüssel von sich. »Die kannst du deinem Beschützer geben.«

Ich schimpfte mit ihr, weil sie schlecht von Borja sprach, und sie stand auf und verschwand. Als sie an diesem Abend nicht nach Hause kam, ging ich zum Bahnhof. Dort saß sie auf einer Bank, allein, bis auf den Bahnhofsvorsteher, der mit seinem Besen kehrte.

»Ich wollte nach Hause fahren«, sagte sie. »Aber ich hatte kein Geld.«

»Dein Zuhause ist hier. Bei mir und Mitja.«

»Und Boris.«

»Ja, auch bei Boris.«

»Noch.«

Ehe ich ein weiteres Wort sagen konnte, stand Ira auf und machte sich auf den Rückweg zu unserem Häuschen. Ich blieb allein auf der Bank sitzen und beobachtete den Stationsvorsteher, der den Bahnsteig kehrte.

Gegen Ende des Sommers, als die Kinder wegen der Schule nach Moskau zurückmussten, sorgte sich Borja, dass auch ich dorthin zurückkehren würde. »Ich werde wieder ganz allein sein«, beschwerte er sich, den Tränen nah. Ich genoss das und wünschte mir, seine Tränen würden fließen. Und als es geschah, spürte ich, wie sich plötzlich die Macht verschob. Ich mochte dieses Gefühl, und ich erzählte ihm noch wochenlang nicht, dass ich mich längst zum Bleiben entschlossen hatte, obwohl das bedeutete, dass ich die Kinder nur am Wochenende sehen würde. Ich hatte immer schon gewusst, dass ich bleiben würde, ich wollte nur, dass er bettelte.

Ira hatte ihre Sachen schon zwei Tage vor ihrer Abreise gepackt, aber Mitja schob es hinaus bis eine Stunde vor Abfahrt des Zugs. Jedes Kleidungsstück, das ich zusammenfaltete und in seinen Koffer legte, nahm er wieder heraus. »Mitja, bitte«, sagte ich.

»Wo ist dein Koffer?«, fragte er.

»Du weißt doch, dass du nach Hause fährst, nach Moskau.«

»Aber du hast gesagt, das hier wäre unser Zuhause.«

»Hier gibt es keine Schule. Willst du denn deine Freunde nicht wiedersehen? Und Babuschka?«

»Wo ist dein Koffer?«, fragte er wieder, und die Tränen traten ihm in die Augen.

Ich besänftigte ihn, indem ich ihm einen Kuss auf die Stirn gab und ihm erlaubte, seinen Lieblingsfrosch Erik – den einzigen, der den Sommer überlebt hatte – mit nach Moskau zu nehmen, wenn er versprach, sich sehr gut um ihn zu kümmern.

～

Die Kinder fuhren fort, und ich blieb bis in den Spätherbst im Glashaus. Aber das Haus war nicht für den Winter gedämmt, also bekam Borja letztlich doch seinen Willen. Ich zog in ein anderes kleines Zuhause, das noch näher bei Borjas Datscha lag. Wir nannten es das Kleine Haus und seine Datscha das Große Haus.

Es bereitete mir großes Vergnügen, das Kleine Haus einzurichten, meine Vorhänge anzubringen, dicke rote Teppiche auszulegen. Die meisten meiner Bücher waren konfisziert worden und verrotteten in irgendeinem feuchten Lagerraum in der Lubjanka, also füllte Borja meine Bibliothek auf, baute sogar die Bücherregale.

Als alles fertig war, nahm ich voller Freude Borja auf einen Rundgang mit, achtete sorgsam darauf, ihn auf unser Bett, unseren Tisch, unsere Regale hinzuweisen. »Im kommenden Frühjahr legen wir genau hier unseren Garten an«, sagte ich und zeigte aus dem Fenster, das auf den Garten hinausging.

Jeder Raum, den Borja und ich bewohnten, wurde unser Eigen. Ich müsste lügen, hätte ich gesagt, dass es mir schwerfiel, die Gedanken an mein altes Leben in Moskau zu verdrängen – an meine Kinder, meine Mutter, meine Pflichten. Einmal hörte ich zufällig, wie Mitja meine Mutter versehentlich *Mama* nannte, und anstatt es als Verrat zu empfinden, verspürte ich Erleichterung.

Dieser Winter schien so weit von meinen in Dunkelheit verbrachten Tagen entfernt zu sein. Freunde kamen, und die alten Lesungen aus *Doktor Shiwago* begannen wieder. Jeden Sonntag nahmen Mitja, Ira und unsere Freunde den Zug aus Moskau hierher. Dann aßen wir, und Boris las vor, und ich war wieder die Gastgeberin an seiner Seite.

❧

Der Roman war beinahe vollendet. Borja arbeitete wie wild daran, so wie damals, als wir uns verliebten. Morgens schrieb er in Peredelkino, dann spazierte er zum Kleinen Haus. An den Nachmittagen half ich ihm bei der Überarbeitung und tippte den Text neu.

Shiwago war immer gegenwärtig, umso mehr, je weiter das Buch seinem Ende entgegenging. Wenn man Borja nach dem Wetter fragte oder wissen wollte, ob ihm das Essen geschmeckt habe oder ob er glaube, dass Blattläuse dafür verantwortlich waren, dass seine Zucchini am Stock verkümmert waren, fand er stets einen Weg, um das Gespräch wieder auf das Buch zu lenken. Manchmal träumte er sogar von Juri und Lara. »Ich sehe sie so klar und deutlich vor mir wie lebendige Wesen«, sagte er. »Es ist, als hätten sie einmal existiert und ihre Geister redeten mit mir.«

Doch so wie Juri und Lara stets in seinen Gedanken waren, war das Große Haus immer in meinen. Dort schrieb er. Dort aß er. Dort schlief er. Sie kochte für ihn und stopfte seine Socken. Dort schaute sie fern. Sie spielte in den Nächten, wenn er nicht da war, mit den Nachbarn Karten. Sie pflegte ihn, wenn er Kopfschmerzen oder einen verdorbenen Magen hatte oder sich um sein Herz sorgte.

Sie betrat sein Arbeitszimmer nur zum Saubermachen und unterbrach ihn nie beim Schreiben. Sie schuf ihm die perfekten Bedingungen für seine Arbeit. Obwohl er es mir nie sagte, glaubte ich, dass er deswegen bei ihr blieb. Damals sagte ich mir, seine Besessenheit, den Roman zu beenden, hielte ihn dort fest.

Ich fragte mich, ob sie miteinander schliefen. Ich glaubte es nicht, trotzdem war dieser Gedanke wie ein Tintenklecks auf einem weißen Tischtuch. Wie würden sie ineinanderverschlungen aussehen? Sein langer, magerer Oberkörper an die Falten ihres Bauchs gepresst. Seine starken Hände, die ihre Brüste an die Stelle hoben, die sie früher einmal eingenommen hatten. Ein Teil von mir wünschte sich, es wäre wahr. Auf eine seltsame, verdrehte Weise beruhigte es mich: Er würde mich immer noch begehren, auch wenn ich alt war. Einmal, als ich ihn fragte, ob sie noch miteinander schliefen, versicherte Borja mir, das sei Jahre her. »Wie viele?«, fragte ich. »Hast du mit ihr geschlafen, während ich fort war?«

»Natürlich nicht. Wir sind so nicht mehr zusammen.«

»Hast du überhaupt mit jemandem geschlafen?«, wollte ich wissen. »Ich würde das verstehen«, fügte ich hinzu, obwohl ich es nicht so meinte. Er versicherte mir, ich brauche mir keine Sorgen zu machen, mein Platz in seinem Leben sei für immer festgeschrieben. Er habe während meiner Abwesenheit nur Lara als Gesellschaft gehabt.

Und doch bohrte ich weiter, drängte ich ihn weiter: »Mit niemandem?«

»Er ist tot«, sagte Borja am Telefon.

Ich umklammerte den Hörer fester. »Wer ist tot?«

Er stöhnte, als hätte er Magenkrämpfe. »Juri«, brachte er endlich hervor.

Mir schossen Tränen in die Augen. »Er ist tot?«

»Es ist vollbracht. Mein Roman ist vollendet.«

Ich sorgte dafür, dass das Manuskript überarbeitet, von neuem getippt und in Leder gebunden wurde. Ich fuhr nach Moskau, um die drei Exemplare vom Drucker abzuholen, und brachte den Karton im Zug zurück, und das Gewicht von Borjas Worten lag schwer auf meinem Schoß.

Er wartete im Kleinen Haus auf mich. Als ich ihm den Karton gab, in dem sich sein Lebenswerk befand, hielt er ihn einen Augenblick in den Händen, dann setzte er ihn ab und wirbelte mich im Zimmer herum. Wir tanzten ohne Musik. Während wir uns drehten, erblickte ich mich in dem ovalen Spiegel, und ich sah glücklich aus – aber so wie eine Mutter nach der Geburt: freudig erregt, aber zutiefst erschöpft, glücklich und doch voll Schmerz, von Frieden erfüllt und zugleich zutiefst erschrocken.

»Vielleicht wird es doch veröffentlicht«, sagte Borja.

Ich dachte an Anatoli Sergejewitsch Semjonow, der an seinem großen Schreibtisch saß und sich nach *Doktor Shiwago* erkundigte. Ich dachte daran, wie besessen der Staat von dem war, was Borja geschrieben hatte. Aber ich sagte nichts.

Ich arrangierte Treffen mit jeder Literaturzeitschrift, mit jedem Redakteur, mit jedem Verlag, mit jedem, der *Shiwago* vielleicht herausbringen würde. Ich ging allein dorthin, um für Borja zu sprechen. Wenn man ihn drängte, sein Werk zu beschreiben, es zu verteidigen oder sich dafür einzusetzen, glaubte er das nicht zu können. »Es ist so, als wären meine Worte irgendwo verlorengegangen zwischen dem Zeitpunkt, an dem ich sie zu Papier brachte, und dem, an dem ich sie gedruckt sehe«, erklärte er mir.

Also sprach ich für ihn.

Die Redakteure und Lektoren trafen sich mit mir, aber keiner versprach etwas. Ein paar sagten, sie hätten vielleicht Interesse daran, die Gedichte zu veröffentlichen, die er am Ende des Romans eingefügt hatte, doch auf meine Frage nach der Publikation des gesamten Buchs bekam ich nie eine direkte Antwort.

An vielen Abenden wartete Borja am Bahnsteig auf mich, um zu erfahren, wie meine Treffen in Moskau verlaufen waren. Ich versuchte, alles positiv darzustellen, aufgeregter als angebracht davon zu reden, dass man bei *Nowy Mir* Interesse an der Veröffentlichung einiger Gedichte hatte, Borja wusste es jedoch besser. Er begleitete mich schweigend zum Kleinen Haus, eng bei mir untergehakt, als müsste ich ihn aufrecht halten.

Einmal blieb Borja nach meiner Rückkehr von einer weiteren erfolglosen Fahrt mitten auf der Straße stehen und verkündete, er glaube nicht mehr daran, dass *Shiwago* je veröffentlicht würde. »Lass dir das gesagt sein: Die werden meinen Roman um nichts auf der Welt veröffentlichen.«

»Du musst geduldig sein. Das kannst du jetzt noch nicht wissen.«

»Sie werden es niemals zulassen.« Er kratzte sich an der Augenbraue. »Niemals.«

Allmählich glaubte ich, dass er womöglich recht hatte. Einmal traf ich mich nach einem der unzähligen Besuche bei einem Verleger mit Borja in Moskau, um mit ihm zu einem Klavierabend zu gehen. Wir kamen früh dort an und setzten uns unter einer Kastanie auf eine Bank.

Ein Mann, den ich meinte schon in der Metro gesehen zu haben, stand am Ende des Teiches vor uns und beobachtete die Enten. Der Mann war jung, und trotz der Hitze trug er einen langen braunen Mantel.

»Ich habe das Gefühl, dass wir beobachtet werden«, sagte ich zu Borja.

»Ja«, erwiderte er nüchtern.

»Ja?«

»Ich dachte, das wüsstest du?« Der Mann, der am Teich stand, bemerkte, dass wir ihn ansahen, und ging fort, verschwand aus unserem Gesichtsfeld. »Sollen wir uns auf den Weg machen?«, fragte Borja. »Wir wollen nicht zu spät kommen.«

Borja behauptete, die Überwachung mache ihm nichts aus. Er scherzte sogar darüber, redete denjenigen, der da möglicherweise lauschte, direkt an, indem er in eine Lampe oder in das falsche Ende des Telefonhörers oder an die Decke sprach.

»Hallo? Hallo?«, fragte er niemanden. »Wie geht es Ihnen heute?«

»Danke, mir geht es gut«, antwortete er sich selbst.

»Langweilen wir Sie?«, fragte er eine Deckenlampe. »Vielleicht sollten wir nicht darüber reden, was wir heute Abend essen wollen, sondern über etwas Interessanteres?«

»Hörst du jetzt auf?«, fragte ich. Ich fand das nicht lustig und sagte es ihm. »Ich habe denen schon gegenübergesessen«, sagte ich. »Und ich will das nicht noch einmal erleben.«

Er nahm meine Hand und küsste sie. »Wir müssen über all das lachen«, meinte er. »Mehr können wir nicht tun.«

WESTEN

Februar–Herbst 1957

Kapitel 8

<del>DIE BEWERBERIN</del>
DIE ÜBERBRINGERIN

Als das Taxi links in die Connecticut einbog, presste ich zwei Finger auf mein Handgelenk, wie Mama es mir beigebracht hatte, als ich ein Kind war und mir im Auto schlecht wurde. Die Übelkeit verstärkte sich, als wir den Dupont Circle erreichten. Ich dachte daran, auszusteigen und zu Fuß zu gehen, aber das war nicht der Plan. Ich durfte nicht vom Plan abweichen – es sei denn, man verfolgte mich.

Man hatte mich angewiesen, an der Ecke von Florida und T Street um sieben Uhr fünfundvierzig ein Taxi zum Mayflower Hotel zu nehmen. Das Hotel war von dort gut zu Fuß zu erreichen, aber die *Optik*, sagten sie, sei besser, wenn ich aus einem Taxi stiege.

Man sagte mir, ich solle in meiner Aufmachung alles vermeiden, womit ich zu sehr hervorstechen würde: protzigen Schmuck, zu viel Make-up, einen auffälligen Hut, auffällige Schuhe, alles Auffällige. Ich dachte an all die mit Pailletten besetzten Roben, die unsere Kellerwohnung anfüllten, an all die Frauen, die vorbeikamen, um sie anzuprobieren und von Mama zu kaufen. Ich selbst besaß kein einziges Kleidungsstück, das man in die Kategorie auffällig einordnen könnte. Meine Anweisung war, mich gut, aber nicht zu gut zu kleiden, schön, aber nicht zu schön auszusehen. Ich sollte so aussehen wie eine Frau, die die Town & Country Lounge, die Bar des Mayflower Hotel, frequentierte. Das Knifflige an der Sache war, dass ich eine Frau war, die noch nicht einmal etwas vom Mayflower Hotel gehört hatte, geschweige denn von der Town & Country Lounge.

Doch heute Abend war ich nicht mehr Irina, ich war Nancy.

Das Taxi kam mitten im Kreisverkehr zum Stehen, und ich überprüfte im Spiegel meiner Puderdose meine Frisur, immer noch unsicher, ob ich den Look richtig hinbekommen hatte. Ich trug Mamas alten Pelz, den ich mit Jean Naté eingesprüht hatte – im Versuch, den Geruch der Mottenkugeln zu überdecken. Ich trug das kornblumenblaue Kleid mit den weißen Tupfen, das ich in den letzten fünf Jahren zu jeder Hochzeit angezogen hatte, zu der ich eingeladen war. Das Haar hatte ich mir am Hinterkopf zu einer lockeren Banane zusammengefasst und mit einem silbernen Kamm festgesteckt, noch etwas, das ich von Mama geliehen hatte. Als ich den neuen Lippenstift in einem orangeroten Farbton auftrug, den ich bei Woolworth gekauft hatte, schaute ich stirnrunzelnd in den Spiegel. Irgendetwas stimmte noch immer nicht. Erst als das Taxi vor dem Hotel vorfuhr und mir ein Portier die Tür öffnete, blickte ich nach unten und begriff, dass es meine Schuhe waren: mattschwarze Pumps. Mattschwarze Pumps mit einer Schramme am linken Absatz. Und ich hatte nicht einmal daran gedacht, sie gründlich zu polieren. Eine Frau, die an einem Mittwochabend auf einen Drink ins Town & Country ging, würde sich nie im Leben mit irgendwas Mattem oder Schwarzem erwischen lassen. Als ich die prächtige Lobby des Mayflower betrat, die für den morgigen Valentinstag mit roten und weißen Rosen geschmückt war, konnte ich nur noch an meine Schuhe denken. Zumindest hatte man mir eine schöne

Handtasche gegeben – eine gesteppte schwarze Chanel-Tasche mit einer doppelten Klappe und einer Goldkette und groß genug, um einen Umschlag darin unterzubringen.

Ich ermahnte mich, Selbstvertrauen auszustrahlen, eine Frau zu werden, die zum Kreis der Wohlhabenden gehörte – mich ganz in meine Tarnung zu verwandeln, Nancy zu werden. Ich umklammerte die Chanel-Tasche wie einen Talisman, ging an den Hotelpagen mit ihren Quastenkappen vorüber, an den Hochzeitsreisenden beim Einchecken, an den Männern, die zusammengedrängt ihre Meetings nach Arbeitsschluss abhielten, an der glamourösen Brünetten, die an der Seite darauf wartete, dass einer dieser Männer sie mit nach oben nehmen würde, an den großen Palmen in Töpfen, die den verspiegelten Korridor säumten. Ich ging durch die Lobby und in das Town & Country, eben wie eine Frau, die der Barkeeper mit Namen kannte.

Den Namen des Barkeepers kannte ich bereits. Er hieß Gregory, und da war er: vor der Zeit ergrautes Haar, weißes Hemd und schwarze Fliege. Er stand hinter der Bar und schenkte einen Gibson ein.

In der Lounge war ziemlich viel Betrieb, aber der vorletzte Stuhl mit hoher Lehne an der Bar war frei, wie man es mir gesagt hatte.

»Was darf es sein?«, fragte Gregory, dessen Namensschild mir bestätigte, was ich bereits wusste.

»Gin Martini«, antwortete ich. »Drei Oliven auf einem von den kleinen roten Spießchen.« *Eines von den kleinen roten Spießchen?* Ich schalt mich, weil ich vom Skript abwich.

Vor mir stand eine schmale Glasvase mit einer einzelnen weißen Rose. Ich hob sie auf, drehte sie im Uhrzeigersinn in der Hand, roch daran und stellte sie zurück – wie angewiesen. Dann hängte ich die Chanel-Tasche mit der Goldkette links an die Lehne meines Stuhls. Und wartete.

Der Mann zu meiner Linken hatte nicht einmal kurz in meine Richtung geblickt, als ich mich hinsetzte. Er las den Sportteil der *Post* vom Vortag und sah aus wie jeder andere Mann in der Bar – ein Rechtsanwalt oder Geschäftsmann auf einer Tagesreise aus New York oder Chicago oder woher sonst diese Typen in den District kamen. Das Wort, mit dem man ihn beschreiben könnte, wäre *unauffällig*, und ich fragte mich, ob er mich wohl auch so beschreiben würde. Ich hoffte es.

Gregory stellte meinen Drink auf einer weißen Serviette mit dem goldenen Emblem des Mayflower vor mich hin, und ich nippte daran. »Sie machen einen verdammt guten Martini«, sagte ich. Ich hasste Martini.

Man hatte mir gesagt, ich würde keinerlei Anzeichen bemerken – dass der Mann, der neben mir saß, den Umschlag unmerklich in meine Handtasche schieben würde, dass er seine Arbeit gut gemacht hätte, wenn ich nichts davon mitbekam. Der Mann faltete seine Zeitung zusammen, nahm den letzten Schluck seines Scotch, warf einen Dollar auf den Tresen und ging.

Ich wartete fünfzehn Minuten, leerte meinen Drink und sagte Gregory, ich würde gern zahlen.

Als ich nach der Chanel-Tasche griff, erwartete ich beinahe, dass sie sich anders anfühlen würde. Aber das war nicht so, und ich fragte mich, ob ich etwas falsch gemacht hatte – ob vielleicht der Mann, der den Sportteil gelesen hatte, einfach nur ein Mann gewesen war, der den Sportteil las. Ich widerstand der Versuchung nachzusehen, verließ das Town & Country – vorüber an den eingetopften Palmen, an einem Mann, der mit der glamourösen Brünetten auf den Aufzug wartete, an einem Rentnerehepaar beim Einchecken und an den quastenbemützten Hotelpagen.

Als ich die Connecticut hinaufging, gab ich mir alle

Mühe, die Ruhe zu bewahren und mich nicht vom Adrenalin zu einem Sprint antreiben zu lassen. Ich blieb an der P Street stehen und schaute auf meine Armbanduhr, eine Lady Elgin, die man mir zusammen mit der Chanel-Tasche gegeben hatte. Innerhalb von Sekunden fuhr ein Bus der Linie 15 am Bordstein vor. Ich setzte mich auf den vorletzten Platz hinten, vor einen Mann, der einen grünen Schirm auf dem Schoß hatte. Als der Bus an den beiden Steinlöwen vorbeifuhr, die den Eingang zur Taft Bridge bewachen, tippte mir der Mann auf die Schulter und fragte mich nach der Uhrzeit. Ich sagte ihm, es wäre Viertel nach neun. Das war es nicht. Er dankte mir, und ich stellte die Chanel-Tasche ab, schob sie mit dem Absatz ein Stück nach hinten.

Ich stieg in Woodley Park aus und ging in Richtung Zoo. An einer roten Ampel streckte ich die Hände aus und ließ die frischen Schneeflocken auf meine Handschuhe fallen und sich zu winzigen Pfützen auflösen. Ob es sich so anfühlte, wenn man eine Affäre hatte, ein Geheimnis? Ich war wie im Rausch und verstand nun, warum Teddy Helms mir gesagt hatte, dass man nach dieser Art von Arbeit süchtig werden könnte. Ich war es schon.

❧

Ich hatte mich für eine Stelle als Stenotypistin beworben, aber die Aufgabe, die sie mir gaben, war eine andere. Hatten sie etwas in mir gesehen, das ich selbst noch nicht entdeckt hatte? Oder vielleicht hatten sie einfach auf meine Vergangenheit geschaut, auf den Tod meines Vaters, und wussten, dass ich alles tun würde, worum sie mich baten. Später sagte man mir, eine so tiefsitzende Wut garantiere eine Art von Loyalität zur Agency, die der Patriotismus allein niemals hervorbringen konnte.

Was immer sie während meiner ersten paar Monate bei der Agency in mir gesehen hatten, ich konnte mich des Gefühls nicht erwehren, dass sie die falsche Person für diesen Job ausgewählt hatten.

Das änderte sich nach dem Mayflower-Test. Zum ersten Mal im Leben hatte ich das Gefühl, einem höheren Zweck zu dienen und nicht nur irgendeinen Job zu erledigen. An diesem Abend wurde etwas in mir entfesselt – eine verborgene Kraft, von der ich nicht gewusst hatte, dass ich sie besaß. Ich entdeckte, dass ich für die Arbeit als Überbringerin gut geeignet war.

Während des Tages nahm ich Diktate auf, übertrug Notizen, verhielt mich während der Besprechungen ruhig, tippte und tippte und tippte – wobei ich darauf achtete, mir nichts von all den Informationen zu merken, die ich da tippte. »Stell dir einfach vor, dass die Informationen durch deine Fingerspitzen auf die Tasten und von da auf das Papier fließen und dann für immer aus deinem Kopf verschwinden«, hatte mir Norma an meinem ersten und einzigen Ausbildungstag gesagt. »Zum einen Ohr rein, zum anderen raus.« Und all die anderen Stenotypistinnen sagten dasselbe: *Behalte nichts von dem, was du tippst. Du tippst schneller, wenn du nicht darüber nachdenkst, was du tippst; das sind geheime Informationen, also solltest du, selbst wenn du sie behältst, besser so tun, als hättest du alles vergessen.*

»Schnelle Finger wahren Geheimnisse«, war das inoffizielle Motto des Schreibpools. Und doch war ich mir gar nicht sicher, ob auch nur eine von uns diesem Credo folgte. Selbst in meinen ersten Wochen, als ich die Mädels gerade noch kennenlernte, war mir klar, dass sie alles über jeden wussten.

Wussten sie auch alles über mich? Wussten sie von meinem anderen Job? Von den zusätzlichen fünfzig Dollar auf jedem Gehaltsscheck? Machte es sie stutzig, dass meine Schreibmaschine einen Takt langsamer klapperte als ihre? Bemerkten sie, dass ich zwei Tassen Kaffee mehr trank als sie und dass ich Ringe unter den Augen hatte?

Mama bemerkte es ganz gewiss. Sie kochte eine Kanne Kamillentee und ließ sie zu Eiswürfeln gefrieren, die ich mir auf die Lider legen konnte. Sie glaubte, ich ginge mit einem neuen Mann aus, und flehte mich an, ihn einmal mit nach Hause zu bringen, damit sie ihn kennenlernen konnte, ehe ich ihren Namen in der ganzen Nachbarschaft entehrte.

Aber was dachten die Frauen im Schreibpool?

War das der Grund, warum sie mich nicht gerade mit offenen Armen aufgenommen hatten? Natürlich waren sie immer höflich und freundlich, sagten am Morgen *Hallo* und freitags *Schönes Wochenende*. Aber ich kann nicht behaupten, dass sie mich überschwänglich willkommen hießen. Ich wollte zu ihrer Gruppe gehören, aber ich wollte nicht, dass es so aussah. Man sollte meinen, dass diese Dramen sich nur an der High School oder am College abspielen, aber die Politik der Freundschaften ist in jedem Lebensalter eine komplizierte Sache.

Der Pool lud mich ein paarmal ein, mit zum Mittagessen zu gehen, doch das war vor meinem ersten Gehaltsscheck, als ich gerade genug Geld für meine Busfahrt hin und zurück hatte. Als ich dann Geld übrig hatte, waren die Einladungen versiegt.

Ich wollte gern glauben, dass ihre Reserviertheit daher rührte, dass ich den Platz ihrer Freundin Tabitha übernommen hatte, obwohl ich nicht umhinkonnte, mir zu denken, dass es an etwas anderem lag, an etwas, das mich schon mein ganzes Leben verfolgte: an dem Gefühl, stets Außenseiterin zu sein, sich allein am wohlsten zu fühlen. Selbst als Kind spielte ich lieber allein. Ich tat so, als wäre unsere winzige Speisekammer ein Fort. Ich dachte mir komplizierte Dramen mit Schattenfiguren aus, die ich aus braunen Papiertüten ausgeschnitten und an Lutscherstiele geklebt hatte. Ich war am glücklichsten, wenn ich für mich allein spielte. Wenn meine kleinen Cousins und Cousinen versuchten mitzumachen, schimpfte ich sie am Ende doch immer aus, weil sie eine der Puppen kaputtgemacht hatten oder eine Figur nicht genau so spielten, wie ich es wollte. Dann wurden sie wütend und gingen, und ich sagte mir, das wäre gut so. Es war einfacher, mir einzureden, dass ich nicht mit ihnen spielen wollte, und nicht umgekehrt.

Abgesehen davon, dass ich mich fehl am Platz fühlte, fand ich mich im Job schnell zurecht. Und obwohl ich langsamer tippte als die anderen Frauen, arbeitete ich doch gleichmäßig und genau und musste nur selten die weiße Korrekturflüssigkeit benutzen.

Bei meiner Arbeit nach Dienstschluss war die Lernkurve steiler.

Als ich an meinem ersten Tag fragte, wie genau ich denn ausgebildet würde, gab man mir einen Zettel mit der Adresse eines nicht näher bezeichneten temporären Büros der Agency, von dem aus man auf den Reflecting Pool blickte – das Büro, in dem ich mich jeden Tag nach Dienstschluss mit Officer Teddy Helms traf.

Als ich Teddy zum ersten Mal begegnete, war ich fasziniert davon, wie sehr er einem Filmstar ähnelte, der einen Spion spielte. Er war ein paar Jahre älter als ich – groß, mit dunklem Haar, langen schlanken Fingern, gut aussehend, wie man es von Männern wie ihm erwartet. Einige Mitglieder des Schreibpools waren ganz verrückt nach Teddy, aber ich habe ihn eigentlich nie so betrachtet. Obwohl er der Typ Mann war, von dem ich als junges Mädchen geträumt hatte – nicht als Geliebtem oder Freund, sondern als dem älteren Bruder, den ich mir immer gewünscht hatte. Jemand, der mir beibringen würde, wie ich es anstellen könnte dazuzugehören, wie ich weniger unbeholfen sein könnte, jemand, der mich vor den Jungs auf der High School beschützte, die mir auf dem Flur den Rock hochrissen. Jemand, der mir helfen würde, Mama zu unterstützen und unsere finanzielle Last zu schultern, die mit jedem aufgebrauchten Gehaltsscheck wiederkehrte.

Teddy war zunächst sehr ruhig und sagte, ich sei die erste Frau, die er je ausgebildet habe. In den Tagen des OSS hatte man Frauen zugetraut, Brücken in die Luft zu sprengen, aber nur wenige Jahre später haderte die Agency immer noch mit der Frage, wozu wir Frauen wohl fähig waren.

Teddy war anders. »Wenn du mich fragst, sind Frauen die perfekten Überbringer«, sagte er. »Niemand hegt den Verdacht, dass das hübsche Mädchen im Bus geheime Botschaften mit sich führt.«

In den ersten Monaten des Jahres 1957 lernten Teddy und ich einander gut kennen. Er war ein Mann, mit dem man sich von der ersten Sekunde an wohl fühlt – jemand, dem man in einer Stunde mehr erzählt als Menschen, die man schon sein ganzes Leben kennt.

Er war zur Agency gekommen, nachdem ihn einer seiner Literaturprofessoren in Georgetown angeworben hatte. Er hatte Politikwissenschaft und slawische Sprachen studiert und sprach fließend Russisch mit einem geübten Akzent, der jeden Moskauer genarrt hätte. Während unserer Ausbildungssitzungen schaltete Teddy zwischen Englisch und Russisch hin und her, sagte, dass er jede Gelegenheit zum Üben genoss. Es war eine Freude für mich, mit ihm in der Sprache zu reden, die ich sonst nur mit Mama gemeinsam hatte. Er stellte mir Fragen über Fragen: nach dem Schneidergeschäft meiner Mutter, nach meiner Kindheit in Pikesville, nach meiner College-Zeit in Trinity, nach meiner Schüchternheit. Niemand hatte mir je solche Fragen gestellt, und zuerst schreckte ich vor seiner Offenheit zurück. Aber nach kurzer Zeit merkte ich, dass ich meine ganze Lebensgeschichte vor ihm ausbreitete.

Vielleicht fühlte ich mich mit ihm so wohl, weil auch er bereitwillig Dinge von sich preisgegeben hatte. Ich erfuhr, dass er einen älteren Bruder hatte, der vor einigen Jahren ums Leben gekommen war. Dass Julian als Held aus dem Krieg zurückgekehrt war, nur um eines Abends betrunken mit seinem Auto gegen einen Baum zu prallen. Dass Teddy das Gefühl hatte, niemals an das Vermächtnis heranreichen zu können, das sein Bruder hinterlassen hatte. Dass seine Eltern sich entschieden hatten, sich nur an den Helden zu erinnern, der Julian gewesen war, indem sie sein Foto neben der zusammengefalteten Fahne, die man ihnen überreicht hatte, wie in einem Schrein arrangierten. Ursprünglich hatte Teddy in die Fußstapfen seines Bruders treten und zur Armee gehen oder in die Anwaltskanzlei seines Vaters eintreten wollen, die den Namen der Familie trug, schließlich aber sei sein Drang zur Literatur stärker gewesen. Und deswegen habe ihn sein Mentor im College auf eine andere Laufbahn zugesteuert.

Teddy schenkte uns Whiskey aus einer Flasche ein, die er in seinem Schreibtisch aufbewahrte, und erging sich in leidenschaftlichen Reden über die Rolle, die Kunst und Literatur seiner Meinung nach bei der Verbreitung der Demokratie spielten: Bücher seien der Schlüssel, um den Menschen zu zeigen, dass große Kunst nur aus wahrer Freiheit entstehen kann, und er sei zur Agency gegangen, um diese Botschaft zu verbreiten. Er glaubte, dass die Russen die Literatur so hochschätzten wie die Amerikaner die Freiheit. »Washington hat Denkmäler für Lincoln und Jeffer-son errichtet«, sagte er, »während Moskau Puschkin und Gogol ehrt.« Teddy wollte den Sowjetbürgern vor Augen führen, wie ihre eigene Regierung verhinderte, dass ihr Land den nächsten Tolstoi oder Dostojewski hervorbrach-te – dass Kunst nur in einer freien Nation blühen könne und der Westen inzwischen die Vorherrschaft in der Lite-ratur erobert habe. Diese Botschaft kam seiner Meinung nach einem Dolchstoß in die Rippen des roten Monsters gleich.

Tagsüber behandelte mich Teddy genauso wie all die anderen Stenotypistinnen, wenn er in der SR vorbeikam: mit einem Nicken am Morgen, vielleicht einem kurzen Ab-schiedswinken am Abend. Nach Dienstschluss schenkte er mir dann seine ganze Aufmerksamkeit, während er mir bei-brachte, wie man Botschaften für die Agency abholt und zustellt.

Er ließ mich üben, wie man einen Umschlag unter einem Tisch, einer Bank, einem Stuhl, einem Barhocker, einem Sitzplatz im Bus, einer Toilette platzierte. Er ließ mich mit dem weißen Standardumschlag anfangen. Ich ar-beitete mich hoch zu Broschüren und braunen Aktenmap-pen, dann zu Büchern und Päckchen. Er verglich das, was wir machten, mit den Tricks der Zauberkünstler, erklärte mir, die Agency habe die Größen der magischen Fingerfer-tigkeit wie Walter Irving Scott und Dai Vernon genau stu-diert und deren Techniken für ihre Zwecke angepasst. Er zeigte mir, wie ich ein Päckchen an meinem Bein herunter-gleiten und zu Boden fallen lassen konnte, ohne dass es das geringste Geräusch machte. »Es ist alles nur eine Frage der Technik«, sagte er.

Er brachte mir bei, woran ich erkennen konnte, ob mir jemand folgte – Ausschau nach allen verdächtigen Personen zu halten, besonders ältere Personen mit Vorsicht zu betrachten. »Alte Leutchen haben viel Zeit«, erklärte er. »Sie sitzen stundenlang in den Parks herum und rufen im Handumdrehen bei der Polizei an, wenn sie etwas Ungewöhnliches sehen.«

Wenn ich einen Fehler machte, tröstete er mich damit, dass ich nur mehr Übung brauchte. Und wie ich übte. Jeden Abend, wenn Mama schlief, schloss ich meine Schlafzimmertür ab und übte, Umschläge verschiedener Größen in Büchern, meiner Handtasche, Mamas Handtasche, einem Koffer, jeder Tasche meiner Kleidung verschwinden zu lassen. Als ich Teddy vorführte, dass ich unbemerkt ein winziges Papierröllchen aus einer leeren Lippenstifthülse in seine Jackentasche schmuggeln konnte, erklärte er mir, nun sei ich für einen echten Test bereit.

»Bist du sicher?«

»Es gibt nur eine Methode, es herauszufinden.«

Und das war die Lieferung im Mayflower Hotel: keine echte Mission, sondern eine Prüfung, ob ich bereit wäre. Teddy sagte mir, er würde mich beobachten, obwohl ich ihn nicht sehen würde. Und er hatte recht: An diesem Abend im Mayflower war keine Spur von ihm zu sehen gewesen. Doch als ich am nächsten Morgen ins Büro kam, lehnte eine weiße Rose an meiner Schreibmaschine, in deren Stiel ein kleiner roter Plastikspieß steckte.

»Heimlicher Verehrer?«, fragte Norma.

»Nur ein Freund«, sagte ich.

»Ein *Freund*, was? Kein heimlicher Valentinsgruß?«

»Valentinsgruß?«

»Das ist heute, weißt du.«

»Oh«, sagte ich. Das hatte ich vergessen. Zum Glück wurde Norma zu einer Besprechung gerufen, ehe sie weitere Fragen stellen konnte. Doch am Nachmittag wurde das Geheimnis der Rose erneut in Angriff genommen.

»Ich habe gehört, dass du mit Teddy Helms ausgehst«, sagte Linda und lugte über die Trennwand zwischen unseren Schreibtischen. Als ich aufblickte, sah ich, dass der gesamte Schreibpool dastand und auf eine Antwort wartete.

»Was? Nein. Das stimmt nicht.« Ich war verdutzt, sorgte mich, dass ich mich irgendwie verraten hatte.

»Gail meint, Lonnie Reynolds hätte gesagt, sie hätte heute Morgen gesehen, wie Teddy die Rose hier hingelegt hat.«

»Und er hat es nicht gerade heimlich gemacht«, fügte Gail hinzu.

»Seit wann geht ihr beide miteinander aus?«

Überwältigt verzog ich mich auf die Damentoilette in der Hoffnung, dass sie die Rose bei meiner Rückkehr vergessen hätten. Das hatten sie nicht. Sie bombardierten mich so lange weiter mit Fragen, auf die ich keine Antworten hatte, bis es Zeit war, nach Hause zu gehen.

»Hast du Lust, mit uns zu Martin's zu kommen?«, fragte Norma. »Zwei Portionen Austern zum Preis von einer und ein Barkeeper, der uns doppelte Drinks einschenkt, weil er eine Schwäche für Judy hat. Und da du ja behauptest, dass du noch Single bist, hast du doch sicher keine Pläne für den Valentinstag.«

»Ich kann nicht«, antwortete ich. »Ich habe etwas vor, aber es ist kein Date. Nichts in der Art.«

»Ja klar«, sagte Norma.

Ich war wütend auf Teddy, weil er mich so ins Fadenkreuz des Schreibpools gerückt hatte. Warum hatte er das getan? Was hatte er vor? Ich beschloss, ihn danach zu fragen, aber ich verlor den Mut, als er mich mit einem Glas Whiskey begrüßte und einen Toast auf den gut ausgeführten Auftrag im Mayflower Hotel ausbrachte.

»Gut gemacht, Kleines«, sagte er und stieß mit mir an. »An ein paar Sachen müssen wir noch arbeiten, aber du hast deinen Job verdammt gut gemacht. Anderson ist sehr zufrieden. Wir glauben, du bist schon bald bereit für den Einsatz im Feld, für eine echte Mission, die ansteht.«

»Verstanden«, antwortete ich, denn ich wusste, dass ich nicht nach Einzelheiten fragen durfte. »Und danke.« Ich merkte, dass Teddy nicht sicher war, ob ich ihm für das Kompliment oder für die weiße Rose dankte. Es machte sich eine unbehagliche Stille zwischen uns breit.

»Übrigens, du hast gar nichts gesagt«, meinte Teddy und brach das Schweigen.

»Wozu?«, fragte ich dümmlich.

»Zu der Rose.«

»Der Schreibpool war hingerissen.«

»Aber du nicht?«

»Ich mag nicht … ich mag es nicht so sehr, wenn ich im Mittelpunkt der Aufmerksamkeit stehe.«

Teddy lachte. »Genau deswegen haben wir dich angeheuert«, meinte er. »Aber ehrlich: Tut mir leid. Die Leute hier stürzen sich auf jedes Gerücht wie ein Hund auf den Postboten.«

»Ein Hund?«

»Ich meine, es tut mir leid. Ich dachte, es wäre eine nette Geste.«

»Es war eine nette Geste … Es ist nur … wollen wir denn, dass die Leute wissen, dass wir uns kennen?«

Er kratzte sich am Kinn und beugte sich vor. »Vielleicht wäre das eine gute Tarnung. Wenn die Leute glauben, dass wir miteinander ausgehen, dann denken sie sich nichts dabei, wenn sie uns zusammen sehen. Nichts Ernstes – das wäre doch nicht schlimm. Es sei denn, du hast einen Freund, der sich darüber aufregen könnte?«

»Ich habe keinen Freund, aber ich bin . . .«

»Perfekt«, sagte er. »Fangen wir gleich damit an? Wir könnten auf einen Drink ins Martin's gehen. Hocken sie da nicht alle zusammen?«

»Ich weiß nicht recht.«

Teddy hielt sein leeres Glas in die Höhe. »Wir gehen nur kurz vorbei.«

»Das ist doch aber etwas, das sie am Arbeitsplatz nicht so gern sehen, oder?«

»Bitte entschuldige meine Ausdrucksweise, aber die halbe Agency würde überhaupt nie flachgelegt werden, wenn wir nicht mit Kollegen ausgehen würden. Außerdem gehen wir ja nicht richtig miteinander aus, oder?«

⌘

Teddy nahm meine Hand, als wir das Martin's betraten. Die Bar war voller Lobbyisten aus der K Street. Laut Teddy konnte man die an ihren edlen Anzügen und an Schuhen erkennen, die so neu waren, dass sie quietschten. Sie hatten die Bar mit Beschlag belegt, während ihre schlechter gekleideten Pendants aus den verschiedenen Ministerien die Tische besetzten. Die Rechtsreferendare lungerten am Buffet herum, wo sie sich die Teller mit Austerncocktail vollpackten. Auch der Schreibpool war noch da, alle hockten in einer Tischnische links von der Bar.

»Wie wär's, wenn wir uns da hinsetzen?«, fragte ich

und deutete auf einen Zweiertisch an der gegenüberliegenden Seite.

»Lass uns erst was an der Bar trinken.«

»Es gibt hier, glaube ich, Kellnerinnen.«

»An der Bar geht es schneller.« Wir quetschten uns dazwischen, und Teddy gab dem Barkeeper ein Zeichen, er solle uns zwei Whiskey bringen. Er bezahlte und hielt mir sein Glas entgegen. »Auf neue Freunde«, sagte er. Und als wir gerade anstießen, spürte ich, dass mir jemand auf die Schulter tippte.

»Irina«, sagte Norma. »Hast es doch ins Martin's geschafft. Kommt und setzt euch zu uns.« Sie schaute zu Teddy. »Ja, du auch.«

»Wir haben einen Tisch im Rive Gauche reserviert«, erwiderte Teddy. »Sind nur auf einen schnellen Drink vorbeigekommen.«

»Rive Gauche? Wie habt ihr das am Valentinstag hingekriegt?«

»Ein Freund war mir noch einen Gefallen schuldig.«

»Warum kommt ihr nicht mit eurem Drink kurz zu uns? An unserem Tisch ist jede Menge Platz.«

Wir schauten zur Nische hinüber, woraufhin die Mädels rasch den Blick abwandten. »Klar«, sagte ich. »Warum nicht?«

»Seht mal, wer da reingeschneit ist«, verkündete Norma, als sie uns zum Tisch begleitete. Die Mädels rutschten zusammen, um Platz zu machen. Ich setzte mich hin, aber Teddy blieb stehen. »Entschuldigt mich einen Augenblick, meine Damen.« Wir schauten ihm hinterher, als er zur Jukebox ging und Kleingeld einwarf.

Judy gab mir einen Rippenstoß. »Da ist nichts zwischen euch beiden, was?«

Norma warf Judy einen Hab-ich's-nicht-gesagt-Blick

zu. »Morgens eine weiße Rose am Schreibtisch? Abends ins Rive Gauche?«

»Rive Gauche?«, staunte Kathy. »Edel.«

Teddy kam genau in dem Augenblick zurück, als in der Jukebox klickend eine Platte aufgelegt wurde. Er zog sein Jackett aus und reichte es Judy, die sich mühsam ein Lächeln abrang. War sie eifersüchtig? Auf mich? »Wie wär's, willst du tanzen?«, fragte er.

»Aber es tanzt doch niemand«, sagte ich.

»Das ändert sich gleich«, erwiderte Teddy und streckte mir die Hand hin. »Komm schon. Das ist Little Richard.«

»Little wer?« Ohne meine Antwort abzuwarten, nahm er meine Hand und führte mich auf die Tanzfläche, ein quadratisches Stück Parkett, das nicht mit Tischen vollgestellt war. Ich war nie eine gute Tänzerin gewesen – nichts als Arme und Beine, die nie miteinander koordiniert schienen –, aber einen Versuch wollte ich gern wagen. Und Mannomann, konnte Teddy tanzen! Es waren nicht nur alle Augen des Schreibpools auf uns gerichtet, es schien, als sähe uns das ganze Lokal zu. Teddy wirbelte mich herum, als wäre er Fred Astaire, und ich hatte das Gefühl, eine Rolle zu spielen – und sie gut zu spielen. Ich genoss das Gefühl in den höchsten Zügen, genau wie die Übergabe im Mayflower. Teddy zog mich enger an sich heran. »Die sind drauf reingefallen«, flüsterte er.

Nach einem weiteren Drink und noch einem Drink verließen wir die Bar. Draußen auf dem Gehsteig wollte ich mich verabschieden. Teddy unterbrach mich. »Willst du nicht was zu Abend essen?«

»Ich dachte, das hättest du nur so gesagt.«

»Was, wenn ich dir sage, dass ich wirklich einen Tisch im Rive Gauche reserviert habe?«

Ich dachte an den Borschtsch vom Vortag, den Mama

mir aufwärmen würde, blickte dann auf das erbsensuppen-grüne Kleid, das ich schon den ganzen Tag trug. »Eigentlich bin ich dafür nicht richtig angezogen.«

»Du siehst wunderschön aus«, sagte er und streckte mir seine Hand hin. »Lass uns gehen.«

Kapitel 9

DIE STENOTYPISTINNEN

Noch ein Freitagmorgen bei Ralph's. Noch ein Doughnut, noch ein Becher Kaffee. Als wir den Diner verließen, war der kühle Herbstmorgen milder geworden. Wir legten unsere Hüte und Mützen ab und knöpften unsere Jacken auf, während wir die E Street hinuntergingen.

Am Morgen herrschte in der SR stets rege Geschäftigkeit, wenn sich die Leute an ihren Schreibtischen niederließen, schnell noch im Pausenraum eine Tasse Kaffee holten oder zu einer der vielen Besprechungen hasteten, die pünktlich um neun Uhr fünfzehn begannen. Das Telefon am Empfang klingelte, die Stühle im Wartebereich waren bereits besetzt. Aber nicht an jenem Tag Anfang Oktober. An diesem Tag war der Empfang menschenleer, genauso wie das Pausenzimmer und jeder einzelne Schreibtisch im Schreibpool.

»Was ist los?«, fragte Gail Teddy Helms, der im Laufschritt zum Aufzug unterwegs war. Er blieb unvermittelt stehen, wobei er über eine Welle in dem uralten beigen Teppich stolperte.

»Besprechung ganz oben«, sagte Teddy, was das Kürzel für Dulles' Büro war, das eigentlich eine Treppe tiefer lag. Teddy eilte davon, und wir gingen an unsere Schreibtische, wo Irina bereits an ihrer Schreibmaschine saß.

»Hat Teddy irgendwas gesagt?«, fragte Gail.

»Wir haben verloren«, antwortete Irina.

»Was verloren?«, wollte Norma wissen.

»Das ist nicht ganz klar.«

»Wovon redet ihr?«, erkundigte sich Kathy.

»Den technischen Hintergrund kann ich nicht erklären.«

»Den technischen Hintergrund? Wovon?«

»Von irgendwas, das die in den Weltraum geschossen haben«, sagte Irina.

»Die?«

»*Die*, die«, flüsterte sie. »Stellt euch nur mal vor ...« Sie verstummte und deutete auf die Asbestplatten an der Decke. »Das Ding ist jetzt da oben. In diesem Augenblick.«

Es war kaum größer als ein Wasserball und wog so viel wie der amerikanische Durchschnittsmann, aber es hatte eingeschlagen wie eine Atombombe. Die Nachricht vom Start des Sputniks verbreitete sich in der SR bereits Stunden bevor die staatliche sowjetische Nachrichtenagentur TASS verkündete, dass der erste Satellit, der je den Weltraum erreicht hatte, sich in diesem Augenblick neunhundert Kilometer über der Erde befinde und den Planeten alle achtundneunzig Minuten einmal umrundete.

Obwohl alle Männer oben waren, war es unmöglich zu arbeiten. »Was für ein Name ist das denn, Sputnik?«

»Klingt nach Kartoffel«, meinte Judy.

»Es bedeutet *Weggefährte*«, erklärte Irina. »Eigentlich ziemlich poetisch.«

»Nein«, widersprach Norma. »Mir macht das Angst.«

Gail stand auf, schloss die Augen und schrieb mit dem Finger unsichtbare Zahlen in die Luft. Dann öffnete sie die Augen wieder. »Sieben.«

»Hä?«, fragten wir.

»Wenn das Ding mit dieser Geschwindigkeit um die

Erde kreist, dann kommt er siebenmal am Tag über uns vorbei.«

Wir blickten alle nach oben.

~

Nach dem Mittagessen versammelten wir uns alle um das Radio in Andersons leerem Büro. Niemand hatte verlässliche Informationen, und der Ansager verkündete, dass aus allen Ecken des Landes aufgeregte Anrufe über Sichtungen eingingen – aus Phoenix, aus Tampa, aus Pittsburgh und aus beiden Portlands. Es schien, als hätte jeder außer uns den Satelliten gesehen.

»Mit dem bloßen Auge kann man ihn gar nicht ausmachen«, sagte Gail. »Besonders nicht am Tag.«

Mit dem Beginn der Werbung für Alka-Seltzer kam Anderson herein. »So eine könnte ich jetzt gut brauchen«, meinte er. »Sieht ganz so aus, als würde hier richtig hart gearbeitet.«

Kathy drehte das Radio leiser. »Wir wollten wissen, was da draußen vor sich geht«, sagte sie.

»Wollen wir das nicht alle?«, erwiderte Anderson.

»Wissen Sie es?«, fragte Norma.

»Weiß das überhaupt jemand?«, fügte Gail hinzu.

Anderson klatschte in die Hände wie ein munterer Basketballlehrer in der High School. »Also gut, zurück an die Arbeit.«

»Wie können wir arbeiten, wenn das Ding über unsere Köpfe fliegt?«

Anderson schaltete das Radio aus und verscheuchte uns wie lästige Tauben. Als wir schon auf dem Weg nach draußen waren, bat er Irina, noch zu bleiben. Das war nichts Ungewöhnliches, da Irina kein gewöhnliches Mitglied des Schreibpools war. Von Anfang an gab es reichlich Hinweise, dass sie bei der Agency besondere Aufgaben hatte. Aber was für Aufgaben das waren, wussten wir damals nicht. Wir hatten keine Ahnung, ob Anderson sich mit ihr über diese *außerordentlichen* Aktivitäten nach Dienstschluss unterhalten wollte und ob die irgendwas mit dem Sputnik zu tun hatten. Was uns nicht daran hinderte, umso wilder darüber zu spekulieren.

Die Nachrichten während des gesamten Wochenendes reichten von Übertreibung (*Russland siegt!*) über Absurdes (*Das Ende aller Zeiten?*) bis zum Pragmatischen (*Wann stürzt der Sputnik ab?*) oder Politischen (*Wie reagiert Eisenhower?*). Am Montagmorgen war die Schlange an der Einlasskontrolle nur kurz, weil viele der Männer bei Besprechungen im Weißen Haus oder auf dem Hill waren, um dort die Ängste zu besänftigen, dass alles verloren sei. Diejenigen, die noch hier waren, sahen aus, als wären sie seit Freitag nicht zu Hause gewesen – ihre weißen Hemden hatten gelbliche Flecke unter den Achseln, ihre Augen waren trübe, und ihr Bartschatten reichte weit über Fünf-Uhr-Stoppeln hinaus.

Am Dienstag kam Gail mit einem der Mohawk Midgetapes zur Arbeit, mit denen wir Telefongespräche aufzeichneten. Sie nahm den Hut ab, zog die Handschuhe aus und stellte den Rekorder vor ihrer Schreibmaschine auf. Dann winkte sie uns zu sich hinüber. Als wir uns um sie versammelt hatten, schaltete sie ihn ein und drückte den Schalter fürs Abspielen. Wir beugten uns näher hinunter. Rauschen.

»Worauf lauschen wir?«, fragte Kathy.

»Ich höre gar nichts«, meinte Irina.

»Psst«, blaffte Gail.

Wir beugten uns noch näher hin.

Dann hörten wir es: ein schwaches, kontinuierliches Piepen wie der Herzschlag einer verängstigten Maus. »Ich hab's«, sagte Gail und schaltete den Rekorder aus.

»Du hast was?«

»Die haben gesagt, man kann es hören, wenn man das Radio auf zwanzig Megahertz einstellt«, sagte sie. »Aber als ich das probiert habe, habe ich nur Rauschen gekriegt. Also habe ich mir gedacht, ich brauche mehr Saft. Ratet mal, was ich gemacht habe?«

»Keine Ahnung. Ich habe nicht mal eine Ahnung, wovon du redest«, sagte Judy.

»Ich bin an mein Küchenfenster gegangen und habe das Mückengitter rausgenommen. Meine Mitbewohnerin hat wahrscheinlich gedacht, ich hätte total den Verstand verloren.«

»Damit hatte sie unter Umständen recht«, meinte Norma.

»Dann habe ich einen Draht vom Metallgitter zum Radio verlegt, wieder auf zwanzig Megahertz gestellt, das Mikrofon genau an der richtigen Stelle platziert, und das war's.« Sie senkte die Stimme. »Kontakt.«

»Womit?«

»Mit dem Sputnik.«

Wir schauten einander an.

»Dieses Gespräch solltest du dir für die Zeit nach Dienstschluss aufheben«, sagte Linda und sah sich um.

Gail schnaubte. »Das war kinderleicht.«

»Was bedeutet das?«, flüsterte Judy.

Gail schüttelte den Kopf. »Ich weiß es nicht.« Sie deutete auf die Büros hinter sich. »Das sollen die da drin rausfinden.«

»Vielleicht ist es ein Code?«, vermutete Norma.

»Ein Countdown?«

»Was passiert, wenn das Piepen aufhört?«, fragte Judy.

Gail zuckte mit den Achseln.

»Es bedeutet, dass Sie wieder an die Arbeit müssen«, sagte Anderson von hinten. Wir stoben auseinander, nur Gail blieb stehen. »Und Gail«, hörten wir Anderson sagen, »ich würde Sie gern in meinem Büro sprechen.«

»Jetzt?«

»Jetzt.«

Wir sahen ihr hinterher, wie sie Anderson in sein Büro folgte; und dann sahen wir, wie sie zwanzig Minuten später wieder herauskam und ein weißes Taschentuch an die Nase presste. Norma stand auf, aber Gail winkte ab.

∼

Der Oktober verging. Die Blätter wurden gelb, dann orange, dann rot, dann braun, und schließlich fielen sie. Wir zerrten die schwereren Mäntel hinten aus unseren Schränken hervor. Die Mücken starben, die Bars priesen Hot Toddies an, diese köstliche Mischung aus heißem Wasser, Whiskey, Honig und Zitrone, und überall, sogar mitten im Stadtzentrum, roch es nach verbrannten Blättern. Jemand stellte am Empfang einen ausgehöhlten Kürbis mit ausgeschnittenem Hammer-und-Sichel-Symbol auf, und die Männer machten ihre alljährliche Runde »Süßes oder Saures« durch die Büros der SR, zogen von einem Schreibtisch zum anderen, um sich ein kleines Gläschen Wodka abzuholen.

Der November kam mit einem Knall, vielmehr mit einer Explosion. Die Sowjets schossen den Sputnik II ins All – diesmal mit einer Hündin namens Laika an Bord. Kathy hängte ein Poster mit einer Suchmeldung *Hund vermisst* in den Pausenraum, auf dem ein Bild mit der Unterschrift

Hundnik: Zuletzt in der Erdumlaufbahn gesichtet zu sehen war, doch es wurde schleunigst entfernt.

Die Spannung in der Agency stieg, und man bat uns, für die Besprechungen der Männer nach Dienstschluss Überstunden zu machen. Manchmal bestellten sie Pizza oder Sandwiches, wenn wir länger als neun Uhr abends bleiben mussten. Aber oft gab es keine einzige Pause und nichts zu essen, und wir gewöhnten uns an, für alle Fälle zusätzliche Lunchpakete mitzubringen.

Bald darauf folgte der Gaither Report, der Eisenhower über das informierte, was er bereits wusste: dass wir beim Wettlauf im All, beim atomaren Wettlauf und beinahe jedem anderen Wettlauf viel weiter hinter den Sowjets herhinkten, als wir gedacht hatten.

Doch es sollte sich herausstellen, dass die Agency bereits eine neue Waffe in Arbeit hatte.

Die anderen hatten ihre Satelliten, wir aber hatten ihre Bücher. Damals glaubten wir noch, dass Bücher Waffen sein können – dass Literatur den Lauf der Geschichte ändern kann. Die Agency wusste, dass es einige Zeit dauern würde, die Herzen und Gedanken der Menschen zu erobern, doch sie plante ihr Spiel langfristig. Seit ihrer Entstehung als Nachfolger des OSS setzte die Agency immer mehr auf einen Propagandafeldzug mit sanften Mitteln – und griff zunehmend auf Kunst, Musik und Literatur zurück, um ihre Anliegen umzusetzen. Das Ziel: zu betonen, dass das Sowjetsystem keine freie Meinungsäußerung zuließ, dass der Rote Staat selbst seine besten Künstler behinderte, zensierte und verfolgte. Die Taktik: mit allen Mitteln Kulturgüter in die Hände von Sowjetbürgern zu schaffen.

Wir begannen damit, Flugblätter in Wetterballons zu stopfen und über die Grenzen zu schicken, wo sie explodierten und ihren Inhalt hinter dem Eisernen Vorhang herunterregnen ließen. Dann schickten wir per Post verbotene Bücher hinter die feindlichen Linien. Zuerst hatten die Männer den schlauen Gedanken, die Bücher einfach in neutralen Umschlägen zu verschicken und die Daumen zu drücken, dass es wenigstens einige wenige unbemerkt nach drüben schaffen würden. Während einer ihrer Besprechungen zum Thema Bücher meldete sich Linda zu Wort und schlug vor, man solle doch zur besseren Tarnung lieber falsche Schutzumschläge um die Bücher legen. Ein paar von uns sammelten alle Exemplare der russischen Ausgaben von weniger umstrittenen Titeln wie *Schweinchen Wilbur und seine Freunde* oder *Stolz und Vorurteil* und klebten die Schutzumschläge auf die Schmuggelware, ehe wir sie in den Postausgang gaben. Natürlich galt die Idee als Verdienst der Männer.

Etwa um diese Zeit herum beschloss die Agency, tiefer in den Krieg der Wörter einzusteigen, und bildete einige Männer in ihren Reihen dazu aus, eigene Verlage und Literaturzeitschriften zu gründen, die als Deckmantel für unsere Bemühungen dienen sollten. Die Agency wurde eine Art Buchclub mit einer schwarzen Kasse. Was für Dichter und Schriftsteller wesentlich attraktiver war als Lesungen mit kostenlosem Wein. Wir hatten die Finger so tief im Verlagswesen, dass man meinen sollte, wir hätten einen Teil der Tantiemen bekommen.

Wir nahmen an den Besprechungen der Männer teil und machten Notizen, während sie über die Romane redeten, die sie für ihre nächste Mission verwenden wollten. Sie debattierten, ob Orwells *Farm der Tiere* oder Joyce' *Ein Porträt des Künstlers als junger Mann* besser geeignet wäre, und das mit einer Ernsthaftigkeit, als würden ihre Kritiken in der *New York Times* veröffentlicht. Es war alles schrecklich ernst, und doch mussten wir oft lachen, denn diese Gespräche versetzten uns in die Anfangstage unseres Literaturstudiums zurück: Einer brachte eine Meinung vor, ein anderer widersprach, und schließlich schweiften sie völlig vom Thema ab. Die Diskussionen dauerten Stunden, und wenn wir behaupteten, wir hätten uns nicht hin und wieder beim Einschlafen ertappt, so müssten wir lügen. Einmal unterbrach Norma die Männer mit der Bemerkung, sie sei fest davon überzeugt, dass Bellows intellektuelle Reflexionen weitaus gewichtiger seien als die reine Schönheit der Sprache Nabokovs. Das war die letzte Bücherbesprechung, bei der sie je Protokoll führte.

Wir hatten also die Ballons, die falschen Umschläge, die Verlage, die Literaturzeitschriften und all die Bücher, die wir bisher in die UdSSR geschmuggelt hatten.

Und dann kam *Shiwago*.

Unter dem Codenamen AEDINOSAUR wurde es die Mission, die alles verändern sollte.

Doktor Shiwago – ein Name, den mehr als eine von uns zunächst recht schwer zu buchstabieren fand – war von Boris Pasternak, dem berühmtesten lebenden Schriftsteller der Sowjetunion, geschrieben worden, und das Buch war im Ostblock wegen seiner Kritik an der Oktoberrevolution und wegen seiner sogenannten subversiven Ansichten verboten.

Auf den ersten Blick war nicht ersichtlich, wie ein Roman über die zum Scheitern verdammte Liebe zwischen Juri Shiwago und Lara Antipowa als Waffe dienen könnte. Aber die Agency war um Kreativität nicht verlegen.

Das ursprüngliche Memo von Frank Wisner beschrieb *Shiwago* als »das ketzerischste literarische Werk eines Sowjetautors seit Stalins Tod«, vor allem wegen seiner »zurückgenommenen, aber höchst eindringlichen Darstellung der Wirkung, die das Sowjetsystem auf das Leben eines sensiblen intelligenten Bürgers hatte«, habe es »großen Propagandawert«. Mit anderen Worten, das Buch passte perfekt in unseren Plan.

Das Memo machte in der SR schneller die Runde als eine Nachricht von einem Techtelmechtel bei einer unserer mit Martini getränkten Weihnachtsfeiern und brachte mindestens noch ein halbes Dutzend weiterer Memos hervor, von denen jedes das vorhergehende unterstützte: Dies sei nicht nur ein Buch, sondern eine Waffe – und zwar eine, die die Agency sich um jeden Preis verschaffen und hinter den Eisernen Vorhang zurückschmuggeln wollte, damit die Bürger sie dort zur Explosion brachten.

OSTEN

1956

Kapitel 10

DER AGENT

Sergio D'Angelo wachte auf, und neben seinem Bett plapperte sein dreijähriger Sohn gerade etwas von einem Drachen namens Stefano – einem großen grün-gelben Wesen aus Papiermaché, das sie in Rom in einem Puppentheater gesehen hatten. »Giulietta!«, rief Sergio seiner Frau zu und hoffte, sie würde sich seiner erbarmen und ihr Kind holen, damit er noch eine Stunde schlafen konnte. Giulietta ignorierte sein Flehen.

Sergios Mund war trocken, und seine Schläfen pochten von den allzu vielen Gläsern Wodka am Abend zuvor. »Auf die Italiener!«, hatte sein Kollege Wladlen gerufen und das Glas in der Gruppe erhoben, die sich für die Party von *Radio Moskau* getroffen hatte. Sergio lachte und trank, ohne ihn darauf hinzuweisen, dass er nur *ein* Italiener, der Plural also nicht angebracht sei. Sergio preschte als Erster auf die Tanzfläche. Gut aussehend und gekleidet, als wäre er direkt aus einer italienischen Filmkulisse getreten, konnte er sich seine Tanzpartnerin aussuchen. Und er suchte sie alle aus, eine nach der anderen – bis ihm Wladlen auf die Schulter tippte, um ihm mitzuteilen, dass die Musik schon seit einer halben Stunde nicht mehr spielte und der Besitzer des Cafés sie an die Luft setzte. Eine zierliche Frau, mit der Sergio zu keiner Musik tanzte, lud sie zur Fortsetzung der Feier in ihre Wohnung ein, doch Sergio lehnte ab. Nicht nur, weil zu

Hause seine Frau auf ihn wartete, sondern weil der nächste Tag zwar ein Sonntag war, er aber arbeiten musste.

Sergio übersetzte Meldungen für die italienischsprachigen Sendungen von *Radio Moskau*, doch es gab noch einen anderen Grund für seinen Aufenthalt in der UdSSR: Sein Arbeitgeber Giangiacomo Feltrinelli – milliardenschwerer Erbe einer Holzdynastie und Gründer eines neuen Verlags – wollte den nächsten modernen Klassiker entdecken und war überzeugt, dass der aus dem Mutterland kommen musste. »Treib mir die nächste *Lolita* auf«, hatte ihm Feltrinelli aufgegeben.

Noch hatte Sergio das nächste große Ding nicht gefunden, aber in der Woche zuvor war eine vielversprechende Nachrichtenmeldung über seinen Schreibtisch gegangen: *Die Veröffentlichung von Boris Pasternaks* Doktor Shiwago *steht unmittelbar bevor. In Form eines Tagebuchs erzählt, umspannt der Roman ein Dreivierteljahrhundert und endet mit dem Zweiten Weltkrieg.* Sergio hatte sofort ein Telegramm an Feltrinelli geschickt und grünes Licht für den Versuch bekommen, sich die internationalen Rechte zu sichern. Da es ihm nicht gelungen war, den Autor telefonisch zu erreichen, schmiedete Sergio mit Wladlen den Plan, Pasternak an diesem Sonntag in seiner Datscha in Peredelkino zu besuchen.

An jenem Morgen spritzte sich Sergio, sein Sohn war ihm immer noch eng auf den Fersen, am Waschbecken kaltes Wasser ins Gesicht und wünschte, er hätte Wladlen gebeten, die Fahrt auf das folgende Wochenende zu verschieben. Als er die Küche betrat, die halb so groß war wie seine zu Hause, trank seine Frau am Tisch eine Tasse des löslichen Espressos, den sie aus Rom mitgebracht hatte. Seine vierjährige Tochter Francesca saß Giulietta gegenüber und imitierte ihre Mutter, hob ihre eigene Plastiktasse an die

Lippen und setzte sie vorsichtig ab. »Guten Morgen, meine Lieben«, sagte Sergio und küsste sie beide auf die Wangen.

»Mama ist wütend auf dich, Papa«, sagte Francesca. »Sehr wütend.«

»Unsinn. Warum sollte sie wütend sein, wenn es gar nichts gibt, weswegen man wütend sein müsste? Deine Mutter weiß, dass ich heute arbeiten muss. Ich besuche den berühmtesten Dichter der Sowjetunion.«

»Sie hat nicht gesagt, warum sie wütend ist, nur, dass sie wütend ist.«

Giulietta stand auf und stellte ihre Tasse in die Spüle. »Es ist mir egal, wen du besuchst. Solange du nicht wieder die ganze Nacht fortbleibst.«

Sergio zog sich seinen besten Anzug an – einen maß-geschneiderten sandfarbenen Anzug von Brioni, ein Ge-schenk seines großzügigen Arbeitgebers. An der Tür polier-te er seine Schuhe mit einer Rosshaarbürste. Den ganzen endlos scheinenden russischen Winter über hatte Sergio dieselben schwarzen Gummistiefel wie alle Russen getra-gen. Jetzt, da der Frühling gekommen war, verspürte Sergio, wie ihn Freude überkam, als er in seine eleganten Leder-schuhe schlüpfte. Er schlug die Hacken zusammen, ver-abschiedete sich von seiner Familie und war aus der Tür.

Wladlen wartete am Bahnsteig 7 auf Sergio, hielt für die kurze Reise eine Papiertüte voller Piroschki mit Zwie-bel und Ei in den Händen. Die beiden Männer schüttelten einander die Hände, und Wladlen reichte Sergio die Papier-tüte. Der hielt sich den Magen. »Ich kann nicht.«

»Kater?«, fragte Wladlen. »Du hast noch einiges auf-zuholen, wenn du mit uns Russen mithalten willst.« Er machte die Tüte auf und schüttelte sie. »Ein altes Heilmittel. Nimm dir eine. Wir werden gleich russischem Hochadel gegenübertreten, da musst du in Bestform sein.«

Sergio zog sich ein Stück Gebäck heraus. »Ich dachte, die Russen haben alle ihre Adligen umgebracht.«

»Noch nicht alle.« Wladlen lachte, und ein Stück hartgekochtes Ei fiel ihm aus dem Mund.

Der Zug fuhr aus dem Bahnhof, und während die unzähligen Gleise sich zu einem einzigen verengten, hielt sich Sergio oben am Fenster fest und ließ sich von der warmen Luft die Fingerspitzen küssen. Das Frühlingswetter fühlte sich wunderbar an, nachdem er den ganzen Winter lang von Kopf bis Fuß eingehüllt gewesen war. Er war gespannt darauf, mehr von diesem Land zu sehen, denn bisher hatte er sich noch nicht weit aus Moskau herausgetraut. »Was bauen sie da drüben?«, fragte er seinen Reisegefährten.

Wladlen blätterte gerade Pasternaks ersten Gedichtband – *Zwilling in den Wolken* – durch, den er in der Hoffnung mitgebracht hatte, der Autor könne sein Exemplar vielleicht signieren. »Wohnungen«, erwiderte er, ohne aufzublicken.

»Aber du hast nicht einmal hingeschaut.«

»Dann eben Fabriken.«

Vor dem Fenster zogen Neubauten vorbei, dann Häuser, die gerade noch gebaut wurden, und zuletzt eine ländliche Gegend – mit einzelnen frühlingsgrünen Bäumen, gelegentlich einem Dorf mit einer orthodoxen Kirche und kleinen Landhäusern, jedes mit einem Zaun abgetrennt auf seinem eigenen Grundstück. Sergio winkte einem Jungen neben den Gleisen zu, der eine getupfte Henne unter dem

Arm hielt. Der Junge winkte nicht zurück. »Wie lange geht das so weiter?«, fragte Sergio.

»Bis Leningrad.«

In Peredelkino stiegen die beiden Männer aus. Über Nacht hatte es geregnet, und sobald sie die Gleise überquert hatten, versank Sergios Fuß im Schlamm. Er verfluchte sich dafür, dass er seine guten Schuhe angezogen hatte. Er setzte sich auf eine Bank und versuchte, den Dreck mit einem Spitzentaschentuch abzuwischen, hörte jedoch auf, als er merkte, dass er die Aufmerksamkeit dreier Männer am Straßenrand auf sich zog. Die Männer versuchten gerade, ein ältliches Maultier vor einen klapprigen Wolga zu spannen. Sergio und Wladlen mussten einen seltsamen Anblick abgeben. Der blonde Russe in seinen zu großen, unten umgeschlagenen Hosen und seiner engsitzenden Weste sah zwar aus wie alle Männer aus der Stadt, war aber einen ganzen Kopf größer als Sergio und zweimal so breit wie der Italiener. Und Sergio in seinem schmal geschnittenen Wollanzug war eindeutig als Ausländer zu erkennen.

Sergio ließ das nutzlose Taschentuch fallen und fragte Wladlen, ob es in der Nähe ein Café gebe, wo er seine Schuhe ordentlich reinigen könnte. Wladlen deutete auf ein Holzgebäude auf der anderen Straßenseite, das eher an einen großen Schuppen erinnerte, und die beiden Männer gingen hinein.

»Toilette?«, fragte Sergio die Frau hinter der Theke. Sie hatte den gleichen Gesichtsausdruck wie die Männer, die das Maultier vor das Auto spannten.

»Draußen«, sagte sie.

Sergio seufzte und bat stattdessen um ein Glas Wasser

und eine Serviette. Die Frau ging fort und kehrte mit einem Blatt Zeitungspapier und einem Glas Wodka zurück. »Das wird aber nicht...«

»*Spasibo*«, unterbrach ihn Wladlen, kippte den Wodka und donnerte die Handfläche auf die Theke, um einen weiteren zu bestellen.

»Wir haben wichtige Arbeit zu tun«, meinte Sergio.

»Wir haben keinen Termin. Der Dichter kann sicher warten.«

Sergio zerrte seinen Freund vom Barhocker und zur Tür hinaus.

Draußen hatten die drei Männer inzwischen das Maultier angespannt. Ein kleines Kind saß nun am Lenkrad und steuerte, während die Männer schoben. Sie blieben stehen und starrten Sergio und Wladlen hinterher, als die beiden die Straße überquerten und dann weiter den Pfad entlanggingen, der neben der Hauptstraße verlief.

Als sie am Sommersitz des russischen Patriarchen vorüberkamen – einem prächtigen rot-weißen Gebäude hinter einer ebenso prächtigen Mauer –, wünschte Sergio, er hätte seine Kamera mitgenommen. Sie überquerten einen kleinen Bach, der vom geschmolzenen Schnee und vom Regen angeschwollen war, und stapften den kleinen Hang hinauf und weiter über einen von Birken und Kiefern gesäumten Kiesweg.

»Wie gemacht für einen Dichter«, merkte Sergio an.

»Stalin hat diese Datschas einer handverlesenen Gruppe von Schriftstellern übergeben«, erklärte Wladlen. »Damit sie besser *mit ihrer Muse Zwiegespräche halten können.* Zudem ist es so leichter, sie unter Beobachtung zu halten.«

Pasternaks Datscha lag linker Hand. Sie erinnerte Sergio an eine Mischung aus einem Schweizer Chalet und einer Scheune. »Da ist er schon«, sagte Wladlen. Pasternak war wie ein Bauer gekleidet, ein großer Mann mit einem vollen Schopf grauen Haars, das ihm ins Gesicht fiel, als er sich mit der Schaufel über sein Gartenbeet beugte. Sobald Sergio und Wladlen sich dem Gartentor näherten, blickte Pasternak auf und beschirmte seine Augen gegen die Sonne, um zu sehen, wer da zu Besuch kam.

»*Buongiorno!*«, rief Sergio, und der Überschwang in seiner Stimme verriet, wie nervös er war. Pasternak schien verwirrt, lächelte dann aber herzlich.

»Kommen Sie herein«, erwiderte er.

Je näher sie dem berühmten Dichter kamen, desto mehr fiel Sergio und Wladlen auf, wie attraktiv und jung Pasternak wirkte. Ein gut aussehender Mann musterte einen anderen immer kritisch, doch anstatt Neid zu verspüren, betrachtete der unterlegene Sergio den Schriftsteller voller Ehrfurcht.

Pasternak lehnte seine Schaufel gegen einen frisch beschnittenen Apfelbaum und kam auf die Männer zu. »Ich hatte vergessen, dass Sie kommen«, sagte er lachend. »Und bitte verzeihen Sie mir, aber ich habe auch vergessen, wer Sie sind. Und warum Sie gekommen sind.«

»Sergio D'Angelo.« Er streckte die Hand aus und schüttelte Pasternaks. »Und das ist Anton Wladlen, mein Kollege bei *Radio Moskau*.«

Wladlen, dessen Augen auf den Matsch vor seinen Schuhen und nicht auf seinen Helden, den Dichter, gerichtet waren, brachte nur ein Grunzen hervor.

»Was für ein schöner Name«, meinte Pasternak. »D'Angelo. Das klingt wunderbar. Was bedeutet er?«

»Vom Engel. In Italien ist es ein ziemlich gebräuchlicher Nachname.«

»Mein Nachname bedeutet Pastinake, was wohl angemessen ist, wenn man bedenkt, wie gern ich in der Erde wühle.« Pasternak führte die Männer zu einer L-förmigen Bank am Rand des Gartens. Sie setzten sich hin, und Pasternak wischte sich mit einem schweißfleckigen Taschentuch die Stirn. »*Radio Moskau*? Sind Sie hier, um mich zu interviewen? Ich habe im Augenblick leider nicht sehr viel zur öffentlichen Diskussion beizutragen.«

»Ich bin nicht für *Radio Moskau* hier. Ich bin gekommen, um mit Ihnen über Ihren Roman zu sprechen.«

»Ein weiteres Thema, zu dem ich nicht viel zu sagen habe.«

»Ich vertrete den italienischen Verleger Giangiacomo Feltrinelli. Sie haben vielleicht schon von ihm gehört?«

»Nein, das habe ich nicht.«

»Die Familie Feltrinelli ist eine der reichsten in Italien. Giangiacomos erst kürzlich gegründeter Verlag hat unlängst die Autobiographie des ersten indischen Premierministers Jawaharlal Nehru veröffentlicht. Vielleicht haben Sie davon gehört?«

»Von Nehru natürlich schon, aber nicht von seinem Buch.«

»Ich soll Feltrinelli die besten neuen literarischen Arbeiten bringen, die hinter dem Eisernen Vorhang zu finden sind.«

»Sind Sie erst kurze Zeit in unserem Land?«

»Ich bin noch kein Jahr hier.«

»Dieser Ausdruck gefällt denen gar nicht.« Pasternak schaute zu den Bäumen, als spräche er zu jemandem, der ihn von dort beobachtete. »Eiserner Vorhang.«

»Verzeihen Sie«, meinte Sergio. Er rutschte auf der Bank hin und her. »Ich suche die besten neuen Arbeiten aus dem Mutterland. Feltrinelli interessiert sich dafür, *Doktor Shiwago* einem italienischen Publikum vorzustellen, unter Umständen auch noch den Lesern anderer Länder.«

Boris wischte sich eine Mücke vom Arm, sorgsam darauf bedacht, sie nicht zu töten. »Ich war schon einmal in Italien. Ich war damals zweiundzwanzig und studierte an der Universität Marburg Musik. Im Sommer bin ich nach Florenz und Venedig gereist, aber bis Rom bin ich nie gekommen. Mir ist das Geld ausgegangen. Ich wollte auch noch nach Mailand fahren und in die Scala gehen. Davon habe ich immer geträumt. Ich träume noch heute davon. Aber ich war damals Student und bettelarm.«

»Ich bin oft in der Scala gewesen«, sagte Sergio. »Sie müssen irgendwann einmal hingehen. Feltrinelli wird Ihnen den besten Platz im Haus besorgen.«

Boris lachte und blickte zu Boden. »Ich sehne mich nach dem Reisen, aber diese Zeiten sind für mich vorbei. Selbst wenn ich wollte, machen sie es uns so schwer.« Er legte eine Pause ein. »Damals als junger Mann wollte ich Komponist werden. Ich hatte wohl ein gewisses Talent, aber nicht so viel, wie ich gern gehabt hätte. Ist das bei derlei Dingen nicht immer so? Die Leidenschaft ist doch fast immer größer als die Begabung.«

»Meine Leidenschaft gilt der Literatur«, sagte Sergio im Versuch, das Gespräch wieder auf *Doktor Shiwago* zu lenken. »Ich habe mir sagen lassen, dass Ihr Roman ein Meisterwerk sei.«

»Wer hat Ihnen das gesagt?«

Sergio schlug die Beine übereinander, und die Holzbank geriet ins Wanken. »Alle reden davon. Das stimmt doch, Wladlen?«

»Alle reden davon«, sagte Wladlen, die ersten Worte, die er an Pasternak richtete.

»Von den Verlagen habe ich noch gar nichts gehört. Ich habe bisher niemals auch nur einen Tag warten müssen, um eine Reaktion auf meine Arbeiten zu bekommen.«

Pasternak erhob sich von der Bank und ging über den mittleren Gartenpfad, zwischen frisch umgegrabener Erde zu seiner Linken und neu bestellter Erde zu seiner Rechten. »Ich denke, dieses Schweigen spricht eine deutliche Sprache«, sagte er mit dem Rücken zu den Männern, die noch auf der Bank saßen. »Mein Roman wird nicht veröffentlicht. Er entspricht nicht ihren *kulturellen Richtlinien.*«

Sergio und Wladlen standen auf und traten zu ihm. »Aber die Veröffentlichung wurde bereits angekündigt«, sagte Wladlen. »Sergio hat die Meldung selbst für *Radio Moskau* übersetzt.«

Pasternak wandte sich zu ihnen zurück. »Ich bin mir nicht sicher, was Ihnen zu Ohren gekommen ist, aber die Veröffentlichung des Romans ist leider unmöglich.«

»Haben Sie eine offizielle Ablehnung erhalten?«, erkundigte sich Wladlen.

»Noch nicht, nein. Aber ich habe mir die Hoffnung darauf aus dem Kopf geschlagen. So ist es am besten, wissen Sie. Sonst mache ich mich verrückt.« Er lachte erneut, und Sergio fragte sich, ob das nicht vielleicht schon geschehen war.

Sergio hatte nicht damit gerechnet, dass *Doktor Shiwago* in der UdSSR verboten sein könnte. »Das ist unmöglich«, sagte er. »Man würde doch das Erscheinen eines so wichtigen Werks nicht verhindern. Was ist denn mit dem *Tauwetter*, von dem man munkeln hört?«

»Chruschtschow und all die anderen können Reden halten und Versprechungen machen, aber das einzige Tauwetter, das mich interessiert, hat mit meinen Pflanzungen im Frühjahr zu tun«, erwiderte Pasternak.

»Wie wäre es, wenn Sie mir das Manuskript geben?«, fragte Sergio.

»Zu welchem Zweck? Wenn sie nicht erlauben, dass es

hier veröffentlicht wird, kann es nirgendwo veröffentlicht werden.«

»Feltrinelli könnte schon mit der italienischen Übersetzung anfangen, damit er, wenn das Buch in der UdSSR herauskommt ...«

»Es wird nicht herauskommen.«

»Ich glaube doch«, fuhr Sergio fort. »Und wenn es herauskommt, hat Feltrinelli es bereits druckfertig. Er ist ein angesehenes Mitglied der Kommunistischen Partei Italiens, und es gibt sicherlich keinen Grund, die internationale Veröffentlichung des Buches zu verzögern, wenn er am Ruder ist«, sagte Sergio. Er war eben ein unverbesserlicher Optimist und hielt nichts für unmöglich. »*Doktor Shiwago* wird von Mailand bis Florenz und Neapel in allen Buchhandlungen im Schaufenster stehen, und dann weit über Italien hinaus. Die ganze Welt muss Ihren Roman lesen. Die ganze Welt wird Ihren Roman lesen!« Es tat nichts zur Sache, dass Sergio *Doktor Shiwago* nicht gelesen hatte und keinerlei Kommentar zu der literarischen Qualität des Werks abgeben konnte, und er war sich sehr wohl darüber im Klaren, dass er Versprechungen machte, von denen er nicht sicher war, ob er sie einhalten könnte, aber er redete immer weiter, da seine Worte ihre Wirkung auf den Schriftsteller nicht zu verfehlen schienen.

»Einen Augenblick«, sagte Pasternak. Er machte ein paar Schritte auf seine Datscha zu, zog sich die Gummistiefel aus, ehe er ins Haus ging. Die beiden Männer blieben im Garten stehen.

»Was meinst du?«, fragte Wladlen.

»Ich weiß nicht. Aber ich glaube, dieser Roman wird veröffentlicht.«

»Du bist kein Russe. Du verstehst nicht, wie die Dinge hier laufen. Ich weiß nicht, was er geschrieben hat, aber wenn es gegen die kulturelle Norm verstößt, gibt es kein Tauwetter der Welt, das die Veröffentlichung möglich machen würde. Wenn der Staat sein Buch hier verbietet, ist es Pasternak untersagt, es irgendwo anders zu veröffentlichen. Nicht jetzt und niemals.«

»Es wurde aber noch nicht abgelehnt.«

»Es ist Monate her, und er hat noch keine Antwort bekommen. Die müssen es nicht aussprechen, um die Botschaft deutlich zu machen.«

»Das stimmt, aber ich weiß auch, dass die Geschichte nie stillsteht.«

Hinter dem vorderen Fenster im Erdgeschoss war eine Bewegung zu sehen. Eine ältere Frau blickte zwischen den geteilten Gardinen hinaus und verschwand dann. »Die Ehefrau?«, fragte Sergio.

»Das muss sie wohl sein, obwohl ich gehört habe, dass es eine jüngere Frau gibt, mit der er ganz unverhohlen zusammen ist. Eine öffentliche Geliebte, die nur wenige Minuten von hier wohnt. Sie ist immer an seiner Seite, sagt man. Überall in Moskau. Und seine Frau macht der Sache kein Ende.«

Die Tür der Datscha ging auf, und Pasternak trat mit einem großen braunen Paket heraus. Er ging barfuß durch den Garten, hielt dann einen Augenblick vor seinen Besuchern inne, ehe er sagte: »Das ist *Doktor Shiwago*.« Er hielt Sergio das Paket hin, der es nehmen wollte, aber Boris ließ es nicht los. Einen Moment lang hielten beide Männer das Paket fest, ehe Pasternak die Hände sinken ließ. »Möge das Buch seinen Weg um die Welt antreten.«

Sergio drehte das Paket in den Händen, spürte das Gewicht. »Ihr Roman ist bei Signor Feltrinelli bestens aufgehoben. Sie werden sehen. Ich werde ihm den Text innerhalb einer Woche persönlich überreichen.«

Pasternak nickte, wirkte jedoch nicht überzeugt. Die drei Männer verabschiedeten sich. Als Sergio und Wladlen sich auf den Weg zum Bahnhof machten, rief ihnen Pasternak noch hinterher: »Sie sind hiermit zu meiner Hinrichtung eingeladen!«

»Diese Dichter!«, sagte Sergio lachend.

Wladlen sagte nichts.

Am nächsten Tag war *Doktor Shiwago* auf dem Weg nach Westberlin – wo Sergio das Manuskript Feltrinelli persönlich übergeben sollte, der es den Rest des Weges nach Mailand mit sich tragen würde.

Nach einem Zug, einem Flugzeug, einem weiteren Zug, drei Kilometern zu Fuß und so mancher Bestechung traf Sergio sicher in seinem Hotel an der Joachimsthaler Straße ein. Der Kurfürstendamm war strahlend hell und protzig und überwältigend kapitalistisch – all das, was Moskau nicht war. Gut gekleidete Männer und Frauen spazierten Arm in Arm, gingen zum Abendessen aus oder zum Tanzen oder in eines der vielen Kabaretts, die überall in der Stadt wieder aufgemacht hatten. VW Käfer und Motorräder mit jungen Leuten darauf flitzten in beständigem Zickzack über die breiten Boulevards. Neonschilder blinkten eines nach dem anderen auf: *Nescafé* in Gelb, *Bosch* in Rot, *Hotel am Zoo* in Weiß, *Salamanderschuhe* in Grün. Vor den vielen Cafés und Restaurants säumten zahllose Tische den Bürgersteig. Aus einer Cocktailbar wehten Klavierklänge herüber, wo eine auffallende Schwarze, eine kurvenreichere Version von Josephine Baker, die Passanten zum Eintreten lockte.

Sobald Sergio in seinem Zimmer war, öffnete er den Koffer und nahm das maßgeschneiderte Oxfordhemd und den Seidenpyjama mit Paisleymuster heraus, mit denen er das immer noch in braunes Packpapier eingeschlagene Manuskript abgedeckt hatte. Zweimal hatte er es zu verhindern gewusst, dass sein Koffer beim Übergang von Ost- nach Westberlin durchsucht wurde, indem er mit Soldaten auf beiden Seiten freundlich zu plaudern begann und weil er einfach ein Gesicht hatte, dem die Leute vertrauten, zudem Taschen, die so gut gefüllt waren, dass auch die Zweifler wieder Vertrauen fassten. Er küsste das Manuskript, legte es in die unterste Schublade seiner Kommode und deckte es mit dem Pyjama ab.

Sergio duschte lange. Das heiße Wasser floss nur vier Minuten, immerhin drei Minuten länger als bei ihm in Moskau. Danach ließ er seine Haut an der Luft trocknen, während er sich vor dem Badezimmerspiegel rasierte.

Obwohl er Sehnsucht nach Orecchiette alla Crudaiola und einem Wein aus italienischen Trauben hatte, entschied er sich für Pilsner und Schnitzel in der Hotelbar. Wusste er doch, dass Feltrinelli, wenn er am nächsten Tag eintraf, eine sehr genaue Vorstellung davon haben würde, wohin sie gehen und den Erwerb von Pasternaks Roman feiern müssten. Sein Arbeitgeber hätte sicher, kaum aus dem Flugzeug gestiegen, den besten Tisch im feinsten Restaurant der Stadt mit dem besten Chianti reserviert.

~

Nach einem Frühstück mit Leberwurst, einem weichgekochten Ei, Kräuterkäse und einem Marmeladenbrötchen überprüfte Sergio bei dem Mann am Empfang noch einmal, dass Feltrinellis Präsidentensuite auch wirklich für ihn vorbereitet war.

»Haben Sie den Cognac?«

»Ja.«

»Die Zigaretten?«

»Wir haben für Mr Feltrinelli eine Schachtel Alfa besorgt.«

»Die Decken … am Fußende nicht untergeschlagen, wie er es vorzieht?«

»Ich glaube schon.«

»Könnten Sie bitte beim Zimmermädchen nachfragen?«

»Ja. Dürfen wir sonst noch etwas für Sie tun?«

»Taxi?«

»Natürlich.«

Am Flughafen Tempelhof schaute Sergio zu, wie Feltrinellis Flugzeug landete und zum Stehen kam. Eine Treppe wurde zum Ausstieg gefahren. Feltrinelli trat mit einer Zeitung unter dem Arm aus dem Flugzeug und blieb oben an der Treppe stehen, um das Vaterland zu mustern. Ein Windstoß ließ seine rehbraune Anzugjacke aufwehen, und seine Krawatte flog ihm über die Schulter. Als er seinen Agenten unten warten sah, stieg er die Treppe hinunter.

Der Verleger begrüßte Sergio freundlich, küsste ihn auf beide Wangen und schüttelte ihm die Hand. Sergio hatte Giangiacomo Feltrinelli erst ein paarmal getroffen, war aber immer von seiner Ausstrahlung beeindruckt gewesen. Von schmaler Statur, mit zurückgekämmtem dunklem Haar, das eine hohe Witwenspitze zeigte, war Feltrinelli ein Mann, zu dem sich Frauen wie Männer hingezogen fühlten. Auch seine dicke schwarze Brille konnte die Lebendigkeit seiner Augen nicht verbergen. Es mochte sein ungeheurer Reichtum sein, der ihm diese Aufmerksamkeit verschaffte. Oder das Selbstbewusstsein, das mit diesem Reichtum einherging. Oder seine Sammlung schneller Autos und maßgeschneiderter Anzüge oder die schönen Frauen, die in Scharen zu ihm strömten. Was immer es war, Feltrinelli hatte jede Menge davon.

Sergio nahm Feltrinellis kalbslederne Reisetasche, und Feltrinelli hakte sich bei ihm unter, als wären sie alte Schulkameraden. Sergio schlug vor, zum Mittagessen in ein Restaurant zu gehen, aber Feltrinelli schüttelte den Kopf. »Ich möchte es gleich sehen.«

Feltrinelli schritt unruhig auf dem in dunklen Orangetönen gehaltenen Teppich des Hotels auf und ab, während Sergio den Roman holen ging. Sergio reichte seinem Chef *Doktor Shiwago*, und Feltrinelli hielt das Manuskript in Händen, als könne er dessen Bedeutung allein am Gewicht ermessen. Feltrinelli blätterte durch die Seiten und drückte sie an die Brust. »Nie habe ich mir mehr gewünscht, ich könnte Russisch lesen, als in diesem Augenblick.«

»Es wird bestimmt ein Riesenerfolg.«

»Das glaube ich auch. Ich habe dafür gesorgt, dass der beste Übersetzer es sich anschaut, sobald ich wieder in Mailand bin. Er hat versprochen, mir ein ehrliches Urteil zu geben.«

»Da ist noch was, das ich Ihnen bisher nicht gesagt habe.«

Feltrinelli wartete darauf, dass Sergio weiterredete.

»Pasternak glaubt, dass die Sowjets die Veröffentlichung des Buches nicht genehmigen werden. Ich konnte das in meinem Telegramm nicht erwähnen, aber er meint, dass das Buch nicht konform mit den – wie hat er es formuliert? –, mit ihren *Richtlinien* ist.«

Feltrinelli tat das mit einer Geste ab. »Ich habe das auch gehört, aber daran wollen wir jetzt nicht denken. Außerdem könnten die Sowjets, wenn sie herausfinden, dass ich das Manuskript habe, doch ihre Meinung ändern.«

»Da ist noch was. Er sagte, dass er, indem er mir den Roman übergeben hat, sich selbst zum Tode verurteilt hat. Da hat er doch sicher gescherzt?«

Feltrinelli klemmte sich das Buch unter den Arm, ohne zu antworten. »Ich bin nur zwei Tage hier. Wir müssen feiern.«

»Natürlich! Was möchten Sie machen?«

»Ich möchte gutes deutsches Bier trinken, und ich möchte tanzen, und ich möchte ein paar Frauen kennenlernen. Und ich möchte in einem Laden am Kurfürstendamm, von dem ich gehört habe, dass er auf der Welt die allerbesten macht, einen Feldstecher kaufen.« Er nahm seine Brille ab und deutete auf seine Nase. »Die nehmen Maß von der Nasenwurzel bis zu den äußeren Augenwinkeln, um genau die richtige Passung zu finden. So ein Fernglas wird perfekt für meine Yacht sein. Ich muss es haben.«

»Natürlich, natürlich«, sagte Sergio. »Ich nehme an, meine Arbeit ist dann erledigt.«

»Ja, mein Freund. Und meine fängt jetzt erst an.«

Kapitel 11

~~DIE MUSE~~
~~DIE REHABILITIERTE~~
DIE SENDBOTIN

Nach vier ergebnislosen Tagen in Moskau fuhr mein Zug im Bahnhof ein, nachdem ich wieder einmal ohne Erfolg versucht hatte, Verleger dazu zu bringen, *Doktor Shiwago* zu drucken. Ich sah Borja allein auf einer Bank sitzen. Es war Ende Mai, und die Sonne machte sich gerade daran, hinter den Baumwipfeln zu verschwinden. Im goldenen Licht schimmerte sein weißes Haar blond, und selbst durch die schmutzigen Fensterscheiben des Zugs konnte ich das Funkeln seiner Augen sehen. Ich verspürte einen Stich in der Brust. Aus der Entfernung wirkte er wie ein junger Mann, sogar jünger als ich. Beinahe ein Jahrzehnt waren wir nun zusammen, doch dieser köstliche Schmerz war noch immer da. Borja stand auf, als die Türen des Zugs sich öffneten.

»Es ist etwas äußerst Ungewöhnliches geschehen«, sagte er, nahm meine Tasche und warf sie sich über die Schulter. »Ich hatte diese Woche zwei unerwartete Besucher.«

»Wen?«

Borja deutete auf den Pfad, der an den Gleisen entlang verlief und den wir immer nahmen, wenn wir etwas Wichtiges zu besprechen hatten. Er griff nach meiner Hand und half mir über die Schienen. Ein Zug fuhr vorüber, unterwegs in die andere Richtung, und erfasste meinen Rocksaum mit einem Windstoß. An Borjas Gang, einen Schritt schneller als gewöhnlich, erkannte ich seine Aufregung und Sorge. »Wer hat dich besucht?«, fragte ich erneut.

»Ein Italiener und ein Russe«, antwortete er, und er sprach so schnell, wie er ausschritt. »Der Italiener war jung und charmant. Groß, mit schwarzem Haar, außerordentlich attraktiv. Er hätte dir gefallen, Olja. Und er hatte einen so besonderen Namen – *Sergio D'Angelo.* Wunderschön, nicht? *D'Angelo.* Es bedeutet *vom Engel.*«

»Warum sind sie zu dir gekommen?«

»Du wärst von ihm entzückt gewesen – von dem Italiener. Der andere, der Russe, ich erinnere mich nicht mehr an seinen Namen, der hat nicht viel gesagt.«

Ich nahm ihn beim Arm, zwang ihn, langsamer zu gehen und mir zu erzählen, was er zu sagen hatte.

»Wir haben uns wirklich wunderbar unterhalten. Ich habe ihnen von meiner Zeit als junger Mann erzählt, als ich in Marburg studiert habe. Wie sehr ich die Reise nach Florenz und Venedig genossen habe. Ich habe ihnen erklärt, dass ich auch nach Rom fahren wollte, aber…«

»Warum ist der Italiener gekommen?«

»Er wollte *Doktor Shiwago.*«

»Was wollte er damit?«

Und dann gestand Borja mir die ganze Geschichte – von D'Angelo und dem Russen und einem Verleger namens Feltrinelli.

»Und was hast du ihm gesagt?«

Eine junge Frau, die einen klapprigen Karren voller Benzinkanister hinter sich herzerrte, ging an uns vorbei, und wir verstummten. Dann fuhr Borja fort. »Ich habe ihm gesagt, dass der Roman hier niemals veröffentlicht werden wird. Dass er nicht den Kulturrichtlinien entspricht. Aber er meinte, das Buch könne trotzdem veröffentlicht werden.«

»Wie konnte er so etwas sagen, wo er es doch nie gelesen hat?«

»Deswegen habe ich es ihm gegeben. Zum Lesen. Für eine ehrliche Bewertung.«

»Du hast ihm das Manuskript gegeben?«

»Ja.« Mit einem Mal sah Borja wieder so alt aus, wie er war. Er wusste, dass er etwas getan hatte, was nicht nur unumkehrbar, sondern auch gefährlich war.

»Was hast du getan?« Ich bemühte mich, meine Stimme ruhig zu halten, doch sie zischte aus mir heraus wie Dampf, der aus einem Kessel entweicht. »Kennst du diesen Menschen überhaupt? Diesen Ausländer? Hast du eine Ahnung, was die anstellen werden, wenn sie das Manuskript abfangen? Vielleicht haben sie es schon. Hast du daran gedacht? Was ist, wenn dein D'Angelo nicht einmal ein echter Italiener ist?«

Er sah aus wie ein geprügeltes Kind. »Du denkst dir zu viel dabei.« Er fuhr sich mit der Hand durchs Haar. »Es wird alles gut. Feltrinelli ist Kommunist«, fügte er hinzu.

»Gut?« Mir stiegen Tränen in die Augen. Was Borja getan hatte, war so gut wie Hochverrat. Wenn der Westen das Buch ohne Erlaubnis der UdSSR veröffentlichte, dann würden sie ihn holen kommen – und mich dazu. Und diesmal würde man einen Aufenthalt von wenigen Jahren in einem Arbeitslager wohl kaum als ausreichende Strafe ansehen. Ich musste mich setzen, aber da war nur der Schlamm um uns herum. Wie konnte er so selbstsüchtig sein? Hatte er auch nur ein einziges Mal an mich gedacht? Ich wandte mich um und machte mich auf den Rückweg.

»Warte«, sagte Borja und kam hinter mir her. Ein Schatten fiel über seine strahlenden Augen. Er wusste ganz genau, was er getan hatte. »Ich habe das Buch geschrieben, damit es gelesen wird, Olga. Das könnte die einzige Möglichkeit sein. Ich bin bereit, die Konsequenzen zu tragen, was auch immer sie sein mögen. Ich habe keine Angst davor, was sie mir antun könnten.«

»Dir mag ja egal sein, was mit dir geschieht, aber was ist mit mir? Mich haben sie schon einmal weggebracht ... Ich kann nicht ... Sie dürfen mich nicht noch mal holen.«

»Das tun sie nicht. Ich werde das niemals zulassen.« Er legte mir die Arme um die Schultern, und ich lehnte mich an seine Brust. Es war, als könnte ich einen neuen Zwiespalt zwischen unserem Herzschlag spüren. »Ich habe noch nichts unterschrieben.«

»Du hast ihnen die Erlaubnis gegeben, das Buch zu veröffentlichen. Das wissen wir beide. Falls die beiden überhaupt die sind, als die sie sich ausgeben. Das kann kein gutes Ende nehmen. Ich kann nicht wieder dorthin zurück«, sagte ich und wischte mir dir Augen. »Ich kann nicht.«

»Ich würde *Shiwago* eher verbrennen, als das zuzulassen. Ich würde lieber sterben.« Seine Worte fühlten sich an, als hielte ich eine Hand unter kaltes Wasser, nachdem ich sie am Herd verbrannt hatte – der Schmerz wurde vielleicht gelindert, solange das Wasser floss, aber sobald der Hahn zugedreht war, ging das Pochen weiter. Und in diesem Augenblick verlor ich zum ersten Mal den Glauben an ihn.

»Dieses Buch wird uns unaufhaltsam in einen Abgrund ziehen, aus dem es kein Zurück gibt.«

»Warten wir es ab. Ich kann denen immer noch sagen, dass ich einen Fehler gemacht habe«, meinte er. »Ich kann das Manuskript noch immer zurückfordern.«

»Nein«, sagte ich. »*Ich* werde es zurückfordern.«

Ich fuhr nach Moskau, und nachdem ich Borja die Adresse abgerungen hatte, klopfte ich unangemeldet an der Tür von D'Angelo an. Eine elegante Frau mit dunkelbraunem Haar und faszinierend blauen Augen öffnete. Die Frau stellte sich in gebrochenem Russisch als D'Angelos Frau Giulietta vor.

D'Angelo kam herbei und küsste mir die ausgestreckte Hand. »Wie schön, Sie kennenzulernen, Olga«, sagte er und lächelte leicht verwegen. »Ich habe viel von Ihrer Schönheit gehört, aber Sie sind ja noch viel schöner.«

Anstatt ihm zu danken, kam ich gleich zur Sache und erklärte mein Anliegen. »Sie müssen verstehen«, schloss ich, »dass ihm nicht klar war, was er tat. Wir müssen das Manuskript zurückhaben.«

»Setzen wir uns doch«, erwiderte er, nahm mich bei der Hand und führte mich ins Wohnzimmer. »Möchten Sie etwas trinken?«

»Nein«, sagte ich. »Ich meine, danke, nein.«

Er wandte sich an seine Frau. »Liebling, bringst du mir bitte einen Espresso? Und einen für unsere Besucherin?«

Giulietta küsste ihren Mann auf die Wange und ging in die Küche.

D'Angelo rieb sich mit den Handflächen über die Oberschenkel. »Ich fürchte, dafür ist es zu spät.«

»Wofür ist es zu spät?«

»Für das Buch.« Er lächelte noch immer, wie es die Leute im Westen tun – aus Höflichkeit, nicht weil sie glücklich sind. »Ich habe es Feltrinelli bereits gebracht. Und es hat ihm außerordentlich gut gefallen. Er hat beschlossen, es zu veröffentlichen.«

Ich sah ihn ungläubig an. »Aber es ist doch erst ein paar Tage her, dass Borja es Ihnen übergeben hat.«

Er lachte, zu laut für meinen Geschmack. »Ich saß

gleich im ersten Flugzeug nach Berlin. Na ja, zwei Züge, ein Flugzeug und ein so langer Fußmarsch, dass ich mir, als ich endlich in Westberlin war, ein neues Paar Schuhe kaufen musste. Signor Feltrinelli ist persönlich nach Berlin geflogen, um mich dort zu treffen.«

»Sie müssen das Manuskript zurückholen.«

»Das ist leider unmöglich. Die Übersetzungsarbeiten haben schon begonnen. Feltrinelli hat mir selbst gesagt, dass es ein Verbrechen wäre, diesen Roman nicht zu veröffentlichen.«

»Ein *Verbrechen*? Was wissen Sie schon von Verbrechen? Was wissen Sie von Strafen? Das Verbrechen ist, dass Boris das Buch außerhalb der UdSSR veröffentlichen lässt. Begreifen Sie doch, was Sie da getan haben.«

»Signor Pasternak hat mir seine Erlaubnis gegeben. Ich war mir keiner Gefahr bewusst.« Er stand auf und holte seine Aktentasche aus dem Flur. Darin befand sich ein in schwarzes Leder gebundenes Tagebuch. »Sehen Sie, noch an dem Tag, als ich ihn in Peredelkino besucht hatte, habe ich seine Worte niedergeschrieben. Ich fand sie so eindrucksvoll.«

Ich blickte auf die aufgeschlagene Seite. Dort hatte D'Angelo geschrieben: *Das ist Doktor Shiwago. Möge das Buch seinen Weg um die Welt antreten.*

»Sehen Sie? Seine Erlaubnis. Und außerdem« – er legte eine Pause ein, und ich spürte, dass der Italiener sich seiner Schuld sehr wohl bewusst war –, »selbst wenn ich das Manuskript zurückholen wollte, liegt es nun nicht mehr in meiner Hand.«

213

Es lag auch nicht mehr in meiner Hand. Borja hatte seine Erlaubnis gegeben und mich angelogen, er hätte es nicht getan. *Shiwago* hatte Russland verlassen, und die Dinge waren in Gang gesetzt worden. Ich konnte nur noch mit aller Macht versuchen, das Buch in der UdSSR zu veröffentlichen, ehe Feltrinelli es im Ausland herausbrachte. Es war die einzige Möglichkeit, ihn zu retten, mich selbst zu retten.

Einen Monat später unterschrieb Borja den Vertrag mit Feltrinelli. Ich war nicht dabei, als er seinen Namen daruntersetzte. Auch seine Frau nicht, mit der ich zum ersten Mal völlig einer Meinung war: Die Veröffentlichung des Romans konnte uns nur Kummer und Leid bringen.

Borja meinte, dass sich angesichts des Drucks aus dem Ausland doch noch ein sowjetischer Verleger bereit erklären würde, das Buch herauszubringen. Ich glaubte ihm nicht. »Du hast keinen Vertrag unterschrieben«, sagte ich, »sondern dein Todesurteil.«

∾

Ich tat mein Bestes. Ich flehte D'Angelo an, Druck auf Feltrinelli auszuüben, damit er mir das Manuskript wieder aushändigte. Und ich traf mich mit jedem Lektor, der mich empfangen wollte, um zu fragen, ob sein Verlag nicht *Shiwago* veröffentlichen könne, ehe Feltrinelli es tat.

Es hatte sich herumgesprochen, dass die Italiener den Roman hatten, und die Kulturabteilung des Zentralkomitees verlangte, dass Feltrinelli ihn zurückgab. Auf einmal fand ich mich in der ungewohnten Situation wieder, mit dem Staat einer Meinung zu sein. Wenn *Shiwago* veröffentlicht werden sollte, dann *musste* der Roman zuerst in Russland erscheinen. Doch Feltrinelli ignorierte alle Anfragen, und ich fürchtete, was uns jetzt bevorstand. Also traf ich mich mit dem Leiter der Abteilung, Dmitri Alexejewitsch Polikarpow, um herauszufinden, ob ich die Wogen ein wenig glätten konnte.

Polikarpow war ein gutaussehender Mann, den ich oft bei Veranstaltungen in der Stadt gesehen, jedoch noch nie persönlich gesprochen hatte. Er trug Anzüge im westlichen Stil mit enggeschnittenen Hosen und glänzend polierte schwarze Halbschuhe. In den literarischen Kreisen Moskaus war er als Vollstrecker von Sanktionen bekannt, und mir stockte der Atem, als seine Sekretärin mich in sein Büro führte. Noch ehe ich Platz genommen hatte, begann ich mit dem Bittgesuch, das ich im Zug geprobt hatte. »Die einzig mögliche Lösung ist, den Roman vor den Italienern herauszubringen«, argumentierte ich. »Wir können die Teile herausstreichen, die man für antisowjetisch hält.« Natürlich wusste Borja nichts von meinen Verhandlungen. Ich wusste besser als alle anderen, dass es ihm lieber gewesen wäre, seinen Roman nicht zu veröffentlichen, als ihn in Stücke hacken zu lassen.

Polikarpow zog ein kleines Metalldöschen aus der Jackentasche. »Unmöglich.« Er nahm zwei weiße Pillen heraus und schluckte sie trocken herunter. »*Doktor Shiwago* muss zurückgebracht werden, koste es, was es wolle«, fuhr er fort. »Der Roman kann so, wie er ist, nicht veröffentlicht werden – weder in Italien noch anderswo. Wenn wir eine Fassung veröffentlichen und die Italiener eine andere, wird die Welt fragen, warum wir das Buch ohne diese gewissen Passagen herausgebracht haben. Was den Staat und die gesamte russische Literatur in Verlegenheit bringen würde. Ihr Freund hat mich in eine äußerst prekäre Lage gebracht.« Er steckte das Döschen wieder in die Tasche. »Und Sie genauso.«

215

»Aber was können wir unternehmen?«

»Sie können Boris Leonidowitsch bitten, das Telegramm zu unterzeichnen, das ich Ihnen mitgebe.«

»Was steht in diesem Telegramm?«

»Dass das Manuskript in Feltrinellis Besitz nur ein Entwurf ist, dass ein neuer Entwurf in Arbeit ist und dass das Originalmanuskript unverzüglich zurückzuschicken ist. Er muss das Telegramm innerhalb von zwei Tagen unterzeichnen, sonst wird er verhaftet.«

So lautete die ausgesprochene Drohung. Die unausgesprochene Drohung war, dass meine eigene Verhaftung bald darauf folgen würde. Doch ich wusste, dass Feltrinelli von der Veröffentlichung nicht abrücken würde, selbst wenn er ein solches Telegramm erhielte. Borja hatte mit ihm vereinbart, mit den Italienern nur auf Französisch zu korrespondieren, und den Verleger angewiesen, alles zu ignorieren, was ihm in Borjas Namen auf Russisch mitgeteilt wurde.

Und ich wusste, wie sehr es Borja beschämen würde, ein solches Dokument zu unterzeichnen. »Ich werde es versuchen«, versprach ich.

~

Und das tat ich. Ich fragte ihn. Ich bat ihn, das Telegramm an Feltrinelli zu schicken und sein Manuskript zurückzufordern, wie Polikarpow angewiesen hatte. Ich bat den Mann, den ich liebte, die Veröffentlichung seines Lebenswerks zu stoppen. Und als ich das tat – beim Abendessen im Kleinen Haus –, lehnte er sich nur auf seinem Stuhl zurück. Seine Hand fuhr zum Nacken, als sei dieser schmerzlich verkrampft, und er schwieg lange. Dann redete er.

»Vor Jahren habe ich einmal einen Anruf erhalten.«

Ich legte meine Gabel nieder. Ich wusste, worauf er hinauswollte.

»Das war kurz nachdem man Ossip wegen seines Gedichts gegen Stalin verhaftet hatte«, fuhr er fort. »Er hatte es nicht einmal aufgeschrieben, trug es nur in seiner Erinnerung. Doch selbst das erwies sich als schwerwiegender Fehler. Sogar die Worte im Kopf eines Menschen konnten in diesen finsteren Zeiten ein Verbrechen sein, für das man verhaftet wurde. Du warst damals noch ein Kind, zu jung, um dich heute daran zu erinnern.«

Ich schenkte mir Wein nach. »Ich weiß, wie alt ich bin.«

»Eines Abends hat er das Gedicht einer Gruppe von uns an einer Straßenecke aufgesagt, und ich habe ihn gewarnt, das sei der reine Selbstmord. Er beherzigte meine Warnung nicht, und natürlich haben sie ihn kurz darauf verhaftet. Nicht lange danach erhielt ich den Anruf. Weißt du, wer mich angerufen hat?«

»Ich habe die Geschichte schon gehört.«

»Natürlich hast du das. Aber noch nie von mir.«

Ich machte mich daran, sein Weinglas aufzufüllen, er winkte jedoch ab. »Stalin redete ohne Begrüßung los, und ich erkannte seine Stimme sofort. Er fragte, ob Ossip mein Freund sei und, wenn ja, warum ich keine Eingabe für seine Freilassung gemacht habe. Ich hatte keine Antwort darauf, Olja. Aber anstatt für Ossips Freiheit zu argumentieren, brachte ich Entschuldigungen vor. Ich erklärte dem Chef des Zentralkomitees, selbst wenn ich mich für Ossip eingesetzt hätte, wäre ihm das doch nie zu Ohren gekommen. Dann fragte Stalin, ob Ossip meiner Meinung nach ein Meister seiner Kunst sei, und ich sagte ihm, dass es darum nicht ginge. Und weißt du, was ich dann gemacht habe?«

»Was, Boris? Sag mir, was du gemacht hast.« Ich trank mein Weinglas leer.

»Ich habe das Thema gewechselt. Ich habe Stalin gesagt, ich hätte schon lange einmal mit ihm ein Gespräch über Leben und Tod führen wollen. Und weißt du, wie er reagiert hat?«

»Wie?«

»Er hat aufgelegt.«

Ich rollte mit dem Rücken meines Messers eine Erbse über meinen Teller. »Was hat das alles mit heute zu tun? Das ist Jahre her. Stalin ist tot.«

»Schon viel zu lange bedauere ich, was ich damals getan habe. Oder vielmehr, was ich nicht getan habe. Ich hatte die Chance, mich für meinen Freund einzusetzen, ihn zu retten, und ich habe diese Chance nicht ergriffen. Ich war feige.«

»Niemand macht dir Vorwürfe, weil du ...«

Borja donnerte die Faust auf den Tisch, ließ Teller und Besteck klirren. »Ich werde nicht wieder feige sein.«

»Das ist nicht dasselbe ...«

»Sie haben mich schon früher aufgefordert, Briefe zu unterschreiben.«

»Das hier ist anders. Feltrinelli weiß doch, dass er alles ignorieren soll, was von dir kommt und nicht auf Französisch geschrieben ist. Du hast ihn darauf vorbereitet. Es wird keine Lüge sein. Es ist nur eine Schutzmaßnahme.«

»Ich brauche keinen Schutz.«

Meine Wut wuchs. »Und was ist mit mir, Borja? Wer schützt mich?« Ich hielt inne, verlor dann aber jegliche Hemmung. »Sie haben mich schon einmal in den Gulag geschickt. Deinetwegen.« Ich hatte ihm nie direkt die Schuld für meine Verhaftung gegeben, und er sah mich entsetzt an. Ich sagte es noch einmal: »Sie haben mich deinetwegen dorthin geschickt. Willst du dafür verantwortlich sein, dass ich wieder dorthin komme?«

Boris wurde ganz still.

»Also? Willst du das?«

»Du musst eine sehr schlechte Meinung von mir haben«, antwortete er. »Wo ist es?«

Ich ging in mein Schlafzimmer und kehrte mit Polikarpows Telegramm zurück. Er nahm es mir ab und unterschrieb es, ohne den Text zu lesen. Ich schickte es gleich am nächsten Morgen nach Mailand, gefolgt von einem Telegramm an Polikarpow, in dem ich schrieb, dass es geschehen sei.

Borja und ich sprachen nie wieder über das Telegramm, und letztlich war es ohne Belang. Feltrinelli ignorierte es, wie wir es gewusst hatten, und das Erscheinungsdatum für Italien wurde auf Anfang November festgelegt.

Ich hatte mein Bestes versucht, aber das war nicht genug gewesen. *Doktor Shiwago* war wie ein rasender Zug, den niemand aufhalten konnte.

WESTEN

Herbst 1957–August 1958

Kapitel 12

~~DIE BEWERBERIN~~
DIE ÜBERBRINGERIN

Sally Forrester kam an einem Montag. Ich hatte Normas Drängen nachgegeben und war mit den Mädels zu Ralph's gegangen. Ich wusste, dass sie nur darauf aus war, die neuesten Neuigkeiten über meine Beziehung zu Teddy zu erfahren, stimmte jedoch zu, als sie anbot, mir einen Burger und einen Schokomalzdrink zu spendieren, weil ich wusste, dass sonst nur ein durchweichtes Sandwich mit Thunfisch auf labbrigem Weißbrot auf mich wartete.

Es war ein wenig eng in der üblichen Sitznische des Schreibpools, also streckte ich meine langen Beine in den Gang. Sobald wir bestellt hatten, bombardierte mich Norma mit Fragen. »Komm schon, Irina. Ihr geht jetzt schon wie lange miteinander aus, ein Jahr? Und du erzählst uns rein gar nichts. Wir wissen nichts.«

»Acht Monate«, erwiderte ich.

»Ich war nach drei Monaten mit David verlobt«, meldete sich Linda zu Wort.

Ich lächelte höflich. Tatsächlich war aus Teddy und mir ein echtes Paar geworden, ohne dass ich es groß bemerkt hatte. Unser erstes gemeinsames Dinner im Rive Gauche führte zu einem weiteren Dinner und einem Film am folgenden Wochenende, was zu Dinner und Tanzen führte, was zu einem Dinner im weitläufigen Zuhause seiner Eltern in Potomac führte. Teddy hatte mich als seine Freundin vorgestellt, und da ich ihn nicht verletzen wollte, hatte ich ihn nicht korrigiert – selbst Monate später nicht. Vielleicht lag es daran, dass wir uns so gut verstanden, oder daran, dass Mama ihn liebte und er über dieses eindrucksvolle Wissen über die russische Kultur verfügte und die Sprache so meisterhaft beherrschte. »Sie sprechen besseres Russisch als meine Cousins, und die sind dort geboren«, sagte sie zu ihm.

Außerdem fühlte ich mich an seiner Seite so wohl, wie ich es mir mein Leben lang von einem Freund ersehnt hatte. Bei ihm musste ich nicht alles, was ich sagte, und alles, was ich tat, auf die Goldwaage legen. Es war Freundschaft, obwohl ich die Hoffnung noch nicht aufgegeben hatte, dass daraus mehr werden könnte. Ich wartete auf den Blitzschlag, auf den Stromstoß, der einen durchfuhr, den Augenblick, in dem einem die Knie weich wurden – auf jedes Klischee, von dem ich bisher nur gelesen hatte.

Und es gab noch andere Vorteile. Teddy galt in der Agency als ein aufstrebendes Talent, als potenzielles Mitglied eines inneren Kreises, von dem ich als Frau nur hoffen konnte, einmal die Außenbezirke sehen zu dürfen. Er nahm mich zu den sonntäglichen Dinner-Einladungen in Georgetown mit und zu den schicken Cocktailpartys im Hay-Adams Hotel. Und er schickte mich nie fort, damit ich mit den Ehefrauen und Freundinnen plauderte, sondern zerrte mich von einem Gespräch mit den Männern zum nächsten und drückte mir die Hand, wenn er stolz auf ein Argument war, das ich vorgebracht hatte.

Teddy war katholisch und drängte mich nie zu irgendetwas, wozu ich noch nicht bereit war. Es lag nicht etwa daran, dass er Vorbehalte gegen Sex vor der Ehe hatte – er hatte seine Unschuld im letzten Jahr der Oberschule an eine

Aushilfslehrerin verloren und auf dem College drei weitere Partnerinnen gehabt –, aber er respektierte meine Grenzen. Auch ich hatte nichts gegen Sex vor der Ehe einzuwenden, obwohl ich Teddy in dem Glauben ließ, prüder zu sein, als ich es tatsächlich war. Teddy wusste nicht, dass auch ich seit meinem ersten Collegejahr keine Jungfrau mehr war. Ich hatte die Angelegenheit als etwas gesehen, das man hinter sich bringen musste, und hatte einen Freund in mein Zimmer eingeladen, als meine Mitbewohnerin verreist war. Er kam zur Tür herein, und ich fragte ihn gleich, ob er Sex mit mir haben wollte. Der arme Kerl war so überrumpelt, dass er zunächst versuchte, es mir auszureden, jedoch klein beigab, als ich meine Bluse auszog.

Ich näherte mich dem Thema Sex wie eine Anthropologin. Anstatt den Blick auf mich selbst zu richten, interessierte ich mich eher dafür, den Mann und seine Reaktionen zu beobachten. Und es gefiel mir, wie Teddy reagierte, wenn er mich berührte – mehr noch, als wie ich mich dabei fühlte. Sein gezügeltes Verlangen gab mir das Gefühl, Macht zu besitzen, und das war wie eine Offenbarung. Teddy war alles, was ich mir hätte erhoffen sollen – und doch …

Normas Fragen endeten abrupt, als Sally ins Ralph's gerauscht kam. Linda machte uns mit weit aufgerissenen Augen auf sie aufmerksam. »Wer ist das denn?«

Zugleich mit dem gesamten Schreibpool schaute ich hin.

»Unauffällig ist anders.«

Ralph's war ein Ort für Stammgäste: In der hinteren Nische tratschte der Schreibpool; an der Theke tunkten die Alten Toast in ihre Spiegeleier; an den runden Tischen lernten die College-Studenten, die sich nur einen Kaffee oder einen Schokomalzdrink bestellt hatten; gelegentlich brachte ein Rechtsanwalt oder Lobbyist Klienten hierher, wenn sie ungestört bleiben wollten. Jeder Neuankömmling im Ralph's erregte die Aufmerksamkeit des Schreibpools – diese Frau jedoch forderte sie geradezu heraus.

Judy tat so, als nähme sie etwas aus der Handtasche, um genauer hinsehen zu können. »Sie kommt mir irgendwie bekannt vor.«

Marcos war bereits hinter der Theke hervorgetreten und erklärte der Frau jedes einzelne Gebäckstück in der Auslage. Athena lehnte an der Kasse, die Augen auf ihren Mann gerichtet, dessen Augen auf der Frau ruhten. Sie war mittelgroß, trug aber Absätze, die sie um einige Zentimeter größer machten. Sie sah jung aus, wirkte in ihrem strahlend blauen, knielangen Mantel mit dem roten Seidenfutter und dem falschen Fuchskragen aber auf zu raffinierte Weise elegant, um noch in den Zwanzigern zu sein. Ihr Haar war tiefrot und perfekt gewellt – es war die Art Haar, die in einem das Verlangen weckte, die Farbe laut auszusprechen. Mein eigenes Haar hatte die Farbe eines nicht ganz fertig gebackenen Haferkekses.

»Politikergattin?«, fragte Norma.

»Um diese Zeit in der Innenstadt?«, merkte Linda an. Sie tupfte sich mit einem Zipfel ihrer Serviette Ketchup aus dem Mundwinkel.

»Außerdem«, meldete sich Kathy, »gehören diese Absätze todsicher nicht an die Füße einer Politikergattin.«

Judy ließ eine Fritte von ihren Fingern baumeln wie eine Zigarette. »Und das ist eine Untertreibung.«

»Ob sie berühmt ist?«, fragte ich. Von da, wo ich saß, hätte diese Frau als Rita Hayworth durchgehen können, doch als sie sich umdrehte und ich ihr Gesicht besser sehen konnte, begriff ich, dass sie überhaupt nicht wie Rita Hayworth aussah – sie war von ganz eigener Schönheit.

»Hm«, urteilte Linda. »War sie vielleicht in diesem

Film? Der verboten werden sollte? *Baby Doll – Begehre nicht des anderen Weib?*«

»Du denkst an Carroll Baker«, sagte ich. »Die ist blond, aber sie könnte sich das Haar gefärbt haben.«

»Zu alt«, meinte Kathy gleichzeitig mit Judy, die sagte: »Zu kurvenreich.«

Norma leckte sich einen Klecks Senf vom Finger. »Das ist keine Carroll Baker. War sie vielleicht in der Werbung von Garfinckel's? Ihr wisst schon, in der mit den«, sie senkte die Stimme, »mit den Zaubereinlagen?«

»Die sieht nicht aus, als bräuchte sie irgendwelche Zaubereinlagen«, sagte ich und schlug die Hand vor den Mund, als der Schreibpool vor Lachen losprustete.

Die Frau deutete auf eine Kirschtasche, und Marcos packte zwei in eine Schachtel. Sie bezahlte bei Athena und zwinkerte Marcos zu. Sie wandte sich zum Gehen, nickte vorher jedoch noch kurz in Richtung unseres Tisches. Wir schauten weg und taten so, als hätten wir nicht alle zu ihr hingestarrt.

Das war das erste Mal, dass ich Sally Forrester sah.

Das zweite Mal sah ich Sally Forrester in der Zentrale. Wir waren von Ralph's zurück, und da stand sie am Empfang und flirtete mit Anderson. Anderson, der uns gewöhnlich mit einem Spruch begrüßte, wir müssten aber schleunigst die Kalorien abarbeiten, die wir zum Mittagessen verzehrt hatten, warf uns heute nicht einmal einen flüchtigen Blick zu, als wir auf dem Weg zu unseren Schreibtischen an ihnen vorbeigingen.

»Warum ist die denn hier?«, fragte Judy.

»Ob die wichtig ist?«, vermutete Linda.

»Eine von Dulles' Frauen?«, meinte Linda mit einem Lächeln. Die ständigen Affären des Chefs aller Spione waren kein Geheimnis, und seine Affären gingen in die Dutzende. Man munkelte sogar, dass er bis in den Schreibpool vorgedrungen war. Aber falls das stimmte, gab es keine von uns je zu.

»Wenn das so wäre, würde sie auf keinen Fall hier in der SR mit Anderson rumstehen«, meinte Gail. Wie man an dem roten Klecks auf seinem hellblauen Pullunder erkennen konnte, hatte Anderson eine der Kirschtaschen der Frau gegessen. Er lehnte am Empfangstresen und versuchte, wichtig oder irgendwie lässig auszusehen – es war ein trauriger Flirtversuch. Aber die Frau verdrehte nicht die Augen zur Decke, wie wir es getan hätten. Sie lächelte einfach und amüsierte sich und berührte seinen Arm.

Die Frau zog ihren blauen Mantel aus und reichte ihn Anderson, der ihn sich über den Arm legte wie ein Kellner. Darunter trug sie ein malvenfarbenes Wollkleid mit einem goldenen Flechtgürtel. Ich schaute an meinem marineblauen Etuikleid herunter und bemerkte einen Fleck mitten auf der Brust, Überreste der Zahnpasta, die ich heute Morgen vermeintlich herausgewaschen hatte. Ich zog die unterste Schreibtischschublade auf und zerrte die braune Strickjacke hervor, die ich dort aufbewahrte, falls die Heizung im Gebäude wieder einmal aussetzte. Schrecklich, dachte ich, schlüpfte hinein und schlug die Ärmel zu einer Art Manschette um.

»Eine neue Stenotypistin?«, fragte Gail.

»Nee«, antwortete Kathy. »Wir sind mit der Russin doch voll besetzt.«

»Russisch-Amerikanerin«, korrigierte ich sie.

Judy warf mit einem zerbrochenen Radiergummi nach mir. »Geh hin und krieg's raus, Anna Karenina.«

Aber Anderson und die Rothaarige kamen schon auf uns zu. Er ging voraus und machte sie auf die praktischen Errungenschaften in unserem Büro aufmerksam: dass der Fotokopierer »noch nicht für die Öffentlichkeit freigegeben« sei und der Wasserspender »heiß *und* kalt« ausgeben könne. Meinen Schreibtisch erreichten sie zuerst.

»Sally Forrester«, sagte die Frau und streckte mir ihre Hand hin.

Ich schüttelte sie. »Sally«, sagte ich.

»Du bist auch eine Sally?«

»Das ist Irina«, sagte Anderson an meiner statt.

Sally lächelte wieder. »Angenehm.«

Ich nickte dümmlich, und ehe ich sagen konnte, dass ich mich auch freue, sie kennenzulernen, waren die beiden schon weiter, und sie schüttelte den anderen Mitgliedern des Schreibpools die Hand.

»Miss Forrester ist unsere neue Empfangsdame. In Teilzeit«, sagte Anderson zu allen. »Sie wird gelegentlich im Büro sein und bei Bedarf aushelfen.«

⁓

Wir hielten die Nachbesprechung in der Damentoilette ab.

»Dieses Kleid!«

»Diese Frisur!«

»Dieser Händedruck!«

Sally hatte einen festen Händedruck gehabt. Nicht wie einige der Männer, die uns die Finger zerquetschten, doch fest genug, dass wir es bemerkten. »Fest, aber nicht zu fest«, meinte Norma. »So machen es die Politiker.«

»Aber warum ist sie hier?«

»Wer weiß.«

»Na, eines weiß ich: Frauen wie die setzt man hier

nicht an den Empfangstresen«, sagte Norma. »Und wenn, dann hat das einen besonderen Grund.«

Nach der Arbeit nahm ich den längeren Nachhauseweg, damit ich bei Hecht's vorbeigehen konnte. Die kunstvollen Auslagen dieses Ladens waren mir die liebsten in der ganzen Stadt: Schaufensterpuppen, die im Winter für die Skipiste gekleidet auf einem winzigen Hügel aus Watteschnee posierten; im Frühjahr waren sie in den hübschesten pastellfarbenen Kleidern auf der Suche nach Ostereiern; im Sommer lagen sie im Bikini lässig auf einer Liege neben einem blauen Zellophanpool.

Als ich vorbeiging, arrangierte gerade ein Mann mit einem Maßband in der hinteren Hosentasche drei als Hexen verkleidete Schaufensterpuppen hinter einem schwarzen Plastikhexenkessel. Ich hatte mir eingeredet, nur schnell am Fenster vorbei- und dann nach Hause gehen zu wollen. Als ich das Geschäft betrat, redete ich mir ein, mich nur umsehen zu wollen. Als ich mich umsah, redete ich mir ein, mich nur vergewissern zu wollen, ob ich mir hier überhaupt etwas leisten konnte – etwas, das nicht selbstgenäht war, etwas, das so aussah, als würde Sally Forrester es tragen.

Ich ließ meine Hände über die Kleiderständer gleiten, befühlte Seide und Leinen und fuhr mit der Hand über die perfekten Nähte eines Rocks. Wenn meine Mutter bei mir gewesen wäre, hätte sie mir erklärt, dass diese Gleichförmigkeit billig von Maschinen geschaffen war und diese Säume mit der Zeit ausfransen und diese Knöpfe abfallen würden, und sie hätte gesagt, dass die schlecht beratene Käuferin, die diesen überteuerten Rock gekauft hatte, letzten Endes zu ihr kommen würde, damit sie ihn flickte. Sie hätte ihren verhornten Nähfinger erhoben und mir erklärt, harte Handarbeit sei eben durch nichts zu ersetzen.

Als ich eine rote Bluse mit einem rot-weißen Schal im Paisleymuster unter dem weißen Bubikragen an meine Brust drückte, fragte mich eine Verkäuferin, ob ich Hilfe brauche.

»Nein«, antwortete ich. Verkäuferinnen schüchterten mich immer ein. Deswegen wagte ich mich kaum je in Kaufhäuser hinein – ganz abgesehen davon, dass ich nicht das Geld für solche Dinge hatte.

»Eine wunderschöne Bluse«, fuhr die Verkäuferin fort. Sie trug einen ausgestellten schwarzen Rock und eine weiße Bluse, und ihre Haare waren wie mit Schellack zu einem hohen Bogen über ihre Stirn geschwungen. »Die würde Ihnen wunderbar stehen. Möchten Sie sie anprobieren?« Sie nahm mir den Kleiderbügel ab, ehe ich antworten konnte, und ich folgte ihr zur Umkleidekabine. Sie hängte die Bluse an einen Haken. »Sagen Sie mir Bescheid, wenn Sie eine andere Größe brauchen.«

Ehe ich mich auszog, schaute ich auf das Preisschild. Ich konnte mir die Bluse nicht leisten, blieb jedoch ein paar Minuten in der Umkleidekabine, damit die junge Frau glaubte, dass ich sie wenigstens anprobiert hätte. Ich würde ihr sagen, dass Rot einfach nicht meine Farbe sei. Doch als ich die Tür aufmachte, hörte ich mich sagen: »Ich nehme sie.«

Mama überhäufte mich mit Fragen, als ich zur Tür hereinkam. »Wo warst du? Hast du dich mit Teddy getroffen? Hat er dir einen Heiratsantrag gemacht?« Es zermürbte mich, wenn Mama Teddy aufs Tapet brachte.

»Ich bin spazieren gegangen.«

»Hat er mit dir Schluss gemacht? Ich wusste, dass es so kommen würde.«

»Mama! Ich wollte einfach nur spazieren gehen.«

»So ein langer Spaziergang! Immer diese langen Spaziergänge in letzter Zeit. Gott weiß, was du da anstellst.«

»Du glaubst doch gar nicht an Gott.«

»Egal. Du solltest nicht so viel spazieren gehen. Du bist sowieso schon zu dünn. Und wer hat heute schon Zeit für Spaziergänge? Ich hätte deine Hilfe gebraucht, um die Perlenstickerei auf Miss Halperns Ballkleid fertigzumachen. Das ist die Chance für mich, endlich in den Markt der amerikanischen Jugendmode einzusteigen. Ich mache ein Kleid für Miss Halpern, und ihre Freundinnen sehen es und wollen auch eins. Ehe du dich versiehst, ist ein Kleid von USA Dresses and More for You neben diesem attraktiven Richard Clark bei dieser Tanzshow *American Bandstand* zu sehen.«

»Bei Dick Clark?«

»Wem?«

Ich setzte mich neben meine Mutter an den Küchentisch, achtete sorgfältig darauf, dass ich meine Handtasche so zu meinen Füßen abstellte, dass sie das Stück Seidenpapier nicht sah, das aus dem Reißverschluss herausschaute. »Warte«, sagte ich. »Das aus gelbem Chiffon, nicht?«

»Keine gute Farbe für ein so blasses Mädchen, aber was zählt meine Meinung schon?«

»An diesem Kleid sind doch gar nicht viele Perlen. Nur ein paar auf den Trägern. So etwas bekommst du in einer Stunde fertig.« Statt zu antworten, stand Mama vom Tisch auf. »Geht es dir gut?«, fragte ich sie.

Sie drehte sich um und sah mich mit gerunzelter Stirn an. »Ich bin einfach nur müde.«

Am nächsten Tag trug ich meine neue rote Bluse zur Arbeit, versteckte sie vor dem Verlassen des Hauses unter
einem unförmigen beigen Pullover. Mama sah die Bluse
nicht, gab jedoch einen Kommentar zum Pullover ab: »Dieses hässliche alte Ding?«, fragte sie und tat, als schaute sie
aus einem der Halbfenster unserer Souterrainwohnung.
»Schneit es draußen? Gehst du etwa Ski fahren?«

»Wie schön, dass du wieder in alter Form bist.«

»Was für eine alte Form soll das sein?«

Ich küsste sie auf die Wange und eilte nach draußen.

Schwitzend wartete ich bis zur Bushaltestelle, ehe ich
den Pullover auszog. Ich klemmte mir den Mantel zwischen
die Knie und schlängelte mich aus dem Pullover. Eine Frau,
die mit ihren beiden Kindern vorbeikam, die in der Uniform einer katholischen Schule steckten, warf mir einen
Blick zu. Erst als ich im Bus saß, bemerkte ich, dass meine
Bluse falsch zugeknöpft war und ein Teil meines BHs zu sehen war.

Der Lift bimmelte, und ich trat in den Empfangsbereich, den Mantel über den Arm gelegt, die Schultern ge-
strafft, und schaute schnurgeradeaus und auf keinen Fall zu
meinen Füßen hinunter, weil ich so frisch und selbstsicher
wirken wollte wie die Frau in der Reklame für Ban-Roll-on-
Deodorant. Ich warf einen Blick zum Empfang, bereit, Sally
zu begrüßen, sah dort aber zu meiner Enttäuschung unsere
übliche Rezeptionistin.

»Süße Bluse«, sagte die. »Rot steht dir wirklich gut.«

»Danke«, erwiderte ich. »Hab ich im Ausverkauf ergattert.« So machte ich das immer. Wenn mir jemand sagte, dass ihm mein neuer Haarschnitt gefiel, antwortete ich,
dass ich mir über die Länge nicht sicher sei. Wenn jemand
eine Idee, die ich gehabt, oder einen Witz, den ich erzählt
hatte, gut fand, schrieb ich die immer jemand anderem zu.

Sally kam am nächsten Tag nicht ins Büro, auch nicht am Tag danach. Jedes Mal trat ich aus dem Lift, machte mich darauf gefasst, sie zu sehen; aber noch immer keine Sally. Und ich war nicht die Einzige, der es auffiel. Die Mädels werteten ihre Abwesenheit als Beweis dafür, dass sie in der Agency eine andere Rolle zu spielen hatte. »Von wegen Empfangsdame in Teilzeit!«, sagte Norma. Ich lachte mit den anderen, obwohl ich nicht umhinkonnte, mich zu fragen, was sie wohl hinter meinem Rücken über mich tratschten.

Eine Woche verging, und ich dachte noch immer an sie. Irgendetwas an Sally Forrester hallte in mir nach.

Eine weitere Woche verging, und ich gab den Gedanken auf, sie wiederzusehen. Doch die Tür des Lifts öffnete sich, und sie war da: Sie saß hinter dem Empfangstresen und kritzelte auf einen gelben Stenoblock. Sie winkte mir zur Begrüßung zu, und ich täuschte einen Hustenanfall vor, um mein errötendes Gesicht zu verbergen.

Ich setzte mich an meinen Schreibtisch und machte mich sofort an die Arbeit, gebot mir, nicht in ihre Richtung zu schauen. Selbst ohne hinzusehen, spürte ich ihre Gegenwart den ganzen Morgen über. Jedes Mal, wenn ich aufstand, um auf die Toilette zu gehen, war ich mir nur zu bewusst, wie sich mein Körper bewegte, wie ich den Kopf hielt, wie ich aussah, als ich quer durch die SR schritt. Es war, als sähe ich mich mit den Augen einer anderen Person. Dann geschah es: Sie sprach mich an. Ich dachte erst, sie meinte jemand anderen, aber sie hatte meinen Namen gerufen.

»Oh, ich wusste nicht, dass du mit mir geredet hast«, meinte ich, anstatt hallo zu sagen.

»Gibt es in der SR so viele Irinas?«

»Ich glaube nicht. Nein. Vielleicht?«

»Ich mache nur Witze. Na jedenfalls, ich bin ja die Neue, und da dachte ich mir, wir könnten zusammen zu Mittag essen. Du könntest mir sagen, wie es hier so läuft.«

»Ich hab mir was zum Mittagessen mitgebracht«, antwortete ich. »Thunfisch.« *Still*, sagte ich mir, *sei einfach still*.

»Das kannst du morgen essen.« Sie zupfte ein Fädchen von ihrem flauschigen hellgrünen Pullover. »Zeig mir, was hier in der Gegend gut ist.«

Wir gingen in Richtung Weißes Haus, Sally voneweg, obwohl sie doch diejenige war, die gefragt hatte, wo man hingehen könne. »Ich kenne ein tolles Deli ganz in der Nähe. So was Gutes findest du selten in Washington, glaub mir«, meinte sie. »Die schneiden den Schinken papierdünn und stapeln ihn dann turmhoch. Nur wenn man von hier kommt, kennt man den Laden, aber niemand ist ja von hier. Du musst doch nicht allzu bald wieder zurück sein, oder? Es ist ein Stück zu laufen.«

»Wir haben eine Stunde Mittagspause, bleiben noch ungefähr fünfundvierzig, vielleicht vierzig Minuten.«

»Meinst du, die Jungs schauen bei ihren feuchtfröhlichen Mittagessen auf die Uhr?«

»Nein, aber…« Ich zögerte ein bisschen zu lange, und Sally machte auf dem Absatz kehrt, als wolle sie zum Büro zurück. »Nein«, rief ich. »Lass uns hingehen.«

Sie hakte sich bei mir unter. »Das ist die richtige Einstellung.« Ich spürte, wie uns die Männer hinterherstarrten, selbst ein paar Frauen blickten in unsere Richtung. Ich war mit ihr unterwegs. Ich war gern mit ihr unterwegs. Die Umgebung verschwamm, als wären wir nicht mehr in der Stadt – das ewige Hupen der Autos und Quietschen der Busse und der Lärm der Pressluftbohrer, die im Beton dröhnten, waren mit einem Mal verstummt. Es war mitten am Tag an einem Donnerstag, und die Erde drehte sich langsamer um ihre Achse.

Wir gingen an einem Touristenbus vorbei, der an einer Ampel hielt, und ich hörte, wie die Mikrofonstimme des Stadtführers die Aufmerksamkeit der Fahrgäste auf das berühmte Octagon House lenkte. Sally überraschte mich, als sie den Touristen zuwinkte, die begeistert zurückwinkten. Einer machte ein Foto von ihr. Sie legte die Hand hinter den Kopf, um zu posieren. »Ich kann mich einfach nicht an diese Stadt gewöhnen«, sagte sie. »Alle drängen zum Zentrum der Macht.«

»Lebst du schon lange hier?«

»Immer wieder mal.«

Wir bogen von der P Street in eine Gasse ein, die ich nie bemerkt hatte. Schmale Sandsteinhäuser mit efeuumrankten Schornsteinen säumten die Straße. Halloween rückte näher, und die Anwohner hatten zur Dekoration Spinnweben aus Baumwollfäden über ihre Hecken gebreitet, schwarze Pappkatzen und Skelette mit beweglichen Gelenken hingen in den Fenstern, und noch nicht geschnitzte Kürbisse standen auf den Türschwellen. An der Ecke war das Deli. Über der Tür prangte ein Schild aus grünen und weißen Kacheln: *Ferranti's*.

Eine Glocke erklang, als wir durch die Tür traten. Der Besitzer, ein Mann, so lang und dünn wie die luftgetrockneten Würste, die von der Decke des Ladens hingen, klatschte an einen Sack mit Grießmehl, und eine kleine weiße Wolke stieg auf. »Wo warst du nur die ganze Zeit?«, fragte er.

»Woanders, in Erwartung eines besseren Spruchs als dieses«, antwortete Sally. Der Mann gab Sally schmatzende Küsse auf beide Wangen.

»Das ist Paolo.«

»Und wer ist dieses herrliche Geschöpf?«, fragte Pao-lo. Ich brauchte eine Weile, bis ich begriffen hatte, dass er von mir gesprochen hatte.

Sally schob mit einem spielerischen Klaps meine aus-gestreckte Hand weg. »Was kriege ich, wenn ich es dir sage?«

Paolo hob einen Finger in die Höhe und verschwand im Hinterzimmer. Er tauchte mit zwei Holzstühlen wie-der auf, die er in den kleinen Zwischenraum zwischen der Schaufensterscheibe und den Regalen voller Dosentoma-ten, Glasgefäße mit hellgrünen Oliven und Stapeln von Nu-deln quetschte.

»Kein Tisch?«, fragte Sally.

»Nur Geduld.« Er ging wieder nach hinten und kehr-te mit einem runden Tisch zurück, der gerade groß genug für zwei war. Wie ein Zauberkünstler langte er hinter sich und zog ein kleines rot-weiß kariertes Tischtuch hervor. Er breitete es über den Tisch und forderte uns dann mit einer Geste auf, Platz zu nehmen.

»Was, keine Kerze?«

Paolo schlug die Hände über dem Kopf zusammen. »Was denn noch? Leinenservietten? Salatgabeln?« Er deu-tete an die Decke. »Vielleicht sollte ich in einen schönen kleinen Kronleuchter investieren?«

»Das wäre schon mal ein Anfang, aber wir wollen un-ser Essen heute lieber mitnehmen. Es wäre eine Sünde, an einem so wunderbaren Herbsttag drinnen zu sitzen.«

Er tat, als wischte er sich mit dem Schürzenzipfel eine Träne aus dem Auge. »Was für eine Enttäuschung. Aber na-türlich verstehe ich das.« Er schob ein mit Wachs umman-teltes Käserad zur Seite, um besser aus dem Fenster sehen zu können. »Ich wäre auch an der frischen Luft, wenn ich könnte. Vielleicht sollte ich heute früher zumachen und mich für ein Sandwich zu den beiden Damen gesellen? Reflecting Pool oder Gezeitenbecken am Jefferson Memorial?«

»Tut mir leid, das ist ein Arbeitsessen.«

»So ist das Leben.«

Wir bestellten: für mich Truthahn und Schweizer Käse auf Roggenbrot, mit einer Dillgurke, die aus einem Fass gefischt wurde; für Sally Oliventapenade und eine Wurstsorte, von der ich noch nie gehört hatte, im Baguette. Paolo reichte uns unsere Sandwiches in einer braunen Papiertüte. Wir verabschiedeten uns, und als wir gingen, drehte ich mich noch einmal um und sagte: »Ich bin Irina.«

»Irina! Und Sally hat ihr Versprechen nicht gehalten. So ein schöner Name! Ich sehe Sie bald wieder hier mit Sally?«

»Ja.«

Wir spazierten noch fünfzehn Minuten, dachten nicht daran, wie viel Zeit von unserer Mittagspause wohl übrig war. Sally blieb am Fuß eines riesigen Gebäudes auf der Sixteenth stehen. Es sah aus wie etwas aus dem alten Ägypten. Zwei gigantische Sphinxe flankierten die Marmortreppe, die zu einer großen braunen Tür führte. »Ein Museum?«, fragte ich.

»Ein Freimaurertempel. Du weißt schon, Geheimgesellschaft und so. Ich bin mir sicher, da drin tragen sie jede Menge seltsame Hüte, rezitieren Gesänge und zünden Kerzen an. Frag nur einige der Männer, mit denen wir zusammenarbeiten. Für mich ist diese Treppe einfach der perfekte Ort für ein Mittagessen, bei dem man die Welt an sich vorüberziehen lassen kann.«

Während wir aßen, merkte ich, wie wohl ich mich fühlte, obwohl ich mir ihrer Gegenwart in jedem einzelnen Augenblick bewusst war. Sally aß ihr Sandwich beinahe

doppelt so schnell auf wie ich und wischte sich die Mundwinkel. »Wie gefällt es dir im Schreibpool?«

»Gut. Glaube ich.«

Sie öffnete ihre Handtasche und zog eine Puderdose
und einen roten Lippenstift heraus. Sie schürzte die Lippen.
»Hab ich Lippenstift auf den Zähnen?«

»Nein. Alles perfekt.«

»Es gefällt dir also?«

»Rot steht dir hervorragend.«

»Ich meine den Schreibpool.«

»Es ist ein guter Job.«

»Gefällt dir das Tippen oder das andere Zeug besser?«

Eine heiße Welle durchflutete mich. Vermeintlich aus-
druckslos sah ich Sally an, obwohl ich sicher nervös wirkte.

»Keine Sorge«, sagte sie und legte ihre Hand auf meine. Sie hatte ganz zarte Hände, und ihre Fingernägel waren
im selben Rotton lackiert wie ihre Lippen. »Du und ich, wir
sind uns gleich. Na ja, nahezu.«

»Wie meinst du das?«

»Anderson hat es mir gesagt, als ich wieder zur Agency
gestoßen bin. Aber er hätte es gar nicht sagen müssen. Ich
konnte von Anfang an sehen, dass du anders bist.«

Ich schaute von rechts nach links und dann hinter uns.
»Du überbringst auch Nachrichten?«

»Eigentlich schicke ich eher Nachrichten.« Sie drückte mir die Hand. »Wir Mädels müssen zusammenhalten.
Wir sind ja nicht viele. Stimmt's?«

»Stimmt.«

Am Tag nach unserem Mittagessen auf den Stufen des Frei-
maurertempels informierte mich Anderson, dass ich statt

von Teddy ab jetzt von Sally weiter ausgebildet würde. »Überrascht?«, fragte er.

»Ja«, sagte ich und biss mir auf die Lippe, um mir ein Lächeln zu verkneifen.

Am Tag darauf stand Sally vor den schwarzen Eisentoren der Agency und schminkte sich mit Hilfe des Außenspiegels auf der Fahrerseite eines hellgelben Studebaker die Lippen rot. Sie sah makellos aus in einem schottisch karierten Wollcape und mit langen schwarzen kalbsledernen Handschuhen.

Sie sah mich im Spiegel näher kommen und drehte sich um, sie hatte erst die Unterlippe geschminkt. »Sieht ganz so aus, als wären es jetzt nur wir beide, Kleines«, sagte sie und presste die Lippen zusammen. »Lass uns spazieren gehen.«

Auf unserem Weg durch Georgetown deutete Sally auf die noblen Anwesen, die einigen der höheren Chargen der Agency gehörten. »Dulles wohnt da oben«, sagte sie und zeigte auf ein Stadthaus aus rotem Backstein, das hinter einer Wand aus Ahornbäumen verborgen war. »Und das große weiße mit den schwarzen Fensterläden da drüben, das ist Wild Bill Donovans Haus. Frank wohnt auf der anderen Seite der Wisconsin Avenue. Alle nur einen Steinwurf voneinander entfernt.«

»Wo wohnst du?«

»Ein Stückchen die Straße rauf.«

»Um die Männer im Auge zu behalten?«

Sie lachte. »Schlaues Mädchen.«

Wir bogen links in Dumbarton Oaks ein und gingen über den geschlängelten Weg in den Park. Sally stieg die Steintreppe hinunter und zerrte an einer verdorrten Glyzinienranke, die von der Holzlaube herabhing. »Im Frühjahr duftet es hier absolut köstlich. Dann mache ich meine Fenster auf und hoffe auf eine Brise.«

Wir gingen weiter, bis wir das Schwimmbecken erreichten, aus dem man für den Winter das Wasser abgelassen hatte. Wir setzten uns auf eine Bank, einem älteren Mann im Rollstuhl gegenüber, der ein Kreuzworträtsel löste, neben sich seine blutjunge Pflegerin. Zwei junge Mütter, die beinahe identische rote Mäntel mit schwingenden Röcken trugen, rauchten und schwatzten am anderen Ende des Beckens, während ihre Kleinkinder, ein Junge und ein Mädchen, Kiesel in den Pool warfen und vor Freude kreischten, wenn ihre Steine die kleine Pfütze in der Mitte erreichten. Ein nachdenklich wirkender junger Mann saß auf einem schwarzen Eisenstuhl beim Brunnen am Beckenrand und las eine Ausgabe von *The Hatchet*.

»Siehst du den Mann da drüben?«, fragte Sally, ohne hinzuschauen.

Ich nickte.

»Was glaubst du, was ist seine Geschichte?«

»Collegestudent?«

»Was noch?«

»Collegestudent mit einer Clipkrawatte?«

»Gute Augen. Und was, meinst du, hat diese Clipkrawatte zu bedeuten?«

»Dass er nicht weiß, wie man eine richtige Krawatte bindet?«

»Und was bedeutet das?«

»Dass man es ihm nie beigebracht hat?«

»Und?«

»Dass er keinen Vater hat? Vielleicht kommt er nicht aus einer begüterten Familie? Auf jeden Fall hat er weder eine Freundin noch eine Mutter um sich, die ihm sagt, dass Clipkrawatten albern aussehen. Vielleicht ist er von außerhalb? Hat ein Stipendium?«

»Wo?«

»Wenn ich unseren Standort bedenke, Georgetown. Aber nach der Wahl seiner Zeitung zu urteilen? Ich würde sagen, George Washington.«

»Was studiert er?«

Ich musterte den Mann: Clipkrawatte, Haartolle, pflaumenblaue Strickweste, mattbraune Lederschuhe, er rauchte Pall Mall, hatte die Beine übereinandergeschlagen, und sein rechter Fuß drehte langsame Kreise. »Könnte eigentlich beinahe alles sein.«

»Philosophie.«

»Woher weißt du das?«

Sally deutete auf seinen offenen Lederrucksack und das Buch darin: Kierkegaard.

»Wie konnte mir das entgehen?«

»Offensichtliche Dinge sind am schwersten zu entdecken.« Sally reckte die Arme über den Kopf, um ihr Cape abzulegen, und schwarze Spitze blitzte aus dem Zwischenraum zwischen ihren Blusenknöpfen. »Noch mal?«

Ich zwang mich, den Blick abzuwenden. »Klar.«

Ich sagte, dass die Mütter seit ihrer Kindheit befreundet waren, sich aber entfremdet hatten, seit sie geheiratet und Kinder bekommen hatten. »Es ist die Art, wie sie einander anlächeln«, erklärte ich Sally. »Als müssten sie eine frühere Innigkeit mit aller Gewalt heraufbeschwören.« Der ältere Mann war Witwer, eindeutig in seine Pflegerin verliebt, die seine Gefühle nicht erwiderte. Als ein Gärtner auftauchte und sorgfältig Blätter aus dem Brunnen entfernte, vermutete ich, er könne ein Überbleibsel aus der Zeit sein, als der Park noch im Besitz der Familie Bliss war, vielleicht der einzige Hausangestellte, den man weiterhin beschäftigt hatte. »Das würde seine Sorgfalt erklären«, meinte ich. Sally nickte zustimmend.

War das Teil meiner Ausbildung? Wenn ja, wozu genau

bildete mich Sally aus? Wir konnten die Geschichten, die ich für diese Fremden vermutet hatte, keineswegs bestätigen. Was brachte es also? »Woher wissen wir, dass wir recht haben?«, fragte ich, als wir alle durchgegangen waren.

»Es geht nicht darum, recht zu haben. Es geht darum, genug über jemanden herauszufinden, um einschätzen zu können, was für eine Person er ist. Die Menschen verraten einem immer mehr, als sie meinen. Es geht um so viel mehr als nur, wie man sich kleidet, wie man aussieht. Jede kann ein hübsches blaues Kleid mit weißen Tupfen anziehen und sich eine Chanel-Tasche unter den Arm klemmen, aber das bedeutet nicht, dass sie ein neuer Mensch wird.« Ich errötete bei der Erwähnung des Kleides, das ich im Mayflower getragen hatte, und der Chanel-Tasche. »Die Veränderung kommt von innen, sie spiegelt sich in jeder Bewegung, jeder Geste, jedem Zucken des Gesichts wider. Man muss ein tieferes Verständnis dafür gewinnen, wer die Menschen sind, denen man begegnet, damit man einschätzen kann, wie sie sich in unterschiedlichen Situationen verhalten könnten.« Sie sah mich geradewegs an. »Und wie man selbst handeln würde, wenn man sich in sie verwandeln muss. Alles ändert sich dann – wie man seine Zigarette hält, wie man lacht, wie man bei der Erwähnung der Chanel-Tasche errötet.« Sie stupste mich an die Schulter. »Du verstehst, was ich dir damit sagen will?«

»Es fängt in uns selbst an«, antwortete ich.

»Genau.«

Meine Ausbildung dauerte an. Jeden Tag trafen wir uns nach der Arbeit, und während vieler langer Spaziergänge durch den District brachte mir Sally alles bei, was sie wusste. Da sie wusste, was sie aus der Menge herausstechen ließ, zeigte sie mir, wie man genau das vermeidet. Sie erklärte mir, welche Kleidung die wenigste Aufmerksamkeit erregte. »Die Sachen dürfen nicht zu alt oder zu neu, zu hell oder zu langweilig sein.« Welche Haarfarbe nicht die Blicke der Männer auf sich zieht. »Man sollte meinen, dass Blondinen die meiste Aufmerksamkeit erregen, aber es sind die Rotschöpfe. Alles ist in Ordnung, solange du nicht platinblond wirst.« Wie ich stehen sollte: »Nicht zu aufrecht, nicht zu krumm.« Was ich essen sollte: »Steak. Halb durch.« Was ich trinken sollte: »Tom Collins, mit extra Limette und extra Eis. Das gibt keine Flecke, wenn du es mal verschüttest, und macht dich nicht zu betrunken.«

Zwischen den Lektionen erzählte sie mir von ihrer Zeit im OSS – wie sie damals zu diesem Männerverein gestoßen war und wie es ihr gelungen war, dort zu überleben. Sie erzählte mir von der Frau, die sie einst gewesen war – ein armes Mädel aus Pittsburgh –, und von all den Frauen, in die sie sich seither verwandelt hatte: die Assistentin eines Zoowärters, eine Cousine zweiten Grades der Herzogin von Aosta, eine Sachverständige für Keramik aus der Tang-Dynastie, die Erbin des Wrigley-Kaugummi-Imperiums, eine Rezeptionistin. »Mit der Zeit hat die Kreativität bei denen ein bisschen nachgelassen«, meinte sie.

»Wer soll ich werden?«, fragte ich.

»Das habe nicht ich zu entscheiden, Süße.«

Sally war auf Reisen gegangen. Sie sagte mir nicht, wohin sie fuhr, und als ich mich danach erkundigte, sagte sie nur: »Nach Übersee.«

»Ja, aber wohin in Übersee?«, wollte ich wissen.

»Übersee in Übersee.«

Sie durfte mir nicht sagen, wohin sie reiste, versprach jedoch anzurufen, sobald sie zurück war. Die Woche zog sich hin, und als sie sich endlich meldete, war es Mama, die an den Apparat ging. Ich verscheuchte sie mit einem Zischen vom Hörer, sobald ich sie sagen hörte: »Sally? Ich kenne keine Sally.«

Sally übersprang das höfliche Gepländel und lud mich sofort zu einer Halloween-Party ein. Bis zu diesem Zeitpunkt hatten all unsere Begegnungen mit der Arbeit zu tun gehabt, weshalb mich diese Einladung überraschte. Und Halloween war schon vorbei. »Halloween war doch letzte Woche«, wandte ich ein.

»Eigentlich ist es eine nachgeholte Halloween-Party.«

Als ich ihr sagte, ich habe kein Kostüm, versprach sie, sich um alles zu kümmern. Wir verabredeten, uns bei einem Buchantiquariat in der Dupont Street zu treffen und von da aufzubrechen.

Der Buchladen war schmal und hatte lange Regale, in denen die Bücher nicht nach Autor oder Genre geordnet waren, sondern nach Themen: *Spiritualismus & Okkultes, Fauna & Flora, Themen des Alters, Meeresabenteuer, Mythologie & Folklore, Freud, Züge & Eisenbahn, Fotografie des Südwestens* und so weiter. Ich war zuerst da und spazierte auf der Suche nach den Taschenbuchausgaben durch die Gänge. »Entschuldigung, wo sind die Romane?«, fragte ich den bohemienhaften Mann hinter der Theke, der nach hinten im Laden zeigte, ohne von seinem Buch aufzublicken.

»Können Sie mir sagen, wie spät es ist?«

Er schaute mich an, als hätte ich ihn gebeten, mir Wittgensteins *Tractatus* zu erklären. »Ich trage keine Armbanduhr.«

Um ihn zu ärgern, bat ich ihn, mir die Vitrine mit den seltenen Büchern aufzuschließen. Der Mann seufzte. Er klappte sein Buch zu, drückte seine Zigarette aus und glitt von seinem Hocker. Ehe er den Schlüssel aus der Tasche fischte, fragte er, ob ich wirklich etwas kaufen wolle.

»Wie kann ich das sagen, ehe ich es gesehen habe?«

»Was wollen Sie denn sehen?«

Ich ließ den Blick über das Regal schweifen und nannte den ersten Titel, der mir ins Auge fiel: *Das Licht von Ägypten*.

»Eins oder zwei?«

»Wie bitte?«

»Band – eins oder zwei?«

»Zwei«, antwortete ich. »Natürlich.«

»Natürlich.«

Da ich überzeugt war, dass Sally mich versetzen würde, plapperte ich weiter über meine Liebe zur Archäologie und zu den Pyramiden und Hieroglyphen, während er die weißen Handschuhe holen ging, mit denen er das uralte Buch anfassen würde.

Schließlich tauchte Sally auf, zwei Einkaufstüten in der Hand. Der Buchhändler klatschte sich mit den weißen Handschuhen auf den Oberschenkel. »Sally«, sagte er. Sie hielt ihm beide Wangen für einen Kuss entgegen. »Wo bist du bloß gewesen, Schätzchen?«

»Hier und da«, antwortete sie und richtete die Augen auf mich. »Ich sehe, du hast meine Freundin schon kennengelernt.«

»Natürlich«, sagte er, und seine Stimme wurde gleich viel wärmer. »Sie hat einen hervorragenden Geschmack.«

»Würde ich mich mit irgendjemandem abgeben, der keinen hat?« Sie hielt die Einkaufstaschen in die Höhe. »Können wir kurz den Raum für kleine Mädchen benutzen?«

Er verneigte sich mit vor der Brust gefalteten Händen. Ich musste mich zusammenreißen, um nicht die Augen zur Decke zu verdrehen.

»Danke, mein Lieber«, sagte sie. Ich folgte ihr ins Hinterzimmer. »Lafitte ist eine solche Nervensäge«, sagte sie, sobald wir die Tür zur Toilette hinter uns geschlossen hatten, die auch als Abstellraum diente.

»Lafitte?«

»Das ist nicht sein richtiger Name. Er ist aus Cleveland, macht den Leuten aber weis, er wäre aus Paris. Er ist der Mensch, der in den Urlaub fährt und mit einem Akzent zurückkommt, weißt du?«

Ich nickte, als wäre mir völlig klar, wovon sie sprach.

»Trotzdem mag ich diesen Laden«, fuhr Sally fort. »Es ist einer meiner Lieblingsorte in dieser künstlerisch unterbelichteten Stadt. Soll ich dir ein Geheimnis verraten?«

»Ja.«

»Ich träume davon, eines Tages selbst eine Buchhandlung aufzumachen.«

Es fiel mir schwer, mir Sally vorzustellen, wie sie hinter der Theke saß, den Kopf in ein Buch versenkt, trotzdem wollte ich mehr über diese Person erfahren, die auf einem roten Teppich in Hollywood kaum fehl am Platz wäre, aber davon träumte, eine Buchhandlung aufzumachen, wollte den Raum zwischen diesen Widersprüchen erkunden.

Sie stellte ihre Einkaufstasche auf den Spülkasten der Toilette und drehte sich herum. »Würde es dir was ausmachen?« Sie hob ihre roten Locken im Nacken in die Höhe, und ich fasste den Reißverschluss und versuchte, ihn vorsichtig nach unten zu ziehen. Er bewegte sich keinen Zentimeter. Sie hielt die Luft an. »Versuch es noch einmal.« Nun ging der Reißverschluss auf, und sie stieg in einer einzigen Bewegung aus dem Kleid, verfing sich nicht mit den Absätzen im Stoff. Sie trug einen schwarzen Unterrock, und ihr Körper schien eine übertriebene Version des meinen zu sein. Dennoch empfand ich keinen Neid wie bei den anderen Mädchen in der Sportstunde in der High School. Ihre Körper waren etwas gewesen, woran ich mich messen musste – wir zogen uns aus und bewerteten blitzschnell, wer die größten Brüste hatte, wessen Bauch wabbelte, wer krumme Beine hatte. Sally zu sehen war nicht so; es war etwas ganz anderes. Ich wollte noch einmal hinschauen, konzentrierte mich dann jedoch darauf, mich auszuziehen. Sie reichte mir eine der beiden Einkaufstaschen.

Darin war ein Bündel metallisch schimmernden Stoffs. »Was ist das?«

»Du wirst schon sehen.«

Ich stieg in den Overall und zog den Reißverschluss zu. Sie reichte mir einen Haarreifen, an den oben zwei braune Plüschdreiecke geklebt waren. Als ich in den Spiegel sah, musste ich lachen.

»Moment!«, sagte sie und langte in ihre Tüte. »Das Tüpfelchen auf dem i.« Sorgfältig heftete sie mir einen roten *CCCP*-Aufnäher über das Herz.

»Ich wollte eigentlich ein Goldfischglas als Helm nehmen, aber es war nicht rauszukriegen, wie man da Löcher hineinbohren kann, damit du nicht erstickst.«

»Du hast das selbst gemacht?«

»Ich bin ziemlich geschickt.« Sie trat am Spiegel neben mich, zog eine Puderdose aus der Handtasche und tupfte sich den Schimmer von der Nase. »Du kannst Laika sein, wenn du willst. Ich bin dann einer der namenlosen Hunde, der irgendwo im Universum umgekommen ist.«

Musik wehte aus dem dreistöckigen viktorianischen Haus beim Logan Circle herüber. Es war eines dieser prächtigen Anwesen in D. C., an denen ich tausendmal vorbeigegangen war, die ich jedoch nie betreten hatte – Treppe mit eisernem Geländer, Erkerfenster zur Straße hinaus, rote Backsteine und ein Türmchen mit salbeigrünem Hexenhut als Dach. Die Fenster waren geöffnet, die Vorhänge zugezogen, und ich konnte die Umrisse tanzender Menschen sehen: Es waren Leute, die ich nicht kannte und die mich nicht kannten, Leute, die mich womöglich für langweilig halten oder mich gar nicht bemerken würden. Meine Handflächen kribbelten. Sally musste mein Unbehagen gespürt haben. Sie rückte meine Plüschohren zurecht und sagte mir, jetzt, da ich da sei, werde die Party erst richtig in Schwung kommen, worauf mich eine Welle der Zuversicht überkam.

Sally streckte die Hand zur Klingel aus und läutete dreimal, dann noch einmal. Ein hochaufgeschossener Mann mit einer schwarzen Maske, die sein halbes Gesicht bedeckte, zog die Tür einen Spaltbreit auf.

»Süßes oder Saures?«, fragte Sally.

»Was wäre dir lieber?«

»Keins von beiden. Ich mag lieber Brokkoli.«

»Tun wir das nicht alle?« Der Mann öffnete die Tür ganz und bat uns hinein, dann verriegelte er sie hinter uns, ehe er wieder in der Menge verschwand.

»War das ein Passwort? Ist das eine Arbeitsparty?«, fragte ich.

»Das genaue Gegenteil von einer Arbeitsparty.«

Hier waren keine ausgehöhlten Kürbisse ausgestellt, und es tauchte niemand in einer Wanne nach Äpfeln. Stattdessen war das Haus dekoriert wie für einen gruseligen Maskenball. Antike Kandelaber mit flackernden schwarzen Kerzen standen auf jeder nur möglichen Fläche. Schwarze

Samttücher waren über die eingebauten Bücherregale drapiert. Auf dem Esstisch war eine Reihe kunstvoll mit Pailletten verzierter Masken angeordnet, von denen man sich eine nehmen konnte. Eine große Siamkatze, deren Hals man mit einem Kragen aus lavendelfarbenen Straußenfedern verziert hatte, strich um die Beine der Gäste. Im gesamten Erdgeschoss drängten sich Menschen, die tanzten, rauchten, sich bei den Horsd'œuvres bedienten, Brotwürfel in Fonduetöpfe tauchten.

»Was ist das für ein grünes Zeug?«, fragte ich.

»Guacamole.«

»Was ist das?«

Sie lachte. »Leonard zieht wirklich alle Register.«

»Der Mann, der uns aufgemacht hat?«

»Nein.« Sie deutete auf eine Frau, die das spitzenbesetzte Ballkleid einer Debütantin aus den Südstaaten mit einem roten Gürtel trug. »Scarlett O'Hara da drüben.« Scarlett oder vielmehr Leonard erblickte Sally und winkte sie zu sich herüber.

»Hinreißend wie immer«, sagte Sally und küsste Leonard die Hand. »Du hast dich wirklich selbst übertroffen.«

»Ich versuche es«, antwortete Leonard. »Pelzige Aliens?«

»Wir sind Hundniks, vielen Dank auch.«

»Wie immer voll im Trend.«

»Du kennst mich doch.« Sie zog mich näher. »Das ist Irina.«

»Entzückt«, sagte er und küsste mir die Hand. »Willkommen. Jetzt muss ich unbedingt etwas gegen diese furchtbare Musik unternehmen.« Er ging zum Plattenspieler und hob die Nadel hoch. Die Masse stöhnte auf. »Geduld, Kinder!« Er zog eine neue Platte aus der Hülle, und Augenblicke später erklang »Sh-Boom«. Die Menge stöhnte erneut.

Unbeirrt führte Leonard einen als Frankensteins Monster verkleideten Mann, der sich zwei schwarzlackierte Garnrollen rechts und links an den Hals geklebt hatte, in die Mitte der Tanzfläche. Einige andere Paare gesellten sich zu ihnen, und schon bald war der Tanz in vollem Schwung.

Sally schlängelte sich durch die Menge in die Küche, wo eine als schießwütige Annie Oakley verkleidete Frau sie packte und einmal im Kreis herumwirbelte. Mit schiefen Hundeohren und zwei Gläsern rotem Punsch, gekrönt mit Limettensorbet, kehrte Sally zu mir zurück. »Wie wär's mit ein bisschen frischer Luft?«, fragte sie und reichte mir ein Glas.

Außer zwei Frauen, die auf der Schaukel saßen – eine als die Schauspielerin Lucille Ball und eine als ihr Show-Ehemann Ricky Ricardo verkleidet –, waren Sally und ich allein in dem ausgedehnten Garten hinter dem Haus. Wir traten auf den Rasen hinaus, und die unteren Säume unserer Overalls wurden vom Tau durchnässt. Der Garten war mit winzigen, über die hochaufragenden Eichen drapierten Lichterketten und roten Papierlaternen dekoriert, die wie reife Früchte an den unteren Ästen hingen. Der Himmel war orangerot, der Mond ein Mandelblättchen, und irgendwo verbrannte jemand Blätter.

»Was hältst du davon?«, fragte sie.

»Ich hatte keine Ahnung, dass es in D. C. solche Gärten gibt.«

»Ich meine, von all dem«, sagte sie und deutete auf das Haus. »Nicht gerade die Durchschnittsparty.«

»Es ist unglaublich!«, sagte ich und hätte so viel mehr hinzufügen wollen. Ich hatte gewusst, dass es eine Welt wie diese gab, und zugleich hatte ich nicht die geringste Ahnung davon. Und was ich gehört hatte, entsprach diesem Fest überhaupt nicht. Hier war es, als träte man in den Kleiderschrank und käme zum ersten Mal nach Narnia. »Ich meine, ich liebe Halloween.«

»Ich auch. Sogar, wenn es eine Woche zu spät ist.«

»Man darf sein, wer man will.«

»Genau. Ich bin froh, dass Leonard seine Party doch noch bekommen hat. Das ist bei ihm eine Art Tradition. Und er ist nicht der Typ, der ein gutes Kostüm ungenutzt lässt. Schade, dass sie an Halloween selbst abgesagt werden musste.«

»Wieso?«

»Jemand hatte der Polizei einen Hinweis gegeben.«

Ich hatte so viele Fragen. Dieser geheime Garten, diese geheime Welt – ich wollte alles darüber wissen, entschied mich jedoch zu warten. Und so waren wir ganz still, lauschten dem Verkehrslärm auf der anderen Seite der Gartenmauer, dem Hupen eines Autos, dem fernen Jaulen einer Sirene. Lucy und Ricky gingen ins Haus zurück, die Arme umeinandergeschlungen. Sally beobachtete mich, als meine Augen den beiden folgten. »Also… du und Teddy Helms?«, fragte sie.

»Ja«, sagte ich mit einem Anflug von Traurigkeit, wie ich sie noch nie gefühlt hatte.

»Wie lange geht das schon?«

»Neun Monate. Nein. Acht. Nein, ungefähr neun.«

»Bist du verliebt?«

Außer Mama hatte mich noch nie jemand so direkt danach gefragt. »Ich weiß es nicht.«

»Süße, wenn du es jetzt noch nicht weißt…«

»Ich mag ihn wirklich. Ich meine, ich mag ihn sehr. Er ist lustig. Klug. So klug. Und einfach nett.«

»Klingt, als würdest du aus seinem Nachruf vorlesen.«

»Nein«, sagte ich, »das habe ich nicht gemeint…«

»Ich mache nur Witze.« Sie gab mir einen Stoß in die

Rippen. »Was ist mit seinem Freund? Diesem Henry Rennet? Wie ist der so?«

»Den kenne ich nicht so gut.« Ich sagte ihr nicht, dass er, soweit ich es beurteilen konnte und von den Mädels im Schreibpool gehört hatte, ein ziemlich eingebildeter Trottel war und dass ich keine Ahnung hatte, warum sich Teddy mit so jemandem anfreunden konnte. »Interessiert er dich?« Auf einmal stellte ich mir eine Verabredung zu viert vor – ich und Teddy, Sally und Henry –, und bei dem Gedanken flatterten mir Schmetterlinge im Bauch.

»Liebes.« Sie nahm meine Hand und drückte sie. »Nein.« Sie hielt sie fest, und irgendetwas irgendwo an einem schwer zu definierenden Ort in meinem Inneren blühte auf.

Kapitel 13

DIE SCHWALBE

Sie war kein Maulwurf – da war ich mir sicher. Frank hatte mich gebeten, Irina ein bisschen auf den Zahn zu fühlen und herauszufinden, ob ihre Naivität nur gespielt war. Das war sie nicht, berichtete ich ihm. »Gut«, meinte er. »Wir wollen sie bei dem Buchprojekt dabeihaben. Bilde sie aus, Sally. Du kennst den Drill.«

Dass ich mich mit Irina anfreundete, war also geplant gewesen, und ihre Ausbildung war ein Teil meines Jobs, aber es war etwas anderes daraus geworden – etwas, das ich hätte benennen können, aber noch nicht benennen wollte.

Am Dienstag nach Leonards Party – meinem Test gewissermaßen – blieb ich neben ihrem Schreibtisch stehen und fragte sie, ob sie Lust habe, am Abend im Kino *Seidenstrümpfe* anzuschauen. Schon ein paar Tage zuvor hatte ich sie zu einer Vormittagsvorstellung am Sonntag einladen wollen, aber nach dem Wählen der halben Telefonnummer den Mut verloren und aufgelegt.

Wir gingen nach Dienstschluss zum Georgetown Theater, schauten auf dem Weg noch bei Magruder's vorbei, um Knabbereien zu kaufen, die wir reinschmuggeln würden – Irinas Idee. Ich aß kaum je Süßes außer Schokolade, entschied mich jedoch, eine Schachtel Fruchtgummis zu kaufen. Irina nahm zwei Schachteln Erdnüsse mit Schokoüberzug, dann stellten wir uns in die Schlange an der

Kasse. »Wartest du eben? Ich muss noch was holen«, sagte sie.

Kurz darauf tauchte sie wieder auf und trug ein großes Bündel Rote Bete.

»Interessante Wahl für einen Snack.«

»Die sind für meine Mutter. Sie macht einmal im Monat einen Riesentopf Borschtsch und hat mich gebeten, im Eastern Market Rote Bete zu holen. Sie ist überzeugt, dass die, die dieser ältere russische Mann verkauft, besser sind als die aus dem normalen Laden.« Sie reckte einen Zeigefinger in die Luft. »Es lohnt sich, den Extranickel auszugeben, wegen der Qualität«, sagte sie mit russischem Akzent.

Ich lachte. »Bemerkt sie wirklich den Unterschied?«

»Nein! Ich hole sie immer bei Safeway und nehme sie einfach aus der Tüte, ehe ich nach Hause komme.«

Wir bezahlten unsere süße Schmuggelware, und Irina steckte die Rote Bete in ihre Handtasche, so dass nur noch die Blätter herausschauten. Nachdem wir die Kinokarten gekauft hatten, gingen wir in den Saal.

Filme waren meine Leidenschaft, eine, die ich fast immer allein genoss. Wenn ich Geld dafür übrig hatte, ging ich ein, zwei Mal in der Woche ins Kino. Manchmal schaute ich mir denselben Film mehrmals an, am liebsten in der ersten Reihe der Galerie, wo ich mich an das goldene Geländer lehnen und das Kinn auf die Hände stützen konnte.

Ich liebte alles an diesem Kino: das rotleuchtende Neonschild des Georgetown, das Warten in der Schlange, bis mir die Person in dem Glaskäfig die Kinokarte reichte, den Duft nach Popcorn, die klebrigen Fußböden, die Platzanweiserinnen, die einen mit ihrer kleinen Taschenlampe zum Sitzplatz führten. Ich hatte mir sogar angewöhnt, in der Dusche »Let's All Go to the Lobby«, das Lied aus der Kinowerbung, zu singen. Aber am allermeisten mochte ich immer schon den Augenblick, in dem die Lichter im Saal gerade dunkler geworden sind, noch ehe der Film zu flimmern beginnt – jenen kurzen Augenblick, in dem man das Gefühl hat, dass die Welt an der Schwelle zu etwas Neuem steht.

All das wollte ich mit Irina teilen. Ich wollte herausfinden, ob auch sie das Gefühl hatte, an der Schwelle zu etwas Neuem zu stehen. Die Lichter wurden dunkler, und als sie mich mit weit aufgerissenen Augen ansah, sobald der Löwe von MGM brüllte, wusste ich, dass es ihr genauso erging wie mir.

Von dem Film weiß ich nicht mehr viel. Aber ich erinnere mich, dass Irina nach einer Weile ihre Handtasche aufmachte und zwischen der Roten Bete herumwühlte, um ihre Schokonüsse zu finden. Die Süßigkeiten klapperten in der Schachtel, und sie fluchte, als die Rote Bete zu Boden kullerte. Sie verursachte eine solche Unruhe, dass ein Zigarre paffender Mann sich umdrehte und sagte, wir sollten still sein. Ich fand es bezaubernd.

Und als Fred Astaire am Ende seines »Ritz Rock and Roll« seinen Zylinder platt schlug, keuchte Irina auf und berührte meine Hand. Sie zog sie gleich wieder weg, aber das Gefühl blieb mir, bis das Licht wieder anging.

Als wir das Kino verließen, regnete es. Wir standen unter der Markise und sahen zu, wie das Wasser in Strömen herunterkam.

»Sollten wir warten, bis es aufhört?«, fragte ich. »Wir könnten über die Straße rennen und uns einen Hot Toddy holen.«

»Ich trotze besser dem Regen.« Sie klopfte auf ihre Handtasche. »Mama wartet auf ihre Rote Bete.«

Ich lachte, verspürte jedoch einen kleinen Stich. »Ein andermal dann?«

»Abgemacht.«

Irina rannte zu der türkis-weißen Straßenbahn, die an der Ecke wartete. Sie stieg ein, und ich schaute hinterher, wie die Bahn um die Ecke bog und verschwand. Ein Blitz schnitt den Himmel entzwei. Ich lehnte mich an ein Filmplakat für *Jailhouse Rock – Rhythmus hinter Gittern*, und nun begann es richtig zu schütten.

In den Wochen danach zeigte ich Irina meine Lieblingsbuchhandlungen, erläuterte ihr, was ich daran mochte oder nicht, was ich anders machen würde, wenn mir der Laden gehörte. Wir schauten uns im National *West Side Story* an und sangen auf dem gesamten Heimweg lauthals »I Feel Pretty«. Wir gingen in den Zoo, verließen ihn aber bald wieder, nachdem Irina eine Löwin gesehen hatte, die so lange in ihrem Käfig auf und ab gelaufen war, dass ein schmaler Trampelpfad parallel zu den Gitterstäben verlief. »Das ist ein Verbrechen«, sagte sie.

In all der Zeit gab es nicht eine Umarmung, die auch nur eine Sekunde zu lange angedauert hätte, aber das spielte keine Rolle. Es war so lange her, dass ich es zunächst gar nicht erkannte. Seit meiner Zeit in Kandy hatte ich niemanden mehr so schnell so nah an mich herangelassen. Ich hatte eine Mauer um mich errichtet, nachdem Jane – eine Krankenschwester aus dem Navy Corps mit Haar wie Shirley Temple und pfefferminzbonbonweißen Zähnen – mir das Herz gebrochen hatte.

Eigentlich bricht einem dabei mehr als nur das Herz. Als Jane mir sagte, dass unsere »besondere Freundschaft« vorbei sein müsse, sobald wir wieder amerikanischen Boden betraten, und das Ganze als eines der Dinge abtat, die im Krieg eben passieren, hatte ich das Gefühl, mein Brustkorb würde zusammengequetscht, und jeder Zentimeter schmerzte: meine Beine, meine Arme, mein Schädel, sogar meine Zähne. Ich schwor mir, mich nie wieder so verletzlich zu machen, und das war mir ziemlich gut gelungen.

Außerdem wusste ich, dass all das in eine Sackgasse führen musste. Ich hatte Freundinnen, die während ihrer spätnächtlichen Spaziergänge am Lafayette Square verhaftet und eingesperrt, deren Namen in den Zeitungen abgedruckt wurden. Ich hatte Freunde, die man aus ihren Jobs bei der Regierung gefeuert hatte, deren Ruf zerstört war, die von ihren Familien verstoßen wurden. Ich hatte Freundinnen, die zu der Überzeugung gelangt waren, dass der einzige Ausweg war, von einem Stuhl zu springen, nachdem sie sich vorher eine Schlinge um den Hals gelegt hatten. Die lange geschürte Angst vor der Roten Gefahr hatte nachgelassen, an ihre Stelle war jedoch eine andere getreten.

Und dennoch konnte ich nicht aufhören. Ich fragte sie immer wieder, ob sie mit mir für ein schnelles Mittagessen zu Ferranti's gehen oder sich die neue Ausstellung koreanischer Kunst in der National Gallery ansehen oder bei Rizik's Hüte anprobieren wollte.

Ich wollte die Grenze immer weiter erkunden, wollte wissen, wie weit ich gehen konnte, ehe ich einen Schritt zurück machen musste.

Als mich Frank also um einen weiteren Gefallen bat, redete ich mir ein, die Arbeit wäre eine gute, eine dringend notwendige Ablenkung.

In der Nacht, ehe ich zu meinem nächsten Job abreiste, legte ich eine Platte von Fats Domino auf und verspürte bei jedem einzelnen Stück, das ich in meinen mintgrünen La-

dy-Baltimore-Koffer packte, ein kleines Glück. Nach Jahren
der Aufbrüche in letzter Minute hatte ich gelernt, mit leich-
tem Gepäck zu reisen: ein schmal geschnittener schwarzer
Rock, eine weiße Bluse, ein fleischfarbener BH mit passendem Slip, eine Kaschmirstola für den Flug, schwarze Seidenstrümpfe, mein Zigarettenetui von Tiffany, Zahnbürs-
te, Zahnpasta, Rosenseife von Camay, Gesichtscreme von
Crème Simon, Deodorant, Rasierer, Tabac-Blond-Parfüm,
Notizbuch, Stift, mein Lieblingsschal von Hermès, Lippenstift von Revlon – in Original Red. Das Kleid für die Verlags-
party würde mich bei meiner Ankunft erwarten. Nach all
den Jahren fernab dieser Art Job fühlte es sich gut an, wieder im Geschäft zu sein, Geheimnisse zu kennen, nützlich
zu sein.

Ich traf am nächsten Abend im Grand Hotel Continen-
tal in Mailand ein, wenige Stunden vor Beginn der Party.
Kurz nachdem ich meine Hotelsuite betreten hatte, klopfte es an der Tür, und ein Page brachte mein Kleid. Ich bat
ihn mit einer Handbewegung, es auf das Bett zu legen, und
er tat das so sanft, als legte er eine Geliebte auf die Laken.
Ich gab ihm ein großzügiges Trinkgeld, wie immer, wenn
jemand anders die Rechnung übernahm, und verabschiedete ihn. Ich hatte das rot-schwarz gemusterte bodenlange
Pucci-Kleid bestellt, sobald ich die Worte *Mailand* und *Party*
gehört hatte. Ich ließ die Finger über die Seide gleiten, zufrieden über meinen Ausstattungsetat bei der Agency. Nach
einem Bad tupfte ich mir einen Tropfen Tabac Blond rechts
und links an den Hals, an meine Handgelenke und unter
meine Brüste und schlüpfte in das Kleid, das nach meinen
Maßen geschneidert worden war.

Das war das Beste daran: der Augenblick, in dem man
jemand anders wird. Neuer Name, neuer Beruf, neue Vergangenheit, Ausbildung, Geschwister, Geliebte, Religion –

es fiel mir leicht. Und ich legte diese Tarnung in keiner Sekunde ab, behielt sie bei bis in die kleinste Einzelheit: ob sie Toast oder Eier zum Frühstück aß, ob sie ihren Kaffee schwarz oder mit Milch trank, ob sie eine Frau war, die auf der Straße stehen blieb, um eine vorüberlaufende Taube zu bewundern, oder eine, die den Vogel angewidert verscheuchte, ob sie nackt oder im Nachthemd schlief. Es war ebenso mein Talent wie meine Überlebensstrategie. Doch mit jeder Tarnung, die ich annahm, fiel es mir schwerer, in mein wirkliches Leben zurückzukehren. Ich konnte nicht anders, als mir vorzustellen, wie es wäre, ganz und gar in diesem anderen Menschen aufzugehen. Denn um jemand anders zu werden, braucht man zunächst einmal den Wunsch, sich selbst zu verlieren.

∽

Ich hatte meinen Auftritt für genau fünfundzwanzig Minuten nach Beginn der Party geplant. Ein Kellner reichte mir eine Champagnerflöte, als ich in den vergoldeten Raum eintrat. Ich erkannte sofort, wer hier der Ehrengast war: nicht der Autor des Romans, dessen Veröffentlichung gefeiert wurde – ihm war es bekanntlich unmöglich, anwesend zu sein –, sondern der Verleger des Buchs. Giangiacomo Feltrinelli stand inmitten von Mailands elegantesten Intellektuellen, Redakteuren, Journalisten, Schriftstellern und Groupies. Er trug seine dicke schwarze Hornbrille, hatte Geheimratsecken und war für seine Größe ein wenig zu dünn. Doch alle Frauen und mehr als einer der Männer konnten die Augen nicht von ihm abwenden. Feltrinellis Spitzname war »der Jaguar«, und er bewegte sich tatsächlich mit der Gewandtheit und Eleganz einer Dschungelkatze. Die große Mehrheit der Gäste war in Abendgarderobe erschienen, Fel-

trinelli hingegen trug eine weiße Hose und einen marineblauen Pullover, das gestreifte Hemd darunter hing ihm aus
der Hose. Ich wusste, dass man denjenigen mit dem dicks-
ten Bankkonto in einem Raum nicht erkennt, indem man
nach dem Mann mit dem schicksten Smoking Ausschau
hält, sondern nach dem Mann, der nicht versucht, Eindruck
zu schinden. Feltrinelli zog eine Zigarette hervor, worauf
ihm jemand aus seinem Dunstkreis prompt Feuer reichte.

Es gibt zwei Sorten ehrgeiziger Männer: diejenigen,
die zum Ehrgeiz erzogen wurden – denen man von frühs-
ter Jugend an erzählt hat, dass die Welt ihnen gehört, wenn
sie sie nur wollen –, und diejenigen, die sich ihr eigenes
Vermächtnis schaffen. Feltrinelli gehörte zu beiden Kate-
gorien. Und während die meisten Männer, die in großen
Reichtum hineingeboren werden, schwer an der Bürde tragen, ihr Erbe zu bewahren, hatte Feltrinelli seinen Verlag
nicht nur gegründet, um seinem Imperium eine weitere
Perle hinzuzufügen, sondern weil er wahrhaftig glaubte,
dass Literatur den Lauf der Welt verändern könne.

Am anderen Ende des Zimmers war auf einem langen
Tisch eine Pyramide von Büchern aufgetürmt. Die Italiener
hatten es geschafft: *Doktor Shiwago* lag als gedrucktes Buch
vor. Innerhalb einer Woche würde der Roman in ganz Italien im Schaufenster jeder Buchhandlung ausliegen, würde
der Titel die Schlagzeilen jeder Zeitung zieren. Ich sollte
eines dieser Bücher mitnehmen und persönlich abliefern,
damit man es übersetzen lassen und herausfinden könnte,
ob es tatsächlich die mächtige Waffe war, für die man es
in der Agency hielt. Frank Wisner hatte mir außerdem aufgetragen, Feltrinelli näherzukommen, um so viel wie möglich herauszufinden – über die Veröffentlichung und den
Vertrieb des Buchs, über die Beziehung des Verlegers zu
Pasternak.

Ich nahm ein Exemplar von *Il dottor Živago* in die Hand und fuhr mit den Fingern über den glänzenden Umschlag, auf dem unter einem Muster aus weißen, rosafarbenen und bläulichen Schraffierungen ein kleiner Pferdeschlitten zu sehen war, der auf ein mit Schnee bedecktes Häuschen zufuhr.

»Eine Amerikanerin, die Italienisch liest?«, fragte ein Mann von der anderen Seite der Bücherpyramide. »Wie reizend.« Er trug einen elfenbeinfarbenen Smoking mit schwarzem Einstecktuch und eine Schildpattbrille, die für sein breites Gesicht zu schmal war.

»Nein.« Tatsächlich konnte ich sehr wohl Italienisch lesen und mich fließend in dieser Sprache unterhalten. Früher, ehe ich meinen Namen von Forelli auf Forrester abänderte, hatte meine Großmutter bei uns gelebt. Nonna war eine Italo-Amerikanerin der ersten Generation und sprach kaum ein Wort Englisch, und ich lernte die Sprache von ihr bei Kartenspielen wie Scopa und Briscola.

»Warum interessieren Sie sich für ein Buch, das Sie nicht lesen können?« Sein Akzent war schwer zu verorten. Italienisch, aber ein erlerntes Italienisch. Entweder war er kein Muttersprachler, oder er versuchte, mit florentinischem Akzent zu sprechen, um vornehmer zu klingen, als er war.

»Ich liebe Erstausgaben«, sagte ich. »Und gute Partys.«

»Nun, wenn Sie Hilfe beim Lesen brauchen …« Er schob seine Brille ein wenig die Nase hinunter, und ich bemerkte an der Nasenwurzel eine kleine rote Stelle.

»Vielleicht komme ich auf das Angebot zurück.«

Er winkte einen Kellner herbei und reichte mir ein Glas Prosecco, ohne selbst eines zu nehmen.

»Nichts zum Anstoßen?«

»Ich muss jetzt leider gehen«, sagte er und berührte leicht meinen Arm. »Aber wenn Sie je einen Fleck auf diesem wunderschönen Abendkleid haben sollten, kommen Sie in Washington zu mir. Ich habe eine Reinigung, und wir bekommen jeden Fleck heraus, das kann ich Ihnen versichern. Tinte, Wein, Blut. Alles.« Er drehte sich um und ging, ein Exemplar von *Il dottor Živago* unter den Arm geklemmt.

KGB? MI6? Einer von unseren Leuten? Ich schaute mich um, weil ich sehen wollte, ob jemand diese merkwürdige Unterhaltung beobachtet hatte, als Feltrinelli mit einem Löffel an sein Glas klopfte. Der Verleger stieg auf eine umgedrehte Holzkiste, und ich fragte mich, ob er diese Kiste wegen der größeren Wirkung selbst mitgebracht hatte. Oder hatte das Hotel sie zur Verfügung gestellt? Egal, es passte gut zu ihm.

»Darf ich einen Augenblick um Aufmerksamkeit bitten? Ich möchte Ihnen allen hier dafür danken, dass Sie bei diesem bedeutenden Ereignis heute anwesend sind«, begann er und las von einem Zettel ab, den er aus der Hosentasche gezogen hatte. »Vor über einem Jahr wehte mir der Wind des Schicksals Boris Pasternaks Meisterwerk ins Haus. Ich wünschte, dieser Wind könnte heute hier mit uns feiern, aber leider ist das nicht möglich.« Er grinste, und ein paar Leute im Publikum lachten. »Als ich diesen Roman zum ersten Mal in den Händen hielt, konnte ich kein einziges Wort davon lesen. Das einzige russische Wort, das ich kenne, ist Stolichnaya, aber den trinkt man wohl eher.« Erneutes Gelächter. »Aber mein lieber Freund, der Slawist Pietro Antonio Zveteremich«, er deutete auf einen Mann in Strickweste, der ziemlich weit hinten in der Menge stand und an seiner Pfeife paffte, »sagte mir, es wäre ein Verbrechen an der Literatur, einen solchen Roman nicht zu ver-

263

öffentlichen. Doch sogar bevor er ihn gelesen hatte, wusste ich schon, als ich ihn bloß in der Hand hielt, dass dieser Roman etwas Besonderes ist.« Er ließ das Blatt Papier fallen, von dem er abgelesen hatte, und es flatterte zu Boden. »Also habe ich die Gelegenheit ergriffen. Es sollte Monate dauern, bis Pietro seine Übersetzung fertiggestellt hatte und ich den Roman endlich lesen konnte.« Nun hielt er *Shiwago* in die Höhe. »Aber dann brannten sich mir die Worte des russischen Meisters für alle Zeit ins Herz, und ich bin mir sicher, dass es Ihnen allen ebenso ergehen wird.«

»Hört, hört!«, rief jemand.

»Ich hatte niemals die Absicht, der Erste zu sein, der dieses Werk einem Publikum vorstellt«, fuhr Feltrinelli fort. »Es ging mir darum, mir die Auslandsrechte zu sichern, sobald das Werk in seinem Heimatland erschienen war. Aber im Leben geht eben nicht immer alles nach Plan.«

Eine Frau zu Feltrinellis Füßen erhob ihr Glas. »*Cincin!*«

»Man hat mir gesagt, es wäre ein Verbrechen, dieses Werk zu veröffentlichen. Man hat mir gesagt, dass die Veröffentlichung dieses Buchs mein Ende sein würde.« Er schaute im Raum herum. »Doch in meinem Herzen hüte ich die Wahrheit, die Pietro ausgesprochen hat, nachdem er das Buch zum ersten Mal gelesen hatte: dass es nämlich ein viel größeres Verbrechen wäre, diesen Roman *nicht* zu veröffentlichen. Natürlich hat mich Boris Pasternak selbst gebeten, die Veröffentlichung hinauszuzögern. Ich habe ihm mitgeteilt, dass wir keine Zeit zu verschwenden haben, dass ich seine Worte so schnell wie möglich der Welt vorlegen müsse. Und das habe ich getan.« Die Menge brach in Beifall aus. »Bitte erheben Sie Ihr Glas und trinken Sie mit mir auf Boris Pasternak, einen Mann, dem ich noch nicht persönlich begegnen durfte, mit dem mich das Schicksal aber verbunden hat. Auf einen Mann, der aus seinen Erfahrungen der sowjetischen Wirklichkeit ein Kunstwerk geschaffen hat, ein lebensveränderndes – nein, ein *lebensbejahendes* – Werk, das die Prüfung der Zeiten überstehen wird und ihn für immer in eine Reihe mit Tolstoi und Dostojewski stellt. Auf einen Mann, der um vieles mutiger ist, als ich es bin. *Salute!*«

Gläser wurden erhoben und rasch geleert. Feltrinelli stieg von seiner Kiste und wurde von der Menge wohlmeinender Freunde aufgenommen. Kurz darauf entschuldigte er sich und begab sich zur Toilette. Ich stellte mich ans Telefon in der Lobby, so dass er auf dem Rückweg an mir vorbeikommen musste.

Das tat er auch, und genau in der Sekunde, als er mich bemerkte, legte ich den Hörer auf. »Sie genießen hoffentlich diesen Abend?«, fragte er.

»Es ist ein wunderbarer Abend. Eine wunderschöne Nacht.«

»Beinahe zu schön.« Er trat einen Schritt zurück, als wolle er ein Kunstwerk aus einem anderen Blickwinkel bewundern. »Wir kennen uns noch nicht?«

»Das Universum hat es wohl bisher nicht so gewollt.«

»Wahrhaftig. Dann bin ich froh, dass das Universum es geschafft hat, diesen schwerwiegenden Fehler zu korrigieren.« Er ergriff meine Hand und küsste sie.

»Sie sind also der Grund dafür, dass dieses Buch erscheint?«

Er legte die Hand aufs Herz. »Ich übernehme die alleinige Verantwortung.«

»Der Autor hatte dabei kein Wort mitzureden?«

»Nein, eigentlich nicht. Es war ihm nicht möglich.«

Ehe ich fragen konnte, ob Pasternak sich in Gefahr befand, näherte sich Feltrinellis Frau – eine dunkelhaarige Schönheit in einem ärmellosen schwarzen Samtkleid mit einem dazu passenden juwelenbesetzten Halsband. Sie nahm ihren Gatten fest beim Arm und steuerte ihn zur Party zurück. Für den Fall, dass ich den Hinweis nicht begriffen haben sollte, wandte sie sich noch einmal zu mir um.

Als die Party ihrem Ende zuging, fingen die Bediensteten in ihren roten Jacketts an, die Berge von ungegessenen gefüllten Muscheln, Rindercarpaccio und Krabbencrostini sowie unzählige leere Proseccoflaschen wegzuräumen, die überall im Raum verstreut waren. Signora Feltrinelli war wenige Augenblicke zuvor in einer Limousine abgefahren, und ihr Mann rief der ausgedünnten Menge zu, es sollten alle mit ihm in die Bar Basso kommen. Als er, mit einer Schar Bewunderer im Gefolge, aufbrach, drehte er sich abrupt zu mir um: »Sie kommen doch auch mit?«, fragte er. Er wartete meine Antwort nicht ab, wusste er doch bereits, wie sie ausfallen würde.

Ein silberner Citroën und eine kleine Flotte schwarzer Fiat-Modelle warteten vor dem Hotel auf uns. Feltrinelli und eine junge Blondine, die unmittelbar nach der Abfahrt von Feltrinellis Ehefrau aufgetaucht war, stiegen in den Citroën, während wir anderen uns auf die restlichen Wagen verteilten. Feltrinelli ließ den Motor aufjaulen und raste los, während wir hinter zwei Paaren auf Vesparollern feststeckten – Touristen, wenn man danach ging, wie langsam und bedächtig sie fuhren, anstatt sich wie die Mailänder geschickt durch den Verkehr zu schlängeln.

Als wir unser Ziel erreicht hatten, strömte unsere Gruppe aus den Autos und drängte sich in die Bar Basso, bestellte lautstark Drinks bei den Barkeepern in ihren weißen Jacketts. Ich suchte mir einen Platz an einer verspiegelten Wand und hielt Ausschau nach Feltrinelli. Keine Spur von ihm zu sehen. Ein kleiner Mann mit einer gelockerten

Fliege und rotweinverfärbten Lippen trug ein übergroßes Cocktailglas an mir vorüber. Ich erkannte in ihm einen der Fotografen von der Party. »Möchten Sie einen Drink?« Er hielt mir das Glas hin. »Nehmen Sie meinen!«

Ich behielt die Hände an den Seiten und griff nicht zu. »Wo ist denn der Ehrengast?«

»Inzwischen wahrscheinlich im Bett, denke ich.«

»Ich dachte, er würde hierherkommen.«

»Wie sagt ihr Amerikaner so schön? Pläne werden gemacht, damit man sie umwerfen kann?«

»Über den Haufen werfen?«

»Genau! Ich glaube, er hat sich für eine etwas privatere Feier entschieden.« Der Fotograf legte mir den Arm um die Taille, und seine Fingerspitzen wanderten meine Lendenwirbel hinab. Mit einem Schaudern entfernte ich seine Hand von meinem Körper und verließ die Bar.

Es war mir gelungen, ein Exemplar des Romans zu ergattern, das ich sofort in dem kleinen Safe in meinem Zimmer unterbrachte, ehe ich erneut ausging. Aber es war mir nicht gelungen, Feltrinelli weitere Informationen abzuluchsen. Es schien, als habe er Pasternak schützen wollen, aber warum? War der Schriftsteller in größerer Gefahr, als wir dachten? Die Blondine, mit der Feltrinelli verschwunden war, war mindestens fünfzehn Jahre jünger als ich, und ich wurde den Gedanken nicht los, dass ich wohl diejenige gewesen wäre, die er in seinen Sportwagen gezogen und der er seine Geheimnisse anvertraut hätte, wenn ich nur ebenso jung gewesen wäre.

Taxis fuhren an mir vorüber, aber ich entschied mich, zu Fuß zu gehen. Ich wollte die frische Luft genießen. Und ich hatte Hunger. Zunächst blieb ich bei einem Eiswagen stehen, vor den ein alter Maulesel gespannt war. Der Junge, der aus dem Wagen heraus das Eis verkaufte, erzählte mir, der Maulesel trage den Namen »Vicente der Majestätische«. Ich lachte, und der Junge sagte, mein Lachen sei genauso wunderschön wie mein rotes Kleid und mein rotes Haar. Ich dankte ihm, und er reichte mir ein Zitroneneis. »*Offerto dalla casa.*«

Das geschenkte Gelato trug ein wenig dazu bei, die Schrammen auf meinem Ego zu lindern, obwohl es mich nicht von der Überlegung abhielt, ob ich zu alt für diese Art von Arbeit sei. Früher war alles so einfach gewesen. Jetzt leuchtete meine Haut nur noch, wenn ich teure Cremes auftrug, die mehr versprachen, als sie halten konnten, und der Schimmer meines Haars kam aus einer Flasche mit teuren exotischen Ölen, die ich in Paris gekauft hatte. Und wenn ich mich nachts ohne BH hinlegte, wanderten meine Brüste in Richtung Achselhöhle.

Ich war dreizehn, als im Laufe eines Sommers die Anonymität meines vorpubertären Körpers verschwand und die Jungs ebenso wie die Männer mich zu bemerken begannen. Meiner Mutter fiel es zuerst auf. Einmal ertappte sie mich dabei, wie ich mein in einer Schaufensterscheibe gespiegeltes Profil betrachtete, und erklärte mir, eine schöne Frau brauche etwas, auf das sie zurückgreifen könne, wenn ihre Schönheit verblasst war, sonst stünde sie am Ende ohne alles da. »Und sie wird verblassen«, sagte sie. Würde ich nichts haben, auf das ich zurückgreifen konnte? Wie viel Zeit blieb mir noch, ehe ich gezwungen sein würde, das herauszufinden?

Im Gegensatz zu Feltrinelli war mein Ehrgeiz nicht von meinem Geldbeutel bestimmt. Er entsprang der Einbildung, dass ich etwas Besonderes war und die Welt mir etwas schuldete – vielleicht weil ich mit nichts groß geworden war. Oder vielleicht erliegen wir alle irgendwann dieser Illusion – nur geben die meisten sie nach den Jugendjahren auf; ich jedoch ließ sie nie los. Sie schenkte mir die unverrückbare Überzeugung, dass ich alles schaffen konnte, zumindest eine Zeitlang. Das Problematische bei diesem Glauben an die eigene Besonderheit ist, dass er der ständigen Bestärkung durch andere bedarf, und wenn diese Bestärkung ausbleibt, gerät man ins Wanken. Und wenn man wankt, beginnt man nach den am tiefsten hängenden Früchten zu greifen – nach jemandem, der einem das Gefühl vermittelt, begehrenswert und mächtig zu sein. Doch diese Art von Bestärkung gleicht dem flüchtigen Hochgefühl, das einem der Alkohol schenkt: Man braucht es, um weiterzutanzen, aber am nächsten Tag ist einem einfach nur schlecht.

Das Zitroneneis schmeckte nach Sommer, und ich befahl mir, den Selbstekel sein zu lassen. Ich entschied mich, doch nicht gleich ins Hotel zurückzugehen, sondern an der Piazza della Scala zu verweilen, um mir das Denkmal für Leonardo da Vinci anzuschauen.

Die Piazza erstrahlte in hellem Glanz. Eine Gruppe von Männern schmückte die Bäume, die das Denkmal mitten auf dem Platz umgaben, mit weißen Lichterketten. Ein Mann in einem braunen Overall hielt mit der einen Hand die Leiter und rauchte mit der anderen, während sein Kollege oben auf der Leiter versuchte, einen Knoten im Kabel zu entwirren. Die anderen standen daneben und stritten darüber, wie man einen solch großen Knoten am besten aufdröselte.

Ein Paar in mittleren Jahren saß auf einer der Betonbänke zu Leonardos Füßen. Ihre Gesichter waren nah beieinander, und sie wirkten aufgewühlt: Ich konnte nicht sagen, ob sie gleich Schluss machen oder sich küssen würden.

Ich dachte an Irina. Ich dachte daran, dass wir beide niemals wie dieses Paar sein könnten – uns küssend oder auch streitend, in aller Öffentlichkeit, für jedermann zu sehen. Der Gedanke überwältigte mich wie die Nachricht von einem plötzlichen Todesfall, und mir wurde klar, dass ich dem, was immer da auch zwischen uns passierte, ein Ende setzen und einfach nur betrauern musste, was es hätte sein können.

Ich ging zum Rand des Platzes und winkte ein Taxi herbei.

»*Signora, si sente bene?*«, fragte mich der Taxifahrer, als wir beim Hotel angekommen waren. Ich war eingeschlafen, und der Fahrer sprach mich mit einer solch zärtlichen Freundlichkeit an, dass mir zu meiner eigenen Überraschung die Tränen kamen. »*Starai bene*«, sagte er. »*Starai bene.*«

Ich überlegte, ob ich ihn bitten sollte, mit mir auf mein Zimmer zu kommen – diesen jungen Mann, der nach frischer Minze duftete. Ich verspürte kein Verlangen danach, mit ihm zu schlafen, aber ich würde es tun, wenn er mir nur sagte, dass alles gut werden würde für mich, *starai bene*, dass alles gut werden würde, immer und immer wieder, bis ich einschlief. Stattdessen ging ich allein auf mein Zimmer und sank in meinem zerknitterten Kleid auf die Überdecke.

෴

Am Morgen nahm ich nach zwei Alka-Seltzer und einem Frühstück vom Zimmerservice mein Exemplar von *Shiwago* aus dem Safe. Ehe ich das Buch in meinen Koffer legte, schlug ich es auf. Als ich es durchblätterte, fiel eine Visitenkarte heraus. Kein Name, keine Telefonnummer, nur eine

Adresse: Sara's Dry Cleaners, 2010 P St. NW, Washington, D.C. Ich kannte die Ecke: ein gedrungenes gelbes Ziegelgebäude mit einem handgemalten königsblauen Schild, einen Steinwurf von dem Haus entfernt, in dem Dulles wohnte. Ich faltete die Visitenkarte auf die Hälfte und verstaute sie in meinem silbernen Zigarettenetui.

Kapitel 14

DER MANN VON DER FIRMA

Ich fuhr nach London, um einen Freund wegen eines Buches aufzusuchen. Nachdem ich mich für den elfstündigen Flug eingerichtet hatte, bat ich die Stewardess, meine Anzugjacke aufzuhängen und mir einen Whiskey zu bringen – mit Eis, denn es war noch nicht Mittag. Kit trug die blau-weiße Uniform von Pan Am mit der Kappe und den weißen Handschuhen – sie war der Typ Frau, die in jedem Schönheitswettbewerb im Mittleren Westen einen zweiten oder dritten Platz belegt hätte. »Bitte sehr, Mr Fredericks«, sagte sie mit einem Zwinkern.

Ich hatte schon viele Namen gehabt: Namen, die mir andere gegeben hatten, Namen, die ich mir selbst gegeben hatte. Meine Eltern nannten mich Theodore Helms III. In der Grundschule wurde daraus Teddy. In der Oberschule lief ich unter Ted, im College wieder unter Teddy.

Für Kit oder jeden, der mich in den nächsten zwei Tagen fragte, wäre mein Name Harrison Fredericks, für Freunde Harry. Siebenundzwanzig Jahre alt und aus Valley Stream, New York. Harrison Fredericks war Analyst bei der Grumman Aerospace Corp., der – kaum zu fassen – das Fliegen hasste. Daher achtete er immer sorgfältig darauf, dass der Vorhang am Fenster zugezogen war, und hatte am liebsten keinen Sitznachbarn. Sollte man zufällig einen Blick in Harrys Taschen werfen, würde man eine Quittung von einer fünf Meilen von seinem Haus entfernten Texaco-Tankstelle entdecken, dazu ein halbes Päckchen Juicy-Fruit-Kaugummi und ein Taschentuch mit den gestickten Initialen *HEF*.

Ich stellte meine Aktentasche auf den leeren Sitzplatz neben mir. Mein Vater hatte sie in Florenz eigens für mich anfertigen lassen: feines kastanienbraunes Leder mit einem Messingschloss. Er hatte sie mir zu meinem Abschluss an der Georgetown-Uni geschenkt, auf den Tag genau zweiundzwanzig Jahre nach seinem Abschluss in Georgetown. Nach einem stillen Abendessen mit Mutter im Club überreichte er sie mir unverpackt und sagte, er könne sich gut vorstellen, wie ich eines Tages damit in die Senatskanzlei gehen würde oder in den Supreme Court oder in die Anwaltskanzlei, die unseren Familiennamen trug. Damals wusste mein Vater allerdings noch nicht, dass ich schon in meinem vorletzten Studienjahr von einem Vorbereitungskurs für Jura auf Slawische Sprachen umgestiegen war.

Bereits im Sommer zuvor war ich mir sicher, dass ich nicht in die Kanzlei unserer Familie eintreten wollte. Aber ich hatte keine Ahnung, was ich stattdessen tun wollte, und fühlte mich ein wenig verloren. Hinzu kam der Tod meines älteren Bruders, und schon bald überschattete mich Niedergeschlagenheit wie eine Wolke, die über einen Sonnenbadenden hinwegzieht. Ich ging nicht mehr aus dem Haus, verlor den Appetit. Ich magerte erschreckend ab, und meine Haut nahm die Farbe eines schmutzigen Gehsteigs an. Doch weder meine Eltern noch der Arzt, mit dem ich auf ihr Drängen hin »einfach nur redete«, konnten mich aus dieser Düsternis befreien. Das vermochten erst *Die Brüder Karamasow*. Dann *Schuld und Sühne*, dann *Der Idiot* und alles andere, was Dostojewski je geschrieben hat. Er warf mir im Nebel ein Seil zu und zog mich daran Stück für Stück heraus. Wenn er schrieb, das Mysterium der menschlichen Existenz liege nicht darin, am Leben zu bleiben, sondern etwas zu finden, für das es sich lohne, am Leben zu bleiben, dachte ich: *Ja! Genau!* Und schon bald war ich so überzeugt, wie es nur ein junger Mann sein kann, dass tief in meinem Innersten eine russische Seele schlummerte.

Ich stürzte mich ins Studium der Großen. Auf Dostojewski folgten Tolstoi, Gogol, Puschkin und Tschechow. Als ich mit den Genies der Vergangenheit durch war, begab ich mich in den Untergrund zu jenen, die das große Rote Monster verworfen hatte: Ossip Mandelstam und Marina Zwetajewa und Michail Bulgakow. Und als ich im Herbst zur Universität zurückkehrte, war der Nebel zwar noch da, hatte sich aber ein wenig gelichtet. In diesem Semester verließ ich den Vorkurs Jura und schrieb mich für Russisch ein.

Sechs Jahre später transportierte meine Aktentasche keine juristischen Notizen oder Schriftsätze, sondern vielmehr den Hauptgrund meiner Sorgen: meinen eigenen unvollendeten Roman.

Ich nahm einen Schluck Whiskey und griff in die Aktentasche, als das Flugzeug abhob. Doch statt meines Romans nahm ich den eines anderen heraus: Jack Kerouacs *Unterwegs*. Man munkelte, er habe das Buch in einem dreiwöchigen, von Amphetamin befeuerten Rausch auf eine Rolle Papier geschrieben. Vielleicht war es das, was ich falsch machte. Vielleicht brauchte auch ich Drogen und Papierrollen. Ich schlug das Buch auf, las die ersten paar Sätze und klappte es wieder zu. Dann kippte ich meinen Drink herunter und nickte ein.

Als ich aufwachte, waren wir über dem Atlantik. Ich beschloss, dass es nun an der Zeit sei, mein Manuskript anzuschauen. Am Tag zuvor hatte ich nach einem frühen Abendessen mit Irina einen neuen Handlungsansatz versucht und Notizkärtchen an die Wand meines Schlafzimmers geheftet, um mir einen Überblick zu verschaffen, ob diese Abfolge einen Sinn ergeben könnte. Ich spürte, dass es beinahe eine echte Geschichte war, und dachte, ich sei womöglich dabei, ein richtiger Schriftsteller zu werden. Oder eben auch nicht.

Ich hatte nie jemandem von meinem Roman erzählt – oder davon, dass ich den Ehrgeiz hatte, Schriftsteller zu werden. Nicht meinen Eltern, nicht Irina, nicht einmal Henry Rennet, der seit unserer Zeit in Groton mein engster Freund war. Manche Leute hielten Henry für einen ehrgeizigen Schleimer, andere hielten ihn schlicht für ein Arschloch. Und vielleicht hatten sie recht. Aber er war für mich da, als mein Bruder gestorben war. Als die Monate nach Julians Tod sich so unendlich und grau wie eine russische Landschaft hinzuziehen schienen, saß Henry bei mir in meiner Wohnung und trank und redete mit mir, Stunde um Stunde.

Ursprünglich hatte ich geplant, meinen ersten Roman ein Jahr nach dem College zu veröffentlichen und alle damit zu überraschen. Meine Eltern sagten es nie, aber ich merkte, wie enttäuscht sie von mir waren, weil ich nicht ins Familienunternehmen eingestiegen war. Ein Roman wäre etwas, mit dem sie im Club bei ihren Freunden angeben könnten, eine Leistung, auf die sie tatsächlich stolz sein konnten.

Aber so kam es nicht. Im Sommer nach meinem Collegeabschluss fing ich hundert Romane an, kam aber nie über die ersten zwanzig Seiten hinaus. Doch immerhin gelang es mir, aus meiner Liebe zu Büchern einen Beruf zu machen – und aus der Tatsache, dass ich fließend Russisch sprach. Und mit meinen Verbindungen. Professor Humphries hatte mich in Georgetown angeworben. Er war einer von Frank Wisners alten Kumpeln aus dem OSS und kehrte nach dem Krieg auf seine Stelle als Professor für Slawische Sprachen zurück, wo er eine der besten Spürnasen wurde und neue Talente für die Agency auftat. Ich war nicht der Erste, den Humphries rekrutierte, und auch nicht der Letzte. Die höheren Etagen bezeichneten uns als »die Humphries-Boys«, ein Spitzname, der mich eher an einen A-cappella-Chor denken ließ.

Die Agency wollte ihre Ränge mit Intellektuellen auffüllen – jedenfalls wollten das diejenigen in der Firma, die auf eine langsame Veränderung ideologischer Überzeugungen setzten. Und sie glaubten daran, dass man das mit Büchern bewirken könne. Auch ich glaubte daran. Und so wurde es meine Aufgabe, Bücher zu finden, die die Sowjets in ein schlechtes Licht rückten: Bücher, die sie verboten hatten, Bücher, die ihr System kritisierten, Bücher, in denen die Vereinigten Staaten gleich einem fernen Leuchtturm erschienen. Ich wollte, dass die Menschen in die Lage versetzt wurden, sich ein kritisches Urteil über ein System zu bilden, das es dem Staat ermöglichte, jeden Schriftsteller, jeden Intellektuellen – verdammt noch mal, sogar jeden Meteorologen – umzubringen, der nicht mit der offiziellen Meinung konform ging. Gewiss, Stalin war tot, sein Leichnam einbalsamiert und hinter Glas verschlossen, aber die Erinnerung an seine Säuberungen blieb ebenso gut erhalten.

Gleich einem Verleger oder Lektor dachte ich ständig darüber nach, was wohl der nächste große Roman sein würde und wie ich ihn so schnell wie möglich in so viele Hände wie möglich weitergeben konnte. Der einzige Unterschied war, dass ich dabei keine Fingerabdrücke hinterlassen durfte.

Bei meiner Reise nach London ging es nicht um irgendein Buch; es ging um *das* Buch. Schon seit Monaten waren wir hinter *Doktor Shiwago* her. Wir hatten uns die erste gedruckte Ausgabe in italienischer Sprache verschafft und befunden, dass der Roman tatsächlich all das war, was von ihm behauptet wurde. Nun hielt man es für unabdingbar, das Manuskript im russischen Original zu bekommen, »falls es in der Übersetzung einen Teil seiner Wirkkraft verloren haben sollte«. Ich wusste nicht, ob diese Sorge mehr damit zu tun hatte, den größtmöglichen Eindruck auf die Sowjetbürger zu machen, oder mit dem Wunsch, die Worte des Autors in ihrer ganzen Reinheit zu bewahren. Ich wäre gern davon ausgegangen, dass es Letzteres oder zumindest ein bisschen von beidem war.

Nun war es meine Aufgabe, unsere Freunde, die Briten, davon zu überzeugen, uns ihr Exemplar in russischer Sprache zu übergeben – oder es uns zumindest eine Weile zu leihen. Wir hatten eine vorläufige Abmachung, aber die Briten verschleppten die Sache, möglicherweise, um Zeit zu schinden, weil sie erst herausfinden wollten, ob sie selbst etwas damit anfangen könnten. Ich wurde ins rauchige London geschickt, um die Sache in trockene Tücher zu bringen.

Nicht, dass es mir etwas ausmachte. Ich musste dringend einmal aus dem Sumpf heraus und einen klaren Kopf bekommen. Irina war in letzter Zeit auf Distanz zu mir gegangen, während ich uns bereits auf dem Weg zum Traualtar wähnte. Ich hatte sogar schon meine Mutter gebeten, mir den Ring meiner Großmutter herauszusuchen, um Irina zu Weihnachten einen Antrag zu machen. Aber nach ein paar abgesagten Verabredungen und dem Gefühl, dass irgendetwas nicht stimmte, war ich mir nicht mehr sicher, ob dies der nächste Schritt sein sollte. Wenn ich Irina danach fragte, schien das die Sache nur noch schlimmer zu machen. Ich war noch nie einer Frau wie ihr begegnet. Bis dahin hatte jedes Mädchen, mit dem ich je ausgegangen war, den Ehrgeiz gehabt, irgendwann den Ring meiner Großmutter am Finger zu tragen. Irina wollte, was auch ich wollte: in der Agency Karriere machen, respektvoll behandelt werden, ihre Aufträge gut erledigen und dafür Anerkennung finden. Sie war mir ebenbürtig, und sie forderte mich. Ich wusste, wenn ich eines der Mädels heiraten würde, mit denen ich damals im College ausgegangen war, würde ich mich schon vor der Geburt des ersten Kindes langweilen, und ich wollte nicht zum Klischee des Mannes von der Firma werden, der immer noch ein, zwei Frauen nebenher hatte.

Und sie war Russin! Wie ich alles Russische an ihr liebte, obwohl sie stets behauptete, amerikanischer als ich zu sein. Wenn ich in ihrer Souterrainwohnung selbstgemachte Pelmeni aß; wenn Mama – die vom ersten Tag an darauf bestanden hatte, dass ich sie so nannte – sich bei jeder Gelegenheit über meinen großbürgerlichen russischen Akzent lustig machte. Wie ich all das liebte.

Als sie sich von mir zurückzog, ich muss es zu meiner Schande gestehen, folgte ich ihr sogar ein, zwei, vielleicht drei Mal nach Hause – um zu sehen, ob sie sich mit einem anderen Mann traf. Was sie nicht tat. Und dennoch.

In jedem Fall war es gut, das einmal hinter mir zu lassen, und ich freute mich, dass mein Reiseziel London war. Ich liebte diese Stadt: Noël Coward im Café de Paris, Regenjacken, Regenmützen, Regenstiefel, Teddyboys, Teddygirls. Natürlich liebte ich auch die Literatur der Briten. Ich wünschte, ich könnte eine Woche bleiben und dem Haus einen Besuch abstatten, in dem H. G. Wells gestorben war, oder der Kneipe, in der Lewis Carroll mit Tolkien Bier getrunken hatte. Doch wenn alles nach Plan verlief, würde ich meine Aufgabe an einem einzigen Abend erledigen und säße am nächsten Morgen bereits im Flugzeug zurück in die Staaten.

~

Der Freund, mit dem ich mich treffen wollte, trug den Decknamen Chaucer, und eigentlich war er kein Freund. Ich kannte ihn, ja, und unsere Pfade hatten sich in Sachen Bücher bereits mehrere Male gekreuzt. Er war mittelgroß, von mittlerer Statur und so unauffällig, wie wir Spione stets zu sein anstreben. Die einzige Ausnahme waren seine Zähne, die so weiß und gerade waren, dass man hätte meinen können, er sei in Scarsdale und nicht in Liverpool aufgewachsen. Je nach Umgebung bediente er sich verschiedener Akzente: Er redete mit den Vornehmen vornehm, unter Arbeitern wie ein Arbeiter und mit irischem Akzent, wenn er mit Rothaarigen sprach. Die Leute fanden ihn charmant, ich ertrug ihn jedoch kaum länger als eine Stunde.

Chaucer kam zwanzig Minuten zu spät zu unserem Treffen im George Inn. Ich war mir sicher, dass es irgendein Scheißpsychotrick des MI6 war, mich warten zu lassen. Es hätte mich nicht überrascht, wenn ich erfahren hätte, dass er vor mir angekommen war und dann von weitem beobachtet hatte, wie ich den Pub betrat, dass er auf seine Taschenuhr – auf jeden Fall eine Taschenuhr – geschaut hatte und zwanzig Minuten abgewartet hatte, ehe auch er eintrat. Sie spielten immer solch kleinliche Spielchen und erinnerten uns niedere Amerikaner gern bei jeder Gelegenheit daran, dass die Briten uns Hunderte von Jahren voraushatten, in denen sie dieses Handwerk perfektioniert hatten. Chaucer würde sagen, er sei schon im Spiel gewesen, als ich noch Windeln trug.

Man munkelte, dass MI6 *Shiwago* im russischen Original in die Finger bekommen hatte, als ein Flugzeug mit Feltrinelli an Bord zu einer vorgetäuschten Notlandung in Malta gezwungen wurde. Agenten, die sich als Flughafenangestellte ausgaben, hätten Feltrinelli angeblich aus dem Flugzeug geleitet, während ein weiterer Agent das Manuskript fotografierte. Ich wusste nicht, ob das stimmte, aber es war eine verdammt gute Story.

Ich saß an dem Zweiertisch unter dem Kopf eines glasäugigen Hirsches und kippte zwei irische Whiskeys – das war dann wohl mein Psychospielchen. Der Barmann knallte mir gerade mein Fish and Chips mit Erbsenpüree hin, als Chaucer aus dem Regen hereinkam, den Kragen seines schwarzen Mantels bis zu den Ohren hochgeschlagen. Er nahm den Hut ab und schüttelte ihn, wobei er zwei französische Touristen nassspritzte, die bei der Tür saßen. Er nickte ihnen entschuldigend zu und kam dann schwerfällig zu mir herüber. Ich nahm zur Kenntnis, dass er seit unserem letzten Treffen einige Kilo zugelegt hatte, während er zur Kenntnis nahm, dass ich ihn vom Scheitel bis zur Sohle musterte. »Du machst ja nicht mehr viel her«, sagte er.

»Danke, ebenso.«

Er hielt seine Linke in die Höhe. »Bin jetzt verheiratet.«

»Das erklärt manches.«

»Der berüchtigte trockene Yankee-Humor. Wie mir das gefehlt hat.« Er setzte sich. »Ich habe gehört, du bist jetzt auch verlobt.«

»Noch nicht, aber ich trinke trotzdem darauf.« Ich erhob mein Glas und kippte meinen Whiskey.

»Noch ein Glas von der irischen Plörre?« Ehe ich antworten konnte, stand er schon auf und ging zur Bar. Er brachte zwei Gläser Bier mit und reichte mir eines.

»Bushmills ist nicht mehr im Angebot«, sagte er. »Du weißt, dass Dickens oft hierhergekommen ist.« Er langte nach einer durchweichten Fritte auf meinem Teller und deutete damit ans andere Ende des Schankraums. »Da hat er immer gesessen. Hat sogar darüber geschrieben. In *Bleak House.*«

»Das habe ich tatsächlich mal irgendwo gelesen.«

»Natürlich. Wie sagt ihr Amerikaner noch? *Allzeit bereit.*«

»Das sind die Pfadfinder. Und der Roman von Dickens, den du meinst, ist *Klein Dorrit.*«

»Ja!«, erwiderte er und lehnte sich auf seinem Stuhl zurück. »Schlaues Kerlchen. Ich habe unsere Wortgefechte vermisst.« Er seufzte. »Aber sieh dir diese Kneipe an. Nur noch wir Touristen, Bier mit zu viel Schaum und matschige Fritten.« Er nahm sich noch eine. »Apropos große Werke: Wie kommst du mit deinem voran?«

Ich war nicht überrascht, dass er von meinen fruchtlosen Ambitionen wusste. Schließlich wusste ich auch so einiges über ihn – zum Beispiel, dass er tatsächlich kürzlich geheiratet hatte, aber bis auf eine zweiwöchige Pause für die Flitterwochen auf den Bermudas weiterhin mit seiner langjährigen Sekretärin Violet schlief. Es ärgerte mich nur, dass er mit meiner größten Schwäche vertraut war. »Sehr gut, danke der Nachfrage«, antwortete ich.

»Na wunderbar«, sagte er. »Ich kann es kaum abwarten, es endlich zu lesen.«

»Du bekommst ein signiertes Exemplar.«

Er legte die Hand aufs Herz. »Ich werde es in Ehren halten.«

»Da wir gerade von Büchern reden«, sagte ich, weil ich zum Punkt kommen wollte. »Hast du in letzter Zeit was Gutes gelesen?«

»*Diamantenfieber*. Kennst du das? Verdammt großartig.«

»Nicht mein Geschmack.«

»Bist eher der Fitzgerald-Typ, nehme ich an.«

»Verglichen mit Fleming?«

»Fitzgeralds Daisy, die kann sich sehen lassen – was für ein Mädel! Hab mich fast selbst in sie verliebt.«

»Ich glaube, Männer sind eigentlich mehr in Gatsby verliebt, als sie gern zugeben möchten.«

»Na, verliebt vielleicht nicht gerade. Aber wir wollen wie er sein. Alle Männer – und übrigens auch alle Frauen – sehnen sich doch insgeheim nach der großen Tragödie. Das überhöht ihre eigenen Erlebnisse, es macht die Menschen interessanter. Findest du nicht auch?«

»Nur privilegierte Menschen finden Tragödien romantisch.«

Er klatschte sich auf die fleischigen Oberschenkel. »Ich wusste, dass wir was gemeinsam haben!«

Mein Fisch lag kalt auf dem Teller, die Panade war matschig vor Fett, aber trotzdem schnitt ich bedächtig ein Stück ab und schluckte es herunter. »Ich suche noch Lektüre für den Rückflug. Kennst du hier in der Gegend einen guten Buchladen?«

Er stand auf, kippte den Rest seines Biers herunter und wischte sich mit dem Jackenärmel den Schaumbart vom Mund. »Lust auf ein Spielchen?« Wir gingen in den hinteren Bereich des Pubs. Ich war ein schrecklich schlechter Darts-Spieler, schlug ihn jedoch mit Leichtigkeit, was ich so interpretierte, dass er bereit war, mit mir ins Geschäft zu kommen.

»Nun ja«, meinte er, nachdem ich ihn noch einmal geschlagen hatte. »Sieht aus, als wäre ich ein bisschen aus der Übung.« Er zog seine Taschenuhr hervor, und ich musste unwillkürlich lächeln, weil ich richtig vermutet hatte. »Ich muss los. Ich begleite das kleine Frauchen zu Tschechows *Onkel Wanja* im Garrick.«

»Ich liebe gute russische Dramen«, sagte ich.

»Wer nicht?«

»Gute Kritiken?«

»In London wird es bald abgesetzt, kommt aber nächstes Jahr in die Staaten. Du weißt ja, wie es läuft. Wir Briten testen die Dinge gern, ehe wir sie euch Leutchen übergeben.«

Endlich ging es voran. »Wann ist dort Premiere?«

»Anfang Januar.« Er zog den Mantel an und setzte den Hut auf. »Aber sie haben noch kein Datum festgelegt.«

»Dezember wäre ideal. Ich schaue mir gern während der Feiertage ein gutes Stück an.«

»Den Zeitplan lege allerdings nicht ich fest«, meinte er.

»Ich halte die Augen danach auf.«

»Da bin ich mir sicher.«

Er machte sich auf den Weg, eilte durch den Regen zu einem Auto, das mit laufendem Motor vor dem Pub stand. Ich ging wieder hinein und bestellte mir einen weiteren Bushmills. Dann zahlte ich – Chaucer hatte mir natürlich die Zeche überlassen.

Sobald ich aus dem Pub trat, begann es in Strömen zu gießen. Ich kam triefnass in meinem Hotel an und hinterließ am Empfang eine Nachricht, dass keine Anrufe in mein Zimmer durchgestellt werden sollten. »Falls jemand anruft, sagen Sie, dass ich Jetlag habe und meine Ruhe brauche«, erklärte ich. Mit diesem Code teilte ich der Agency mit, dass wir das russische Manuskript von *Shiwago* so gut wie in der Tasche hatten.

Kapitel 15

DIE SCHWALBE

Der Dezember kam, und eine Schicht Neuschnee bedeckte den District. Am Tag nach meiner Rückkehr aus Mailand hatte ich *Il dottor Živago* in dem verabredeten Beichtstuhl in St. Patrick's deponiert und war am folgenden Tag zur Nachbesprechung in eines der temporären Büros gegangen. Ich erzählte Frank alles: wer dort gewesen war, was die Presse geschrieben und welche Gesprächsfetzen ich mitgehört hatte und – am wichtigsten – was Feltrinelli in seiner Rede gesagt hatte. Ich ging mit ihm alle Einzelheiten durch, nur die Begegnung mit dem Mann, der es geschafft hatte, seine Visitenkarte in mein Exemplar des Romans zu schmuggeln, ließ ich unerwähnt. Als ich nach Hause kam, hatte ich die Karte aus meinem Zigarettenetui genommen und unter einer losen Kachel in meinem Badezimmer versteckt. Geheimnisse waren in Washington so gut wie eine Lebensversicherung, und eine Frau brauchte immer ein paar in der Hinterhand.

Irina und ich verabredeten uns am Reflecting Pool, um Schlittschuh zu laufen und dann bei mir zu Abend zu essen. Nachdem wir uns bei einem Mann mit einer Skimaske Schlittschuhe geliehen hatten, trotteten wir durch den Schnee auf die Eisbahn zu, schafften es aber gar nicht bis aufs Eis. Denn sobald wir auf den Stufen des Lincoln-Denkmals saßen und unsere Stiefel aufschnürten, platzte

Irina damit heraus: Teddy hatte ihr einen Heiratsantrag ge-macht. Sie erzählte mir nicht, dass sie ja gesagt hatte, aber das war auch nicht nötig. Während sie sprach, heftete sie ihren Blick auf das Washington Monument und drehte sich kein einziges Mal zu mir um.

Ich hatte immer gewusst, dass es vielleicht so kommen würde. Ich hatte andere gekannt, die sich verlobt hatten, die geheiratet und sogar Kinder bekommen hatten, um sich zu tarnen, um der Verhaftung zu entgehen, um ein »nor-males« Leben zu führen. Verdammt, ich selbst hatte ein, zwei Mal mit dem Gedanken gespielt. Und nachdem ich aus Italien zurückgekehrt war, hatte ich ein Dutzend Mal ver-sucht, der Sache mit ihr ein Ende zu machen, aber ein Dut-zend Mal wurde ich nur tiefer hineingezogen. Ich hatte es immer gewusst – und dennoch.

Nichts hätte mich auf den Augenblick vorbereiten können, als ich hörte, wie ihr die Worte aus dem Mund sprudelten. Es war, als hätte jemand einen der Grundsteine meines Fundaments entfernt, und ich war mir nicht sicher, wann ich zusammenbrechen würde. Im Augenblick gelang es mir noch, mich aufrecht zu halten. So ruhig zu bleiben, wie man es mir in meiner Ausbildung beigebracht hatte. Ich gratulierte ihr, sagte, ich würde liebend gern eine Ver-lobungsfeier für das glückliche Paar organisieren. Verdutzt erwiderte sie, das sei nicht nötig, und ihre Stimme war so klein wie ein Komma. Als ich Irina sagte, ich hätte nun doch keine Lust zum Schlittschuhlaufen, ich hätte Kopfweh und sollte wohl besser nach Hause gehen, stand sie auf und ließ mich auf den kalten Stufen sitzen. Ich schaute ihr hinter-her, wie ihr roter Hut ein immer kleinerer Punkt in der wei-ßen Landschaft wurde.

An diesem Abend tauchte Irina vor meiner Tür auf, immer noch fürs Schlittschuhlaufen gekleidet. Sie sah aus, als sei sie durch die Gegend gelaufen, seit sie mich auf der Treppe hatte sitzen lassen – ihre Nase war gerötet, ihr Körper bibberte verfroren. Sie drängte sich an mir vorbei in die Wohnung, zog sich Stiefel, Hut, Schal und Mantel aus. Als ich ihr sagte, ich habe geschlafen und glaube, dass ich eine Erkältung ausbrütete, und sie solle mir lieber nicht zu nah kommen, umfing sie mein Gesicht mit ihren kalten Händen. »Hör zu«, sagte sie, dann nichts weiter. Sie küsste mich, ihre Lippen wurden eins mit meinen, bis wir nahtlos miteinander verbunden waren. Dieser Kuss trieb mir die Tränen in die Augen, und als sie sich zurückzog, empfand ich ein Gefühl des Verlusts. »Hör zu«, wiederholte sie. Nach diesen Worten wollte ich den Blick abwenden, aber sie ließ es nicht zu. Sie trat noch näher an mich heran, stand mit ihren bestrumpften Zehen auf meinen. Sogar ohne Absätze war sie einen halben Kopf größer als ich, und sie hielt mein Gesicht umfangen, als müsse sie jede Einzelheit genau betrachten.

Sie küsste mich erneut, ließ dann ihre kalten Hände in meinen Morgenmantel gleiten. Ihre Selbstsicherheit erstaunte mich. Spielte sie eine neue Rolle, oder war sie tatsächlich eine andere Frau geworden, und ich hatte es nur nicht bemerkt?

Meine Beine begannen zu zittern, und ich sank auf dem rosafarbenen Teppich in die Knie. Sie folgte mir. Nun stand mein Morgenmantel offen, sie küsste meinen Bauch, und meinem Mund entfuhr ein merkwürdiges kleines Geräusch, das mich verlegen werden ließ. Sie lachte, und das brachte auch mich zum Lachen. »Wer bist du?«, fragte ich. Sie antwortete nicht, konzentrierte sich darauf, die Linie meines Beckenknochens nachzufahren. Vielleicht war es umgekehrt. Vielleicht erkannte *ich* mich nicht wieder.

Sonst war stets ich diejenige, die beim Sex die Oberhand behielt. Ich wägte die Reaktionen meiner Partner ab und bewegte mich entsprechend, posierte und stöhnte. Das hier war anders. Sie erwartete gar nichts von mir. Und ich war völlig machtlos.

Ich dachte noch immer, wir würden jeden Augenblick aufhören – sie würde wieder zu Sinnen kommen, ich würde wieder zu Sinnen kommen. Sie würde sich zurückziehen. Als ich das aussprach, sagte sie, es sei zu spät. »Es gibt kein Zurück mehr.«

Sie hatte recht. Es war, als sähe ich zum ersten Mal einen Film in Technicolor: Die Welt war wie immer, und dann änderte sich alles.

Wir schliefen auf dem Teppich ein, meinen Morgenmantel als Decke, meine Brust als ihr Kissen. Erst die Geräusche und Düfte der morgendlich geschäftigen Bäckerei unten weckten mich auf. Ich ging ins Badezimmer, um mir Wasser ins Gesicht zu spritzen und die Haare zu bürsten. Das Morgenlicht, das durch das kleine Fenster über meiner Dusche hereindrang, schien mir zu grell, mein Bild im Spiegel ein Misston. Ich dachte an Irina und Teddy – wie ihre Hochzeit sein würde, wie sie aussehen würde, wenn sie zum Altar schritt. Und meine neue Technicolor-Welt wurde wieder schwarz-weiß.

Als ich aus dem Bad auftauchte, war Irina in der Küche und blickte in den Kühlschrank. Sie nahm einen Karton Eier heraus und fragte, wie ich sie gern mochte.

»Wie mag Teddy seine?«

Sie sagte nichts. Ich fragte sie noch einmal, und sie nahm meine Hand und erwiderte, es werde uns eine Lösung einfallen. Sie sagte, dass sie mich liebte, und ich zog mich von ihr zurück, statt ihr mit der Wahrheit zu antworten – dass ich sie auch liebte –, und behauptete, ich hätte keinen Hunger und sie solle vielleicht besser gehen. Und das tat sie.

Gefrierender Regen am letzten Abend des Jahres. Ich stand in meiner Küche und packte ein in Folie gewickeltes Päckchen aus, das einem Schwan ähnelte, und wärmte mir in der Pfanne die Reste eines Filet Mignon auf, das ich mir zu Weihnachten gegönnt hatte. Ich öffnete das Fenster zur Feuerleiter und holte die Flasche 1949er Dom Pérignon herein, die mir Frank als Dank für den Job in Mailand geschenkt hatte.

Ich aß im Stehen vor dem Ofen, um mir den Rücken zu wärmen, und der Champagner war so köstlich, wie Frank es versprochen hatte.

Früher am Tag war ich in die Vormittagsvorstellung von *Die Brücke am Kwai* gegangen. Aber es war mir schwergefallen, mich zu konzentrieren, und ich verließ das Kino, bevor der Film zu Ende war. Der Himmel wurde bereits dunkel, und es hatte zu regnen angefangen. Als ich zu Hause ankam, war die weiße Weihnacht längst zu braunem Schneematsch zusammengeschmolzen. Der Schneemann, den ein paar Kinder im Park auf der anderen Straßenseite gebaut hatten, war zu festem Eis geronnen, und jemand hatte seine Möhrennase durch eine Zigarette ersetzt, sein Schal war weg. Ich hasste Silvester.

Um alles noch schlimmer zu machen, war es in meiner Wohnung klapperkalt – ich sah meinen Atem in Wolken in der eisigen Luft, die Heizkörper fühlten sich an, als seien sie noch nie warm gewesen. Ich verfluchte meinen Vermieter, einen Mann, dem die Hälfte der Gebäude im ganzen Block gehörte, der jedoch zu geizig war, um einen Hausmeister einzustellen.

Ich ließ mir ein heißes Bad ein und versank darin, achtete sorgfältig darauf, dass mein Haar nicht nass wurde. Als das Wasser nur noch lauwarm war, drehte ich mit den Zehen den Heißwasserhahn auf, wiederholte das noch zweimal, ehe ich endlich aus der Wanne stieg. Zum Schutz vor der klirrend kalten Luft hüllte ich mich in meinen übergroßen Frotteebademantel. Ich wollte nur noch ins Bett gehen und schlafen, während im Radio Guy Lombardo das Jahr 1958 einläutete. Aber das konnte ich nicht. Ich musste mich anziehen, mich schminken und etwas essen, ehe das schwarze Auto vorfuhr, um mich in einer Stunde zu der Party zu bringen. Ich musste arbeiten.

❧

Bei der Nachbesprechung meiner Mailandreise mit Frank hatte er erfreut, aber irgendwie unaufmerksam gewirkt, als würde er die Einzelheiten bereits kennen – was wahrscheinlich sogar stimmte. Es schien ihm nichts auszumachen, dass ich nicht näher an Feltrinelli herangekommen war. Zunächst dachte ich, er teilte vielleicht meine Einschätzung, dass ich möglicherweise nicht mehr das hatte, was man in diesem Job brauchte; doch anstatt mich höflich hinauszukomplimentieren, sagte er, ich könne ihm noch bei einer anderen Sache helfen.

»Sie könnten mir einen Gefallen tun.«

»Alles, was Sie wollen.«

❧

Der Regen ließ gerade nach, als mein schwarzes Auto vorfuhr. Ich hüllte mich in meinen schwingenden weißen Mohairmantel, ließ den Pelz im Schrank, wie immer, seit Irina mir erzählt hatte, dass ihr Pelze nicht geheuer waren. »Die armen Tiere«, hatte sie gesagt, wobei sie mit der Hand über meinen Ärmel gestrichen hatte.

Der Fahrer hatte die Schirmmütze aus Lackleder in der einen Hand und hielt mir mit der anderen die Wagentür auf. »'n Mädel wie Sie hat zu Silvester keinen Begleiter?«

Ich ließ mich auf den Rücksitz gleiten.

Der District rauschte vorüber, eine dünne Mondsichel war in den schmalen Zwischenräumen zwischen den Gebäuden zu sehen. Ich fragte mich, ob Irina da, wo sie war, auch den Mond sehen konnte. Sie verbrachte die letzte Nacht des Jahres mit Teddy und seiner reichen Familie in deren Chalet in den Green Mountains. Irina konnte nicht einmal Ski fahren. Ich hoffte, dass es dort bewölkt war und der gefrierende Regen es bis nach Vermont hinaufgeschafft hatte.

Die Silvesterparty war in The Colony, einem französischen Restaurant in der Innenstadt, das als eines der besten in D. C. galt, was allerdings nicht viel zu bedeuten hatte. Der Gastgeber war ein Diplomat aus Panama, und die Party war eigentlich eine Büroparty ohne Büro. Es war eine Veranstaltung für den innersten Kreis, nur für geladene Gäste. Die ganze Bande würde dort sein: Frank, Maury, Meyer, die Brüder Dulles, die Grahams, einer der Brüder Alsop, alle aus der Georgetown-Clique. Aber ich war nicht hier, um mich mit ihnen zu unterhalten. Ich hatte etwas anderes zu erledigen.

Den Flachreliefstatuen mythologischer Gestalten an den Wänden des Speiseraums hatte man Partyhüte aufgesetzt, die Lounge mit silbernen Luftschlangen und goldenem Lametta geschmückt. Ein mit weißen Luftballons gefülltes Netz wartete über den Köpfen der Tanzenden darauf, dass die Uhr zwölf schlagen würde. Über der großen Bar hing ein Transparent: WIR KÖNNEN ES KAUM ERWARTEN! 1958! Eine Band mit einer in Satin gehüllten Sängerin spielte vor einer riesigen Uhr, deren Zeiger man auf zehn gestellt hatte. Als ich dem Mädchen an der Garderobe meinen Mantel gab, reichte mir eine wie eine Tänzerin der Rockettes angezogene Kellnerin mit einem winzigen Zylinder auf dem Kopf ein silbernes Tablett, auf dem eine Auswahl an Lärminstrumenten und flotten Hütchen bereitlag. Ich wählte eine Trompete mit metallisch violetten Fransen, verzichtete jedoch auf einen Hut.

»Bist du etwa nicht in Feierstimmung, Mädel?«, fragte Anderson hinter mir. Er trug zwei spitze Hüte wie Teufelshörner auf dem Kopf, und die Gummis schnitten ihm ins Doppelkinn. Er hatte sein Jackett bereits abgelegt, und der Rücken seines Smokinghemds war durchscheinend vor Schweiß.

»Hat das Neujahrsbaby dieses Jahr wieder einen Auftritt?«, erkundigte ich mich und bezog mich auf die Silvesterparty damals in Kandy, bei der er sich bis auf einen weißen Lendenschurz entblättert, sich einen riesigen Schnuller in den Mund gesteckt und eine Flasche Rum an sich gedrückt hatte.

»Wer weiß, der Abend ist noch jung.«

»Apropos Feierstimmung, wo kann man hier was zu trinken bekommen?« Ich war schon aufgewärmt von den drei Gläsern Dom Pérignon, die ich zu Hause getrunken hatte, und dieses Gefühl sollte nicht nachlassen. Ich wollte meine Gedanken an Irina in Schach halten, zumindest zeitweise.

Anderson reichte mir sein halbvolles Glas Punsch. »Ladies first.«

Ich kippte es herunter, trötete ihm mit meiner Trompete ins Ohr und winkte einen Kellner mit einem frischen Tablett Drinks heran. Anderson fragte mich, ob ich tanzen wolle, und ich vertröstete ihn auf später. Auf der anderen Seite der Tanzfläche hatte ich bereits den Mann gesichtet, den ich laut Franks Auftrag besser kennenlernen sollte.

Ich sah Anderson hinterher, wie er zu einem Tisch voller Leute zurückging, die ihn lautstark begrüßten, wandte dann meine Aufmerksamkeit meinem Mann zu. Henry Rennet stand schräg gegenüber der Bühne und hörte zu, wie ein Eartha-Kitt-Verschnitt »Santa Baby« sang. Ich umrundete Andersons Tisch, ging am Rand der Tanzfläche entlang und suchte mir ein Plätzchen auf der anderen Seite der Bühne, Henry genau gegenüber. Dann wartete ich. Die Band kam ans Ende des Songs, und die Sängerin tänzelte zur Uhr herüber und bewegte die Zeiger auf halb elf, was die Menge jubeln ließ. Henry lachte leise, erhob aber doch sein Glas auf die letzten anderthalb Stunden des Jahres 1957. Dann schaute er zu mir.

❧

Was ich über Henry Rennet wusste: Einer von denen aus Yale. In Long Island aufgewachsen, sagte jedoch, wenn man ihn danach fragte, »in der City«. Erst fünf Jahre und drei Monate bei der Agency, wo sein kometenhafter Aufstieg in der SR Misstrauen erregte. Er lebte allein in einer von seinen Eltern finanzierten Einzimmerwohnung auf der anderen Seite der Brücke in Arlington. Ein sprachbegabter Mann: fließend in Russisch, Deutsch und Französisch. Hatte das Jahr zwischen Yale und der Agency »als Rucksacktourist« in Europa verbracht, sprich war auf Papas Kosten von einem Fünf-Sterne-Hotel zum anderen gereist. Orangerotes

Haar, Sommersprossen, Stiernacken, aber mehr Erfolg bei
Frauen, als man meinen würde. War bereits mit zwei Mädels aus dem Schreibpool, von denen keine von der anderen
wusste, ausgegangen – in der großzügigsten Auslegung dieses Begriffs. Bester Freund von Teddy Helms, aus Gründen,
die Irina nicht verstand. Aber ich verstand sie. Diese Jungs
von den Ivy-League-Unis hielten immer zusammen.

Eine andere Geschichte mit Henry Rennet – und der
Grund für meine Anwesenheit auf dieser Party – war, dass
Frank vermutete, er könnte ein Maulwurf sein. Vor einigen Monaten hatte mir Frank zum ersten Mal von seinem
Verdacht erzählt, kurz nachdem er mich für das Buchprojekt angeworben hatte, und ich hatte ein paar Fühler aus-
gestreckt. Als ich aus Italien zurückgekehrt war, bat er mich
dann, Henry besser kennenzulernen.

Klar, alle Männer bei der Agency hatten Riesenegos –
aber gewöhnlich prahlten sie nur mit ihren Heldentaten,
wenn sie unter sich waren. Henry hingegen hatte die Sorte Ego, die ihn in Schwierigkeiten bringen konnte. Er galt
als Maulheld. Das und sein allseits bekanntes Alkoholpro-
blem reichten aus, um ein paar Warnsignale schrillen zu
lassen.

Ich erwähnte es nie, und ich hoffte, dass die Gerüchte nicht stimmten, aber ich hatte ebenfalls rumoren hören, dass man Franks geistige Leistungsfähigkeit in letzter
Zeit in Frage gestellt hatte – manche meinten, er wäre nach
der verpatzten Ungarn-Mission nicht mehr der Alte, manche schrieben seine Obsession mit der Suche nach einem
sowjetischen Maulwurf seiner schwindenden Kompetenz
zu.

Nach ein bisschen Plauderei bei der Bühne, ein paar Runden über die Tanzfläche und zwei Gläsern Punsch schlug Henry vor, wir sollten uns ein ruhiges Eckchen suchen, um uns zu unterhalten. Die Sängerin hatte die Zeiger der Uhr bereits auf Viertel vor zwölf gerückt, und die Menge machte sich mit Knallfröschen, Ratschen und aufgefüllten Gläsern für Mitternacht bereit. Wir schlichen uns davon, und im Weggehen zog Henry eine Flasche Champagner aus einem silbernen Kübel. »Für uns ganz privat«, sagte er und hielt den Champagner in die Höhe wie eine Trophäe.

»Wohin gehen wir?«

Henry antwortete nicht, ging mir zwei Schritte voraus. Normalerweise übernahm ich die Führung. Doch als ich meine Schritte beschleunigte, stolperte ich über eine Welle im Teppich und ging zu Boden. Henry half mir auf, und mir schoss das Blut in den Kopf, als ich wieder stand.

»Sag bloß, dass ein Mädel wie du nichts verträgt?«

»Ich hab kein Problem damit, vielen Dank.«

Er hob die Flasche erneut in die Luft. »Gut.« Er schaute auf die Uhr. »Sieben Minuten bis Mitternacht.« Er legte mir den Arm um die Taille, sein Daumen grub sich mir in den Rücken, und er führte mich zum Ausgang.

»Ich habe meinen Mantel nicht dabei«, sagte ich ihm.

»Oh, wir gehen nicht raus.«

Wir kamen am Portier vorüber, der schlapp auf seinem Hocker neben der Tür hockte und sich auch das eine oder andere Schlückchen gegönnt zu haben schien. Henry nahm mich bei der Hand und begann mit mir in eine Ecke zu tanzen. Sein Atem roch wie der Fußboden einer Bar, und ich wusste, dass er möglicherweise betrunken genug war, um geschwätzig zu werden. Ich rückte seine Krawatte zurecht – ein schmales, hässliches Ding – und schaute zu dem Portier, der so tat, als beobachtete er uns nicht. »Ich dachte, wir wollten uns ein ruhiges Eckchen zum Reden suchen?«

Er griff hinter mich, und die Wand verwandelte sich in eine Tür. »Na, wer hätte das gedacht?«, meinte er und bugsierte mich rückwärts in einen nicht benutzten Garderobenraum. Der winzige Raum war leer, außer ein paar weißen Angestelltenuniformen auf Drahtkleiderbügeln, einem kaputten Stuhl und einem alten Staubsauger.

»Nicht gerade das gemütliche Plätzchen, das mir vorgeschwebt hatte.«

»Ich weiß, dass ein Mädel wie du«, sagte er und deutete mit der Champagnerflasche auf den kaputten Stuhl, »ein eleganteres Umfeld gewohnt ist. Aber ruhig ist es hier, oder?« Er öffnete die Flasche mit einem Knall, der Korken landete in einem leeren Hutfach, und Henry nahm einen Schluck. »Und abgeschieden.«

Er bot mir die Flasche an, aber ich lehnte ab, weil ich das Gefühl hatte, nur einen Schluck davon entfernt zu sein, die Kontrolle zu verlieren. »Um Mitternacht.«

Er schaute erneut auf die Uhr und klopfte auf das Glas. »Noch drei Minuten.«

»Irgendwelche guten Vorsätze?«, fragte ich.

»Nur das.« Er legte seine verschwitzte Hand an meine Wange und beugte sich zu mir, um mich zu küssen. Ich machte einen Schritt zurück und streifte mit dem Kopf die Kleiderstange hinter mir.

»Rede erst mit mir«, verlangte ich.

»Du bist wunderschön.« Er rückte wieder vor.

Ich schob ihn mit dem Zeigefinger von mir. »Da musst du dir noch ein bisschen mehr Mühe geben.«

Er kicherte auf eine Art, die mich innerlich zusammenzucken ließ. »Das gefällt mir. Ich liebe Herausforderungen.«

»Erzähl mir was … Interessantes.« Ich hielt seinem Blick stand, ein alter Trick, wenn man Leute zum Reden bringen will.

»Ich? Ich bin doch ein offenes Buch.« Er schaute zur Decke und atmete aus. »Ich glaube, die mit den Geheimnissen bist du.«

»Jede Frau hat ihre Geheimnisse.«

»Stimmt. Aber deines kenne ich zufällig.«

Mein Mund war staubtrocken, meine Zunge schwer wie ein Sandsack. »Und das wäre?«

»Soll ich es dir sagen?«

»Sag's mir.«

»Du glaubst doch nicht, dass ich nicht weiß, warum du mich angemacht hast?«, meinte er. »Du hast dich ganz zufällig plötzlich für einen Mann interessiert, der, sagen wir mal, ein Jahrzehnt jünger ist als du? Ich weiß, dass du Leute über mich ausgefragt hast. Darüber, ob ich loyal bin.«

Ich sah zur Tür.

»Was du nicht weißt, ist, dass ich hier mehr Freunde habe als du.«

Ich war ihm voll in die Falle gelaufen, war zu abgelenkt gewesen und zu betrunken, um es zu bemerken. Ich wollte gehen, aber er versperrte mir den Weg. »Ich werde schreien.«

»Dann denken die, dass du deinen Job gut machst.«

Ich stieß ihn von mir weg, und er stieß mich zurück. Mein Kopf prallte mit überraschender Gewalt gegen die Metallkleiderstange. Ehe ich mich bewegen konnte, drückte er seinen Körper gegen meinen und presste seinen Mund so hart auf meine Lippen, dass ich Blut schmeckte, als er sich zurückzog. Ich versuchte ihn wegzustoßen, aber er machte es nur noch einmal, drängte mir seine Zunge in den Mund. Als ich versuchte, ihm das Knie in den Schritt zu rammen, fegte er meine Beine unter mir weg. Ich ging zu Boden. Er kam hinterher. Ich versuchte aufzustehen, aber er riss mir mit Gewalt die Hände über den Kopf und hielt sie mit einer Hand fest. Ich schrie, aber das wurde vom Lärm der Menge auf der anderen Seite der Tür übertönt, die den Countdown bis Mitternacht zu zählen begonnen hatte. *Dreißig!* Ich hörte, wie mein Kleid an der Seite aufriss. »Das ist es doch, was du tust, nicht wahr? Wofür sie dich einsetzen?« *Dreiundzwanzig!* Ich spuckte ihm ins Gesicht, und er wischte sich die Spucke mit einem Grinsen weg, das ich ihm am liebsten mit einem Ziegelstein ausgelöscht hätte. Er drückte seine Stirn an meine. *Vierzehn!* »Und die anderen Gerüchte stimmen doch sicher auch, oder?« Sein Atem war heiß und sauer. »Dass du vom anderen Ufer bist? Wäre zu schade, wenn das rauskäme.« *Drei! Zwei! Eins!*

Die Menge brüllte »*Prosit Neujahr!*«, und die Band begann »Auld Lang Syne« zu spielen. Ich schloss die Augen und dachte an die L-Pillen, die man uns damals in Kandy mit unserer Überlebensausrüstung gegeben hatte. Sie waren weiß und oval, von einer dünnen Glasröhre umhüllt, die von braunem Gummi umgeben war. Wenn nötig, sollten wir daraufbeißen, das Glas zerbrechen und so das Gift freisetzen. Danach hörte der Herzschlag innerhalb von Minuten auf; der Tod trat schnell und angeblich schmerzlos ein. Es ist mir damals nie in den Sinn gekommen, dass man mich je so weit vom Schlachtfeld entfernt erwischen könnte.

Er ließ mich in der Garderobe zurück. Ich dachte nicht daran aufzustehen. Ich dachte nicht daran, dort hinauszukriechen. Ich dachte nicht daran, Hilfe zu holen. Ich wollte überhaupt nicht denken. Ich wollte nur schlafen.

Er kam mit meinem Mantel zurück. Anderson und seine Frau gingen gerade, als wir aus der Garderobe kamen – Henry zuerst, ich taumelnd ein paar Schritte hinter ihm. Aber Anderson trat nicht näher, rief nicht »Frohes neues Jahr«, sagte gar nichts. Er sah nur mein verschmiertes Makeup und mein zerrissenes Kleid an und sprach kein Wort.

Henry hatte recht. Ich bedeutete denen nichts. Nicht einmal Anderson konnte mich ansehen. Ich war nicht ihre Kollegin, nicht ihresgleichen. Ganz sicher war ich nicht ihre Freundin. Sie hatten mich alle benutzt. Die ganze Zeit hatten sie mich benutzt. Frank, Anderson, Henry, alle. Und ich war mir sicher, sie würden es weiter tun, bis mein Honig eingetrocknet war.

Henry setzte mich in ein Auto, küsste mich wie ein Gentleman auf die Wange und wies den Chauffeur an, vorsichtig zu fahren.

Der Fahrer geleitete mich zur Tür, und ich klammerte mich an das Geländer, als ich die Stufen zu meiner Wohnung hinaufging. Ich spürte Henry noch immer. Ich roch ihn noch immer.

In der Wohnung war es unverändert kalt. Die halbe Flasche Dom Pérignon stand wie zuvor auf meinem gläsernen Sofatisch neben dem leeren Schwan aus Alufolie. Die hochhackigen Schuhe, die ich zu meinem Kleid anprobiert, aber dann doch nicht getragen hatte, standen noch vor meinem Ankleidespiegel. Die Weihnachtskarte, die Irina mir mit der Post geschickt hatte, lehnte noch einsam auf meinem Kaminsims.

Ich zog die Schuhe aus. Ich schminkte mich ab. Ich zog mein Kleid aus. Ich stellte mich in die Badewanne und ließ mir das brühheiße Wasser über den Körper laufen. Dann ging ich ins Bett und schlief – in den Tag und in die nächste Nacht hinein.

Als ich aufgewacht war, ging ich ins Bad und kniete mich auf den kalten Steinboden. Ich zählte sechs Kacheln an der Wand ab, hebelte die lose Kachel hoch. Mein roter Fingernagel brach ab. Ich biss den Rest ab und spuckte ihn auf den Boden. Ich nahm die lose Kachel weg und zog die Visitenkarte heraus: Sara's Dry Cleaners, 2010 P St. NW, Washington, D.C.

Als ich die Karte umdrehte, dachte ich an Irina. Ich wollte mich an alles erinnern. Ich wollte meine Gefühle für sie aufzeichnen, die Erinnerungen an jeden Moment sicher verwahren, um sie irgendwann wieder hervorholen und bis dahin vor dem Einfluss anderer schützen zu können, vor den grausamen Verzerrungen durch die Zeit, vor jener Person schützen zu können, die ich, das wusste ich, jetzt werden musste.

Sobald ich den Anruf gemacht hatte, gäbe es kein Zurück mehr. Doppelagentin, was für eine irreführende Bezeichnung: Eine Person kann sich nicht verdoppeln. Vielmehr verliert man einen Teil seiner selbst, damit man in zwei Welten existieren kann, während man doch in keiner wirklich lebt.

Ich erinnerte mich, wie ich sie bei Ralph's gesehen hatte: wie sie am Rand der Nische saß, die Beine halb im Gang, als sie ihren Kopf zum ersten Mal in meine Richtung wandte. Ich erinnerte mich an die rosa Kaugummis, die sie sich in der Tankstelle in Leesburg gekauft hatte, als wir auf dem Weg zu einem Weingut waren, das dann jedoch geschlossen hatte. Wie wir in der ersten Nacht, in der es in diesem Winter geschneit hatte, in Fort Reno, am höchsten Punkt des District, rodeln waren. Wie ich mich gesträubt hatte, als sie mir mit zwei erbsensuppengrünen Tabletts entgegenkam, die sie aus der Cafeteria der Agency mitgenommen hatte. Ich zeigte auf meine hochhackigen Schuhe und erklärte ihr, das gehe unmöglich. Wie ich dann nachgab, als sie mich fragte, ob ich es nicht wenigstens einmal probieren wollte. Wie sich der Wind auf meinem Gesicht anfühlte, als wir den eisigen Hang hinuntersausten.

Und wie wir einmal zehn Minuten vor Ladenschluss in einen Safeway rannten, um einen Geburtstagskuchen zu kaufen. Ich hatte gar nicht Geburtstag, sie auch nicht, aber Irina bestand darauf, einen zu kaufen, bat sogar den Bäcker, der bereits die Schürze für seinen Feierabend abgebunden hatte, ob er nicht doch noch mit blauem Zuckerguss meinen Namen mit einem Ausrufungszeichen dahinter auf den Kuchen schreiben könne.

Wie wir einmal vom Gravelly Point aus beobachteten, wie die Flugzeuge am National Airport landeten. Wie wir uns dabei unter eine Decke kuschelten und in der Ferne erst ein winziger Lichtblitz auftauchte. Wie dann das Geräusch der Flugzeugmotoren lauter und immer lauter wurde, bis die Flugzeuge über uns auftauchten. Wie sie so nah schienen, als könnten wir die Hand ausstrecken und ihre Bäuche berühren.

Ich wollte mich sogar an jenen Morgen in meiner Wohnung erinnern, nachdem wir uns geliebt hatten – als sich alles, was wir waren, aufdröselte, als zöge man bei einem Pullover an einem losen Faden. Nachdem sie fort war, ging ich zu meinem Schrank, wo ich ein Geschenk aufbewahrte, das ich für sie gekauft hatte: einen alten Druck vom Eiffelturm, den ich in einem Antiquitätenladen in Georgetown gefunden hatte. Nachdem wir uns *Ein süßer Fratz* mit Audrey Hepburn angesehen hatten, sagte sie, wir müssten irgendwann einmal zusammen nach Paris reisen. Der winzige Eiffelturm war nur etwa so groß wie meine Handfläche, und seine verschlungenen Linien waren mit einer in Tinte getauchten Nadel gezeichnet. Ich hatte den Druck rahmen lassen, in Packpapier eingeschlagen und mit einer roten Schnur umbunden. Ich hatte geplant, ihn ihr zu Weihnachten zu schenken, aber er blieb hinten in meinem Schrank.

Ich hielt die Visitenkarte in der Hand, merkte mir die Adresse darauf, zündete ein Streichholz an und sah zu, wie das Papier in Flammen aufging.

Kapitel 16

~~DIE BEWERBERIN~~
DIE ÜBERBRINGERIN

Der Bishop's Garden war leer, das kleine Seitentor unverschlossen. Die kahlen Bäume vor der hell erleuchteten National Cathedral warfen schwarze Schatten. Der mit Putten verzierte Brunnen war für den Winter abgestellt und trockengelegt, die berühmten Rosenbüsche des Gartens waren nur noch dorniges Gestrüpp.

Drei der Lampen entlang des Wegs, der neben einer Steinmauer verlief, brannten nicht – wie sie es mir vorher gesagt hatten –, aber bei Vollmond und der hell angestrahlten Kathedrale, die über dem Garten aufragte, hatte ich keine Schwierigkeiten, mich zurechtzufinden und durch den Steinbogen zu der Holzbank unter der höchsten Fichte zu gelangen.

Ich wischte die dünne Schneeschicht und die welken Kiefernnadeln weg und nahm Platz. Eine plötzliche Bewegung hinter mir ließ mir die Nackenhaare hochstehen. Ich schaute mich um: nichts. War mir jemand gefolgt? Ich blickte hoch: Zwei gelbe Laternen hingen dort oben in der riesigen Kiefer. Ich sah eine Eule auf einem Zweig balancieren, der viel zu klein schien, um sie zu tragen. Sie legte den Kopf schief, hielt im Garten Ausschau nach einer unglückseligen Maus oder einem Streifenhörnchen, ein majestätischer Vogel auf seinem Thron, bereit, zu urteilen und die Strafe zu vollstrecken. Mir, einer gewöhnlichen Sterblichen, schenkte sie keine Aufmerksamkeit, während sie geduldig darauf wartete, dass ihr Abendessen sich zeigen würde. Nur dem Instinkt zu gehorchen war ein Geschenk, das die Tiere mitbekommen hatten; wie viel einfacher wäre das Leben, wenn die Menschen es ihnen gleichtäten. Der Zweig knarrte, als die Eule ihr Gewicht verlagerte. Mit klatschenden Flügeln schwebte sie in die Höhe und über die Gartenmauer. Erst als sie fort war, merkte ich, dass ich den Atem angehalten hatte.

Ich schob meinen roten Handschuh zurück und schaute auf die Uhr: sieben Uhr sechsundfünfzig. Chaucer sollte in vier Minuten auftauchen. Wenn er nicht pünktlich kam, sollte ich sofort gehen und mit dem Bus Nummer 10 zum Dupont Circle fahren. Wenn er erschien, sollte ich ein kleines Päckchen von ihm entgegennehmen, zwei Mikrofilmrollen, auf denen sich *Doktor Shiwago* im russischen Original befand, dann in den Bus Nummer 20 steigen und die Filme in einem sicheren Haus auf der Albemarle Street abliefern.

Es begann zu schneien, und ich beobachtete den Tanz der Flocken im Licht der Scheinwerfer, die die Kathedrale anstrahlten. Meine Oberschenkel fingen an zu kribbeln, wie immer, wenn mir kalt war, und ich zog den Gürtel meines langen Kamelhaarmantels fester, den mir Sally unbedingt hatte kaufen wollen, nachdem sie den Zigarettenbrandfleck auf meiner alten Winterjacke bemerkt hatte – ein kleines Andenken an einen Mann, der mich im Bus angerempelt hatte. Ich zog die roten Lederhandschuhe aus und pustete warme Luft in die geballten Fäuste. Als ich meine Finger löste, rutschte mir der Verlobungsring herunter und fiel klirrend auf die Pflastersteine. Er war deutlich zu groß, und ich hatte noch keine Zeit gefunden, ihn anpassen zu lassen. Aber wie wunderschön er war. Teddys Großmutter hatte ihm den Ring gezeigt, als er noch ein kleiner Junge war, hatte ihm gesagt, dass ihn eines Tages die Frau tragen würde, die er den Rest seines Lebens lieben würde. Er erinnerte sich, dass er ihr damals geantwortet hatte, er würde niemals heiraten – er würde viel zu sehr damit beschäftigt sein, wie sein Superheld Captain America gegen die Nazis zu kämpfen. Seine Großmutter hatte ihm den Kopf getätschelt. »Wart nur ab«, hatte sie ihm damals gesagt.

Teddy erzählte mir diese Geschichte, ehe er am Tag nach meinem fünfundzwanzigsten Geburtstag auf die Knie ging, kurz bevor der Erdbeerkuchen gereicht wurde. Anstatt zu Teddy blickte ich zu meiner Mutter, die vor Stolz strahlte, wie ich sie nie zuvor gesehen hatte. Dann sah ich zu seinen Eltern auf der anderen Seite des Tisches hinüber, die lächelten, als hätte ihr kleiner Junge gerade seine ersten Schritte gemacht. Schließlich sah ich zu Teddy zurück und nickte.

Es war ein wunderschöner Ring, doch trotzdem trug ich ihn nicht gern. Ihn an meinem Finger zu tragen kam mir wie Tarnung vor.

Ich wusste, dass das, was ich wirklich wollte, unmöglich war. Und doch sehnte ich mich danach. Ich wollte die Erregung, die Geborgenheit, das Abenteuer, das Erwartete, das Unerwartete. Ich wollte alle Widersprüche, alle Gegensätze. Und ich wollte alles auf einmal, konnte nicht abwarten, bis meine Wirklichkeit meine Sehnsüchte eingeholt hatte. Und dieses Begehren war mein ständiger Begleiter, der allem zugrundeliegende Nervenkitzel, der mich dazu brachte, jede Begegnung bis ins Letzte zu analysieren, jede Entscheidung in Frage zu stellen – es war die Quelle der nie abreißenden Selbstgespräche in meinem Kopf, die mich nachts wach hielten, während Mama auf der anderen Seite der dünnen Wand zwischen unseren Schlafzimmern leise schnarchte.

Ich wusste, wie die Leute es nannten: eine Schande, eine Perversion, eine Abweichung, ein Laster, eine Sünde. Aber ich wusste nicht, wie ich es nennen sollte – wie ich uns nennen sollte.

Sally hatte mir eine Welt gezeigt, die hinter verschlossenen Türen existierte, doch ich hatte noch immer nicht das Gefühl, dass es meine Welt, meine Wirklichkeit war. Ich wusste nur, dass ich Sally seit der Nacht, die ich vor zwei Wochen und drei Tagen in ihrer Wohnung verbracht hatte, nicht wiedergesehen hatte und dass in diesen zwei Wochen und drei Tagen keine einzige wache Stunde vergangen war, in der ich nicht an sie gedacht hatte.

Ich hob den Ring auf und streifte ihn wieder über meinen Finger, als die Glocken der Kathedrale acht Uhr schlugen. Nach dem letzten Glockenschlag erschien Chaucer wie geplant. Es war kein Geräusch zu hören gewesen – nicht das Tor, das aufging, keine Schritte. Er kam so leise wie der fallende Schnee, trug einen langen schwarzen Mantel und eine karierte Mütze mit Klappen, die seine Ohren bedeckten. Mit dieser komischen Mütze und seinem seltsamen Gesichtsausdruck erinnerte er mich an einen Basset. »Hallo Eliot«, sagte er.

»Hallo Chaucer.«

»Wunderbarer Abend für einen kleinen Spaziergang.« Sein Akzent verriet deutlich den Londoner aus der Oberschicht.

»In der Tat.«

Er blieb stehen, und einen Takt lang herrschte Schweigen zwischen uns. Er machte keine Anstalten, mir das Päckchen zu überreichen, sondern drehte sich um und schaute zur Kathedrale hinauf. »Ein eindrucksvoller Bau. Ihr Amerikaner seid ja wirklich versessen darauf, neue Gebäude auf alt zu trimmen.«

»Das mag sein.«

»Man nehme dies und das aus der alten Heimat, klöpple es zusammen und drücke dem Ganzen den guten alten amerikanischen Stempel auf, so macht ihr das doch.«

Ich hatte keine Lust, mit ihm zu diskutieren, begriff auch nicht, warum er es anscheinend wollte. Vielleicht machten Männer das so, wenn sie sich zu solchen Verabredungen trafen, aber ich hatte keine Zeit für geistreiches Geplänkel. Ich hatte eine Aufgabe zu erledigen.

Er wirkte beleidigt über meine mangelnde Reaktion, langte in seinen Mantel und reichte mir ein kleines, in Zeitungspapier eingeschlagenes Päckchen.

Ich verstaute es in meiner Chanel-Tasche.

»Wir sollten das bald mal wiederholen.« Er tippte an seine Mütze und blieb an Ort und Stelle stehen, als ich fortging.

Der Nervenkitzel ließ nie nach – wie in dem Augenblick, wenn man in der Achterbahn den höchsten Punkt erreicht hat und der Wagen kurz innehält, ehe die Schwerkraft ihn in die Tiefe zieht. Ich ging zur Ecke Wisconsin und Massachusetts. Doch statt in den Bus Nummer 20 zu steigen, wie ich es hätte tun sollen, ging ich die zwanzig Minuten bis zu dem großen Tudor-Haus in 3812 Albemarle zu Fuß. Wenn ich schon nicht alles haben konnte, was mein Herz begehrte, so blieb mir zumindest dieser Augenblick, dieses Gefühl – und das wollte ich so lange wie möglich auskosten.

Nachdem ich das Päckchen in den Briefschlitz des sicheren Hauses geworfen hatte, spazierte ich bergab zur Connecticut Avenue und nahm dort einen Bus nach Chinatown.

Eine Wand aus warmer Luft und dem Duft nach gebratenem Reis empfing mich, als ich in das Joy Luck Noodle eintrat. Der Kellner deutete auf einen Tisch im hinteren Bereich, wo Sally sich gerade eine Tasse dampfend heißen Tee aus der kleinen Kanne einschenkte, die von einem flackernden Teelicht warm gehalten wurde. Sie hatte nicht bemerkt, wie ich eintrat, und als unsere Augen sich trafen, verspürte ich das vertraute Ringen nach Luft.

Zwei Wochen und drei Tage waren vergangen, seit ich sie zuletzt gesehen hatte, seit dem Tag, an dem ich ihr erzählt hatte, dass Teddy und ich verlobt waren, seit der Nacht, in der wir uns geliebt hatten. Seit jener Nacht hatte ich das Gefühl, als wäre mein Innerstes nach außen gekrempelt worden – als wäre ich in eine Person verwandelt worden, die sich jeder ihrer Handlungen gewiss ist, eine Person, die nicht jeden ihrer Gedanken, jede ihrer Bewegungen in Frage stellt. Doch nun, als ich sie da sitzen sah, wollte ich nur auf die Toilette fliehen und meine Nerven beruhigen. Aber dann warf Sally mir ihr Lächeln zu, während ich meinen Mantel auszog und über die Stuhllehne hängte, und einen Augenblick lang entspannte ich mich.

Sie sah so wunderschön aus wie immer, abgesehen von dem dicken Make-up, mit dem sie versucht hatte, die Ringe unter den Augen zu verbergen. Sie trug einen Turban aus grünem Seidenbrokat, aus dem hier und da rote Haarsträhnen hervorlugten, die fettig und ungewaschen schienen. Als sie die Hand nach ihrer Teetasse ausstreckte, bemerkte ich, dass sie zitterte.

»Müde? Hunger?«, fragte sie in dem Code, der nur uns gehörte.

»Hunger«, antwortete ich. »Und ich brauche einen Drink.«

Wir redeten nie über Einzelheiten unserer Aufträge, aber *müde* bedeutete, dass es nicht gut gelaufen war, *Hunger* bedeutete, dass es geklappt hatte, und *Ich brauche einen Drink* bedeutete genau das.

Sie winkte dem Kellner, er solle uns zwei Mai Tais bringen. »Ich habe uns schon den gebratenen Reis mit Hühnchen, Cashewnüssen und Ananas bestellt.«

»Wunderbar.« Ich zog die Handschuhe aus und legte sie auf den Tisch. Sallys Blick wanderte kurz zu meiner linken Hand, ehe sie wegschaute. Sie ließ das Schweigen andauern – ein alter Trick, von dem sie wohl vergessen hatte, dass sie ihn mir verraten hatte, etwas, das sie während des Krieges gelernt hatte, damit die Leute zu reden anfingen. *Die Leute machen alles Mögliche, nur um ein unbehagliches Schweigen zu brechen,* hatte sie mir erklärt. Ich nippte an meinem Mai Tai und erinnerte mich daran, dass Sally ihre Einladung zu einem späten Abendessen mit der Bemerkung eingeleitet hatte, wir müssten reden. Ich hatte mir erst nichts dabei gedacht, aber nun konnte ich an nichts anderes mehr denken. »Du wolltest mir etwas sagen?« Ich fischte das blaue Papierschirmchen aus meinem Drink und steckte mir die auf dem winzigen Schwert aufgespießte Kirsche in den Mund.

»Keine große Sache.« Sie nippte durch den rosa Strohhalm an ihrem Drink, sorgsam darauf bedacht, ihren Lippenstift nicht zu verschmieren. »Ich wollte nur hören, wie dein Silvester war.«

»Zwei Abfahrten auf dem Idiotenhügel, und ich war fix und fertig. Den größten Teil des Abends habe ich allein in der Hütte verbracht und heißen Kakao getrunken.«

»Ich kann mir vorstellen, dass Teddy ein guter Skifahrer ist. Der geborene Sportler.« Sie erwähnte Teddy kaum je, und sicherlich machte sie ihm nie Komplimente.

»Ich denke schon.«

»Nun, mein Silvester war so wunderschön wie immer«, sagte sie nach einem weiteren langen Schluck. »Ich bin auf eine Party gegangen. Habe die ganze Nacht durchgetanzt. Ein bisschen zu viel getrunken, du weißt ja, wie das ist.«

Sie wollte mich bestrafen. »Klingt ja richtig toll.«

Der Kellner kam mit unserem Hühnchen, und wieder war ich dankbar für die Gelegenheit, nicht reden zu müssen. Sally benutzte ihre Stäbchen wie ein Profi. Ich nahm die Gabel und spießte ein Stück Ananas auf.

Als der Kellner unsere Teller abgeräumt hatte, holte Sally tief Luft und sagte in rasantem Stakkato, wir könnten einander nicht mehr treffen, sie sei dankbar für unsere gemeinsame Zeit und unsere Freundschaft, aber es sei für uns beide besser, wenn wir getrennte Wege gingen, sie habe bei der Arbeit zu viel zu tun und ohnehin nicht viel Zeit für Verabredungen.

Jedes ihrer Worte fühlte sich an wie ein Tritt in den Magen, immer und immer wieder, und als sie endlich fertig war, bekam ich kaum noch Luft. Das Wort »Freundschaft« schmerzte am meisten. »Natürlich«, fuhr sie fort, »werden wir bei der Arbeit ganz professionell freundlich miteinander umgehen.« Mir schien, als wolle sie noch mehr sagen, was sie jedoch nicht tat.

»Professionell freundlich«, wiederholte ich.

»Ich bin froh, dass du meiner Meinung bist.« Ihre Gleichgültigkeit war grausam. Ich wollte ihr sagen, dass ich nicht ihrer Meinung war. Nein, ich wollte es herausschreien. Der Gedanke daran, keine Zeit mehr mit ihr zu verbringen, sie mit professioneller Freundlichkeit behandeln zu müssen, so tun zu müssen, als wäre nie etwas zwischen uns gewesen, verursachte mir Übelkeit. Ich wollte ihr sagen, dass ich lieber barfuß über Stacheldraht gehen würde, als im Aufzug Höflichkeiten mit ihr auszutauschen. Und ich wollte sie fragen, wie sie das schaffte – wieso es ihr so leichtfiel, den Schalter umzulegen.

Doch ich sagte gar nichts. Und erst nachdem ich aufgestanden war, nachdem ich meine Knie von unten gegen den Tisch gerammt und rosa Mai Tai über das Tischtuch verschüttet hatte, nachdem ich mich zum Gehen gewandt und gehört hatte, wie sie dem Oberkellner sagte, ich fühle mich nicht wohl, nachdem ich hinausgestürmt war, nachdem ich vom Gehen zum Rennen umgeschaltet hatte – erst da begriff ich, dass mein Schweigen auch eine Antwort gewesen war.

Kapitel 17

DIE STENOTYPISTINNEN

Seit Irinas Ankunft in der Agency stellten wir schon unsere Spekulationen an, und kurz nachdem der Sputnik in den Himmel gestiegen war, bestätigte sich dann unser Verdacht. Gail sah ihren Namen in einem Memo im Zusammenhang mit der *Shiwago*-Mission. Wie jede gute Überbringerin redete Irina nie über die Geheimnisse, die sie transportierte. Trotzdem dauerte es nicht lange, bis wir den Rest herausfanden.

Was Irina im Schreibpool so auffällig machte, war, dass sie eben unauffällig war. Obwohl sie in Sachen Aussehen das große Los gezogen hatte, besaß sie die Fähigkeit, völlig unbemerkt zu bleiben. Selbst ein Jahr nach ihrem Eintritt in die Agency schaffte sie es immer noch, unterhalb unseres Radars zu bleiben. Manchmal zogen wir gerade auf der Damentoilette unseren Lippenstift nach, und sie erschreckte uns von hinten mit der Bemerkung, dieser Rosaton sei eine schöne Farbe für den Frühling. Oder wir prosteten einander während der Happy Hour im Martin's zu, und sie stieß den Bruchteil einer Sekunde später mit uns an, obwohl wir überzeugt gewesen waren, längst mit allen angestoßen zu haben. Beim Mittagessen in der Cafeteria stand sie auf und sagte, sie müsse jetzt wieder an die Arbeit, wo doch niemand sich daran erinnerte, dass sie sich überhaupt mit uns zusammen hingesetzt hatte.

Ihr Talent, unbemerkt zu bleiben, blieb nicht unbemerkt, und da das Rote Monster für den Tod ihres Vaters verantwortlich gewesen war, vereinte sie in sich alles, was eine wertvolle Agentin der Agency ausmachte. Nach ihrer Zeit der Ausbildung gab es ein Memo für die Befehlskette, und Irina wurde im Feld eingesetzt. Und sie machte ihre Arbeit gut. Als sie sich als Überbringerin bewährt hatte, wurden ihre Aufträge bedeutender. An jenem kalten Januarabend im Bishop's Garden erledigte sie ihre erste Aufgabe für die *Shiwago*-Mission.

Nachdem sie an jenem Abend die Zentrale verlassen hatte, fuhr sie mit dem Bus Nummer 15 zur Ecke Massachusetts und Wisconsin, ging um die St. Albans School zum Hintereingang des Kathedralenareals, wobei sie wahrscheinlich ihren neuen langen Kamelhaarmantel mit dem braunen Kragen und dazu die roten Lederhandschuhe trug, die ihr Teddy geschenkt hatte. Einen Tag nachdem sie die Handschuhe bekommen hatte, zeigte Irina sie uns. »Sind die nicht schön?«, fragte sie und spreizte ihre Finger, während wir Schlange standen und warteten, dass unsere Hüte, Mäntel und Handtaschen auf dem Weg in die Zentrale inspiziert wurden. »Ein bisschen zu klein, aber die weiten sich noch.« Wir stimmten ihr alle zu, dass sie sehr schick seien und dass Teddy einen hervorragenden Geschmack habe. Alle außer Sally Forrester, die einen Blick darauf warf und sagte, es wären billige Imitate.

Unter den roten Handschuhen zeichnete sich Irinas neuer Diamantring ab, den ihr Teddy am Tag nach ihrem fünfundzwanzigsten Geburtstag gegeben hatte. Es war ein geschmackvolles Art-déco-Stück mit einem Diamanten, dessen Größe uns überraschte. Wir wussten, dass Teddy aus einer wohlhabenden Familie stammte, hatten jedoch keine Ahnung gehabt, *wie* wohlhabend sie war. Dieses Prachtstück war für ihren Ringfinger zu weit, und sie hatte ihn noch nicht anpassen lassen. Während der Arbeit verstaute sie den Ring in der Schreibtischschublade, damit er ihr beim Tippen nicht von der Hand rutschte, und manchmal vergaß sie am Feierabend, ihn wieder überzustreifen. Wenn es eine von uns gewesen wäre, wir hätten den Ring noch am gleichen Tag, an dem wir ihn bekommen hatten, anpassen lassen. Aber Irina protzte nicht gern.

Eine Hochzeit im Schreibpool gab immer Anlass zu endlosen Diskussionen, doch Irina schien nicht im Geringsten daran interessiert, über die ihre zu sprechen.

»Arbeitest du danach weiter?«, fragte Gail.

»Wieso sollte ich nicht?«

»Was hältst du von Taft?«, fragte Kathy.

»Finde ich gut. Denke ich mal.«

Wir fanden heraus, dass Irinas Mutter den großen Tag plante und auch die allerletzten russischen Überreste tilgen wollte, indem sie die amerikanischste aller Hochzeiten arrangierte. »Sie will Gestecke aus roten, weißen und blauen Nelken als Tischschmuck«, erzählte uns Irina. »Sie hat vor, die blauen selbst mit Farbe zu besprühen.«

Zur Verlobungsfeier gab jede von uns einen Dollar, um ihr bei Hecht's ein schwarzes Spitzen-Negligé zu kaufen. Wir wickelten es in silbernes Seidenpapier und legten es ihr auf den Schreibtisch, ehe sie morgens erschien. Als sie sich dann hinsetzte, nahm sie das Päckchen in die Hand und sah sich im Raum um, während wir so taten, als arbeiteten wir. Sie riss eine kleine Ecke vom Seidenpapier ab, und ein Seidenträger schaute heraus. Irina versuchte, ihn wieder hineinzustopfen, riss das Papier dabei jedoch nur weiter auf. Sie begann zu weinen. Wir erstarrten, weil wir nicht wussten, was wir tun sollten. Eine unserer goldenen Regeln im Schreibpool war, die anderen nie sehen zu lassen, wenn man weinte. Natürlich hatten wir es alle schon getan – aber in der relativen Abgeschiedenheit der Damentoilette oder zumindest im Treppenhaus. Am Schreibtisch? Niemals.

Wir fragten uns, ob Irina an das schwarze Negligé dachte, während sie darauf wartete, dass Chaucer an jenem Abend im Bishop's Garden auftauchte. Fing es da an, dass sie kalte Füße bekam? Oder hatte sie schon länger Bedenken – lange vor dem Negligé, vor Teddys Antrag, noch bevor er ihr während eines Spaziergangs um das Gezeitenbecken, als die Kirschbäume noch an den letzten rosa Blütenblättern der Saison festhielten, seine Liebe erklärte?

Schwer zu sagen. Wir können nicht alles wissen.

Was wir aber wissen, ist, dass Chaucer an jenem Abend pünktlich erschien und dass Irina die beiden Rollen Minox-Film in Empfang nahm, auf denen sich *Doktor Shiwago* befand. Und wir wissen, dass sie das Päckchen in einem sicheren Haus in der Albemarle Street ablieferte.

~

Die erste Phase der *Shiwago*-Mission war abgeschlossen, auch dank Irinas Einsatz. Die Männer klopften sich auf die Schultern, dass sie einen so unerwarteten Aktivposten für die Agency entdeckt hatten. Aber es war kein Mann, der Irinas Talent vollends entwickelt hatte, es war Sally Forrester.

Offiziell war Sally Rezeptionistin in Teilzeit, aber man musste kein Genie sein, um zu verstehen, wie viel mehr sie war, von Anfang an. Bald nachdem Anderson sie in die Zentrale gebracht hatte, fanden wir heraus, dass bei den Eingeweihten allgemein bekannt war, dass Sally eine Schwalbe war, die seit ihrer Zeit im OSS herumflatterte. Wenn sie nicht hinter ihrem Empfangstresen saß, und das war meistens der Fall, reiste Sally um die Welt und benutzte ihre

»Gaben«, um Informationen zu beschaffen. Im Gegensatz zu Irina hätte Sally niemals unsichtbar sein können. Alles an ihr schrie geradezu: *Seht mich an! Seht mich an! Mich sollt ihr ansehen!* Ihr Haar war im italienischen Stil kurz geschnitten – lag stets in sanften roten Wellen, die ihr herzförmiges Gesicht umspielten –, und ihre Figur schien ihre engen Wollröcke und Strickjacken stets sprengen zu wollen. Und immer übertrieb sie es mit ihrer Kleidung: Designer-Trapezkleider in Fuchsienrot, schwingende weiße Capes aus Satin, ein Fuchspelz, von dem man munkelte, er sei ein Geschenk von Dulles höchstpersönlich.

Einer der Männer hatte Irina beigebracht, wie sie während der Rush Hour auf der K Street von einem Passanten ein Päckchen übernehmen und weitergehen konnte, ohne sich umzuschauen; wie sie im Meridian Park ein ausgehöhltes Buch unter einer Bank deponieren und weggehen konnte, ohne dass jemand aufsprang und rief: *Hey, Miss? Sie haben Ihr Buch vergessen!*; wie sie einem Mann, der bei Longchamps neben ihr saß, unbemerkt einen Zettel in die Tasche stecken konnte. Aber erst Sally komplettierte ihre Ausbildung. Woraus dieses Training im Einzelnen bestand, wussten wir nicht, aber wir bemerkten eine Veränderung an Irina. Irgendwie wirkte sie entschiedener. Als wäre sie eine Frau geworden, mit der nicht zu spaßen war, wie Sally selbst.

Was immer es war, Irina machte ihrer Mentorin alle Ehre, und schon bald waren sie mehr als Kolleginnen, sie wurden Freundinnen. Sie fingen an, sich beim Mittagessen in der Cafeteria an einen gesonderten Tisch zu setzen. Sie gingen zur Happy Hour zu Off the Record und nicht zu Martin's. Montags erschienen sie im Büro und zitierten Sprüche aus *Seidenstrümpfe*, *Ein süßer Fratz* oder *Die große Liebe meines Lebens*. Wenn Sally von einer ihrer Reisen zurückkehrte, legte sie kleine Geschenke auf Irinas Schreibtisch: eine Schlafmaske von Pan Am, Lotion mit Lavendelduft aus dem Ritz, einen platt gewalzten Penny aus einer der Maschinen an der Strandpromenade von Atlantic City, eine Schneekugel aus Italien.

Zu Irinas fünfundzwanzigstem Geburtstag hatte Sally eine Dinner-Party für sie veranstaltet. Wir waren noch nie in Sallys Wohnung gewesen, weshalb wir die marineblauen Einladungskarten, die sie auf unseren Schreibtischen verteilte, begeistert begrüßten. *Deine Anwesenheit bei der Feier des Geburtstags unserer lieben Freundin Irina ist erwünscht*, stand da in silberner Schönschrift.

Als wir fragten, ob wir Freunde mitbringen dürften, verneinte Sally – diese Party sei nur für uns Mädels. »Dann geht es zivilisierter zu«, sagte sie und lachte.

Wir zogen unsere schicksten Cocktailkleider an, einige von uns hatten sich für den Anlass sogar eins von Garfinckel's geleistet. »Das ist eine Dinner-Party bei *Sally Forrester*. Da taucht man nicht im Billigimitat eines Dior-Kleids aus der letzten Saison auf«, sagte Judy. »Außerdem können wir es auch für Silvester gut gebrauchen.«

Wir fuhren mit dem Taxi anstatt mit der Straßenbahn oder mit dem Bus, damit wir mit frischen Gesichtern ankommen würden, unsere Wimperntusche und unser Lippenstift vom heftigen Schneefall unberührt blieben. Wir stiegen die beiden Treppen hinauf und hörten oben auf der anderen Seite der Tür Musik. »Sam Cooke?«, fragte Gail.

Ehe wir klopfen konnten, öffnete Sally die Tür. Sie sah atemberaubend aus in ihrem goldenen Satinwickelkleid mit Quastengürtel. »Steht nicht einfach so da!« Sally wankte mit ihren schwarzen Stöckelabsätzen über den flauschigen rosa Teppich, und wir trotteten hinter ihr her in ihre Wohnung.

Irina sah in einem smaragdgrünen Rock mit passendem Bolero wunderschön aus. Wir wünschten ihr alles Gute zum Geburtstag, während wir ihr unsere kleinen Geschenke in die Hand drückten.

Sally verschwand in der Küche, und Irina bat uns, auf der weißledernen Couchgarnitur Platz zu nehmen. Um das Schweigen zu brechen, stellten wir Fragen zur Einrichtung der Wohnung. Da Sally in der Küche zu tun hatte, antwortete Irina für sie.

»Wie hat sie dieses Apartment gefunden?«, fragte Norma. »Es ist ja zum Sterben schön.«

»Sie hat eine Anzeige in der *Post* gesehen.«

»Diese Kerzenleuchter! Wo kommen die her?«, fragte Linda.

»Geerbt. Von der Großmutter, glaube ich.«

»Ist das ein echter Picasso?«, wollte Judy wissen.

»Nur ein Druck aus der National Gallery.«

»Was hat Teddy dir zum Geburtstag geschenkt?«, fragte Gail.

»Er hat mir gesagt, ich soll mir bei Rizik's was Schönes aussuchen.« Sie zog ihr Bolerojäckchen gerade. »Sally und ich waren heute da.«

Sally kam aus der Küche und trug eine Kristallbowle herein, in der eine farblich zum Teppich passende rosaschäumende Flüssigkeit war. »Und sieht sie nicht hinreißend aus?«

Wir nickten.

Nach zwei Gläsern Punsch gingen wir in den Essbereich, wo ein langer Tisch gedeckt war, mit handgeschriebenen Tischkärtchen, weißen Calla-Lilien und zu Fächern gefalteten Stoffservietten.

»Was für eine Inszenierung«, flüsterte Norma.

Nach Essen, Schokoladenkuchen, Geschenken und

einigen weiteren Gläsern Punsch verließen wir Sallys Wohnung und waren uns einig, dass das Ganze für einen Geburtstag etwas übertrieben gewesen sei, Sally aber wirklich wusste, wie man eine Party schmeißt.

Manche mögen sagen, das könne nicht sein, aber wir haben nie bemerkt, dass mit ihr was nicht stimmte. Sicherlich, die hohe Aufmerksamkeit, die ihr das andere Geschlecht zollte, führte zu der einen oder anderen gehässigen Bemerkung, doch wir respektierten sie stets. Sally sagte nie »Entschuldigung« oder »Bitte« oder »War nur so eine Idee«. Sie sprach, wie die Männer es taten, und die Männer hörten ihr zu.

Später, nachdem man Sallys Namen aus jedem Memo, jeder Telefonnotiz und jedem Bericht getilgt hatte, versuchten wir uns daran zu erinnern, ob es irgendwelche Hinweise darauf gegeben habe, wer sie wirklich war. Doch erst sehr viel später setzten wir die Puzzleteile zusammen.

Kapitel 18

~~DIE BEWERBERIN~~
DIE ÜBERBRINGERIN

Eine Woche verging. Dann ein Monat. Dann zwei. Die Hochzeitspläne machten Fortschritte. Teddy und ich würden im Oktober in St. Stephen's heiraten, und anschließend sollte ein kleiner Empfang im Chevy Chase Country Club stattfinden. Aus meiner Tarnung würde mein Leben werden.

Teddys Eltern würden für alles aufkommen, Mama bestand jedoch darauf, sich um die Blumen, den Kuchen und mein Kleid zu kümmern. Noch vor der Verlobung hatte sie heimlich Stoff für das Kleid gekauft – elfenbeinfarbene Spitze und Satin.

Am Tag nach Teddys Heiratsantrag nahm sie bei mir Maß, während ich am Herd stand und das Frühstück zubereitete. Das Kleid – das ihr größtes Meisterwerk werden sollte – war im Februar schon halb fertig. Doch im März hörte sie auf, daran zu arbeiten, beklagte sich darüber, sie müsse ganz von vorn anfangen, wenn ich nicht die fünfzehn Pfund wieder zulegte, die ich seit Januar abgenommen hatte. Ich sagte, sie sei verrückt, ich hätte keine fünfzehn Pfund abgenommen, höchstens fünf – und selbst die nur wegen der Magen-Darm-Grippe, die ich als Entschuldigung dafür vorgebracht hatte, dass ich nach meinem Abendessen mit Sally eine Woche lang nicht aus dem Bett aufstehen konnte.

Vor Mama konnte ich nichts verbergen. Trotz der vielen Schichten von Pullovern und dicken Strumpfhosen konnte sie sehen, dass mein Körper schrumpfte. Meine Röcke musste ich mit Sicherheitsnadeln feststecken, damit sie mir nicht von den Hüften rutschten, und ich trug dicke Rollkragenpullover, um meine hervorstehenden Schlüsselbeine zu verbergen.

Mama reagierte, indem sie von nun an fetten Speck zu allem gab: zur Schtschi-Suppe, zum Borschtsch, zu den Pelmeni, zum Bœuf Stroganoff, zu Blini und Omeletts. Einmal erwischte ich sie sogar dabei, wie sie Fett aus der Bratpfanne in das ungesüßte Porridge kippte, das ich zum Frühstück aß. Sie bestand darauf, dass ich von jeder Mahlzeit eine zweite Portion verzehrte, und kontrollierte meinen Teller, wie sie es getan hatte, als ich ein Kind war.

An den Wochenenden backte sie unablässig Kuchen, behauptete, sie müsse ausprobieren, welche Torten für die Hochzeit geeignet wären – mehrschichtige Honigtorte, Sahnetorte mit rumgetränkten Kirschen, Neapolitanerkuchen, Vogelmilchtorte mit zartem Soufflé und sogar eine zweistöckige Vaclavsky-Torte mit Buttercreme. Sie zwang mich, von allen mehrere Stücke zu essen, löffelte mir oft noch Vanille-Eiscreme obendrauf.

Mama war nicht die Einzige, die das Schwinden meiner Figur bemerkte. Teddy erkundigte sich so oft, ob alles in Ordnung sei, dass ich ihm antwortete, wenn er nicht mit der Fragerei aufhörte, wäre bald nicht mehr alles in Ordnung. Er meinte, er werde nicht mehr fragen, hoffe jedoch, dass ich nicht irgendeine verrückte modische Diät ausprobierte. Er sagte, ich sei perfekt, so wie ich war, und seine Offenheit erfüllte mich mit einer Wut, die mir unerklärlich blieb.

Auch im Schreibpool fiel es auf. Judy erkundigte sich, was mein Geheimnis sei, und fand, meine Taille sei jetzt so winzig wie die von Vera-Ellen in *Weiße Weihnachten*. Der Rest des Schreibpools reagierte wie Mama und legte mir Doughnuts von Ralph's auf den Schreibtisch.

Das Problem war nicht, dass ich nicht essen wollte; ich hatte einfach keinen Appetit – nicht auf Essen, auf gar nichts. Es fiel mir schwer, einen Film ganz anzusehen. Es war schrecklich für mich, in großen Menschenmengen zu sein. Ich fing an, zu Fuß zur Arbeit zu gehen, statt mit dem Bus zu fahren, nur um allein zu sein. Bei Partys versuchte ich nicht einmal, höfliche Konversation zu machen. Sogar bei den sonntäglichen Treffen in Georgetown, bei denen ich immer die intellektuellen Wortwechsel und das Gefühl genossen hatte, Informationen aus dem innersten Kreis zu bekommen, stellte ich mich nun lieber zu den Ehefrauen als zu Teddy, hatte jedoch auch da nicht viel mehr zum Gespräch beizutragen, als dass ich den Konfetti-Dip mochte.

Teddy versuchte, mich aus dem Loch oder was immer es sein mochte, in das ich gefallen war, herauszuholen. Er versuchte und versuchte es, und beinahe liebte ich ihn für seine Bemühungen. Ich wollte ihn lieben, ich versuchte es wirklich. Er liebte mich mehr, als irgendjemand anderer es je getan hatte. Doch warum war es nicht genug?

Während dieser Zeit sah ich Sally zweimal. Hatte sie sich meinetwegen so rargemacht? Hatte sie überhaupt nur eine Minute lang an mich gedacht? Beim ersten Mal war ich gerade auf dem Weg aus dem Büro, und sie stand in der Vorhalle, als die Aufzugtüren sich öffneten. Ich trat hinaus, und wir wären beinahe zusammengestoßen. Ich machte einen Schritt nach rechts, dann nach links. Sie spiegelte meine Bewegungen, und dann traten wir verlegen einen zurück. Sie sagte hallo und lächelte, aber ich merkte, dass sie mich von Kopf bis Fuß musterte, und an ihrer Miene erkannte ich, dass ich schrecklich ausgesehen haben muss.

Beim zweiten Mal sah mich Sally nicht. Sie saß bei Ralph's in der Nische am Fenster, gegenüber von Henry Rennet – ganz vorn, wo alle Welt sie sehen konnte, an einem Dienstagmittag. Und alle Welt sah sie. Als ich ins Büro zurückkam, konnte der Schreibpool über nichts anderes reden.

»Meint ihr, die gehen miteinander aus?«, fragte Kathy.

»Lonnie sagt, sie glaubt, dass die beiden sich seit Neujahr treffen. Hat sie bei irgendeiner Party zusammen gesehen. Jemand sollte Sally warnen, was für ein Arschloch der Typ ist.«

»Melde mich freiwillig«, sagte Norma.

»Stimmt das, Irina?«, fragte Linda.

»Ich weiß es nicht.«

»Florence von drüben in Records sagt, sie hat sie mal gesehen, wie sie im Treppenhaus miteinander geflüstert haben«, meinte Gail.

»Wann?«

»Weiß nicht. Vor ein paar Wochen?«

Das war es also. Sie hatte sich die ganze Zeit für Henry interessiert. Ich war nichts als eine vorübergehende Laune, bestenfalls. Der Gedanke widerte mich an. Ich konnte damit fertig werden, nicht mit ihr zusammen zu sein, aber ich wusste, dass ich es nicht ertragen würde, die beiden zusammen zu sehen.

Ohne dass Teddy oder Mama oder sonst wer davon erfuhr, redete ich an diesem Tag mit Anderson über die Möglichkeit eines Auslandseinsatzes. »Wollten Sie nicht heiraten?« Er blickte auf meinen Ringfinger.

»Das ist nur eine hypothetische Frage.«

»Hypothetisch gesprochen geht es mich nichts an. Aber ich bin sicher, dass wir was für Sie finden könnten.«

»Könnte das unter uns bleiben?«

Er tat so, als nähte er seine Lippen zusammen.

Als am Ende jenes Tages die Sonne die E Street im Orange ihres spätnachmittäglichen Scheins badete, dachte ich daran, dass ich nächstes Jahr um diese Zeit vielleicht durch die Straßen von Buenos Aires oder Amsterdam oder Kairo spazieren würde. Ich genoss die Vorstellung, die Frau abzustreifen, die ich war, alles hinter mir zu lassen und jemand Neues zu werden. Es war ein köstliches Gefühl, und zum ersten Mal seit langer Zeit lächelte ich.

Als ich nach Hause kam, wehte mir an der Tür nicht der Geruch von fettem Speck entgegen. Mama saß an ihrer Nähmaschine und nähte nicht. Sie hatte eine volle Teetasse vor sich stehen, und das Wasser war schwarz, weil sie den Teebeutel nicht herausgenommen hatte.

»Was ist los, Mama?«

»Ich kann mein Garn nicht zurückspulen.«

»Das ist alles?«

»Ich versuche es schon seit Stunden.«

»Ist es wieder kaputt?«

»Nein. Kaputt sind nur meine Augen.«

»Wie meinst du das?«

»Ich sehe auf dem linken Auge nichts mehr.«

Ich trat zu ihr hin, schaute ihr in die Augen, sah aber nichts Auffälliges. »Wirklich? Seit wann ist das so?«

»Ich bin heute so aufgewacht.«

»Warum hast du nichts gesagt?«

»Ich dachte, ich könnte das selbst wieder hinkriegen.«

»Wie das denn?«

»Mit Knoblauch.«

»Gleich morgen früh gehen wir zum Arzt.« Ich nahm

sie bei der Hand und spürte, wie sie zitterte. »Ich bin sicher, es ist nichts Schlimmes«, sagte ich und versuchte, daran zu glauben.

Am nächsten Tag brachte ich Mama zu einem Augenarzt. Sie beschwerte sich, weil er kein Russe und daher gegen sie voreingenommen sei. »Voreingenommen, wie das denn?«, fragte ich. »Dr. Murphy ist Ire.«

»Du wirst schon sehen!«

Die Schwester rief ihren Namen auf, und ich stand auf, um sie zu begleiten, wie ich es immer tat, falls sie Hilfe beim Übersetzen brauchte. Aber sie sagte, nein, sie wolle allein hineingehen. Ich nickte, setzte mich wieder hin und blätterte eine Stunde lang durch alte Ausgaben der *Time*.

Mama kam heraus, rieb sich den Arm, wo der Arzt ihr Blut abgenommen hatte. Als ich sie fragte, was er zu ihr gesagt habe, meinte sie, er wisse gar nichts. »Ich hab's dir ja gesagt. Der hat Vorurteile gegen Russen.«

»Er hat nichts gesagt?«

»Die haben mir Blut abgenommen und mich in diese Röntgenmaschine gesteckt. Er hat gesagt, er ruft an, wenn sie es wissen.«

»Wenn sie was wissen?«

»Ich weiß es nicht.«

Zwei Tage später gab es keine Szene, keine überstürzte Fahrt ins Krankenhaus, keinen Sturz, keinen Krankenwagen, nur einen Anruf von Dr. Murphy, der Mama sagte, was er schon vermutet hatte, als er das erste Mal mit seiner winzigen Taschenlampe in ihre Augen geleuchtet hatte. Es gebe da *eine Zellmasse*, wie er es ausdrückte, und als ich ans Telefon ging, um es mir erklären zu lassen, sagte er, sie müsse so bald wie möglich für weitere Tests zu ihm kommen und um »Behandlungsverläufe« zu besprechen.

»Verläufe?«, fragte Mama, als ich aufgelegt hatte. »Was für Verläufe?«

»Behandlungen, Mama.«

»Ich brauche keine Behandlungen. Ich muss wieder an die Arbeit.«

Den Rest des Tages tat sie, als sei nichts geschehen. Als ich ihr sagte, wir müssten uns einen Termin beim Arzt geben lassen, meinte sie, es würde alles gut und ich solle mir keine Sorgen machen, aber ich konnte nicht anders.

In den nächsten Wochen trat Teddy in Aktion, machte sich an die Aufgabe, Mama wieder gesund zu machen, genau wie er sich bei der Arbeit an ein Projekt machte: methodisch, beharrlich und ruhig. Er verschaffte Mama Termine bei den besten Spezialisten in Washington, dann in Baltimore, dann in New York.

Aber nachdem sie von einem Arzt zum anderen, von einem Spezialisten zum anderen gewandert war – darunter auch einem chinesischen Kräuterheiler, der sich Mamas Zunge anschaute und dieselbe Diagnose aussprach wie alle anderen –, sagte mir Mama, sie wolle alle Behandlungen abbrechen. »Es kommt, wie es kommt«, sagte sie eines Abends, als ich ihr den Thunfischauflauf auftischte, den eine unserer Nachbarinnen vorbeigebracht hatte.

Ich reichte ihr eine dreifache Portion, obwohl ich wusste, dass sie kaum Appetit für ein paar Gabeln voll hatte. »Wie meinst du das – *es kommt, wie es kommt*?«

»Ich meine es genau, wie ich es sage. Ich bin erledigt.«

»Du bist erledigt?«

»Ich bin erledigt.«

Ich knallte die Glasform mit solcher Wucht auf den Tisch, dass sie einen Sprung bekam.

Mama griff nach meiner Hand, aber ich wich zurück und stürmte aus dem Haus.

Als ich später am Abend nach Hause kam, war Teddy fort, und Mama saß am Küchentisch. Ich ging ohne ein Wort in mein Schlafzimmer, so wütend war ich auf sie, auf die Welt, auf alles.

Im Nachhinein wünsche ich mir mehr als alles andere, ich hätte in jener Nacht in der Küche ihre Hand genommen und ihr gesagt, dass es mir leidtat. Ich dachte, dafür wäre noch Zeit. Zeit, alles wiedergutzumachen. Zeit, sie wissen zu lassen, dass ich für sie da wäre, gleich welche Entscheidung sie traf. Zeit, ihr zu sagen, wie sehr ich sie liebte. Zeit, sie so fest in meine Arme zu schließen wie damals, als ich noch ein kleines Mädchen war. Aber es war keine Zeit mehr. Es ist nie genug Zeit.

St. John the Baptist war mit Freunden und Bekannten Mamas gefüllt, von denen ich nie gewusst hatte. Eine Person nach der anderen sprach mir ihr Beileid aus und erzählte mir Dinge über meine Mutter, von denen ich mir wünschte, ich hätte sie gewusst, als sie noch am Leben war.

Wir zeigen uns anderen, sogar den Menschen, die uns am nächsten stehen, nur in den Teilen unserer selbst, die wir ihnen enthüllen. Wir alle haben unsere Geheimnisse. Mamas Geheimnis war, dass sie unendlich großzügig war. Ich fand heraus, dass sie beinahe unsere gesamte Nachbarschaft umsonst eingekleidet hatte: Für einen arbeitslosen Kriegsveteranen, der ein Vorstellungsgespräch für den Job eines Kassierers bei Peoples' Drug hatte, hatte sie einen Anzug aus zweiter Hand geändert; einer Frau, die sich nur ein Brautkleid aus dem Laden der Heilsarmee leisten konnte, bei dem ein Träger gerissen war und das einen Weinfleck auf dem Oberteil hatte, hatte sie das Kleid hergerichtet; einem Arbeiter aus einer Flaschenabfüllanlage hatte sie seinen Overall geflickt und für einen ältlichen Witwer, der einfach nur ein bisschen Gesellschaft haben wollte, viele Paar Socken gestopft.

Und das gelbe Ballkleid, bei dem ich Mama im Jahr zuvor mit der Perlenstickerei geholfen hatte? Das war ein Geschenk gewesen, kein Auftrag. Mrs. Halperns jugendliche Tochter trug es zur Beerdigung, und der Anblick, wie sie damit herumwirbelte, um es vorzuführen, machte mich schwindlig vor Wertschätzung für die Frau, die meine Mutter gewesen war.

Mama selbst trug ein schwarzes Kleid mit verschlungenen Blumen in Perlenstickerei entlang der hauchzarten Ärmel. Dieses Kleid war ein weiteres Geheimnis, das sie zu hüten gewusst hatte. Wie lange sie schon daran gearbeitet hatte, wusste ich nicht. Aber ich wusste, dass sie es genäht hatte, um es bei ihrer eigenen Beerdigung zu tragen, da ich es an dem Morgen gesehen hatte, an dem sie nicht aufwachte – gebügelt und über den Stuhl in ihrem Schlafzimmer gebreitet, damit ich es fände.

~

In der Kirche schritt der orthodoxe Priester um Mamas Sarg, schwang sein Weihrauchfass, und der duftende Rauch wallte um sein goldenes Messgewand und verwirbelte sich über seinem Kopf.

Ich drehte mich einen Augenblick um, und da sah ich sie: Sally war gekommen. Sie stand im hinteren Bereich und trug einen kurzen schwarzen Schleier. Ich wandte mich wieder dem Priester zu, der noch immer sein Weihrauchfass schwang – und meine Gedanken waren bei Sally anstatt bei meiner Mutter. Ich wünschte, sie würde den

Gang herunterkommen und sich neben mich stellen, Teddys Platz einnehmen, dann meine Hand ergreifen. Aber sie blieb hinten und Teddy an meiner Seite.

Der Gottesdienst endete, und ich folgte Mamas Sarg aus der Kirche. Als ich an Sally vorüberging, berührte sie meinen Arm. Ihr Schleier war verrutscht, und sie hatte Tränen in den Augen. Ich ging weiter. Der Leichenzug führte zum Oak Hill Cemetery, wo Teddy für Mama ein Grab in einem schönen Abschnitt mit Blick auf den Rock Creek Park besorgt hatte. Als ich neben Mamas Grab stand, schaute ich mich in der Menge nach Sally um, doch sie war nicht da.

Danach versuchte Teddy vergebens, mich zu trösten. Tage vergingen, dann Wochen. Eines Nachts, als ich nicht schlafen konnte, beschloss ich, bei Sally anzurufen. Meine Hände zitterten, als ich ihre Nummer wählte, aber es klingelte nur und klingelte immer weiter.

OSTEN

Mai 1958

Kapitel 19

DIE MUSE

DIE SENDBOTIN

DIE MUTTER

Ich erwachte aus traumlosem Schlaf und sah, dass Mitja sich über mich beugte. »Da draußen ist jemand«, flüsterte er.

»Ist es Borja? Hat er schon wieder seinen Schlüssel verloren?«

»Nein.«

Ich schwang die Beine über die Bettkante und angelte auf dem Fußboden mit den Zehen nach meinen Hausschuhen. »Geh wieder in dein Zimmer.«

Mitja rührte sich nicht von der Stelle, während ich nach meinem Morgenrock griff.

»Mitja, ich habe gesagt, du sollst wieder ins Bett gehen. Und weck deine Schwester nicht.«

»Sie hat es als Erste gehört.«

Ehe ich fragen konnte, was sie gehört hatte, ertönte ein Krachen. »Das war nur ein Ast«, meinte ich und versuchte, meine Stimme so leise und ruhig zu halten, wie ich konnte. »Die Pappel ist schon seit letztem Winter abgestorben. Ich habe Borja gesagt, dass wir sie fällen müssen . . .« Ein weiteres Geräusch draußen ließ mich verstummen. Es war leiser, gedämpfter. Das war kein fallender Ast.

Das Geräusch der Haustür, die geöffnet wurde, ließ

uns beide im Laufschritt zum Eingang eilen. Da stand Ira barfuß in der Tür, das weiße Nachthemd bläulich im Mondlicht schimmernd. Ihr Anblick erschreckte mich. Sie sah aus wie ein gespenstischer Engel – und wie eine Frau. »Ira«, sagte ich sanft. »Schließ die Tür.«

Ira ignorierte mich und trat nach draußen. »Komm raus!«, rief sie. Mitja schob sich an mir vorüber, um zu seiner Schwester zu gehen. Ich packte ihn beim Nachthemd, aber er schüttelte mich ab. »Zeig dich!«, brüllte er mit brechender Stimme. Eine Bewegung hinter dem Holzstoß neben dem Haus ließ meine Kinder ins Haus zurückstolpern. Ich machte die Tür hinter ihnen zu und drehte den Knauf, um sicher zu sein, dass sie abgeschlossen war.

»Sie sind es«, sagte Ira. »Ich weiß es.« So wie sie sich da an die Wand kauerte, war sie nicht mehr die wunderschöne Erscheinung; sie war wieder mein kleines Mädchen.

»Wer?«, fragte ich.

»Gestern ist mir ein Mann vom Bahnhof hierhergefolgt.«

»Bist du dir sicher? Wie hat er ausgesehen?«

»Wie all die anderen. Wie die Männer, die dich mitgenommen haben.«

»Ich habe sie auch gesehen«, fügte Mitja hinzu. »Sie beobachten mich in der Schule hinter dem Zaun hervor. Es sind zwei, manchmal drei. Aber die jagen mir keine Angst ein.«

»Sei nicht albern«, erwiderte ich, ohne meinen eigenen Worten zu glauben. Mitja neigte zu Übertreibungen, und seine *sehr gesunde Phantasie*, wie Borja es auszudrücken pflegte, brachte unzählige Geschichten hervor. Er hatte ein Stück vom Sputnik im Wald gefunden. Er hatte ein Mädchen aus seiner Klasse vor einem Wolf gerettet, der sich auf den Spielplatz verirrt hatte. Er hatte eine Zauberpflanze gegessen, die ihm die Kraft verlieh, höher in die Luft zu springen, als die Oberleitungen eines Trolleybusses reichten.

Diese Geschichte jedoch zweifelte ich nicht an.

Vor sechs Monaten war *Shiwago* in Italien veröffentlicht worden, und mit jedem neuen Land, in dem das Buch erschien – Frankreich, Norwegen, Spanien, Westdeutschland –, spürte ich, dass uns mehr Augen beobachteten. Mit jeder Veröffentlichung im Ausland wurden die Fragen lauter, warum das Buch bei uns noch nicht herausgekommen war. Im Augenblick verlor der Staat noch kein öffentliches Wort über den Roman. Noch hielt seine Hand still, aber es deutete sich bereits an, dass sie sich regen würde. Ich wusste, dass es nur eine Frage der Zeit war, bis sie handelten.

Ich hatte mit den Kindern nie über die Männer gesprochen, die am Ende der Straße in ihren schwarzen Autos saßen, über die Männer, die mir folgten, wenn ich nach Moskau fuhr. Stattdessen wartete ich einfach auf das, was vorbestimmt schien – ich wartete darauf, dass sie mich holen kamen.

Ich hatte mein Bestes getan, um die Kinder nicht zu beunruhigen. Ich zog die Vorhänge zu, klagte über Kopfschmerzen. Ich verriegelte die Türen, weil angeblich ein paar Jugendliche ins Haus eines Nachbarn eingebrochen hatten. Ich ging mir in einem Hundezwinger einen Schäferhund anschauen und erzählte dem Mann, mein Sohn solle lernen, Verantwortung zu tragen, indem er die Pflege eines Tieres übernahm.

Doch meine Kinder ließen sich nicht an der Nase herumführen; dafür waren sie zu groß. Sie wussten, dass mein aufgesetztes Lächeln nichts mit der Wahrheit zu tun hatte, genauso wenig wie die Worte, die ich sagte, dass die Wahrheit vielmehr in meinen zitternden Händen, in den Ringen unter meinen Augen lag.

Ich sprach mit Borja über meine wachsenden Ängste, aber er war beschäftigt mit den Briefen wohlmeinender Leser, mit den ins Land geschmuggelten Zeitungsausschnitten von begeisterten Kritiken aus dem Ausland und den Bitten um Interviews. Er war gefragt – und ich musste ihn nun nicht nur mit seiner Frau, sondern mit der ganzen Welt teilen. Als ich das Thema zuletzt angesprochen hatte, spazierten wir gerade am Ismalkowo-See entlang, und Borja war in Gedanken bei dem Problem, wie man den richtigen Übersetzer für die Übertragung von *Doktor Shiwago* ins Englische finden könne. Auf meine Frage, ob wir uns einen Wachhund zulegen sollten, antwortete er mit der Frage, ob ich der Meinung sei, dass die englische Ausgabe auch die Gedichte am Ende des Romans umfassen sollte. »Man sagt mir, dass der Reim von der Bedeutung ablenkt«, meinte er.

Alles drehte sich um das Buch, nichts sonst hatte noch eine Bedeutung – nicht der Ruhm, den ihm die internationalen Ausgaben beschert hatten, nicht die stets über ihm schwebende Bedrohung durch den Staat, nicht seine Familie, nicht die meine. Das Buch war ihm sogar wichtiger als das eigene Leben. Es kam an erster Stelle, und das würde auch immer so bleiben, und ich fühlte mich wie eine Närrin, dass ich es nicht früher begriffen hatte.

⁓

Während Ira mit den Tränen kämpfte und Mitja vorgab, keine Angst zu haben, traf mich mit aller Wucht die Erkenntnis, dass wir mutterseelenallein waren. Ich riss mich zusammen und schaute aus dem Fenster, sah aber nur die sanft sich wiegenden Pappeln, deren schwarze Schatten auf dem Kiesweg tanzten.

Dann eine Bewegung.

Die Kinder schreckten zurück, doch ich hielt still. Dann riss ich die Vorhänge auf.

»Mama!«, rief Mitja.

»Kommt«, sagte ich. »Seht her.«

Die Kinder spähten mir über die Schulter. Draußen standen zwei Füchse auf einem Scheit, das sie vom Holzstoß geschubst hatten. Sie sahen mich mit ihren goldenen Augen an, ehe sie in den Wald entflohen.

Wir lachten, bis uns die Tränen kamen, bis uns der Bauch wehtat. Wir lachten, bis es uns nicht mehr komisch vorkam.

»Bist du sicher, dass sonst nichts da draußen ist?«, fragte Mitja.

»Ja.« Ich zog die Vorhänge zu. Dann küsste ich sie auf die Wangen, wie ich es getan hatte, als sie noch klein waren. »Und jetzt zurück ins Bett.«

Die Kinder zogen ihre Schlafzimmertür zu, ich aber wusste, dass mir der Schlaf verwehrt bleiben würde. In der dunklen Küche setzte ich den Wasserkessel auf. Da ich die Kinder nicht beim Einschlafen stören wollte, zündete ich eine Kerze an und nahm eine Zeitung zur Hand.

Der Artikel wurde von keinem Bild begleitet, dennoch konnte ich mir nur allzu gut vorstellen, wie das Gemetzel aus weißem und braunem Fell, das Gewirr von Hufen, die zerbrochenen Geweihe mit ihrem abgeflämmten Bast ausgesehen haben mussten. ZWEIHUNDERT RENTIERE AUF DER HOCHEBENE VON PUTORANA VOM BLITZ ERSCHLAGEN. Ich hielt die Zeitung näher an die Kerze, um mich zu vergewissern, dass ich die Zahl richtig gelesen hatte. Ja. Zweihundert in einem einzigen Augenblick. Der Himmel reißt auf und ...

Das Flüstern des Kessels schwoll zu einem Heulen an, und ich nahm ihn vom Herd. Ich wandte mich wieder dem Artikel zu. Die Rentiere hatten sich schutzsuchend aneinandergedrängt, daher die hohe Zahl getöteter Tiere. Ein Hirte aus Norilsk hatte sie zuerst entdeckt. Er sagte, sie hätten ausgesehen, als hätte man sie durchgeschüttelt wie Würfel beim Backgammon und dann über den verschneiten Berg verstreut. Wie bezeichnend, dass der Hirte auch noch ein Poet war.

Wie viele Jahre würde es dauern, bis ihre Kadaver sich zersetzt hatten, bis ihre Knochen ausgebleicht waren? Würden Leute aus dem Dorf die Geweihe einsammeln und als unverdiente Trophäen an ihre Wände hängen? Warum hatten nicht wenigstens einige Tiere sich von der Herde entfernt und waren auf ein Gelände weiter unten ausgewichen? Vielleicht taten sie nur, was sie schon seit Tausenden von Jahren taten. Keiner kann wissen, wann der Himmel aufreißt.

Wenn draußen vor unserer Tür Männer gewesen wären, hätte ich uns dann im Haus verbarrikadiert? Oder hätte ich die Tür aufgemacht und mich angeboten? Hätte ich Borjas Namen geschrien, wohl wissend, dass er mich nicht hören konnte?

»Haben wir was zu essen?«, fragte Mitja hinter mir.

»Hab ich dich aufgeweckt?«

»Ich kann sowieso nicht schlafen.« Er ging zum Schrank. Im letzten Jahr schien Mitja andauernd zu essen. Er war in sechs Monaten beinahe fünf Zentimeter gewachsen; der Schemel, den er früher benutzt hatte, um das höchste Regalbrett zu erreichen, war jetzt ein Ständer für einen Blumentopf. Er zog eine Tüte altbackene Suschki heraus, und ich schenkte ihm eine Tasse Tee ein. Er tunkte seinen Hefekringel ein und verschlang ihn in zwei Happen.

»Hast du wirklich vor deiner Schule Männer gesehen?«, fragte ich ihn leise.

»Ich finde, wir sollten uns eine Pistole besorgen«, antwortete er.

»Eine Pistole wird uns nichts nützen.«

»Dann eben zwei Pistolen«, sagte Ira, die in die Küche kam und sich an den Tisch setzte. Sie nahm einen Schluck aus Mitjas Teetasse.

»Zwei Pistolen. Zehn Pistolen. Die nützen uns nichts.«

»Ich werde lernen, wie man damit umgeht«, sagte Mitja. Er formte seine Hand zur Pistole und richtete sie auf seine Schwester.

Ich legte meine Hand auf seine und bog seine Finger nach unten. »Nein.«

»Und warum nicht? Wer schützt uns? Ich muss was tun. Ich bin der Mann in der Familie.«

Ira lachte, aber mir schnürte es die Brust zusammen. Mein Junge.

»Freust du dich aufs Ferienlager, Mitja?«, fragte ich in einem verzweifelten Versuch, das Thema zu wechseln. Er sollte in der folgenden Woche mit den Jungen Pionieren ins Sommerlager gehen. Die letzten vier Jahre hatte Mitja die Sommer im Wald so genossen. In dem Sommer, als ich aus Potma zurückkehrte, hatte er nicht gehen wollen, weil er Angst hatte, wenn er von meiner Seite wiche, würde ich wieder abgeholt. Er hatte geschluchzt, als ich ihm sein weißes Hemd und das rote Halstuch angezogen und ihn in den Bus geschoben hatte. Als ich mit den anderen Eltern da stand und zusah, wie der Bus wegfuhr, winkte er mir nicht einmal zum Abschied. Doch als er nach Hause kam, brachte er jede Menge Geschichten mit über die Freunde, die er gefunden hatte, wie sie Fangen gespielt, die rote Fahne gehisst und am Morgen und Nachmittag geturnt hatten und wie sie

marschiert waren – selbst das hatte ihm gefallen. Wochenlang sang er Pionierlieder und betete uns Fakten vor, die er
über Getreidekontingente gelernt hatte.

Mitja hob den Kopf. »Ja, schon.«

»Willst du dieses Jahr nicht mitfahren?«

»Ich hab die ganzen Lieder satt«, sagte er. »Ich
wünschte, du würdest mich stattdessen für das Lager der
Jungen Techniker anmelden. Ich würde lieber Sachen
bauen als marschieren.«

»Ich wusste nicht, dass du lieber…«

»Das kostet extra«, unterbrach er mich.

»Ich bin sicher, da hätten wir eine Lösung gefunden.«

Mitja langte nach einer weiteren Suschka. »Du hättest
ihn gefragt?«

»Ich hätte mir was einfallen lassen.«

»Warum will er dich nicht heiraten?«

»Mitja!« Ira schlug ihm auf den Arm.

»Du fragst dich das doch selbst«, sagte Mitja. »Nur
nicht Mama. In der Schule reden sie auch.«

»Was sagen sie?«

Mitja schwieg.

»Ich war schon zweimal verheiratet, und ich will nicht
noch einmal heiraten«, sagte ich und wusste, dass sie mich
durchschauten, wie sie inzwischen alles durchschauten.

»Aber du liebst ihn doch«, sagte Ira. »Oder nicht?«

»Manchmal ist Liebe nicht genug«, antwortete ich.

»Was soll denn da sonst noch sein?«, wollte Ira wissen.

»Ich weiß es nicht.«

Mitja und Ira sahen einander an, und ihr schweigendes
Einverständnis brach mir das Herz.

Als es im Haus ruhig war, schaute ich noch einmal bei den Kindern hinein, die beide wieder eingeschlafen waren. Ich zog meinen Regenmantel an und ging hinaus. Zu ihm konnte ich nicht, er würde längst schlafen. Ich lief an dem grünen Zaun an der Hauptstraße entlang. Während ich so ging, dachte ich an Mitja als kleinen Jungen, der sich weigerte, meine Hand loszulassen, ehe er in den Bus zum Ferienlager einstieg. Ich dachte daran, dass er nun sagte, wir bräuchten eine Pistole und er wäre der Mann im Haushalt. Ich dachte an Ira und daran, wie erwachsen sie geworden war seit dem Tag, an dem mich die Männer holen kamen. Ich dachte an meine Kinder, die schon in so jungen Jahren wussten, dass die Liebe allein manchmal nicht genug ist. In der Ferne tauchten die Scheinwerfer eines Lastwagens auf. Ich fragte mich, was passieren würde, wenn der Lastwagen von der Straße abkäme und ich ihm nicht ausweichen konnte. Der Himmel reißt auf und…

WESTEN

Juni–September 1958

Kapitel 20

DIE STENOTYPISTINNEN

Die Agency reagierte schnell. Nach Irinas Erfolg im Bishop's Garden, nachdem das russische Manuskript nun in unseren Händen war, verlor man keine Zeit. Bis das Eis des Winters getaut war, die Kirschen blühten und ihre Blütenblätter abwarfen, bis die Glocke aus Feuchtigkeit sich wieder über Washington senkte, hatte man den russischen Text von *Doktor Shiwago* in New York setzen, in den Niederlanden drucken lassen und dann im Laderaum eines Kombis mit Holzpaneelen in ein sicheres Haus in Den Haag gebracht. Man hatte dreihundertfünfundsechzig Exemplare des Romans gedruckt und in blaues Leinen gebunden – gerade noch rechtzeitig für die letzten Tage der Weltausstellung, wo wir das verbotene Buch an sowjetische Besucher verteilen würden.

Zuvor hatte es allerdings ein paar Schwierigkeiten gegeben.

Ursprünglich hatte die Agency geplant, einen gewissen Mr Felix Morrow zu beauftragen – einen Verleger aus New York mit engen Verbindungen zur Agency –, den Satz des Manuskripts zu übernehmen und die Fahnen zu produzieren, die keinerlei Spuren irgendeiner amerikanischen Beteiligung enthalten durften. Dann sollte der Roman an einen noch zu bestimmenden Verlag in Europa verschifft und dort gedruckt werden – eine weitere Sicherheitsmaßnahme, um jeglichen Fingerabdruck der Agency zu tilgen. In einem Memo wurde sogar festgelegt, dass weder amerikanisches Papier noch amerikanische Druckerschwärze benutzt werden dürfe.

Teddy Helms und Henry Rennet waren mit einem Flug der American Airlines nach New York und dann mit dem Zug nach Great Neck gereist, um Mr Morrow das russische Manuskript persönlich zu überreichen – zusammen mit einer Flasche hervorragendem Whiskey und einer Schachtel von Mr Morrows Lieblingspralinen, um die Abmachung zu besiegeln.

Aber Felix Morrow entpuppte sich als echte Belastung. Der New Yorker Intellektuelle, vom Kommunisten zum Trotzkisten geworden, war inzwischen, wie er es ausdrückte, so amerikanisch wie Coca-Cola, und er redete für sein Leben gern – und wie er redete. Ehe noch die Tinte unter dem Vertrag getrocknet war, erzählte er allen und jedem von dem großartigen Buch, das er in seinem Besitz hatte.

Dann hörte Norma von einer ihrer alten New Yorker Kontakte in der literarischen Szene, dass Morrow verschiedene russische Gelehrte kontaktiert habe, die das Manuskript begutachten sollten, und schon bald redete jeder von der russischen Ausgabe, die hier auf amerikanischem Boden vorbereitet werde. Norma alarmierte sofort Anderson, der ihr sagte, man werde sich darum kümmern. »Kein anerkennendes Schulterklopfen«, erzählte sie uns. »Nicht einmal ein Dankeschön.«

Es kam noch schlimmer: Morrow hatte einen Freund bei der University of Michigan Press kontaktiert, um die Möglichkeit auszuloten, den Roman in den Vereinigten Staaten zu veröffentlichen – obwohl die Weltrechte exklusiv dem italienischen Verleger Giangiacomo Feltrinelli gehörten – und sich damit wahrscheinlich eine schöne Stange Geld zu sichern. »Ich kann das veröffentlichen, wo ich will«, antwortete Morrow Teddy, als der ihn zur Rede stellte.

Wieder wurden Teddy und Henry nach Great Neck geschickt – um Morrow mit einer noch besseren Flasche Whiskey und einer noch größeren Schachtel Pralinen zu besänftigen und seine Abmachung mit Michigan zu stoppen. Morrow protestierte, erklärte sich jedoch schließlich einverstanden, dass man ihn aus dieser Operation herausnahm – nicht wegen des Whiskeys oder der Pralinen, sondern weil man ihm eine noch größere Vergütung als die ursprünglich angekündigte versprochen hatte.

Nachdem die Probleme mit Morrow aus dem Weg geräumt waren, machten sich Teddy und Henry auf den Weg nach Ann Arbor, um Michigan davon abzuhalten, die Sache weiterzuverfolgen. Die beiden ersuchten den Präsidenten der Universität, die Pläne für die Veröffentlichung aufzugeben. Sie erklärten ihm, die erste russischsprachige Ausgabe müsse allem Anschein nach aus Europa kommen, um die größtmögliche Wirkung bei den sowjetischen Lesern zu erreichen und um zu vermeiden, dass das Werk als amerikanische Propaganda abgetan würde. Sie betonten auch, der Autor Boris Pasternak könne in Gefahr geraten, falls man das Buch mit einem amerikanischen Verlag in Verbindung brachte. Nach einigem Hin und Her erklärte sich Michigan bereit, die Veröffentlichung hinauszuzögern, bis die Ausgabe der Agency in Europa erschienen war.

Um die Sache zu Ende zu bringen, kooperierte die Agency dann mit dem niederländischen Geheimdienst. Mit dem Verlag Mouton, der bereits die Lizenz von Feltrinelli erworben hatte, um das Buch auf Niederländisch herauszubringen, schloss man eine Vereinbarung, dass er für die Agency eine kleine Auflage in russischer Sprache drucken sollte.

Nach alldem war *Doktor Shiwago* endlich unterwegs nach Brüssel und zur Weltausstellung; wenn alles nach Plan lief, wären die Exemplare bis Halloween in den Händen sowjetischer Bürger.

Teddy und Henry hatten allen Grund zum Feiern und trafen gerade noch rechtzeitig in Washington ein, um das zweite Set der Jazzpianistin Shirley Horn im Jungle Inn mitzubekommen. Sie setzten sich in die mit rotem Vinyl gepolsterte Nische, die am weitesten von der Bühne entfernt war.

Teddy trank Whiskey on the rocks, und Henry nippte an einem trockenen Martini, während sie Shirley zuhörten. Sie waren so fasziniert, dass sie Kathy und Norma in der Nische nebenan nicht wahrnahmen. Oder vielleicht bemerkten sie die Frauen, erkannten sie jedoch ohne ihre Schreibmaschinen und Stenoblöcke einfach nicht.

»Die ist gut, was?«, brüllte Henry über das Stimmengewirr des Clubs hinweg. »Was hab ich dir gesagt? Die bringt's einfach.«

»Unbedingt«, antwortete Teddy und winkte die Kellnerin herbei.

»Die hat's. Absolut. Bist du nicht froh, dass du heute Abend mitgekommen bist?«

»Was ist denn mit der Kellnerin?«, fragte Teddy. Er lockerte seine Krawatte. »Wir hätten nach Hause gehen und uns umziehen sollen. Wir sehen aus wie zwei Typen vom FBI.«

»Das glaubst auch nur du«, sagte Henry und schnipste sich ein unsichtbares Stäubchen von seinem marineblauen Jackett. »Und du weißt verdammt gut, dass du, wenn wir erst nach Hause gegangen wären, einfach dortgeblieben wärst. Was ist denn mit dir los in letzter Zeit, Teddyboy?«

Anstatt zu antworten, stand Teddy auf, um neue Drinks zu holen, und kam mit zwei Martinis zurück, mit einer zusätzlichen Olive in seinem.

»Ein Toast?«, fragte Henry.

»Worauf?«

»Auf das Buch natürlich. Möge unsere literarische Massenvernichtungswaffe das Monster zum Quieken bringen.«

Teddy hob sein Glas auf halbmast. »*Sa sdorowje.*«

Kathy und Norma hoben, noch immer unbemerkt, ihre Gläser ebenfalls, um auf den Sieg anzustoßen.

Die beiden Männer sahen zu, wie Shirley ihren Kopf zu den Tasten neigte und dann zu einem Mann hinüberblickte, der einen schwarzen Stetson mit einer Pfauenfeder auf dem Kopf trug und ganz vorn an einem kleinen runden Tisch saß.

»Was für eine Geschichte läuft da wohl?«, fragte Henry und deutete mit dem Kopf auf den Mann am Tisch.

»Ich bin nicht in der Laune für so was.«

»Ach, komm schon! Um der alten Zeiten willen.«

»Ehemann«, antwortete Teddy. »Sitzt da und sieht sich jede Show an. Oder vielleicht … ihr Liebhaber?«

»Nein«, sagte Henry. »Exmann. Er darf ihr bei der Vorstellung zuschauen, aber näher lässt sie ihn nicht ran.«

»Das ist gut, wirklich gut.«

»Irgendeine Chance auf Versöhnung?«

»Nein.«

Ein paar Minuten lang saßen die beiden Freunde stumm da.

»Dir geht es auch ganz bestimmt gut, Ted?«

Teddy trank sein Glas in zwei großen Schlucken leer.

»Wie geht es Irina?«

»Gut.«

»Kalte Füße zu kriegen ist völlig normal. Teufel noch eins, ich habe jetzt schon kalte Füße, und ich gehe nicht mal mit jemand aus.«

»Das ist es nicht. Sie ist einfach … sie ist manchmal so still.«

»Wir haben alle unsere stillen Momente.«

»Nein, das ist anders. Und wenn ich sie danach frage, wird sie wütend.« Teddy blickte sich um. »Wo bleibt die gottverdammte Kellnerin?«

»Also, um das Thema zu wechseln …«

»Danke.«

»Möchtest du ein Gerücht hören?«, fragte Henry.

Kathy und Norma lehnten sich zurück, um besser lauschen zu können.

»Wäre ich sonst in diesem Geschäft?«

»Hast du das von der Rothaarigen gehört?«

»Sally Forrester?«

Norma und Kathy warfen einander einen Blick zu.

»Genau«, sagte Henry.

»Und?«

»Soll demnächst rausfliegen. Verdammt schade. Ich habe sie immer gern kommen sehen, aber nicht so sehr, wie ich es jetzt genieße, sie gehen zu sehen.«

»Wieso?«

»Ich hatte schon immer eine Vorliebe für einen hübschen Hintern.«

Norma verdrehte die Augen zur Decke.

»Nein, warum soll sie rausfliegen?«

»Das ist das Allerbeste. Das rätst du nie.«

»Sag's mir einfach.«

Henry lehnte sich in der Nische zurück. »Ho-mo-sexu-ell.«

»Was?«, entfuhr es Norma. Die Männer bemerkten es

nicht, aber Norma und Kathy sanken in ihrer Nische ein paar Zentimeter tiefer.

»Was?«, fragte Teddy.

»Ted, so nennt man es, wenn eine Frau die Gesellschaft anderer Frauen vorzieht.«

»Ich meine, seit wann das denn? Ich dachte, ihr beide hättet was miteinander.«

Henry nippte an seinem Drink. »Vielleicht hat sie irgendein Typ absterviert, und sie hat sich umorientiert.«

»Herrgott.« Teddy senkte die Stimme. »Ich meine, wie hast du das rausgekriegt?«

»Du kennst mich gut genug, um mich nicht nach meinen Quellen zu fragen.«

»Sie ist Irinas beste Freundin«, meinte Teddy. »Ich meine, in letzter Zeit haben sie nicht viel Zeit miteinander verbracht, aber ...«

»Vielleicht ist es das. Vielleicht hat Irina auch von Sallys kleinem Geheimnis erfahren.«

»Sie hat mir gegenüber nie was erwähnt.«

»Alle guten Beziehungen basieren darauf, dass man ab und zu mal was für sich behält.«

Shirley beendete ihren Auftritt mit »If I Should Lose You«, danach wandte sie sich ans Publikum: »Ihr bleibt mal alle schön sitzen. Bestellt euch noch einen Drink, um eure Seelen zu wärmen, und ich bin dann in einer heißen Minute wieder da.« Sie erhob sich vom Klavier und setzte sich neben den Mann mit dem schwarzen Stetson. Er küsste sie, und sie schob ihn von sich, wobei sie sein Handgelenk festhielt, es umdrehte und ihn auf die Unterseite küsste.

»Eindeutig ein Liebhaber«, sagte Teddy.

Ende August gab es ein ungeheures Gewitter, und anschließend lag der halbe District im Dunkeln. Der morgendliche Berufsverkehr war das reine Chaos, und die Busse und Straßenbahnen kamen entweder zu spät oder gar nicht. Gewöhnlich fuhr Irina mit dem Bus zur Arbeit, aber an diesem Tag hatte Teddy sie wohl abgeholt, denn als wir im Pausenzimmer beim Morgenkaffee waren, bemerkten wir, dass die beiden noch immer in seinem blau-weißen Dodge Lancer saßen. Wir versuchten, sie nicht zu beobachten, was sich allerdings als schwierig erwies, da das Fenster des Pausenraums direkt auf den östlichen Parkplatz hinausging.

Es war bereits halb zehn, doch die beiden machten keinerlei Anstalten, ins Gebäude zu kommen. Stattdessen saßen sie da, und wir drückten unsere Gesichter an die Fensterscheibe, bis das Glas beschlug. Um Viertel vor zehn öffneten wir das Fenster, weil wir hofften, auf diese Weise etwas hören zu können, mussten es aber wieder schließen, als uns eine Windbö einen Schwall Regen ins Gesicht peitschte.

Wir konnten Teddy sehen, der über dem Lenkrad zusammengesackt war, als hätte man ihn erschossen, und Irina, die starr aus dem Beifahrerfenster blickte. Irgendwann stieg Irina aus und eilte in Richtung Büro, wobei sie mit ihren Absätzen auf dem glitschigen Fußweg beinahe ausgerutscht wäre.

Ein paar Minuten später fuhr Teddy schleudernd auf die E Street hinaus, und wir gingen an unsere Schreibtische zurück.

Irina kam herein, zog ihren Regenmantel aus und setzte sich an ihren Platz. Sie rieb sich die geröteten Augen und klagte über den schlimmen Sturm.

»Alles in Ordnung mit dir?«, fragte Kathy.

»Natürlich«, antwortete Irina.

»Du wirkst irgendwie verstört«, meinte Gail.

Irina befeuchtete ihre Fingerspitze und fing an, ihre Notizen vom Vortag durchzublättern. »Ich bin heute Morgen nur ein bisschen durcheinander. Das Wetter, und überhaupt.«

»Mach dir keine Gedanken«, beruhigte Gail sie. »Wir haben Anderson gesagt, du wärst auf der Damentoilette.«

»Anderson hat mich gesucht? Hat er gesagt, was er wollte?«

»Nein.«

»Gut.« Sie machte ihre Handtasche auf und zog das kleine Zigarettenetui mit ihren eingravierten Initialen heraus, das Sally ihr zum Geburtstag geschenkt hatte. Sie steckte sich eine Zigarette in den Mund und zündete sie mit roten, noch zitternden Händen an. Wir hatten Irina noch nie rauchen sehen, aber das war es nicht, was uns in diesem Augenblick auffiel: Wir alle sahen gleichzeitig, dass ihr Verlobungsring verschwunden war. »Ich meine, ich komme nicht gern zu spät«, fuhr Irina fort. »Danke, dass ihr mir Deckung gegeben habt.«

Wir wollten sie nach Teddy und dem Auto fragen. Wir wollten sie nach dem verschwundenen Ring fragen. Wir wollten sie fragen, ob sie das Gerücht gehört hatte, das über Sally umging. Aber wir taten es nicht. Wir dachten uns, wir sollten ihr ein bisschen Zeit geben und sie am nächsten Tag nach Einzelheiten fragen.

Doch am nächsten Morgen wurde Irina zu Anderson ins Büro gerufen.

Wir wussten, dass sie dort war. Wir wussten, dass sie, als sie herauskam, schnurstracks in die Damentoilette ging und dort lange blieb. Und wir wussten, dass sie, nachdem sie die Toilette verlassen hatte, früher nach Hause ging, weil sie über Bauchschmerzen klagte.

Helen O'Brien, Andersons Sekretärin, ergänzte den Rest.

»Er hat ihr gesagt, die Agency müsse auf ihren guten Ruf bedacht sein, und sie antwortete: *Ja, natürlich.* Dann irgendwas wegen Anstand im Büro und zu Hause. Und sie sagte: *Ja, der Meinung bin ich auch.* Er meinte weiter, es habe Gerüchte über persönliches Fehlverhalten gegeben. Dann kam eine längere Pause. Sie fragte, ob diese Gerüchte sie beträfen, und meinte, soweit sie wisse, habe sie sich stets gemäß dem höchsten Standard der Agency verhalten. Und er erwiderte: *Sehen Sie – die Leute sagen, dass Sie ein bisschen anders wären, Sie wissen schon, in dieser gewissen Weise. Und wenn das stimmt, ist das für uns eine Belastung.* Sie hat es durch die Bank abgestritten. Ich glaube, sie hat vielleicht sogar angefangen zu weinen, aber das konnte ich durch die Tür nicht genau verstehen. Er meinte, er sei erfreut, das zu hören, und er hoffe, dieses Gerücht würde ihm nicht wieder zu Ohren kommen, wie das über eine andere Frau, die er neulich habe rauswerfen müssen. Sie fragte, wer das gewesen sei, und er wartete ein paar Sekunden. Dann sagte er es: *Sally.*«

Irina kam die ganze restliche Woche nicht ins Büro, und wir bekamen nie die Gelegenheit, sie zu fragen, was geschehen sei. Denn am Samstag stieg sie in ein Flugzeug nach Brüssel, zur Weltausstellung.

Am folgenden Montag kam auch Teddy nicht ins Büro. Auch die ganze restliche Woche nicht.

Wir trafen uns zur Happy Hour im Martin's, um die Sache zu diskutieren.

»Vielleicht ist er nach Brüssel gereist, um Irina zurückzugewinnen?«, schlug Kathy vor.

Norma hielt eine Auster in die Höhe, die zweimal so groß war wie die anderen. Sie musterte sie eine Sekunde lang und schlürfte sie dann aus. »Du alte Romantikerin«, sagte sie. »Ich habe gehört, dass er sich in seiner Wohnung eingeschlossen hat und sich weigert, aufzustehen oder die Tür zu öffnen.«

»Wo hast du das denn her?«, fragte Judy.

»Gut unterrichtete Kreise.«

»Ich bin ziemlich sicher, dass er nur wegen eines Auftrags weg ist«, sagte Linda und stieß mit ihrer Austerngabel nach der Olive in ihrem Martini.

»Du bist aber langweilig«, meinte Norma. Sie winkte die Kellnerin heran und bestellte einen weiteren Martini. »Sie braucht auch noch einen«, sagte sie und deutete auf Linda.

Linda protestierte nicht. »Vielleicht ist er übergelaufen. Vielleicht hat Irina ihm mehr als nur das Herz gebrochen.«

»Schon viel besser!«, lobte Norma.

»Oder vielleicht ist er bei Sally«, sagte Linda.

»Aber was hat es dann damit auf sich, dass sie …« Kathy senkte die Stimme. »Ihr wisst schon?«

»Das Timing passt aber. Erst geht Sally, dann geht Irina.« Die Kellnerin stellte unsere Martinis vor uns hin. »Vielleicht hatten nicht Sally und Henry, sondern Sally und Teddy die ganze Zeit eine Affäre, und als Irina das rausgekriegt hat, da …«

Norma zog Linda ihren Drink weg. »Das war jetzt, glaube ich, wirklich einer zu viel.«

Wir fanden nie heraus, was Teddy in der Woche tat, in der er nicht zur Arbeit erschien, aber wir wissen, dass er an dem Tag, an dem er wiederkam, schnurstracks auf Henry Rennet zumarschierte, der gerade in der Schlange fürs Mittagessen auf sein gebratenes Hühnchen und Kartoffelpüree aus der Tüte wartete. Teddy tippte ihm auf die Schulter, und er drehte sich um. Ohne ein einziges Wort hieb Teddy seinem Freund die Faust ins Gesicht. Henry wankte eine Sekunde und ging dann zu Boden. Sein grünes Plastiktablett schlug zuerst auf dem Boden auf und verstreute ringsherum Mais, den man ihm schon gereicht hatte. Sein Körper folgte, und er landete mit dem Gesicht im Mais und auf dem schwarz-weiß gekachelten Boden.

Teddy machte einen Schritt über Henry hinweg, kickte das Tablett über den Boden der Cafeteria, spazierte zum Eisbehälter, nahm sich eine Faust voll Eis und ging.

Judy verließ gerade die Schlange mit einer Schale Hühnersuppe, als sie hörte, wie Henrys Gesicht auf den Boden aufschlug, als hätte jemand rohes Fleisch auf eine Marmortheke geklatscht. Sie brauchte eine Weile, bis sie begriff, dass die beiden weißen Kaugummis, die über den Boden geschlittert kamen und knapp vor ihren Lacklederpumps liegen blieben, Henrys Schneidezähne waren. Die Frau neben ihr kreischte, aber Judy bückte sich nur ganz vernünftig nach unten, sammelte die Zähne auf und steckte sie in die Tasche ihrer Strickjacke. »Falls man die irgendwie wieder reinmachen kann«, erklärte sie uns, als sie die Geschichte erzählte.

Diejenigen, die nicht gesehen oder gehört hatten, wie Teddys Faust auf Henrys Mund traf, meinten, Henry wäre in Ohnmacht gefallen. »Holt einen Arzt!«, schrie jemand. Henry setzte sich auf, war noch benommen, als Doc Turner – kein echter Arzt, sondern ein ältlicher Koch aus der Cafeteria, dem ständig eine halbgerauchte Zigarette im Mundwinkel hing – mit einem tiefgefrorenen Steak aus der Küche auftauchte. »Da hast du was, Kumpel«, sagte er und reichte es Henry.

Aus Henrys Mund triefte es rot auf seine weiße Hemdbrust. Er legte sich das Steak aufs Auge, dann auf das andere, dann auf die Nase. Erst als er einen metallischen Geschmack im Mund bemerkte, begriff er, dass seine beiden Schneidezähne weg waren. Seine Zunge tastete in der neuen Lücke herum.

Doc Turner half Henry auf die Füße. »Hast anscheinend was falsch gemacht.«

»Wer war das?«, fragte Henry. Er sah sich in dem Halbkreis von Menschen um, die sich um ihn versammelt hatten.

»Ich hab nur das Ergebnis gesehen«, antwortete Doc.

»Teddy Helms«, sagte Judy. »Es war Teddy.«

Henry wischte sich einen blutigen Brocken Mais vom Mund, schob sich durch die Menge und ging fort.

Norma hatte gesehen, wie Henry die Zentrale verließ, als sie gerade von einem Arztbesuch zurückkam. »Unter Henrys Auge konnte man deutlich den Abdruck von Teddys Georgetown-Siegelring sehen«, sagte sie kichernd. »Das hätte selbst ich nicht besser hinbekommen.«

❧

Am nächsten Tag gingen wir ein paar Minuten früher zur Arbeit, um die Konsequenzen dieser mittäglichen Prügelei mitzubekommen. »Meinst du, er fliegt raus?«, fragte Kathy.

»Nee, so regeln die Jungs hier ihre Angelegenheiten. Es würde mich nicht überraschen, wenn Dulles ihn sogar dazu ermutigt hätte. In null Komma nix läuft es bei denen wieder wie immer«, meinte Linda.

Wir machten uns daran rauszubekommen, was Teddy provoziert hatte, seinen besten Freund zahnarztreif zu schlagen. »Fangen wir mal von hinten an«, schlug Norma eines Morgens bei Ralph's vor. »Teddy hat Henry geschlagen, Irina hat Teddy verlassen, Sally ist rausgeflogen.«

»Wo ist die Verbindung?«, fragte Linda.

»Da bin ich überfragt«, sagte Norma.

Und während Teddy am nächsten Tag mit zwei Pflastern auf den Knöcheln bei der Arbeit erschien, kam Henry nie wieder. Norma fand jedoch das eine oder andere über seinen Verbleib heraus. Wie, das wollten wir lieber nicht wissen. Doch sie erzählte mehr als einer von uns, wo er sich aufhielt, weil sie meinte, das könne einmal nützlich werden.

Zwei Wochen später war Judy höchst überrascht, als sie die Hand in die Tasche ihrer Strickjacke steckte und statt des erwarteten Taschentuchs Henrys Zähne herauszog.

Drei Wochen später brachten wir die Hochzeitsgeschenke zurück, die wir für Teddy und Irina gekauft hatten, und waren froh, dass wir die Quittungen noch hatten.

Einen Monat später geleitete Anderson eine neue Stenotypistin ins Büro, und wir begriffen, dass Irina nicht wiederkommen würde.

Kapitel 21

~~DIE BEWERBERIN~~
~~DIE ÜBERBRINGERIN~~
DIE NONNE

Unter einem Vorhang aus nassem Haar hervor sah ich zu, wie das schwarze Wasser den Abfluss hinunterwirbelte. Von den Chemikalien war mir schwindlig, und als ich meinen triefenden Kopf hob, riss die Frau, die gekommen war, um eine neue Frau aus mir zu machen, ein Fenster auf.

Nachdem sie meinen Kopf in ein weißes Handtuch gewickelt hatte, wies sie mich an, mich auf den alten Schrankkoffer zu setzen, der in der Wohnung als Sofatisch fungierte. Sie klappte ihren krabbenrosa Schminkkoffer auf und brachte eine Schere zum Vorschein, die aus einem violetten Samtfutteral herausblitzte, dazu eine Auswahl an Farben, zwei Maßbänder, Schaumstoffpolster, Make-up-Pinsel, schwarze und weiße Stoffmuster und gelbe Gummihandschuhe.

Sie kämmte mir die Knoten aus dem Haar, bis es ganz glatt war, und nahm es dann straff zurück. Nachdem sie mit der Schere hindurchgesäbelt hatte, reichte sie mir den abgehackten Pferdeschwanz. Ich hielt ihn fest, während sie die Flasche schwarze Farbe aufschüttelte, die sie schon für meinen Kopf benutzt hatte und nun zart mit einem kleinen Pinsel auf meine Augenbrauen tupfte. Was weit mehr brannte als das leichte Kribbeln, das sie mir angekündigt hatte.

Nachdem sie die Farbreste weggewischt hatte, wies sie mich an, aufzustehen und mich auszuziehen. Ich zögerte. »Mach dir keine Sorgen, Schätzchen«, sagte sie. »Ich habe schon alles gesehen.« Es war mir gelungen, wieder etwas von dem Gewicht zuzunehmen, das ich verloren hatte, nachdem Sally Schluss gemacht hatte, aber nicht viel. Sie hielt mir die Schaumstoffpolster an die Brust und dann auf mein Hinterteil. »Da geben wir dir ein bisschen was extra.«

Während sie bei mir Maß nahm, redete sie. Sie erzählte mir, dass sie früher in der Kostümabteilung von Warner Brothers gearbeitet habe und der launischen Joan Crawford falsche Wimpern ankleben musste; dass sie Einlagen in Schuhe gestopft habe, um Humphrey Bogart größer wirken zu lassen; und dass sie in sämtlichen Schönheitssalons Hollywoods nach dem richtigen Blondton für Doris Day gesucht habe. Sie erzählte, wie sie in eine Garderobe hereingeplatzt sei und dort Frank Sinatras Kopf – *mit dem Hut darauf!* – zwischen den Beinen einer Schauspielerin erwischt habe, deren Namen sie nicht nennen wollte. »Er hat nicht mal den Blick gehoben«, sagte sie. »Hat nur in ihre Sie-wissen-schon reingemurmelt, ich solle in zwanzig Minuten wiederkommen. Ich hätte nie gedacht, dass Ol' Blue Eyes einer von der großmütigen Sorte ist.«

Ich sagte nichts, während die Frau ihre Geschichten hervorsprudelte. Normalerweise hätte ich sie höchst unterhaltend gefunden, aber ich war nicht in der Stimmung dafür, und sie war eine der Frauen, die fünfundvierzig Minuten am Stück reden können, ohne zu merken, dass ihre Zuhörer längst eingeschlafen sind.

Ich war acht Stunden zuvor mit dem Flugzeug eingetroffen und völlig erschöpft. Es war der erste Flug meines Lebens gewesen, und in dem Augenblick, als ich auf das Rollfeld trat, wurde ich, schon vor meiner äußerlichen Verwandlung, weit mehr als eine Sendbotin – ich wurde eine neue Frau.

Ich hatte darum gebeten, und das war es nun. Ich hatte nicht nur einen Auftrag und ein One-way-Flugticket: Ich hatte die Gelegenheit, eine andere zu werden, ganz neu anzufangen. Also ergriff ich sie. Ein gebrochenes Herz kann befreiend sein – ein Gewicht ist von einem genommen, es gibt niemanden mehr, den man verletzen oder der einen verletzen kann. Zumindest redete ich mir das ein.

Die Frau packte ihre Schere und Farben und Handschuhe ein. Sie fegte mein Haar vom Boden auf und stopfte es in eine kleine Plastiktüte, die sie in ihrem Koffer verstaute. Ehe sie ging, erklärte sie mir, ein Florist würde mir in einer Schachtel für langstielige Rosen die Ordenstracht einer Nonne bringen. Sie machte die Tür auf und wandte sich zu mir um. »War schön, dich kennenzulernen, Liebes.«

»Gleichfalls«, sagte ich, obwohl wir einander nicht einmal unsere Namen genannt hatten.

Ich schloss die Tür hinter ihr ab, ging zu dem gesprungenen Spiegel, der über dem Waschbecken im Bad hing, und blickte die Fremde darin an. Mit den Fingern fuhr ich mir durch die wenigen Zentimeter Haar, die mir geblieben waren. Ich leckte an meiner Fingerspitze, rieb mir einen kleinen Fleck schwarze Farbe von der Schläfe und sagte mir, ich könne jetzt irgendwer sein.

Während ich mich anzog, ebbte die Erregung ein wenig ab. Was würde Sally von meiner Verwandlung halten? Was hätte Mama gedacht? Ich fasste mir in den kahlen Nacken. Mama hätte es bestimmt furchtbar gefunden. Sally würde sagen, dass es eine *klare Ansage* sei. Teddy hätte gesagt, dass es ihm wunderbar gefiele, auch wenn das nicht stimmte.

Nach Mamas Beerdigung wollte ich nicht allein in der Wohnung sein, also blieb Teddy bei mir und übernachtete auf der Couch. In den Nächten, in denen ich nicht schlafen konnte, las er mir vor – Essays aus dem *New Yorker*, Texte von E. B. White und Joseph Mitchell, Kurzgeschichten von Männern, deren Namen ich vergessen habe. An dem Abend, an dem ich ihm sagen würde, dass ich ihn nicht heiraten könne, zog er einen Stapel Papiere aus seiner Aktentasche und las mir daraus vor. Er sagte mir nicht, dass er geschrieben hatte, was er da vorlas, bis er damit fertig war und mir verriet, dass es das erste Kapitel eines Romans sei, an dem er schon seit Jahren arbeitete. Ich sagte ihm, dass es mir sehr gut gefiele und dass er den Roman zu Ende schreiben müsse. »Findest du das wirklich?«, fragte er. Als ich sagte, dass ich ihn nicht belügen würde, fragte er, ob das tatsächlich stimmte.

Es fiel mir schwer, seinem Blick standzuhalten, doch ich zwang mich dazu. »Ich kann dich nicht heiraten.«

»Wir können warten. So lange, wie du brauchst. Du trauerst noch.«

»Nein, das ist es nicht.«

»Was denn dann?«

»Ich weiß es nicht.«

Ich wusste, wie sehr er sich beherrschte, die Worte nicht auszusprechen, die zwischen uns hingen. »Ich glaube, du weißt es sehr wohl.«

»Nein, ich weiß es nicht.«

»Ist es wegen Sally?«

»Was? Nein … Ich habe Probleme damit, Freunde zu finden. Jedenfalls echte Freunde. Sie ist eine gute Freundin.«

»Es muss sich nichts ändern. Ich weiß …«

»Ich glaube nicht, dass du mich so gut kennst, wie du denkst.«

»Das ist es ja, doch, ich kenne dich.«

»Was willst du damit sagen?«, fragte ich.

»Ich meine, ich will einfach nur mit dir zusammen sein – was immer es für dich bedeuten mag.«

Ich konnte es nicht verstehen. Ich wollte es nicht verstehen. »Was bedeutet es denn für dich? Was willst du?«

»Eine Ehefrau«, hatte er geantwortet. »Eine Freundin.« Er schniefte eine Träne hoch. »Dich.«

»Und was siehst du dann in mir?«

Er neigte den Kopf. »Sei ehrlich zu mir.«

Ich antwortete, das sei ich, und er bat mich, noch einmal darüber zu schlafen, mir Zeit zu lassen, ehe ich eine Entscheidung traf. Ich war einverstanden, hauptsächlich, um ihn nicht länger so sehen zu müssen, und wir gingen unserer Wege – er zum Sofa, ich in mein Bett, wo ich die ganze Nacht hörte, wie er sich im anderen Zimmer von einer Seite auf die andere wälzte.

Am folgenden Tag kappte ein Gewitter den Strom im halben District. Als Teddy uns ins Büro fuhr, redeten wir weder miteinander, noch stellten wir das Radio an. Nur das Geräusch der Scheibenwischer, die gegen den strömenden Regen ankämpften, war zu hören. Als wir auf den Parkplatz fuhren, streifte ich mir den Ring seiner Großmutter vom Finger und legte ihn aufs Armaturenbrett. Teddy sackte nach vorn, und so ließ ich ihn irgendwann zurück. Ich hatte nichts mehr zu sagen, und ich fürchtete, dass jedes weitere Wort ihn entweder noch mehr verletzen oder mich daran hindern würde, aus dem Auto auszusteigen. Ich war diejenige, die der Sache ein Ende machte, dennoch hatte ich das Gefühl, auch mir das Herz zu brechen – nicht so, wie

Sally es getan hatte, aber so, dass ich noch mehr ins Trudeln geriet, als hätte ich das einzige Seil gekappt, das mich noch mit dem Boden verband.

An diesem Tag kam Teddy nicht ins Büro, und ich sah ihn vor meiner Abreise nicht mehr. Er hatte seinen Koffer geholt und war fort, als ich in die Wohnung zurückkehrte. Am nächsten Tag wurde ich in Andersons Büro gerufen und über meine Beziehung zu Sally befragt. Man sagte mir, sie sei gefeuert worden und meine Beziehung zu ihr sei verdächtig, was ich überzeugend genug leugnete, dass Anderson sagen konnte, er glaube mir. Sie hatten mir schließlich selbst beigebracht, wie ich jemand anders werden, wie ich Lügen über mich erzählen konnte. Und es fühlte sich gut an, meine neugefundene Macht gegen sie zu richten.

Es war einfach zu viel passiert. Und hier in Brüssel, als ich mich auf halbem Weg um den Globus im Spiegel betrachtete, konnte ich es mir immer noch nicht aus dem Kopf schlagen. Aber ich musste. Es gab keinen Weg zurück. Die Mission hatte begonnen.

Ich schlang mir einen Schal um das Haar und machte mich auf den Weg zum Treffpunkt. In Brüssel pulsierte das Leben, und der Mond stand als Halbkreis über der Stadt. Die Straßen wimmelten von Menschen aus aller Herren Länder, die zur Weltausstellung wollten. Als ich an einem belebten Café vorbeiging, hörte ich Leute französisch, englisch, spanisch, italienisch, niederländisch reden. Ich überquerte die Grand-Place, auf der eine Gruppe chinesischer Männer und Frauen stand und zum gotischen Hôtel de Ville hinaufstarrte, wobei sie eine Schachtel Pralinen herumreichten. Zwei Russen gingen so nah an mir vorüber, dass einer meine

Schulter streifte. Hatte der mit der Pelzmütze mich einen Augenblick zu lange angesehen? Ich drehte mich nicht um, beschleunigte auch meine Schritte nicht. Ich blickte nur geradeaus und ging weiter.

Ich kam bei der Adresse in der Rue Lanfray an, die mir mein Führungsoffizier gegeben hatte, gleich bei den Teichen von Ixelles. Als ich vor dem prachtvollen Jugendstilgebäude stand, staunte ich ehrfürchtig über seine vier Stockwerke mit den komplexen Holzintarsien und den verschlungenen mintgrünen Eisenverzierungen, die sich wie Efeu an seiner Fassade emporrankten. Man hätte das gesamte Haus in einem Kunstmuseum ausstellen können. Während ich die geschwungene Betontreppe zur zweiflügeligen Eingangstür hinaufstieg, sagte ich mir, dass ich an keinen anderen Ort als hierhin gehörte; zumindest die Frau, zu der ich geworden war. Ich drückte auf den goldenen Klingelknopf, zählte bis sechzehn und drückte noch einmal. Ich spürte, wie mir der Schweiß den Nacken hinunterzulaufen begann. Ein als Priester gekleideter Mann öffnete. »Vater Pierre?«, fragte ich auf Russisch.

»Schwester Aljona. Willkommen.« Der Klang meines neuen Namens nahm mir etwas von dem Druck auf der Brust.

Ich schüttelte ihm mit festem Griff die Hand, wie Sally es mir beigebracht hatte. »Angenehm.«

»Wir haben schon ohne Sie angefangen.« Ich kannte weder seinen wirklichen Namen, noch wusste ich, ob Vater Pierre überhaupt katholisch war. Er trug den Priesterkragen, hatte jedoch einen elfenbeinfarbenen Kaschmirpullover über die Schulter gebreitet, als wäre er gerade vom Golfspielen zurückgekehrt. Anfang dreißig, war Vater Pierre auf nichtssagende Art attraktiv mit schütter werdendem blondem Haar, tiefblauen Augen und einem rötlichen

Bart. Er bat mich herein, und ich folgte ihm die Treppe hinauf.

Die Wohnung war in einem luxuriösen, aber eklektizistischen Stil eingerichtet, als habe ein Neureicher jemanden beauftragt, ihm ein paar geschmackvolle Stücke zu besorgen. Die Mischung aus modernen dänischen Möbeln, Wandteppichen des 17. Jahrhunderts und rustikaler Keramik vermittelte den Eindruck, man sei in einem Museum gelandet, das wie in einer Schneekugel gründlich durcheinandergeschüttelt worden war.

Ich war auf die Minute pünktlich und trotzdem die Letzte aus dem Team, die eintraf. Ein Mann und eine Frau saßen auf einem nierenförmigen Sofa vor einem schwach glimmenden Kamin und schlürften Cognac. Der Mann wurde Vater David genannt, in ihm erkannte ich den für unsere Mission verantwortlichen Agenten. Die Frau, Iwanna – das war ihr richtiger Name –, war die Tochter eines im Exil lebenden russisch-orthodoxen Theologen und Inhaberin eines belgischen Verlags, der religiöse Schriften veröffentlichte. Außerdem war sie die Begründerin der Untergrundorganisation *Leben mit Gott*, die verbotene religiöse Schriften hinter den Eisernen Vorhang schmuggelte. Ihre Gruppe arbeitete bereits seit Eröffnung der Weltausstellung mit dem Vatikan zusammen, und wir sollten von ihnen erfahren, wie man *Shiwago* am wirkungsvollsten verteilen könnte.

Iwanna und Vater David blickten auf, als wir eintraten, lächelten jedoch weder, noch erhoben sie sich. Es war nicht nötig, uns gegenseitig vorzustellen: Sie wussten, wer ich war, genauso, wie ich wusste, wer sie waren. Ich setzte mich auf die Kante eines weißleinenen Clubsessels, und sie fuhren fort.

Auf dem eleganten schwarzen Sofatisch vor ihnen stand ein genaues Modell der Expo 58, mit blau eingefärbten Spiegelstücken, die die Brunnen und Teiche darstellten, mit Miniaturbäumen, Skulpturen, Flaggen aller Nationen und dem Gottesstadt-Pavillon des Heiligen Stuhls mit seiner weißen Skischanze von einem Dach – dem Ort, wo die Mission stattfinden würde.

Es war Iwannas Idee gewesen, die Weltausstellung zur Missionierung zu nutzen, und Vater David griff diesen Gedanken auf und übernahm ihn für die Zwecke der Agency. Er glaubte, die Expo 58 sei der perfekte Ort, um den Roman in die UdSSR zurückzuschaffen und auf diese Weise einen internationalen Aufruhr darüber anzuzetteln, warum er dort überhaupt verboten war.

Vater David sprach leise, zog jedoch die Aufmerksamkeit aller auf sich und redete stetig und selbstbewusst wie der Sprecher der Abendnachrichten. Mit seinem Pfadfinderhaarschnitt, dem zarten rosa Mund und seinen langen Fingern, von denen man sich leicht vorstellen konnte, wie sie eine Hostie in die Höhe hielten, ähnelte er eher einem Priester als Vater Pierre.

Er deutete auf das Modell und zeigte uns die unterschiedlichen Routen, auf denen wir das Ausstellungsgelände täglich betreten und wieder verlassen würden. Wenn wir den Verdacht hegten, dass uns jemand folgte, sollten wir im Atomium abtauchen – dem Zentrum der Weltausstellung, dem einhundert Meter hohen Abbild eines 165-milliardenmal vergrößerten Grundelements eines Eisenkristalls. Wir sollten den Aufzug zur Spitze des Aluminiumbaus nehmen, wo sich ein Restaurant befand, das einen Panoramablick über Brüssel bot und wo einer der Kellner uns jederzeit helfen würde.

Nachdem Vater David uns den Überblick über den Geländeplan gegeben hatte, stellte er das Modell auf den Boden und rollte einen Grundriss der Gottesstadt auf. Er deutete auf einen Punkt, an dem Rodins *Denker* zu finden sein würde. »Hier wird Vater Pierre sich aufhalten und in der Menge herumgehen, um alle Sowjets ausfindig zu machen, die mögliche Zielpersonen sein könnten«, sagte er. »Sobald sie identifiziert sind, gibt er Iwanna ein Zeichen, indem er sich mit der linken Hand am Kinn kratzt.« Er zog eine Gerade vom *Denker* zur Kapelle der Stille, und sein langer Fingernagel kratzte über das Papier. »Iwanna wird sie dann in die Kapelle der Stille geleiten, wo sie sie nach ihrem Interesse an Propaganda einschätzt. Sollte die Zielperson sich aufgeschlossen zeigen« – nun bewegte sich sein Finger um den Altar der Kapelle herum zu einem kleinen, namenlosen quadratischen Raum –, »führt sie sie hierhin, in die Bibliothek, wo ich mit Schwester Aljona auf sie warte.« Er sah mich an und fuhr fort. »Nach einer weiteren Begutachtung wird die Übergabe stattfinden.« Er nahm die Hand von dem Plan. »Noch etwas: Ab sofort beziehen wir uns auf *Shiwago* ausschließlich als das Gute Buch.« Er setzte sich zurück und schlug die Beine übereinander. »Fragen?« Als niemand antwortete, ging er den Plan noch einmal von Anfang bis Ende mit uns durch. Und dann noch einmal.

Nachdem der Ablauf nun fest in unseren Köpfen zementiert war, saßen wir zusammen und redeten, tranken Rotwein aus Teetassen und rauchten. Irgendwann fragte ich: »Das Gute Buch – ist es hier?« Iwanna sah zu Vater David, und der nickte. »Die Bücher wurden heute früh direkt zur Weltausstellung gebracht, aber eines haben wir hier.« Sie ging zu dem Schrank im Foyer und holte eine kleine Holzkiste hervor, die mit einem alten Teppich abgedeckt war. Sie nahm den Teppich hoch und zog ein Buch heraus. »Hier«, sagte sie und reichte es mir.

Ich hätte erwartet, dass es sich irgendwie verboten anfühlen würde. Ich hätte erwartet, dass es mich vor Widerstandsgeist nur so jucken würde. Doch ich spürte nichts. Das verbotene Buch sah aus und fühlte sich an wie jeder andere Roman. Ich schlug es auf und las laut auf Russisch: *»Sie hatten einander nicht unter Zwang, nicht ›von Leidenschaft versengt‹ geliebt, wie das oft fälschlich dargestellt wird. Sie hatten einander geliebt, weil alles ringsum es so wollte: die Erde unter ihnen, der Himmel über ihnen, die Wolken, die Bäume.«*

Ich klappte das Buch zu. Ich wollte nicht an sie denken. Ich konnte nicht.

»Haben Sie es gelesen?«, fragte ich.

»Noch nicht«, sagte Iwanna. Vater David und Vater Pierre schüttelten den Kopf.

Als ich den Roman erneut aufschlug und mir die Titelseite anschaute, entdeckte ich einen Fehler. »Sein Name.«

»Was ist damit?«, wollte Vater David wissen.

»Er sollte hier nicht mit dem vollen Namen *Boris Leonidowitsch Pasternak* genannt werden. Russen würden den Vatersnamen nicht hinzufügen. Sie würden nur *Boris Pasternak* schreiben.«

Vater Pierre paffte an seiner kubanischen Zigarre. »Zu spät«, meinte er und faltete die Hände, als wolle er beten.

⌘

Am folgenden Morgen kleidete ich mich sorgfältig mit meinem gepolsterten Büstenhalter und den wattierten Unterhosen an, schlüpfte dann in das formlose schwarze Ordensgewand und legte den Schleier mit dem steifen weißen Band an, der meine Stirn einrahmte. Mir war verboten, auch nur eine Spur von Make-up zu tragen; die Frau aus Hollywood hatte gesagt, für ein bisschen Glanz müsse ich mich mit einem Tupfer Vaseline auf den Lippen und oben auf den Wangen begnügen. Aber ich nahm nicht einmal das. Als ich in den Spiegel schaute, gefiel mir, wie mein Gesicht aussah: roh, blass, vielleicht ein wenig älter. Ich trat zurück, um mich ganz zu betrachten, und fühlte mich geschlechtslos – und machtvoll.

Um genau 6.30 Uhr verließ ich für meinen ersten Tag auf der Weltausstellung die Wohnung. Wenn wir unsere Arbeit wie geplant verrichteten, würden wir das letzte der dreihundertfünfundsechzig Exemplare von *Doktor Shiwago* bis zum Ende des dritten Tages verteilt haben.

Aus der Straßenbahn, die man gebaut hatte, um Besuchern den Weg von der Stadtmitte zur Ausstellungshalle Heizel Paleis zu erleichtern, sah ich das Atomium, das weitaus größer war, als mich das Modell hatte erwarten lassen. Mit seinen neun Kugeln war das Atomium das offizielle Symbol der Weltausstellung – auf jedem Plakat, jedem Flugblatt und beinahe jeder Postkarte und jedem Souvenir zu sehen –, es sollte für das neue Atomzeitalter stehen. In meinen Augen sah es eher aus wie eine übriggebliebene Kulisse aus dem Science-Fiction-Film *Der Tag, an dem die Erde stillstand*.

Die Ausstellung würde erst in einer Stunde öffnen, aber schon jetzt hatten sich vor den großen Eisentoren Menschenschlangen gebildet: Ungeduldige Kinder zerrten an den Handtaschen ihrer Mütter; eine Gruppe amerikanischer Schüler steckte Hände und Köpfe durch den Zaun, wobei einer von ihnen beinahe stecken geblieben wäre; ein junges französisches Pärchen küsste sich in aller Öffentlichkeit innig und ohne jede Rücksicht auf die missbilligenden Blicke; eine ältliche Deutsche machte ein Foto von ihrem Ehemann, der neben einer Frau mit dem schwarzen Rock, dem schwarzen Schlips und dem schwarzen Hut einer Ausstellungsführerin stand. Es war aufregend, von so vielen Menschen umgeben zu sein und dennoch das Gefühl zu haben, nicht gesehen zu werden. Niemand achtete auf die Nonne.

Ich schloss mich der Schlange der Leute an, die bei der Ausstellung arbeiteten und an der Porte du Parc warteten, die unmittelbar zum internationalen Bereich führte. Als ich mich dem Torwärter näherte, holte ich tief Luft und zog meinen Expo-58-Ausweis hervor. Er schaute mich kaum an, während er mich hereinwinkte.

Es war überwältigend. Das Modell hatte mich nicht annähernd auf die enorme Größe all dessen vorbereitet, was mich hier erwartete. Es war die erste Weltausstellung seit dem Krieg, und obwohl sie erst vor sechs Monaten eröffnet worden war, hatten ihr bereits geschätzte vierzig Millionen Touristen aus allen Ecken der Erde einen Besuch abgestattet.

Außer den Leuten, die bei der Expo arbeiteten und nun zu ihren Positionen eilten, und einer Brigade Besen schwingender Frauen, die den Abfall vom Weg fegten, hatte ich den Hauptweg für mich allein. Ich kam am thailändischen Pavillon mit seinem mehrstufigen Dach vorüber, der an einen Tempel über einer glänzenden weißen Marmortreppe erinnerte. Der britische Pavillon hatte eine verblüffende Ähnlichkeit mit drei weißen Bischofsmitren. Der französische Pavillon ließ an ein riesiges Flechtwerk aus Glas und Stahl denken. Der westdeutsche Pavillon war so schlicht und modern, als hätte ihn sich Frank Lloyd Wright ausgedacht. Und der italienische erinnerte an eine wunderschöne toskanische Villa.

Den amerikanischen Pavillon fand ich schnell, und ich konnte mich nicht entscheiden, ob das von Flaggen umgebene Gebäude eher wie ein liegendes Wagenrad oder wie ein UFO aussah. Unmittelbar links daneben stand das Ungeheuer des Sowjetpavillons – bei weitem der größte Pavillon im internationalen Bereich. Er sah aus, als wäre es ihm ein Leichtes gewesen, den amerikanischen Pavillon zu verschlucken. Drinnen gab es Nachbildungen von Sputnik I und II, die ich unbedingt sehen wollte. Ich hätte es niemals laut zugegeben, aber als Sputnik I gestartet war, konnte ich nicht umhin, auch Stolz zu empfinden. Ich war nie im Mutterland gewesen, doch als ich in jener Nacht, in der man den Satelliten hochgeschossen hatte, in den Himmel schaute, verspürte ich eine Verbindung zum Geburtsland meiner Eltern, wie ich sie nie zuvor empfunden hatte. In jener Nacht war es in D. C. bewölkt, und ich wusste, dass man den Satelliten nicht mit bloßem Auge sehen konnte, dennoch blickte ich in den Himmel und hoffte, einen silbernen Blitz zu erkennen, der quer über den Himmel raste. Als ich nun hier stand und dem Sputnik – zumindest seiner Nachbildung – so nah war, wollte ich zu gern in den russischen Pavillon hineingehen und ihn sehen, ihn berühren.

Aber ich durfte nicht von Vater Davids Plan abweichen.

Auf der anderen Seite des amerikanischen Pavillons lag mein Ziel: die vatikanische Gottesstadt. Das weiße Gebäude des Heiligen Stuhls, so schlicht wie prägnant mit seinem geneigten Dach, war so klein, dass es wahrscheinlich in die Vorhalle des Pavillons der UdSSR gepasst hätte. Ich betrat das stille Gebäude, und das Klacken meiner billigen schwarzen Lederschuhe hallte über die Marmorböden. Arbeiter des Vatikans huschten umher und bereiteten sich auf die Öffnung vor. Sie wischten die Böden, legten Broschüren aus und füllten die Weihwasserbecken nach. Sie sagten *Guten Morgen, Schwester,* als ich vorüberging, und ich lächelte so, wie ich mir ein Nonnenlächeln vorstellte: nur mit den Mundwinkeln.

Vater Pierre hatte seinen Posten schon bezogen – er stand neben dem *Denker,* die Hände hinter dem Rücken verschränkt, wippte er vor und zurück. Als ich vorüberging, wich sein Blick nicht von der berühmten Skulptur.

Durch den Gewölbeflur ging ich in die Kapelle der Stille, wo zwei Nonnen den kleinen Altar an der Stirnseite der Bankreihen vorbereiteten. Sie musterten mich kurz, zündeten dann weiter Kerzen an. Hatte ich den Test bestanden? Wenn nicht, ließen sich die Nonnen jedenfalls nichts anmerken. Auch als ich um den Altar herumging und durch die Lücke in dem dahinterhängenden blauen Vorhang schritt, reagierten sie nicht.

»Da sind Sie ja«, sagte Vater David, als ich die geheime Bibliothek betrat. Er blickte auf seine Armbanduhr. »Die Tore für die Öffentlichkeit sind jetzt geöffnet. Sind Sie bereit?«

Ich nahm meinen Platz auf einem Holzhocker vor dem Bücherregal ein, in dem sich die Exemplare des Guten Buchs befanden, alle in ihren unberührten blauen Leineneinbänden. Ich war ruhiger, als ich erwartet hatte, nur Vater David, der in dem kleinen Raum auf und ab ging, strahlte nervöse Anspannung aus. Vier Schritte nach rechts, vier Schritte zurück. Später fand ich heraus, dass er zwei Jahre nicht mehr im Feld eingesetzt worden war, das letzte Mal in Ungarn, wo er geholfen hatte, den Aufstand gegen die sowjetischen Besatzer anzuzetteln.

Wir hörten die ersten gedämpften Schritte und das Flüstern der Besucher, die die Gottesstadt betraten. Ich verlangsamte meinen Atem, um herauszufinden, ob ich erlauschen konnte, in welchen Sprachen die Leute redeten. War das Russisch? Auch Vater David horchte, den Kopf in Richtung des Spalts im Vorhang geneigt.

Angespannt erwarteten wir nun die Ankunft unserer ersten Zielpersonen, und ich spürte, wie sich die Muskeln zwischen meinen Schulterblättern verhärteten.

Iwanna öffnete den Vorhang. Hinter ihr stand ein russisches Paar, das schaute, als wäre der Vorhang des Zauberers von Oz zur Seite gezogen worden, wobei anstatt eines Mannes, der Hebel bediente, ein Priester und eine Nonne zum Vorschein kamen. Ich zögerte, nicht aber Vater David. Er begrüßte die beiden freundlich und in lupenreinem Moskauer Russisch. Alle Nervosität war verflogen, er hatte sich in einen makellosen Priester verwandelt – charmant, aber mit einer Spur Macht –, den die vornehmen Gemeindemitglieder sonntags zum Mittagessen einladen wollten.

Vater David stellte dem Paar Fragen zu ihrem Besuch bei der Ausstellung. *Wie gefällt es Ihnen? Was haben Sie sich schon angesehen? Sind Sie gekommen, um den Rodin zu sehen? Haben Sie das Modell des atomgetriebenen Eisbrechers angeschaut? Eine erstaunliche Leistung der Naturwissenschaft. Sie müssen Schlange stehen, um ihn zu sehen, aber es lohnt sich. Haben Sie schon die Waffeln probiert?*

In kürzester Zeit kannte Vater David die Geschichte der beiden. Die Frau, Jekaterina, war Ballerina beim Bolschoi, das jeden Abend im sowjetischen Pavillon auftrat; der Mann, Eduard, beschrieb sich schlicht als »Förderer der Künste«. Eduard brüstete sich mit dem Auftritt der Frau am vergangenen Abend. »Sie hat dem Publikum den Atem verschlagen. Selbst ihren Mittänzern.«

Vater David hakte gleich nach und erzählte dem Paar, er habe kürzlich Galina Sergejewna Ulanowa in London tanzen sehen. »Es war eine Lebenserfahrung«, sagte er. »Als hätte die Madonna selbst Galinas Fußsohlen geküsst. Sie war die perfekte Verkörperung der Poesie.« Das Paar stimmte ihm von ganzem Herzen zu, und mit diesem Schwung ging Vater David nahtlos zu einem allgemeineren Gespräch über Kunst und Schönheit über – und darüber, wie wichtig es sei, diese mit anderen zu teilen.

»Da bin ich ganz Ihrer Meinung«, sagte Jekaterina. An dem rosigen Hauch auf ihren Wangen war deutlich zu sehen, dass sie von dem jungen Priester und seiner leidenschaftlichen Rede angetan war.

»Liegt Ihnen etwas an Lyrik?«, fragte er sie.

»Wir sind Russen, oder?«, antwortete Eduard.

Das Paar war erst vor wenigen Minuten in die Bibliothek gekommen, und nun wandte Vater David sich zu mir, damit ich ihm ein Exemplar des Guten Buchs reiche – was er seinerseits dem Mann gab. »Schönheit sollte gerühmt werden«, sagte er mit einem Heiligenlächeln. Der Mann nahm das Buch und sah auf den Buchrücken. Er wusste sofort, was es war. Anstatt Vater David *Shiwago* zurückzugeben, fuhr er sich mit der Zunge über die Lippen und reichte Jekaterina das Buch. Sie runzelte die Stirn, doch nachdem er genickt hatte, ließ sie das Buch in ihrer Handtasche verschwinden. »Ich glaube, Sie haben recht, Vater«, sagte Eduard.

Als das geschafft war, lud er Vater David ein, sich zu Jekaterinas Abendvorstellung in seiner Loge zu ihm zu gesellen. Vater David antwortete, er werde sich alle Mühe geben, es möglich zu machen, und verabschiedete sich von den beiden.

»Es hat funktioniert«, sagte ich, als sie weg waren.

»Natürlich«, meinte Vater David mit fester Stimme.

Danach kamen unsere Zielpersonen in rascher Folge. Ein Akkordeonspieler vom Chor der Roten Armee versteckte den Roman in seinem leeren Instrumentenkasten. Ein Clown vom Moskauer Staatszirkus packte ihn in seinen Schminkkoffer. Eine Maschinenbauingenieurin, die in der Kindheit ihre Mutter Pasternaks frühe Gedichte hatte rezitieren hören, sagte, sie wolle den Roman unbedingt lesen, würde das aber wahrscheinlich nur während ihres Aufenthaltes auf der Expo wagen. Ein Übersetzer, der an der in vielen Sprachen verfassten Broschüre für den Sowjetpavillon mitgearbeitet hatte, sagte uns, er bewundere Pasternaks Übersetzungen ins Russische, besonders die der Shakespeare-Dramen, und habe immer davon geträumt, den Autor einmal kennenzulernen. Einmal habe er ihn gesehen, wie er im Zentralny Dom Literatow, dem Haus der Schriftsteller, speiste, sei jedoch viel zu schüchtern gewesen, um sich ihm zu nähern. »Ich habe meine Gelegenheit verpasst«, sagte er. »Aber jetzt mache ich meine Feigheit wieder wett, indem ich das hier mitnehme.« Er hielt *Shiwago* in die Höhe. Ehe er ging, gab er mir ein Exemplar der sowjetischen Broschüre, die er übersetzt hatte. Darin befand sich ein doppelseitiger Plan des gesamten Ausstellungsgeländes. Ich musste lachen, als ich bemerkte, dass der amerikanische und der vatikanische Pavillon durch Abwesenheit glänzten.

Wieder Russisch zu sprechen, ließ mich an Mama denken, und ich sehnte mich danach, jemandem zu begegnen, der mich auf irgendeine Weise an sie erinnerte, sei es auch nur ein bisschen. Aber die meisten Sowjets, die kamen, waren Intellektuelle – gebildet, sprachgewandt – und erfreuten sich der Gunst des Staates. Andere waren jung und zum ersten Mal im Ausland, wie die Musiker und Tänzerinnen und anderen Künstler, die bei der Expo auftraten. Sie alle waren Städter mit zarten Händen ohne Schwielen. Sie konnten es sich leisten, zu reisen, und, wichtiger noch, sie erhielten die Erlaubnis dazu. Sie kleideten sich wie Europäer – in Maßanzügen und französischer Couture, in Lederschuhen aus Italien. Und obwohl ich noch nie im Mutterland gewesen war, waren dies doch Russen, die ich nicht als solche erkannte; sie waren so verschieden von meiner Mutter, dass es mich schmerzte.

Am Nachmittag erschien Iwanna in der Bibliothek, um

uns mitzuteilen, dass nun sehr viele Russen kämen, um sich den *Denker* anzusehen, und sie glaube, die Nachricht habe die Runde gemacht. »Sollten wir langsamer vorgehen?«, fragte sie.

»Wenn überhaupt, sollten wir die Sache beschleunigen«, sagte ich. »Wir werden nicht mehr viel Zeit haben, jetzt, da es sich herumgesprochen hat.«

»Sie hat recht«, meinte Vater David. »Schicken Sie sie nur weiter herein.«

Als wir hundert Exemplare verteilt hatten, steckte Iwanna ihren Kopf durch den Vorhang und hielt einen der blauen Leineneinbände in der Hand, die jemand vom Roman abgerissen hatte. »Sie werfen sie vor dem Pavillon überall auf die Treppen.«

»Warum?«, fragte ich.

»Damit die Bücher weniger Platz einnehmen«, antwortete Vater David. »Damit sie sie verstecken können.«

Wir hatten ursprünglich vorgehabt, drei Tage bei der Expo 58 zu verbringen, aber wir händigten unser letztes Exemplar des Guten Buchs gegen Mittag des zweiten Tages aus.

Überall auf der Weltausstellung flogen blaue Bucheinbände herum. Ein prominenter Wirtschaftswissenschaftler riss die Seiten eines Andenkenbuchs von der Expo 58 heraus und ersetzte sie durch *Doktor Shiwago*. Die Frau eines Flugingenieurs versteckte den Roman in einer leeren Tamponschachtel. Ein bekannter Hornist stopfte die Seiten in den Schalltrichter seines Instruments. Die Primaballerina des Bolschoi-Balletts wickelte das Buch in ihre rosa Strümpfe.

Wir hatten unsere Arbeit getan. Wir hatten *Shiwago* auf den Weg gebracht, hofften, dass Mr Pasternaks Roman endlich nach Hause zurückfinden würde, hofften, dass diejenigen, die das Buch lasen, sich fragen würden, warum man es verboten hatte – die Saat des Widerspruchs, gesät mit einem geschmuggelten Buch.

Genau nach Plan gingen Vater David, Iwanna, Vater Pierre und ich getrennte Wege. Iwanna würde am nächsten Tag wiederkommen und auf der Expo 58 weiter ihre religiösen Schriften verteilen. Wir anderen würden die Weltausstellung verlassen und nicht zurückkehren. Es gab keinen feierlichen Abschied, kein Schulterklopfen, kein *Gut gemacht*, kein *Mission erfüllt*. Nur ein Kopfnicken, als wir einer nach dem anderen die Gottesstadt verließen. Kein weiterer Kontakt war gestattet. Wohin die Priester unterwegs waren, wusste ich nicht, ich jedoch sollte am nächsten Tag in einen Zug nach Den Haag steigen, wo ich mich mit meinem Führungsoffizier zur Nachbesprechung treffen und meinen nächsten Auftrag bekommen würde.

OSTEN

September–Oktober 1958

Kapitel 22

~~DER WOLKENBEWOHNER~~
DER PREISTRÄGER

Boris Pasternak steht hinter einem Lattenzaun und arbeitet auf einem Beet, wo er gerade Winterkartoffeln gelegt und Knoblauch und Lauch gepflanzt hat. Ein Besucher trifft ein, und Boris lehnt seine Hacke an eine Birke.

»Mein Freund«, sagt der Besucher und reicht Boris über den Zaun hinweg die Hand.

»Es ist da?«, fragt Boris.

Der Besucher nickt und folgt dem Autor ins Haus.

Sie sitzen einander gegenüber am Esstisch. Der Besucher schnürt seinen Rucksack auf und legt das Buch, das noch seinen blauen Einband hat, vor seinen Autor. Boris greift nach seinem Roman. Das Buch ist viel leichter als das handgebundene Manuskript, das er zwei Jahre zuvor in fremde Hände gegeben hat, und ganz anders als der Hochglanzband, der im Westen ein internationaler Bestseller geworden ist – ein Band, den er nur von Fotos kennt. Er fährt mit seinen schmutzigen Fingernägeln über den Einband. Seine Augen füllen sich mit Tränen. »Es ist da«, sagt er erneut.

Der Besucher zieht sein zweites Geschenk hervor – eine Flasche Wodka. »Wie wäre es mit einem Trinkspruch?«, fragt er.

»Wer hat das gemacht?«, fragt Boris.

Der Besucher schenkt sich Wodka ein. »Es heißt, es waren die Amerikaner.«

～

Boris bricht zu seinem Morgenspaziergang auf. Es regnet, also nimmt er den von Bäumen geschützten Pfad durch den Birkenwald zurück zu seiner Datscha, anstatt seine übliche Route über den Friedhof, über den Bach und den Berg hinauf zu wählen. Die wenigen welken Blätter, die noch an den Zweigen im Dach des Waldes hängen, reichen aus, um ihn vom Regen abzuschirmen. Er ist dem Wetter entsprechend gekleidet und trägt seinen Mantel, eine Kappe und schwarze Gummistiefel, doch als er sich seinem Zuhause nähert, spürt er, wie ihm die Kälte in alle Knochen dringt.

Boris hört sie, ehe er sie sieht. Als er aus dem Wald tritt, bemerkt er die geparkten Autos auf der schmalen Straße, dann eine kleine Menschenmenge, die sich unter schwarzen Regenschirmen in seinem Garten versammelt hat. Ein junger Mann sitzt auf dem Stück Zaun mit der morschen Latte. Boris will ihm zurufen, er solle dort heruntergehen, doch er steht still wie ein Reh, das den Jäger erspäht, ehe der es entdeckt hat.

Er überlegt, ob er sich wieder in den Wald zurückziehen soll. Aber da ruft jemand seinen Namen, und die Menge bewegt sich wie ein großes Tier auf ihn zu. Der Mann, der auf dem Zaun sitzt, springt herunter und erreicht ihn als Erster. Er zieht einen Notizblock hervor und hält einen Stift bereit. »Sie haben gewonnen«, sagt er. »Sie haben den Nobelpreis gewonnen. Haben Sie einen Kommentar für die *Prawda*?«

Boris schaut zu den Wolken hinauf, lässt sich den kalten Regen aufs Gesicht fallen. *Das ist es nun*, denkt er. Alles wie ein Fest angerichtet. Sein Erbe in Gold graviert. Aber es mischen sich keine Freudentränen in den Regen, der ihm über die Wangen läuft. Es übermannt ihn die Furcht wie die Kälte bei seinem eisigen Bad am Morgen.

Er sieht zum anderen Ende des Gartens, wo vor zwanzig Jahren ein Tor abgerissen wurde. Er stellt sich vor, wie sein Nachbar Boris Pilnjak hindurchtritt, freudig erregt mit ihm über seine Zwiebelernte oder das neueste Kapitel seines Romans reden will. Er erinnert sich daran, wie er später, nachdem der Roman verboten wurde und man Pilnjak beschuldigte, die Veröffentlichung im Ausland arrangiert zu haben, bei seinen Morgenspaziergängen an der Datscha seines Freundes vorbeiging und ihn sah, wie er hinter dem Fenster wartete. »Eines Tages werden sie mich holen kommen«, hatte Pilnjak gesagt. Und so war es. Sie kamen.

Ein Blitzlicht flammt auf. Boris blinzelt. Er sucht nach einem vertrauten Gesicht in der Menge – nach jemandem, an dem er sich festhalten kann –, aber er sieht niemanden.

»Werden Sie ihn annehmen?«, fragt ein anderer Reporter.

Boris stößt mit seinem Stiefel in eine Pfütze. »Ich wollte nicht, dass das passiert, all dieser Aufruhr. Ich bin von großer Freude erfüllt. Aber meine Freude ist heute eine stille Freude.«

Ehe die Reporter ihm weitere Fragen stellen können, setzt Boris sich seine Kappe wieder auf. »Beim Spazieren kann ich am besten denken. Und ich muss noch weiter gehen.« Er bahnt sich einen Weg durch die Menge und geht in den Wald zurück.

Sie wird wissen, dass sie kommen muss, denkt er. *Sie wird auf mich warten.*

Er sieht Olgas roten Schal schon von ferne, und es fällt ihm ein Stein vom Herzen. Sie wartet auf dem grasigen Hügel in dem Teil des Friedhofs, wo man die Erde noch nicht umgegraben hat. Sie schreitet mit vor der Brust verschränkten Armen die Länge eines unsichtbaren Grabes ab. Selbst jetzt macht ihr Anblick Boris sprachlos. Sie ist gealtert. Falten strahlen von ihren Augenwinkeln aus, und ihr blondes Haar ist brüchig geworden. Sie hat das Gewicht wieder zugenommen, das sie im Lager verloren hatte, aber statt an ihre Hüften und Oberschenkel ist es an ihren Bauch und in ihr Gesicht gewandert. Seit *Shiwago* im Ausland veröffentlicht wurde, dreht sie sich die Haare nicht mehr auf und trägt keinen Schmuck mehr. Vielleicht will sie nicht mehr auffallen. Oder sie ist einfach zu müde, um sich noch darum zu scheren. Und trotz allem findet Boris sie schöner denn je.

Sie läuft ihm entgegen. Sie umarmen sich, und er ist bei ihr geborgen, obwohl eigentlich sie sich in seine Arme schmiegt. Ihre Berührung ist für ihn ein Labsal.

Boris merkt, dass Olga die Luft anhält, und streicht ihr über den Rücken, als wolle er ihr das Ausatmen erleichtern. Sie zieht sich zurück und bestätigt ihm, was ihr Körper bereits verraten hat. »Was werden sie uns jetzt antun?«, fragt sie.

»Es ist gut für uns«, erwidert er. »Wir sollten feiern. Sie können uns nichts anhaben. Jetzt blickt die Welt auf uns.«

»Ja«, sagt sie. Sie schaut sich auf dem Friedhof um. »Sie beobachten uns.«

»Es ist gut für uns«, wiederholt er, versucht, sich selbst damit zu überzeugen. Er sieht in Richtung seiner Datscha. »Die Geier kreisen. Ich muss mich ihnen stellen.«

»Also nimmst du den Preis an?«

»Ich weiß es nicht«, sagt er ihr, obwohl er sich nicht vorstellen kann, ihn nicht anzunehmen. Sein Leben hat ihn bis zu diesem Abgrund geführt; wie kann er da diesen letzten Schritt nicht tun, selbst wenn er ihn in die Tiefe reißt? Wenn er jetzt einen Rückzieher macht, wird er jedes Mal, wenn seine Geliebte lächelt, die fehlende Ecke an ihrem Zahn sehen, die ihr das Lager beschert hat, und es wird ihn daran erinnern, dass all das vergebens war.

Olga streicht ihm seine Jacke glatt, stockt mit der Hand über seinem Herzen. »Kommst du zu mir, wenn du kannst?«

Er legt seine Hand auf ihre und drückt sie fester an seine Brust.

Der Regen hat aufgehört, und die Menschenmenge ist gewachsen. Nachbarn haben sich zu den Reportern gesellt und trampeln über seine Kartoffeln, seinen Knoblauch, seinen Lauch. Ein paar Männer in schwarzen Ledermänteln laufen herum. Sinaida steht mit Nina Tabidse, die gerade aus Georgien zu Besuch ist, auf der seitlichen Veranda. Sie haben zwei Holzstühle unten an die Treppe gestellt, um den Eintritt zu verwehren, und unter einem hält Boris' Hund Tobik Wache.

Sinaida rückt einen Stuhl zur Seite, damit Boris eintreten kann, aber er bleibt stehen und redet mit den Reportern. Seit seinem Treffen mit Olga hat sich seine Laune sehr aufgehellt, und obwohl er noch nicht ganz glaubt, was er ihr gesagt hat, haben ihn die Worte doch besänftigt. Auch die Glückwünsche, die ihm aus der Menge entgegenschallen, sind ihm Balsam. Ein Fotograf bittet, ein Bild machen zu dürfen, und Boris stellt sich für das Porträt in Pose, ein aufrichtiges Lächeln auf dem Gesicht.

Sinaida lächelt nicht. Ihre stark nachgezeichneten Augenbrauen verleihen ihr einen überraschten Gesichtsausdruck, aber ihre düstere Stirn verkündet etwas anderes. »Dabei wird nichts Gutes herauskommen«, sagt sie, als ihr Mann die Treppe heraufsteigt.

»In Moskau reden die Leute schon auf der Straße darüber«, sagt Nina und stellt den Stuhl wieder an seinen Platz. »Ein Freund hat es auf *Radio Liberation* gehört.«

»Lasst uns ins Haus gehen«, sagt Boris.

Drinnen begrüßt sie der Duft eines Pflaumenkuchens, und Boris erinnert sich daran, dass heute Sinaidas Namenstag ist. »Meine Liebe«, sagt er. »Es tut mir so leid. In all der Aufregung habe ich es vergessen.«

»Jetzt ist es auch schon egal«, erwidert sie.

Nina berührt Sinaida an der Schulter, geht dann in die Küche und holt den Kuchen aus dem Ofen.

Das Ehepaar steht allein im Eingangsflur. »Freust du dich nicht für mich, Sina? Für uns?«

»Was wird nun mit uns geschehen?«

»Was für ein Unsinn. Wir sollten feiern. Nina!«, ruft er in die Küche. »Bring uns eine Flasche Wein!«

»Dies ist keine Zeit zum Feiern«, sagt Sinaida. »Dafür werden sie deinen Kopf fordern. Zuerst gibst du dein Manuskript in fremde Hände, ohne dass es hier veröffentlicht ist – und jetzt das? Diese Aufmerksamkeit, dieser Aufschrei. Das kann nicht gutgehen.«

»Wenn du schon keinen Glückwunsch über die Lippen bringst, dann trink wenigstens mit mir auf deinen Namenstag.«

»Was hat das schon zu sagen? Letztes Jahr hast du ihn auch vergessen.«

Nina kommt mit einer Flasche Wein und drei Gläsern aus der Küche, aber Sinaida winkt ab und zieht sich in ihr

Schlafzimmer zurück. Nina folgt ihrer Freundin, um sie zu trösten, und Boris entkorkt die Flasche selbst.

Am nächsten Tag klopft Boris' Nachbar, der Schriftsteller Konstantin Alexandrowitsch Fedin, an die Tür, und Sinaida macht ihm auf. »Wo ist er?«, fragt Fedin. Ohne eine Antwort abzuwarten, drängt er sich an Sinaida vorbei und stürmt, immer zwei Stufen auf einmal, die Treppe zu Boris' Arbeitszimmer hinauf.

Boris blickt von einem Stapel Telegramme auf. »Kostja«, begrüßt er seinen Freund. »Was verschafft mir die Ehre deines Besuches?«

»Ich bin nicht hier, um dir zu gratulieren. Ich komme nicht als dein Nachbar und auch nicht als dein Freund. Ich bin in offiziellem Auftrag hier. Polikarpow wartet in diesem Augenblick in meinem Haus auf Antwort.«

»Antwort worauf?«

Fedin kratzt sich seine buschigen weißen Augenbrauen. »Ob du auf den Preis verzichten wirst.«

Boris wirft das Telegramm, das er in der Hand hält, auf den Tisch. »Unter gar keinen Umständen.«

»Wenn du es nicht freiwillig tust, werden sie dich zwingen. Das weißt du.«

»Die können mit mir machen, was sie wollen.«

Fedin schreitet zum Fenster, das auf den Garten hinausgeht. Ein paar Reporter sind zurückgekommen. Er fährt sich mit der Hand über seinen spitzen Haaransatz. »Du weißt, wozu die fähig sind … Ich habe es erlebt. Als Freund …«

»Vergiss nicht, du bist nicht als mein Freund hier«, unterbricht ihn Boris. »Als was genau bist du also hier?«

»Als Schriftstellerkollege. Als Bürger.«

Boris lässt sich auf sein Bett sinken, und der einfache Metallrahmen quietscht unter seinem Gewicht. »Als was nun – als Schriftsteller oder als Bürger?«

»Ich bin beides. Und du auch.«

Es ist weithin bekannt, dass Fedin als der nächste Präsident des sowjetischen Schriftstellerverbandes vorgesehen ist, also bedenkt Boris seine Antwort sorgfältig. »*Inventas vitam iuvat excoluisse per artes.*«

»Vergil«, sagt Fedin. »Und die, die das Leben auf Erden durch neue Meisterschaft verbessert haben.«

»Das ist auf der Medaille für den Nobelpreis eingraviert.«

»Wessen Leben hast du mit diesem Roman verbessert? Das deiner Familie?« Fedin senkt die Stimme. »Das deiner Geliebten? Oder einfach nur deines?«

Boris schließt die Augen. »Gib mir Zeit.«

»Wir haben keine Zeit mehr. Polikarpow erwartet eine Antwort, wenn ich zurückkomme.«

»Dann mach einen langen Spaziergang, ehe du heimgehst. Ich brauche Zeit.«

»Zwei Stunden«, sagt Fedin von der Tür. »Du hast zwei Stunden.«

Aber sobald Fedin fort ist, steht Boris von seinem Bett auf. Er geht an seinen Schreibtisch und verfasst ein Telegramm an die Schwedische Akademie.

UNENDLICH DANKBAR, GERÜHRT, STOLZ, VERWUNDERT, BESCHÄMT.

PASTERNAK

WESTEN

Oktober–Dezember 1958

Kapitel 23

~~DIE SCHWALBE~~
DIE INFORMANTIN

Da war er: stand vor einem kahlen Baum, mit einer Kappe auf dem Kopf und einer Jacke mit Gürtel, hatte den rechten Arm vor den Körper genommen, die Hand knapp unter seinem Herzen. Der Artikel, zu dem das Foto gehörte, war auf Französisch, aber ich erkannte das Wort *Nobel*. »Was steht da?«, fragte ich meinen englischsprachigen Kellner, als er mir mein Petit Pain au Chocolat brachte.

»Boris Pasternak hat den Nobelpreis gewonnen.«

»Na, das wird den Verkauf der Bücher in die Höhe treiben«, sagte ich. »Haben Sie es gelesen?«

»Natürlich!«

Alle hatten es gelesen. Dank meines ehemaligen Arbeitgebers hatte *Doktor Shiwago* unbemerkt die Grenze überschritten und war in das Land zurückgekehrt, wo das Buch geschrieben worden war. Der Nobelpreis hatte sicher nicht zum Plan der Agency gehört – jedenfalls, soweit ich wusste –, aber ich war mir sicher, dass sie ihn sich als Verdienst anrechnen würde. Ich konnte sie mir genau vorstellen: Wie sie im Kreis standen, ein Grinsen auf dem Gesicht, und mit Wodka feierten. Das einzige Gesicht, das ich mir in dem Kreis nicht vorstellte, war das von Henry Rennet. Ich wusste, dass er nicht mehr in Washington war. Tatsächlich wusste ich sogar ganz genau, wo er sich aufhielt.

An dem Tag, als ich in Paris eintraf, checkte ich im Hotel Lutetia ein – nicht unter dem Namen Sally Forrester oder Sally Forelli oder irgendeinem der anderen Namen, die ich zuvor benutzt hatte, sondern unter meinem neuen Namen Lenore Miller. Dann steckte ich einen an Sara's Dry Cleaners adressierten Brief in einen grellgelben Briefkasten. Der Brief enthielt die Koordinaten von Henrys Aufenthaltsort in Beirut und Einzelheiten zu seiner neuen Mission, bei der er einen neuen Radiosender mit aufbauen sollte, um Botschaften zu verbreiten, die die Politik des Westens und des Präsidenten Chehab unterstützten.

Mein ursprünglicher Plan war nicht gewesen, Henry zu verraten. Falls Frank mit seiner Vermutung wirklich recht haben sollte, dass Henry ein Maulwurf war, war ich mir sicher, dass ich genug Informationen zusammentragen könnte, um ihn auf den üblichen Wegen zu vernichten. All die Jahre, in denen die verschworenen Männercliquen in diesem Verein meinten, dass ich nur an meinen Haaren herumspielte und hirnlos über ihre blöden Witze kicherte, hatte ich in Wirklichkeit sehr genau zugehört. Doch als Henry zu Ohren kam, dass ich Leute nach ihm ausfragte, machte er meinen Tagen in der Agency rasch ein Ende. Na gut, dann also Plan B.

Nur Bev, meine alte Freundin aus dem OSS, wusste, dass ich das Land verlassen hatte. Sie fragte nicht, wohin ich ging, aber als ich ihr sagte, dass ich ein One-Way-Flugticket kaufen wollte, stand sie nur leise auf und verließ ihre Küche, um ein paar Minuten später mit einem dicken Umschlag voller Dollarnoten zurückzukommen. »Sein Gin-Rommé-Geld«, sagte sie und drückte mir den Umschlag in die Hand. »Er wird es nie vermissen.« Ich sagte, das könne ich unmöglich annehmen, und sie erwiderte, ich solle nicht so dämlich sein. Dann nahm sie das Diamantarmband ab, das ihr Mann ihr geschenkt hatte – als Entschuldigung für seinen jüngsten Seitensprung. »Versetz es.«

An meinem letzten Abend in Washington legte ich eine Schallplatte auf, holte meinen Koffer hervor und wusste immer noch nicht, wohin ich reisen würde. Ich wusste nur, dass ich fortmusste, an einen Ort, wo ich keine Menschenseele kannte – und dass es kein Zurück geben würde, wenn ich tat, was ich vorhatte. Erst als ich meinen beigen Kaschmirpullover aus einer Schublade nahm und mir dabei der Druck vom Eiffelturm in die Hände fiel, den ich Irina hatte schenken wollen – immer noch in Packpapier eingeschlagen und mit einer roten Schnur zusammengebunden –, traf ich meine Entscheidung.

Sie übermittelten mir ihre Nachricht mit Rosen. Zwei Dutzend, in Weiß, gleichsam ein Friedensangebot, die man, während ich nicht dort war, auf meinen Schminktisch gestellt hatte. Ich zog die kleine Karte aus dem Bouquet: *Schön, von Ihnen zu hören* stand da auf Italienisch. Ich drehte die Karte um. Leer.

Der Gedanke war bedrückend, dass sie in meinem Zimmer gewesen waren, dass sie meine Sachen durchsucht hatten. Bestimmt war das Zimmer verwanzt worden. Es fühlte sich an, als hätte man am Tag eine Spinne gesehen und spürte nun in der Nacht, wie sie über einen hinwegkrabbelte. Doch nachdem ich ihnen die Info zu Henry gegeben hatte, war Überwachung zu erwarten gewesen. Ich hatte niemanden, mit dem ich reden konnte, und musste lachen, wenn ich mir vorstellte, dass sie mich dabei belauschten, wie ich mir die Chet-Baker-Platte anhörte, die ich auf einem Flohmarkt gekauft hatte. Vielleicht wären sie es irgendwann satt, »My Funny Valentine« zu hören, und würden jemand anderen abhören.

~

Wochen vergingen. Die weißen Rosen waren verwelkt, und die verschrumpelten Blütenblätter häuften sich auf meinem Schminktisch. Die Stadt des Lichts hatte den Reiz der Neuheit verloren, und langsam ging Bevs Geld zur Neige. Und dass ich nicht wusste, was aus Henry geworden war – wenn überhaupt etwas mit ihm geschehen war –, machte mir allmählich zu schaffen. Wenn ich an ihn dachte – und ich dachte immer an ihn –, fühlte sich mein Inneres an, als fülle es sich mit kaltem, dunklem Rauch. Wenn ich nicht schlafen konnte, lag ich auf dem Rücken und stellte mir vor, wie sich dieser schwarze Rauch aus meinem Mund wand und sich zur Zimmerdecke hinaufkringelte.

Um meinen Tagen eine Struktur zu geben, besuchte ich alle Buchläden, Buchstände, Bibliotheken und Bouquinisten entlang der Seine und suchte nach Exemplaren von *Shiwago*. Obwohl ich das Buch unbedingt lesen wollte, hatte ich mich bisher noch nicht dazu durchringen können. Es hatte mit denen zu tun, mit ihr, und ich wusste, wenn ich es läse, würde es in mir Erinnerungen an Dinge heraufbeschwören, an die ich lieber nicht denken wollte, an Dinge, die mein Herz hämmern ließen, wenn ich aufwachte, am anderen Ende der Welt, ganz allein. Und doch suchte ich überall in Paris danach, gab den Rest meines Geldes dafür aus, einen kleinen Turm aus Exemplaren dieses Romans aufzustapeln.

Als ich mir keine Bücher mehr leisten konnte, entwickelte ich eine neue Routine: Ich verbrachte den ganzen Tag auf meinem Zimmer, hörte meine Platte, badete und schlief. Ich fing an, mich von altbackenen Baguettes, Aprikosenmarmelade und warmem Perrier zu ernähren. Ich ließ die Vorhänge zugezogen, und es vergingen ganze Tage, an denen ich nicht einmal aus dem Fenster schaute.

Schließlich ging mir das Geld aus, und ich begann meine Exemplare von *Shiwago* zurückzubringen, eines nach dem anderen. Und dann, als ich eines Tages im Le Mistral in der Schlange stand, tippte mir jemand auf die Schulter. »Bonsoir«, sagte die kleine Frau mit dem wassergewellten Haar, die ein Etuikleid in Austernschalenrosa und einen schwarzen Pillbox-Samthut trug. Sie nahm ein Exemplar von *Lolita* in die Hand und lächelte, als kenne sie mich.

»Wissen Sie, wo die Abteilung mit den Reisebüchern ist?«, fragte die Frau nun auf Englisch.

»Tut mir leid, nein.«

»Ich suche ein Buch. Über Beirut. Sie wissen nicht zufällig, wo ich das finden könnte?«

Mit diesen Worten wandte sie sich ab und ging. Ich folgte ihr, stopfte *Shiwago* wieder in meine Handtasche. Ich folgte ihr am Square René-Viviani vorbei. Ich wünschte, ich hätte innehalten und die berühmte Robinie berühren können, damit sie mir Glück brachte, aber wir überquerten die Rue du Petit-Pont, gingen an der Kirche Saint-Séverin vorüber, deren gotische Wasserspeier auf mich herabstarrten. Als wir schließlich an der Kirche Saint-Sulpice vorbeikamen, musste ich an Irina denken – wie sie wohl in ihrer Nonnentracht ausgesehen hatte.

Ich folgte der Frau bis in den Jardin du Luxembourg. Als wir das achteckige Becken umrundeten, redete die Frau mit leiser Stimme, die im Plätschern der Brunnen fast unterging.

»Er hat unter dem Namen Winston in einem Hotel in Beirut eingecheckt, wie Sie es gesagt hatten. Innerhalb einer Stunde checkte er dort wieder aus – mit Unterstützung zweier unserer Pagen.« Sie legte eine Pause ein. »Wir dachten, dass Sie das vielleicht wissen wollten.«

Was hatte Henry wohl gedacht, als er das Klopfen an der Tür hörte? Hatte er überhaupt eine Ahnung, was ihm drohte? Fühlte er sich wie gelähmt? Schrie er um Hilfe? Wenn ja, hörte ihn jemand? Ich wusste, dass er nicht geschrien hatte, aber wie sehr wünschte ich mir, dass er an mich gedacht hatte, als sie ihn mitnahmen.

»Das ist alles«, schloss die Frau. Sie trat zu mir und küsste mich auf beide Wangen.

»Das ist alles«, sagte ich, als sie gegangen war.

∾

In meinem Hotelzimmer hatte man die welken Rosen durch ein frisches Bouquet ersetzt. Ich spritzte mir Wasser ins Gesicht und trug meinen roten Lippenstift auf. Ich zog mir eine schwarze Hose, einen schwarzen Blazer und schwarze Lederpumps an. Ich machte die Vorhänge auf, tupfte mir die Lippen ab und musterte mich im Spiegel.

Man hatte mir in der Ausbildung beigebracht, woran man Doppelagenten erkennt: auffallend ruhig in Zwangslagen, überdurchschnittlich intelligent, unbeständig, schnell gelangweilt. Ehrgeizig, aber mit kurzfristigen Zielen. Unfähig, dauerhafte Beziehungen aufzubauen. Oft liefen sie über, um ihre eigenen Interessen zu befördern – Geld, Macht, Ideologie, Rache. Ich kannte all diese Züge nur zu genau, man hatte mich ausgebildet, nach ihnen Ausschau zu halten. Wieso hatte ich dann so lange gebraucht, um sie bei mir selbst zu erkennen?

OSTEN

Oktober–Dezember 1958

Kapitel 24

~~DIE MUSE~~
~~DIE REHABILITIERTE~~
~~DIE SENDBOTIN~~
~~DIE MUTTER~~
DIE SENDBOTIN

*E*r hat gewonnen, gewonnen, gewonnen. Meine Gedanken passten sich dem Rhythmus meiner Schritte an, als ich im Kleinen Haus auf und ab ging und darauf wartete, dass Borja käme. Der Nobelpreis gehörte ihm. Nicht Tolstoi, nicht Gorki, nicht Dostojewski: Boris Leonidowitsch Pasternak war der zweite russische Schriftsteller, der je diesen Preis verliehen bekam. Sein Name würde in die Geschichte eingehen, sein Erbe war gesichert.

Und dennoch fürchtete ich mich vor dem, was folgen könnte, falls er ihn annahm. Bereits der Gewinn des Nobelpreises hatte den Staat in Verlegenheit gebracht, und falls Boris den Preis nun auch noch annahm, würde man das als eine noch größere Schmach empfinden. Und der Staat ließ sich nicht gern demütigen, ganz besonders nicht vom Westen. Sobald die Welt nicht mehr hinschaute, sobald die Schlagzeilen verschwunden waren, was dann? Wer würde uns schützen? Wer würde mich schützen?

Um mich zu beruhigen, trat ich hinaus in den kleinen Garten, den ich mit Borjas Hilfe angelegt hatte. Der morgendliche Regen hatte aufgehört, und die Wolken waren aufgerissen und brachten ein Licht zutage, das alles in neuem Glanz erstrahlen ließ. Alles – wie die Elstern einander zuriefen, wie ein Sonnenstrahl die ordentliche Reihe von Kohlköpfen wärmte, wie die Luft sich an meinen nackten Handgelenken und Knöcheln anfühlte –, jede Kleinigkeit schien verändert von dem Wissen, dass die Welt, die man bisher gekannt hat, sich bald ändern wird.

Borja kam mit dem Hut in der Hand auf mich zu. Wir trafen uns auf halbem Weg, und er küsste mich. »Ich habe das Telegramm nach Stockholm abgeschickt«, sagte er.

»Was hast du geschrieben?«, fragte ich.

»Dass ich den Preis und alles, was damit zusammenhängt, annehme.«

»Dann fährst du also hin?«, fragte ich. »Nach Stockholm?« Einen Augenblick lang gestattete ich mir diesen Traum, so absurd er auch sein mochte: ich in einem schwarzen Kleid aus Paris, das sich an meinen Körper schmiegt wie eine zweite Haut; Boris in seinem grauen Lieblingsanzug, den er von seinem Vater geerbt hat. Ich würde zuschauen, wie er sich erhebt und seinen Preis entgegennimmt. Und während er auf dem Podium steht, würde ich die Begeisterung des Publikums wie eine Welle über mich hinwegströmen lassen. Beim Bankett würde er mich, während wir im Blauen Saal Seezungenfilet speisen, als die Frau vorstellen, die ihn zu Lara inspiriert hat, jene Frau, in die sich die Welt, genauso wie er, verliebt hat.

»Das ist unmöglich«, sagte er und schüttelte den Kopf. Er nahm mich bei der Hand, und ohne ein weiteres Wort gingen wir hinein und in mein Schlafzimmer und liebten uns auf die langsame und stetige Art, die uns vertraut geworden war.

Er verbrachte den größten Teil der Nacht bei mir, verließ mein Bett erst, als das blaue Morgenlicht zwischen meinen schweren Vorhängen durchblitzte. In diesem Licht bemerkte ich neue Muttermale und schwarze Haare und gelbliche Flecke auf seinem Rücken, schaute dann auf meine Haut. Die Erkenntnis unseres Alters traf mich so plötzlich, als wäre ich in einen eiskalten Fluss gesprungen, und ich fragte mich, ob wir noch genug Kraft in uns hatten, um all dem, was käme, entgegenzutreten.

Als ich zusah, wie er mein Bett verließ, überkam mich eine tiefe Sehnsucht nach etwas, das ich noch nicht verloren hatte, aber sicher bald verlieren würde.

❧

Nachdem Boris das Telegramm nach Stockholm geschickt hatte, sandte der Kreml seine offizielle Reaktion an die Akademie: »Sie und diejenigen, die diese Entscheidung getroffen haben, haben den Fokus nicht auf die literarische oder künstlerische Qualität des Romans gelegt, und das ist nur zu deutlich, da er keine besitzt, sondern auf seine politischen Aspekte, da Pasternaks Roman die sowjetische Wirklichkeit verzerrt wiedergibt, die sozialistische Revolution, den Sozialismus und das sowjetische Volk verunglimpft.«

Die Botschaft war klar: Man würde Boris' Renitenz nicht tolerieren. Und sie würde nicht ungestraft bleiben.

Man sagte uns, dass Kuriere von Peredelkino bis Moskau von Tür zu Tür gingen und jeden Dichter, Dramatiker, Romancier und Übersetzer zu einer Dringlichkeitssitzung des Schriftstellerverbandes zum Thema Nobelpreis zusammenriefen. Anwesenheit war Pflicht.

Einige Schriftsteller waren zweifellos entzückt, dass der Narzisst, der überschätzte Dichter auf dem Berg endlich sein Teil abbekam. Manche, sagte man uns, meinten, es sei längst an der Zeit, dass Gerechtigkeit walte, und die

Frage, warum Boris während des Großen Terrors von Stalin persönlich verschont wurde, sei noch immer unbeantwortet. Andere waren offensichtlich nervös, weil sie wussten, dass sie der Parteilinie folgen und ihren Kollegen, ihren Freund, ihren Mentor verurteilen mussten – und bangten, ob ihr Protest glaubhaft scheinen würde, wenn man sie dazu aufrief.

Borja las die Zeitungen nicht, ich schon.

Sie nannten ihn einen Judas, eine Marionette, die sich für dreißig Silberlinge verkauft habe, einen Verbündeten derer, die unser Land hassten, einen bösartigen Snob, dessen künstlerisches Verdienst bestenfalls mittelmäßig sei. Sie betrachteten *Doktor Shiwago* als eine Waffe, die von den Feinden des Staates geführt wurde, und den Nobelpreis als die Belohnung dafür.

Nicht alle äußerten sich laut; die meisten hielten einfach den Mund. Freunde, die früher andächtig lauschend im Kleinen Haus gesessen hatten, wenn Borja aus *Doktor Shiwago* vorlas, machten sich rar. Sie schickten keine Briefe, in denen sie ihre Unterstützung bekundeten, sie kamen weder zu Besuch, noch gestanden sie ein, überhaupt mit Borja befreundet zu sein, wenn man sie danach fragte. Dieses Schweigen, diese verbundenen Münder der Freunde, fügte ihm die tiefsten Wunden zu.

Eines Tages kam Ira aus der Uni zurück und berichtete, dass es in Moskau eine Protestdemonstration von Studenten gegeben habe. Borja saß in seinem roten Sessel, während Ira, noch im Mantel und mit der Mütze aus Eichhörnchenfell auf dem Kopf, vor ihm auf und ab ging. »Die Professoren sagten den Studenten, die Teilnahme sei Pflicht.«

Borja stand auf und legte Holz im Ofen nach. Er blickte ins Feuer, wärmte sich einen Augenblick die Hände an der Flamme, ehe er die Ofentür wieder schloss.

»Die von der Verwaltung haben Plakate ausgeteilt, die wir tragen sollten, aber ich habe mich mit einer Freundin auf der Toilette versteckt, bis sie weg waren.« Sie sah zu Borja und erwartete Zustimmung, aber er erwiderte ihren Blick nicht.

»Was stand auf den Plakaten?«, fragte Borja.

Ira nahm ihre Mütze ab. »Ich habe sie nicht gesehen. Nicht aus der Nähe.«

Am nächsten Tag erschien in der *Literaturnaja Gaseta* ein Foto dieser »spontanen Demonstration«. Ein Student reckte ein Plakat in die Höhe, auf dem man eine Karikatur von Boris sehen konnte, wie er seine krummen Finger nach einem Sack mit amerikanischen Dollars ausstreckte. Auf einem anderen stand in schwarzen Druckbuchstaben: *WERFT DEN JUDAS AUS DER UDSSR!* Im Artikel war auch eine Unterschriftenliste von Studenten abgedruckt, die *Doktor Shiwago* in einem offenen Brief verurteilten.

Ira hielt die Zeitung hoch. »Die Hälfte dieser Studenten hat nie unterschrieben. Zumindest haben sie mir das gesagt.«

An diesem Abend fragte Mitja beim Abendessen, ob es stimme, dass Borja nun reicher als der raffgierigste Amerikaner war. »Das hat der Lehrer in der Schule gesagt. Sind wir jetzt auch reich?«

»Nein, Liebling«, erklärte ich ihm.

Er rollte mit dem Daumen eine Bohne über seinen Teller. »Warum nicht?«

»Warum sollten wir das sein?«

»Er bezahlt für unser Haus. Er gibt uns Geld. Wenn er also mehr hat, sollte er uns mehr geben.«

»Woher hast du bloß solche Ideen?«

Ira warf ihrem Bruder einen bösen Blick zu, und er zuckte mit den Achseln.

»Es ist aber doch vernünftig, Mama«, meinte Ira. »Und wenn du ihn fragst?«

»Ich will kein Wort mehr davon hören«, sagte ich zu ihr, obwohl ich nicht leugnen konnte, dass ich dasselbe auch schon gedacht hatte. »Und jetzt esst auf.«

Es hatte fünf Tage ununterbrochen geregnet, als sie sich im großen Weißen Saal des Schriftstellerverbandes trafen. Alle Plätze waren besetzt, selbst an den Wänden entlang standen die Schriftsteller. Man hatte Borja aufgerufen, an dem Treffen teilzunehmen, aber ich hatte ihn angefleht, zu Hause zu bleiben. »Es wird eine Hinrichtung«, sagte ich. Er stimmte mir zu, dass seine Anwesenheit nichts bewirken würde, und schrieb stattdessen einen Brief, der verlesen werden sollte.

Nach all dem Lärm und all den Artikeln in den Zeitungen glaube ich noch immer, dass es einem Sowjetbürger möglich sein muss, ein Buch wie Doktor Shiwago zu schreiben. Nur habe ich eben ein weiter gefasstes Verständnis von dem, was die Rechte und Möglichkeiten eines sowjetischen Schriftstellers sind. Ich glaube nicht, dass ich mit diesem Roman in irgendeiner Weise die Würde der sowjetischen Schriftsteller herabsetze. Auch würde ich mich nicht als literarischen Parasiten bezeichnen. Ehrlich gesagt, glaube ich eher, dass ich der Literatur einen Dienst erwiesen habe. Was den Preis selbst betrifft, so wird mich nichts je dazu bringen, diese Ehrung als schändlich zu betrachten und

unfreundlich darauf zu reagieren. Ich verzeihe Ihnen
allen im Voraus.

Der Saal hallte wider vom Gejohle der Menge. Dann ging einer nach dem anderen, jeder einzelne Schriftsteller, zum Podium und verdammte *Shiwago*. Das Treffen dauerte Stunden, und jeder Redner sprach sich in seinen eigenen Worten gegen ihn aus.

Die Abstimmung war einstimmig, die Strafe sofort wirksam: Boris Leonidowitsch Pasternak wurde aus dem sowjetischen Schriftstellerverband ausgeschlossen.

Am nächsten Tag trug ich alle Bücher, alle Notizen, alle Briefe, alle frühen Fassungen des Manuskripts in meiner Moskauer Wohnung zusammen. Mitja und ich brachten sie in das Kleine Haus, um sie dort zu verbrennen. »Noch einmal nehmen sie mir nicht, was mir gehört«, sagte ich zu meinem Sohn, als wir im Wald Äste zusammensuchten. »Lieber vernichte ich alles.«

»Wie kannst du sicher sein?«, fragte Mitja.

»Wir brauchen mehr Holz«, erwiderte ich und hob einen Stamm auf.

Borja kam, als wir Steine, die wir vom Bach hochgeschleppt hatten, zu einem Ring legten. »War alles vergebens?«, fragte er anstelle einer Begrüßung.

»Natürlich nicht«, antwortete ich und kippte einen Eimer voll welker Blätter auf das Holz. »Du hast die Herzen und Gedanken Tausender Menschen bewegt.« Ich schüttete Petroleum auf die Blätter.

Er ging um die Feuerstelle herum. »Warum habe ich das Buch überhaupt geschrieben?«

»Weil du musstest, erinnerst du dich nicht?«, sagte Mitja. »Das hast du uns gesagt. Du hast gesagt, dass du berufen seist, es zu schreiben, weißt du noch?«

»Das war Unsinn. Blanker Unsinn.«

»Aber du hast doch gesagt …«

»Es ist egal, was ich damals gesagt habe.«

»Als du es dem Italiener gegeben hast, hast du gesagt, du wolltest, dass es gelesen wird. Nun, das hast du erreicht«, gab ich zu bedenken.

»Ich habe nichts erreicht, außer uns in Gefahr zu bringen.«

»Du hast gesagt, der Preis werde uns schützen. Glaubst du das nicht mehr? Die ganze Welt sieht auf uns, erinnerst du dich?«

»Ich habe mich geirrt. Was die ganze Welt sehen wird, ist meine Hinrichtung.« Er fuhr sich durchs Haar. »Bin ich das, was sie sagen? Ein Narzisst, jemand, der meint, nein, der davon überzeugt ist, dass er auserwählt wurde? Dass es mein Schicksal ist, mein Leben dem Versuch zu widmen, zum Ausdruck zu bringen, was in den Herzen der Menschen vorgeht?« Borja schritt verzweifelt auf und ab. »Der Himmel stürzt auf uns herein, und ich habe *geschrieben*, anstatt ein Dach zu bauen, das mich und meine Lieben schützt. Kennt meine Selbstsucht keine Grenzen? Ich sitze schon zu lange an meinem Schreibtisch. Habe ich jeden Kontakt mit dem Leben verloren? Wie sollte ich überhaupt wissen, was meine Landsleute in ihren Herzen und Gedanken bewegt? Wie kann ich all das so falsch verstanden haben? Wie kann ich jetzt noch weitermachen?«

»Wir machen weiter, weil wir müssen«, erklärte ich ihm. Ehe ich ein weiteres Wort sagen konnte, um ihn zu beruhigen, fasste er seinen Plan.

»Es ist genug. Ich warte nicht, bis die mich holen kommen. Ich warte nicht, bis ihr schwarzes Auto vorfährt. Ich warte nicht, bis sie mich auf die Straße zerren. Bis sie mir antun, was sie Ossip, was sie Tizian angetan haben …«

»Und mir«, ergänzte ich.

»Ja, meine Liebste. Ich würde das niemals zulassen. Es ist Zeit, dass wir aus diesem Leben scheiden.«

Ich trat einen Schritt von ihm zurück.

»Ich habe sie aufbewahrt, weißt du. Die Tabletten. Ich habe das Pentobarbital aufgehoben, das sie mir gegeben haben, als ich das letzte Mal im Krankenhaus war. Zweiundzwanzig Tabletten. Elf für jeden von uns.«

Ich wusste nicht, ob ich ihm glauben sollte. Boris hatte schon früher mit Selbstmord gedroht. Einmal, vor Jahrzehnten, trank er sogar eine Flasche Jod, nachdem ihn seine Frau, ehe sie seine Frau wurde, zurückgewiesen hatte. Er gestand mir später, dass er damit nur eine Reaktion von ihr provozieren, nicht etwa seinen Tod herbeiführen wollte. Aber diesmal war da etwas in seiner Stimme, und seine ruhige Gefasstheit ließ mich glauben, er könne es vielleicht ernst meinen.

Er ergriff meine Hand. »Wir nehmen sie heute Nacht. Das kommt sie teuer zu stehen. Es wird für sie ein Schlag ins Gesicht sein.«

Mitja stand auf. Er war inzwischen größer als ich, beinahe so groß wie Borja. Mitja, der sanfte Mitja, sah ihm in die Augen. »Wovon redest du?« Er sah mich an. »Mama, wovon redet er?«

»Lass uns allein, Mitja«, antwortete ich.

»Das tu ich nicht!« Er holte mit der Hand aus, als wolle er Boris schlagen.

Zum ersten Mal begriff ich, dass dies nun nicht mehr die Hand eines kleinen Jungen, sondern die eines jungen Mannes war. Schuldgefühle überwältigten mich. All die Jahre hatte ich immer Borja an die erste Stelle gestellt.

»Es wird nichts passieren.« Ich ließ Borjas Hand los und ergriff die meines Sohnes. »Das versichere ich dir.« Ich nahm eine Handvoll Kopeken aus meiner Rocktasche und bat Mitja, mehr Petroleum kaufen zu gehen.

Er weigerte sich, das Geld zu nehmen. »Was ist mit euch los? Mit euch beiden?«

»Nimm es, Mitja. Geh das Petroleum holen. Ich komme gleich nach.«

Er nahm das Geld und ging, schaute noch einmal zurück, um Borja mit einem flammenden Blick zu warnen.

»Es wird schmerzlos sein«, sagte Borja, sobald Mitja fort war. »Wir werden zusammen sein.« Die ganze Zeit hatte er so getan, als könnte ihn das ohrenbetäubende Flüstern der Verdammung nicht aus der Ruhe bringen – dass die Mikrofone, von denen wir vermuteten, dass man sie in seinem und meinem Haus angebracht hatte, nur lächerlich wären, dass die negativen Kritiken für ihn keinerlei Bedeutung hätten. Er hatte seinen Blick auf ein winziges weißes Lichtpünktchen am Ende des Tunnels konzentriert, das nach dem letzten Schlag des Schriftstellerverbandes in der Finsternis verschwunden war.

Und nun glaubte er, dass ich ihm folgen würde – dass ich die Tabletten nehmen würde, dass ich nicht die Kraft hatte, allein weiterzuleben. Es hatte eine Zeit gegeben, in der das gestimmt haben mochte. Vielleicht wäre ich sogar diejenige gewesen, die derlei vorgeschlagen hätte. Aber jetzt nicht mehr. Jetzt konnte ich weiterleben, jetzt würde ich weiterleben. Ihn mochten sie begraben, mich jedoch nicht.

Ich sagte ihm, damit würde er denen nur genau das geben, was sie wollten – es wäre das, was ein schwacher Mensch täte. Ich sagte, sie würden sich diebisch über ihren Sieg über den toten Dichter freuen, den Wolkenbewohner, den Stalin nie erledigt hatte. Borja sagte, all das sei ihm gleichgültig, solange nur der Schmerz aufhöre. »Ich kann nicht darauf warten, dass ihre Dunkelheit auf mich herabsinkt. Lieber mache ich selbst einen Schritt ins Dunkel, anstatt gestoßen zu werden«, sagte er.

»Die Dinge sind heute anders, da Stalin tot ist. Sie werden dich nicht auf offener Straße erschießen.«

»Du hast nicht erlebt, was ich erlebt habe. Du hast nicht gesehen, wie sie deine Freunde abgeholt haben, einen nach dem anderen. Weißt du, wie sich das anfühlt, davongekommen zu sein, wenn deine Freunde ermordet wurden? Der einzige Übriggebliebene zu sein? Und nun werden sie mich holen kommen. Da bin ich mir sicher. Sie werden uns holen kommen.«

Ich bat ihn, noch einen Tag zu warten, sagte, ich wolle mich von den Kindern und Mama verabschieden, noch einen Sonnenaufgang erleben. In Wirklichkeit hatte ich einen letzten Plan – und wenn der scheiterte, wusste ich, dass es noch immer die Möglichkeit gab, ihn zu überreden, nicht in den Abgrund zu springen. Und wenn auch das misslang, wusste ich, dass trotz allem eine neue Sonne aufgehen würde und ich weitermachen würde. Denn das war es, was wir russischen Frauen taten. Was wir im Blut haben.

Ich fand Mitja bei der Kneipe am Bahnhof, einen kleinen Kanister neben sich. Ich versicherte ihm, dass ich ihn nie verlassen würde, doch an seinen Augen konnte ich ablesen, dass er mir nicht glaubte. Ich weinte, sagte ihm, es tue mir leid, so leid, und er erwiderte, er verzeihe mir. Aber ich sah, dass er es nur sagte, damit ich zu weinen aufhörte.

Ich fragte ihn, ob er mich zu Fedins Datscha begleiten würde – Schritt eins meines Plans. Zögernd erklärte er sich einverstanden. Wir gingen von der Kneipe los und stapften den schlammigen Hang hinauf.

Ich klopfte am stattlichen Haus des neugewählten Vorsitzenden des Schriftstellerverbandes an, das aus mächtigen aufeinandergestapelten Stämmen gebaut war. Niemand kam, also klopfte ich erneut. Fedins Tochter öffnete. Ohne abzuwarten, dass ich hereingebeten wurde, drängte ich ins Haus. Mitja wartete draußen. Als Katja gerade sagte, ihr Vater wäre nicht zu Hause, kam er auch schon um die Ecke.

»Machst du uns Tee, Katja«, bat Fedin seine Tochter.

»Ich möchte keinen Tee«, sagte ich.

Fedin hob die Schultern, ließ sie wieder sinken. »Kommen Sie.« Ich folgte ihm in sein Studierzimmer, wo er sich auf einen ledernen Drehstuhl setzte. Er sah aus wie eine Schneeeule auf ihrem Zweig – mit seinem weißen Haar, der hohen Stirn mit dem spitzen Haaransatz, den geschwungenen Augenbrauen – und bat mich mit einer Handbewegung, vor ihm Platz zu nehmen.

»Ich bleibe stehen«, sagte ich. Ich war es so satt, vor Männern Platz zu nehmen. Ich kam gleich zur Sache. »Wenn nicht etwas unternommen wird, bringt er sich heute Nacht um.«

»So etwas dürfen Sie nicht sagen.«

»Er hat die Tabletten. Ich habe ihn überredet, es aufzuschieben, aber ich weiß nicht, was ich jetzt noch tun soll.«

»Sie müssen ihn zurückhalten.«

»Wie denn? Sie und der Rest des Zentralkomitees, Sie sind daran schuld.«

Fedin rieb sich die Augen und richtete sich auf. »Ich habe ihn gewarnt, dass das passieren würde.«

»Sie haben ihn gewarnt?«, schrie ich. »Wann haben Sie ihn gewarnt?«

»An dem Tag, an dem er den Preis gewonnen hat, bin ich zu seiner Datscha gegangen und habe ihm selbst gesagt, dass die Annahme des Preises den Staat zum Handeln zwingen würde. Ich habe ihm als Freund zu verstehen gegeben, dass er den Preis ablehnen oder die Konsequenzen tragen müsse. Das hat er Ihnen doch sicher erzählt.«

Das hatte er nicht. Noch etwas, das er vor mir verborgen hatte.

»Boris hat den Abgrund, vor dem er steht, selbst geschaffen«, fuhr Fedin fort. »Und wenn er sich umbringt, fügt er seinem Land eine noch tiefere Wunde zu, als er es ohnehin schon getan hat.«

»Lässt sich denn gar nichts machen?«

Fedin sagte mir, dass er ein Treffen zwischen Boris und mir und Polikarpow arrangieren könnte – demselben Beamten aus dem Kulturministerium, bei dem er bereits ein gutes Wort für Boris eingelegt hatte, nachdem der das Manuskript den Italienern geschickt hatte. Wir könnten ihm unseren Fall persönlich vortragen, unter der Voraussetzung, dass Borja sich für das, was er getan hatte, entschuldigte.

Ich erklärte mich einverstanden, und ich war bereit, alles in meiner Macht Stehende zu tun, um Borja davon zu überzeugen. Ich würde ihm sagen, dass er egoistisch war. Ich würde meine Zeit in Potma anführen. Ich würde ihm sagen, dass sie mich wieder verfolgen würden. Ich würde ihm sagen, dass er mir nie gewährt hatte, was ich mir am meisten wünschte: seine Frau zu sein, sein Kind zur Welt zu bringen.

Doch dann war all das nicht nötig.

Ehe ich fragen konnte, informierte mich Borja, er habe die Angelegenheit erledigt. Er hatte zwei Telegramme abgeschickt: eines nach Stockholm, in dem er den Preis ablehnte, und eines an den Kreml, in dem er sie darüber informierte. Er würde den Nobelpreis nie sein Eigen nennen.

»Sie kommen mich holen, Olga, ich spüre es. Selbst wenn ich in meinem Arbeitszimmer schreibe, spüre ich, wie sie mich beobachten. Es wird nicht mehr lange dauern. Eines Tages wartest du auf mich, und ich komme nicht.«

WESTEN

Dezember 1958

Kapitel 25

~~DIE SCHWALBE~~
~~DIE INFORMANTIN~~
DIE ÜBERLÄUFERIN

Meinem ehemaligen Arbeitgeber zufolge kann man das gesamte Spektrum menschlicher Motive in einer einzigen Formel zusammenfassen: *MICE – Money, Ideology, Compromise, Ego.* Geld, Ideologie, Zwang, Ego. Ich fragte mich, wie mich die andere Seite einschätzen würde. Hatten die ihre eigene Formel? Durchdachten sie derlei Fragestellungen vielleicht mit mehr Nuancen?

Die Frau, die mir von Henry berichtet hatte, war noch nicht wieder aufgetaucht, aber ich wusste, dass sie es zu gegebener Zeit tun würde. Inzwischen hatte ich zwei meiner Lieblingsschals von Hermès und meine übrigen Exemplare von *Doktor Shiwago* verkauft. Ein einziges behielt ich jedoch, die englische Ausgabe, die ich damals im Le Mistral nicht zurückgegeben hatte – und die legte ich in das Nachttischchen neben meinem Bett, wo man in einem amerikanischen Hotel eine Bibel finden würde.

Ich verbrachte meine Tage nicht mehr auf meinem Zimmer, trauerte der Person, die ich einmal gewesen war, nicht mehr nach. Morgens ging ich in den Jardin des Tuileries – spazierte über die Kieskorridore zwischen den perfekt manikürten Bäumen, fütterte die Enten und Schwäne auf dem Teich, rückte einen grünen Liegestuhl in die Sonne, um zu lesen. Nachmittags saß ich, als die Tage kürzer wurden, auf jeder Terrasse an der Rue de la Huchette, probierte die Auswahl von Glühwein in allen Cafés durch. Ich freundete mich mit dem Barmann im Le Caveau an, nur damit ich mich Abend für Abend auf eines der roten Plüschsofas setzen und zuhören konnte, wie Sacha Distel seine Chansons ins Mikrofon schmachtete.

Doch wo immer ich war, sie war meinen Gedanken nie fern, und ich wartete auf den Tag, an dem ich aufwachen und mein erster Gedanke nicht ihr gelten würde. Am schlimmsten war es, wenn ich von ihr geträumt hatte. Wenn wir im einen Augenblick zusammen waren, nur um dann aufzuwachen und den ganzen Verlust von neuem zu spüren. Manchmal glaubte ich einen Funken über meinen Körper laufen zu spüren, war überzeugt, dass Irina in genau diesem Augenblick an mich gedacht hatte. Wie albern.

An ihrem Geburtstag wollte ich anrufen – nur, um ihre Stimme zu hören –, tat es jedoch nicht. Stattdessen zog ich die Schublade meines Nachttischchens auf, nahm das Buch heraus und begann es zum ersten Mal zu lesen.

Sie gingen und gingen und sangen das »Ewige Gedenken«, und jedesmal, wenn sie innehielten, schienen die Füße, die Pferdehufe, die Windstöße den Gesang harmonisch fortzusetzen.

Seine Worte packten mich, als hielte mich plötzlich jemand beim Handgelenk. Das kannte ich. Wie ein Gefühl fortdauert, nachdem das Lied zu Ende ist. Ich klappte das Buch zu und trat auf meinen Balkon hinaus, der gerade groß genug war für einen einzigen Stuhl. Ich setzte mich hin und schlug das Buch wieder auf.

Als ich den Teil las, in dem Juri Lara im Feldlazarett wiedertrifft, und begriff, dass dieses Buch – dieser Roman, in dem sie eine Waffe sahen – in Wirklichkeit eine Liebesgeschichte war, wollte ich es erneut zuklappen. Aber ich tat es nicht. Ich las, bis die Sonne zu einem violetten Schimmer über den Dächern verblasst war. Ich las, bis die Straßenlaternen eingeschaltet wurden und ich die Augen zusammenkneifen musste, um die Wörter zu erkennen. Als es zu dunkel geworden war, ging ich wieder hinein. Ich hüllte mich in meinen Morgenmantel, legte mich hin und las weiter – bis ich einschlief, meine Hand als Lesezeichen.

Als ich aufwachte, war es beinahe Mitternacht, und ich hatte Hunger. Ich zog mich an und steckte das Buch in meine Handtasche.

Ich schritt durch die Lobby und sah auf einer Chaiselongue unter einem Porträt Flauberts die Frau aus dem Buchladen sitzen. Makellos gekleidet in ein Chanel-Kostüm aus Tweed, das Haar noch immer in perfekten Wasserwellen, wenn auch zwei Schattierungen heller als an dem Tag, als sie mir von Henry berichtete. Sobald sie mich sah, stand sie auf, ohne Blickkontakt mit mir aufzunehmen, und verließ das Hotel.

Wir gingen gute zwanzig Minuten, wobei die Frau sich kein einziges Mal umwandte. Schließlich blieben wir vor dem Café de Flore am Boulevard Saint-Germain stehen. Die Markise des Cafés war mit einer Lichterkette geschmückt. Die Terrasse war leer, und die schneebedeckten Korbstühle sahen aus, als trügen sie weiße Pelzmäntel. Ein zerfetztes rot-weiß-blaues *Vive-de-Gaulle*-Banner hing von einem Balkon im ersten Stock.

Drinnen küsste mich die Frau erneut auf beide Wangen und ging fort, nachdem sie auf einen Tisch im hinteren Bereich gedeutet hatte, wo ein Mann wartete, den ich kannte.

Ich wusste, dass sie kommen würden, aber ihn hatte ich nicht erwartet.

Er stand auf, um mich zu begrüßen, und die zu schmale Hornbrille, die er bei Feltrinellis Party getragen hatte, war verschwunden. »*Ciao, bella*«, sagte er, und sein italienischer Akzent war ebenfalls verschwunden und durch einen russischen ersetzt worden. Er griff meine Hand und küsste sie.

»Es ist mir ein Vergnügen, Sie wiederzusehen. Ich nehme an, Sie sind gekommen, um Ihre Kleider reinigen zu lassen?«

»Möglicherweise.«

Wir setzten uns, und er reichte mir die Speisekarte. »Bestellen Sie, was Sie möchten.« Er hob einen Finger. »Man kann nicht nur von Pain au Chocolat leben.« Er hatte bereits eine offene Flasche Weißwein und ein unberührtes silbernes Tablett mit Schnecken vor sich stehen, also bestellte ich bei dem Kellner mit dem adretten Hemdkragen einen *Croque Monsieur* und wartete ab, dass mein neuer Freund zu reden begänne.

Er trank seinen Wein aus und machte dem Kellner ein Zeichen, er solle eine weitere Flasche bringen. »Ich ziehe die Frauen den Männern vor, und Wein allen beiden«, scherzte er. Kommunist oder Kapitalist, Mann bleibt Mann. »Wir wollten uns persönlich bei Ihnen bedanken«, fuhr er fort. »Für Ihre Großzügigkeit.«

»Fanden Sie es nützlich?«

»O ja. Einer, der viel redet, dieser Mann. Sehr … Wie nennen Sie es doch gleich?«

»Freimütig?«

»Ja! Genau. Freimütig.«

Ich erkundigte mich nicht nach den Einzelheiten, was mit Henry Rennet geschehen war, und wollte es auch nicht wissen. Ein ganzes Jahr lang hatte ich diese Rache mehr herbeigesehnt als alles andere. Und nachdem er dafür gesorgt hatte, dass ich rausflog, hatte ich ihn nicht nur zerstören wollen, ich wollte alles in Schutt und Asche legen.

Dennoch verspürte ich kaum Erleichterung, als mir Henrys Schicksal bestätigt wurde. Wut ist ein armseliger Ersatz für Traurigkeit, und das süße Gefühl der Rache ist so schnell dahingeschmolzen wie Zuckerwatte. Und jetzt, da es verschwunden war, was war mir geblieben? Was würde mich nun am Leben halten?

Der Kellner kam mit meinem Essen, und während mein neuer Freund seine Schnecken aß, erklärte er es mir in knappen Worten.

»Wie lange wollen Sie in Paris bleiben?«, fragte er.

»Ich habe keinen Rückflug gebucht.«

Er tauchte eine Schnecke in ein Schälchen mit geschmolzener Butter. »Gut! Sie sollten reisen. Die Welt sehen. Es gibt so vieles, was eine Frau wie Sie tun kann. Die Welt steht Ihnen offen.«

»Allerdings schwierig, wenn die Mittel begrenzt sind.«

»Ah.« Er schlürfte eine Schnecke und deutete mit seiner zweizinkigen Gabel auf mich. »Aber ich sehe doch, dass Sie eine findige Frau sind. Und eine, die verdient, worum immer sie bittet.«

»Ich bin mir nicht sicher, dass das noch so ist.«

»Ich versichere Ihnen, dass es so ist. Sie unterschätzen sich. Weniger aufmerksame Männer mögen es vielleicht nicht sehen, ich aber schon. Und wie der gute alte Emerson schon gesagt hat, es muss einen geben, der die *Türen öffnet*.«

Seit meiner Ankunft in Paris war ich einige Male an dem großen schwarzen Tor in der hohen Mauer vorbeigegangen, die das Hôtel d'Estrées umgab. Jedes Mal hatte ich hochgeschaut, die rote Fahne mit Hammer und Sichel in Gold gesehen und mich gefragt: Wie wäre es wohl, als eine Person dort hineinzugehen und als eine andere wieder herauszukommen? Dies war nun meine Einladung, es herauszufinden.

Ich dachte an Henry Rennet, der mich tanzend durch die Lobby des Restaurants gedrängt und dann hinter mir die Tür zur Garderobe aufgestoßen hatte. Ich dachte an Anderson, der danach ohne ein Wort an mir vorbeigegangen war. Der dann hinter seinem großen Mahagonischreibtisch hockte und mir sagte, ich sei kein *erwünschter Aktivposten* mehr, und er sage es zwar höchst ungern, aber ich wäre *ein zu großes Risiko,* um weiter beschäftigt zu bleiben. Ich dachte an Frank, der an mir vorüberging, als ich die Zentrale zum letzten Mal verließ, ohne auch nur einen Händedruck.

Ich dachte an Irina – an das erste Mal, als ich sie gesehen hatte, und an das letzte Mal. Ich hatte vorgehabt, bei der Beerdigung ihrer Mutter mit ihr zu sprechen, sie zu trösten, sie in den Armen zu halten, ihr alles zu sagen. Aber anstatt ihr zum Friedhof zu folgen, ging ich ins Georgetown und sah mir allein die zweite Hälfte der Verfilmung von *Der stille Amerikaner* an.

Ich hatte den Zettel noch in der Tasche, den ich ihr nach der Beerdigung heimlich zustecken wollte. Die Worte, die ich geschrieben hatte, waren verblasst, weil ich sie beständig in den Fingern gehalten hatte, während ich durch die Straßen von Paris spazierte. Aber ich wusste noch genau, was ich geschrieben hatte, die Worte, die ich ihr nie gegeben hatte, jene Wahrheit, die ich für mich behalten hatte.

Und dann war da noch die Wahrheit, die ich vor mir selbst verbarg. Ich war in das Flugzeug nach Paris gestiegen, weil ich überzeugt war, keine Wahl zu haben. Aber in jener ersten Nacht umschwärmten mich die Zweifel wie Mücken, die unablässige Wiederholung des *Was wäre, wenn.* Ich stellte mir das weißgetünchte Haus in New England vor, in das Irina und ich hätten ziehen können – mit einer gelben Tür und einer Schaukel auf der Veranda und einem Erkerfenster, das auf den Atlantik hinausgeht. Ich stellte mir vor, wie wir jeden Morgen für einen Kaffee und Doughnuts in die Stadt gingen und die Leute uns für nichts als harmlose Wohngenossinnen hielten. Wenn ich an all die Pfade dachte, die ich nicht eingeschlagen hatte, legte sich das Gefühl des Verlusts über mich wie eine bleierne Decke.

Ich dachte an das Buch in der Handtasche neben mir. Wie endete es? Fanden Juri und Lara am Ende zusammen? Oder starben sie allein und elend?

Der Kellner räumte unsere Teller ab und fragte, ob er uns noch etwas bringen könne.

»Eine Flasche Champagner vielleicht?«, fragte mein neuer Freund und blickte zu mir, nicht zum Kellner.

Ich erhob mein Glas. »Immerhin sind wir in Paris...«

OSTEN

Januar 1959

Kapitel 26

~~DIE MUSE~~
~~DIE REHABILITIERTE~~
~~DIE SENDBOTIN~~
~~DIE MUTTER~~
~~DIE SENDBOTIN~~
DIE BRIEFTRÄGERIN

Die ersten Exemplare wurden in den Wohnzimmern der Moskauer Intellektuellen von Hand zu Hand weitergereicht. Nachdem Borja den Nobelpreis bekommen und dann abgelehnt hatte, wurden Kopien dieser Exemplare angefertigt. Und dann Kopien dieser Kopien. In den Eingeweiden der Metro in Leningrad tuschelte man über *Doktor Shiwago*, in den Arbeitslagern wurde das Buch von einem zum anderen weitergereicht, auf dem Schwarzmarkt wurde es verkauft. »Hast du es schon gelesen?«, fragten einander überall im Mutterland die Leute mit leiser Stimme. »Warum hat man es uns vorenthalten?« Dieses *es* musste nie benannt werden. Schon bald konnten alle den Roman lesen, den man ihnen vorenthalten hatte.

Als Ira ein Exemplar mit nach Hause brachte, verbot ich ihr, es im Haus aufzubewahren. »Begreifst du nicht?«, rief ich, zerriss die Seiten und warf sie in den Mülleimer. »Das ist wie eine geladene Pistole.«

»Du hast doch die Munition dafür beschafft. Dir war er wichtiger als unsere Familie.«

»Er ist unsere Familie.«

»Und ich weiß genau, was du hier versteckst. Glaub bloß nicht, dass ich keine Ahnung habe!« Sie stürmte aus dem Zimmer, ehe ich antworten konnte.

Das Geld war in einem rotbraunen Lederkoffer mit Messingschlössern, den ich tief im Kleiderschrank hinter den langen Kleidern verborgen hatte. Die Bündel waren in Plastik verpackt, ordentlich in Reihen unter zwei Paar Hosen gestapelt.

D'Angelo hatte die Übergabe organisiert – erst von Feltrinelli auf ein Konto in Liechtenstein, dann an ein italienisches Ehepaar, das in Moskau lebte. Das italienische Ehepaar rief bei mir in der Wohnung an und meldete, auf der Post sei eine Lieferung für Pasternak angekommen. Dann holte ich den Koffer ab, nahm den Zug nach Peredelkino und brachte ihn das Geld Kleinen Haus sicher unter.

Borja wollte das Geld nicht. Am Anfang nicht. Nachdem der Staat ihm jede Möglichkeit geraubt hatte, sich mit Übersetzungen seinen Lebensunterhalt zu verdienen, sagte er, wir würden andere Wege finden, um uns am Leben zu halten. Ich sagte ihm, das Geld sei ohnehin nur ein Bruchteil dessen, was ihm zustand. Feltrinelli hatte so viele Exemplare des Buches verkauft, dass er die italienische Ausgabe schon zwölfmal hatte nachdrucken lassen; auch in Amerika war es ein Bestseller. Man hatte sogar die Filmrechte nach Hollywood verkauft. Im Westen wäre Borja nun ein sehr wohlhabender Mann gewesen. Als er sagte, wir müssten eben mit dem zurechtkommen, was wir hatten, und sollten dankbar sein, einander zu haben, forderte ich ihn auf, sich vorzustellen, was aus mir und meiner Familie werden würde, sobald er nicht mehr da war.

Mit der Zeit ließ er sich umstimmen.

Es wäre untertrieben, wenn man meinte, ich hätte ihn

dazu gedrängt, die ausländischen Tantiemen anzunehmen; und es wäre eine Lüge zu behaupten, dass ich an mehr dachte, als den Unterhalt meiner Familie zu sichern. Aber warum sollte nicht auch ich etwas bekommen? Warum nicht? Nach allem, was ich getan hatte. Nach allem, was ich durchgemacht hatte.

Doch mit dem Geld nahm die Überwachung noch weiter zu. Sie beobachteten uns noch immer. Niemals sah ich jemanden, aber ich spürte ihre Augen unablässig. Ich schloss die Fenster, zog die Vorhänge zu, überprüfte wie besessen die Türschlösser am Kleinen Haus. In der Nacht ließ mich jeder knackende Ast, jeder Windstoß, der an der Tür rappelte, jedes Bremsenquietschen eines weit entfernten Autos aufschrecken. Schlaf war mir unmöglich.

Auf der Suche nach ein wenig Entspannung verließ ich das Kleine Haus und blieb in meiner Moskauer Wohnung. Es fiel mir schwer, so weit von Borja entfernt zu sein, aber zum ersten Mal in meinem Leben war ich froh über die vier Treppen, die papierdünnen Wände und meine vielen Nachbarn, die dicht aufeinanderhockten. Wenn hier etwas passieren sollte, würde es sicherlich jemand hören und mir zu Hilfe eilen. Oder nicht?

Und ich war froh, bei meiner Familie zu sein. Mich überkam das Verlangen, in der Nähe meiner Kinder zu sein, in einer Stärke, wie ich sie seit ihrer Kinderzeit nicht mehr verspürt hatte. Aber Mitja und Ira blieben der Wohnung fern, brachten als Entschuldigung Freunde und Schule vor. Wenn sie zu Hause waren, behandelten sie meine Mutter mit jenem Respekt, den sie mir verweigerten. Mitja, der stets ein so folgsames Kind gewesen war, begann sich aufzuführen, kam nicht zur versprochenen Zeit nach Hause, manchmal roch er nach Schnaps. Ira zog es vor, den Großteil ihrer Zeit mit ihrem neuen Freund zu verbringen.

Freunde warnten Borja, er solle Peredelkino verlassen und sich in den Schutz der Stadt flüchten, doch er weigerte sich. »Wenn sie kommen, um mich zu steinigen, dann sollen sie kommen. Wenn ich schon sterbe, dann lieber auf dem Land.«

In der ersten Nacht, die ich in Moskau verbrachte, klopfte eine Nachbarin an die Tür, um uns zu sagen, dass Wladimir Jefimowitsch Semitschastni im Fernsehen gleich eine Rede über Boris halten würde. Ira und ich folgten ihr in ihre Wohnung. Wir standen mit ihrer Familie um das winzige Fernsehgerät herum, das auf einem kalten Heizlüfter aufgestellt war. Das Schwarzweißbild flackerte immer wieder, aber wir konnten den Ersten Sekretär des Komsomol laut und deutlich hören. »Dieser Mann hat dem Volk ins Gesicht gespuckt«, wetterte Semitschastni. »Vergleicht man Pasternak mit einem Schwein, so würde doch kein Schwein tun, was er getan hat. Denn kein Schwein scheißt da hin, wo es frisst.« Die Kamera schwenkte auf die Tausenden in der Menge, es mochte der gesamte Jugendverband der KPdSU sein, der ihm lauschte. »Ich bin sicher, dass weder die Gesellschaft noch die Regierung ihm Hindernisse in den Weg legen wird, sondern im Gegenteil der Meinung ist, dass durch sein Verschwinden aus unserer Mitte unsere Atemluft frischer würde.« Die Zuschauer brachen in Beifall aus. Chruschtschow, der auch auf dem Podium saß, sprang auf und klatschte in die Hände. Ira sah mich mit Furcht in den Augen an. Ich nahm sie bei der Hand und führte sie in unsere Wohnung zurück.

Später in der Nacht weckte mich Mitja. Eine betrunkene Gesellschaft hatte sich vor unserem Gebäude versammelt. Ich legte mir einen Schal um die Schultern, ging auf den Balkon und schaute hinunter. Drei Männer in Frauenkleidern, zweifellos vom KGB hergeschickt, tanzten und sangen »Schwarzer Rabe«, ein altes Trinklied, das ich schon immer gehasst hatte.

> *Schwarzer Rabe, was ziehst du deine Kreise*
> *So niedrig über mir?*
> *Deine Beute wird dich immer fliehn,*
> *Schwarzer Rabe, bin nicht dein!*

Der Krach hatte auch meine Nachbarn geweckt, die wie ich auf ihre Balkone traten und denen unten zuriefen, sie sollten ruhig sein. Die als Frauen gekleideten Männer sahen hoch und lachten. Einer deutete in meine Richtung. Dann hakten sie sich unter und sangen noch lauter.

> *Was spreizt du deine Krallen*
> *So niedrig über meinem Kopf?*
> *Siehst du mich als deinen Fang?*
> *Schwarzer Rabe, bin nicht dein!*

»Man kann es von hier oben nicht sehen«, flüsterte Mitja, »aber die haben Perücken auf. Ganz schlechte. Einer hat Lippenstift auf den Mund geschmiert wie ein Clown.«

> *Nimm mein Tuch, nun blutgetränkt,*
> *Bring es meiner Liebsten,*
> *Sag ihr, dass sie frei nun ist,*
> *Denn ich nahm eine andere.*

»Betrunkene Irre«, sagte Ira. Sie legte mir die Hand auf die Schulter. »Komm rein, Mama.«

»Denen wird nichts genügen«, sagte Borja, nachdem ich ihm erzählt hatte, was geschehen war. »Die geben keinen Frieden, ehe ich nicht unter der Erde bin. Ich habe bereits einen Brief an den Kreml geschrieben und um die Genehmigung gebeten, dass du mit mir ausreisen darfst.«

»Du hast darum gebeten, ehe du mich gefragt hast? Und was ist, wenn ich nicht gehen will?«

»Du willst nicht?«

»Das habe ich nicht gesagt.«

»Ich habe den Brief noch nicht abgeschickt.«

»Das habe ich nicht gefragt.«

»Ich kann ohne dich nicht weggehen. Da lasse ich mich lieber ins Lager schicken.«

»Was ist mit meiner Familie? Was wird mit der?«

Er versicherte mir, wir würden eine Lösung finden. Ich wusste damals nicht, dass er die Angelegenheit bereits mit seiner Frau besprochen hatte. Er stellte mir nicht dieselbe Frage, die er ihr gestellt hatte. Sie hatte ihm darauf geantwortet, sie würde niemals fortgehen, und er könne zwar gern das Land verlassen, aber sie und ihr Sohn müssten sich, sobald er fort war, von ihm lossagen. »Das verstehst du«, hatte sie ihrem Mann gesagt.

Am folgenden Tag erzählte er mir, er hätte den Brief an den Kreml zerrissen. »Wie könnte ich in einer fremden Stadt aus einem anderen Fenster schauen und meine Birken nicht sehen?«, fragte er.

Und das blieb seine Position: sich von denen nicht aus seiner Heimat vertreiben zu lassen.

Ich hätte wissen müssen, dass das Fortgehen für ihn nie eine realistische Option war. Trotz allem wäre er ohne Mütterchen Russland verloren. Er könnte seine Bäume und seine Spaziergänge im Schnee niemals verlassen. Er könnte seine Eichhörnchen, seine Elstern niemals verlassen. Er könnte seine Datscha, seinen Garten, seine tägliche Routine niemals verlassen. Lieber würde er als Verräter auf russischem Boden sterben als im Ausland als freier Mann leben.

❧

Sie verboten Borja, Post in Empfang zu nehmen, schnitten ihm damit eine der wenigen Verbindungen zur Welt ab. Kurz darauf fing es an, dass Briefe unter meiner Wohnungstür durchgeschoben wurden. Manche waren frankiert, manche nicht, einige hatten Absender, andere nicht. Jeden Morgen bündelten Ira und ich die Briefe und schlugen sie in Packpapier ein wie Fleischstücke. Dann fuhren wir mit dem Zug zum Kleinen Haus, wo Borja schon darauf wartete, sie zu lesen. Ich war seine Briefträgerin geworden.

Er erhielt Schreiben von Albert Camus, John Steinbeck, Premierminister Nehru. Er erhielt Schreiben von Studenten aus Paris, einem Maler aus Marokko, einem Soldaten aus Kuba, einer Hausfrau aus Toronto. Mit jedem Umschlag, den er öffnete, erhellte sich seine Miene.

Einer der Briefe, die er am meisten schätzte, stammte von einem jungen Mann aus Oklahoma. Der Mann schrieb von seinem Liebeskummer und erzählte, wie sehr ihn *Doktor Shiwago* berührt habe. Er hatte den Brief adressiert an: *Boris Pasternak, Russland, in einem kleinen Ort bei Moskau.*

Borja nahm sich die Zeit, allen zu antworten, bedeckte mit seiner ausladenden Handschrift Seite um Seite mit violetter Tinte. Er schrieb, bis ihm die Hand wehtat, bis er Rückenschmerzen bekam, doch er weigerte sich, seine Antworten zu diktieren, als ich ihm meine Hilfe anbot. »Ich möchte mit meiner Hand die ihre berühren«, sagte er.

Doch er erhielt auch andere Briefe, Briefe, die er nicht beantwortete. Briefe von Lästerern, Briefe vom Staat. Briefe, die ihn einschüchtern sollten. Obwohl er den Preis abgelehnt hatte, wollten sie sehen, wie der Wolkenbewohner auf die Erde abstürzte. Sie wollten ihn in die Knie zwingen. Sie wollten, dass er vor ihnen kroch, vor ihnen buckelte. Das tat er nicht, aber genauso wenig stellte er sich ihnen entgegen. Seine Tatenlosigkeit wurde als Schwäche ausgelegt, und zwar von denen, die von ferne betrachteten, wie sich die Affäre entwickelte. Und von mir.

Wenn er nichts unternehmen wollte, ich wollte es. Ich konnte nicht warten, bis sie vor meiner Tür erschienen.

Ich traf mich mit dem Leiter der Abteilung Autorenrechte im Schriftstellerverband, Grigori Chesin, einem alten Kontakt aus meiner Zeit bei *Nowy Mir*.

Er hörte mir kaum zu, als ich ihm Borjas Fall vortrug, und als ich fertig war, sagte er, da ließe sich nichts machen. »Boris Leonidowitsch ist kein Mitglied des Verbandes mehr und hat also keine ›Rechte‹, für die es einzutreten gilt.« Ich stürmte aus Grigoris Büro, und sofort sprach mich ein Mann an, der mir eine andere Lösung vorschlug.

Dieser Mann, Isidor Gringolts, war ein entfernter Bekannter. Ich erinnerte mich daran, ihn bei Dichterlesungen gesehen zu haben, kannte ihn jedoch kaum. Isidor war jung und sah gut aus, hatte welliges blondes Haar und kleidete sich wie ein Europäer. Aus irgendeinem Grund nickte ich zustimmend, als er mir versicherte, er werde alles in seiner Macht Stehende tun, um Boris zu helfen.

Wir gingen in meine Wohnung, um einen Plan zu schmieden. Nach stundenlangen Debatten mit Ira, Mitja und engen Freunden erklärte uns Isidor, es gebe nur eine einzige Möglichkeit: Boris müsse einen offenen Brief an Chruschtschow verfassen, darin um Verzeihung bitten und darum, nicht aus dem Mutterland verstoßen zu werden. Ich scheute davor zurück, weil ich der Meinung war, Boris würde ein solches Schreiben niemals unterzeichnen, diesem Fremden niemals erlauben, ihm solche Worte in den Mund zu legen. Aber Isidor war überzeugend, und am Ende kamen auch wir zu dem Schluss, dass es die einzige Möglichkeit sei.

Den ersten Entwurf verfasste Isidor, ich passte den Text so an, dass er mehr nach Borja klang. Ira brachte den Brief nach Peredelkino. Sie hatten Borja inzwischen so zermürbt, dass er nicht einmal mehr die Stimme heben konnte, als Ira ihn fragte, ob er seinen Namen daruntersetzen würde; er schaffte es gerade eben, den Stift zu führen. »Ich will nur, dass es endlich vorbei ist«, sagte er zu ihr.

Er schlug nur kleinere Veränderungen vor. *Olja, lass alles so, wie es ist*, schrieb er mir in einer Notiz. *Schreibe, dass ich nicht in der Sowjetunion, sondern in Russland geboren bin.* Ira erzählte, wie seine Hand gezittert habe, als er den Brief mit einem eigenen Zusatz abschloss: *Mit der Hand auf dem Herzen bekenne ich aufrichtig, dass ich etwas für die sowjetische Literatur getan habe und ihr noch immer zu Diensten sein könnte.*

Am nächsten Tag brachten Ira und eine Freundin den überarbeiteten Brief zum Staraja-Platz 4. Eine Wache draußen vor dem Tor zum Hauptsitz des Zentralkomitees sah sie näher kommen. Mit einer Zigarette zwischen den Zähnen musterte der Mann sie vom Scheitel bis zur Sohle und fragte sie, was sie wollten.

»Wir haben einen Brief für Chruschtschow«, antwortete Ira.

Er lachte so sehr, dass er beinahe seine Zigarette ausgespuckt hätte. »Von wem? Von euch?«

»Von Pasternak.«

Der Wachsoldat lachte nicht mehr.

Zwei Tage später rief Polikarpow bei mir an, um uns mitzuteilen, Chruschtschow habe Borjas Brief erhalten und Borjas Anwesenheit werde unverzüglich verlangt. »Ziehen Sie sich Ihren Mantel an, und treffen Sie uns auf der Straße. Sie werden uns begleiten, wenn wir den Wolkenbewohner abholen.«

Zehn Minuten später stand ein schwarzer ZIL mit laufendem Motor vor meinem Wohnhaus. In der Limousine saß Polikarpow. Ich war bereits im Mantel und schaute aus dem Fenster, dann auf meine Armbanduhr. Ich gab mir weitere fünfzehn Minuten, ehe ich die Wohnung verließ.

Als ich mich näherte, stieg Polikarpow aus. Er trug einen knöchellangen schwarzen Mantel von ausländischem Schnitt und aus schwerer, luxuriöser Wolle. »Sie haben uns warten lassen.«

Ich entschuldigte mich nicht. Meine Furcht hatte sich als Mut verkleidet, den ich kaum im Zaum halten konnte. Polikarpow führte mich zum Rücksitz des Autos. Er nahm vorn neben dem Fahrer Platz, dessen Augen nie von der Straße wichen. Das Auto fuhr auf der mittleren Spur, die für Regierungsfahrzeuge reserviert war. Während wir uns rasch durch den Verkehr bewegten, wichen die Zivilautos zur Seite aus.

»Was wollen Sie denn noch von ihm?«, fragte ich.

Polikarpow drehte sich zu mir um. »Diese ganze Angelegenheit ist noch nicht abgeschlossen, und er hat sie sich selbst zuzuschreiben.«

»Er hat den Preis abgelehnt. Er hat sich von *Shiwago* distanziert. Er hat um Verzeihung gebeten. Was wollen Sie denn noch? Diese Tortur hat ihn Jahre seines Lebens gekostet. Er ist jetzt ein alter Mann. Manchmal erkenne ich kaum …« Ich unterbrach mich. Mehr musste Polikarpow nicht wissen.

Er drehte sich wieder nach vorn. »Wir danken Ihnen für Ihre Hilfe dabei, Pasternak zur Unterschrift unter den Brief zu bewegen. Wir werden das nicht vergessen.«

»Es war Borjas Brief, nicht meiner.«

»Mein Freund Isidor Gringolts – ich glaube, Sie kennen ihn? Er hat mir persönlich berichtet, dass Sie den größten Teil des Briefes geschrieben haben. Seine Arbeit an dieser Sache hat ebenfalls Anerkennung gefunden.«

Natürlich hatten sie Gringolts geschickt. Wie hatte ich nur so dumm sein können?

»Wir verlassen uns nun auf Sie, damit wir diese Angelegenheit hinter uns bringen können«, fuhr Polikarpow fort.

Im Großen Haus war es dunkel, nur in Borjas Arbeitszimmer brannte Licht. Das Auto fuhr vor, und ich erblickte Borjas schwarze Silhouette am Fenster. Das Licht ging aus, und unten flammte ein anderes auf. Ich wollte zu ihm gehen, wagte aber nicht, das Auto zu verlassen. Ich konnte noch eine andere Person ausmachen, die hin und her ging, eine kleinere, gebückte Gestalt. Sinaida würde mir nicht einmal erlauben, auf ihrer Veranda zu stehen.

Borja kam aus dem Haus, mit Kappe und Jacke und einem merkwürdigen Lächeln, als würde er in die Ferien aufbrechen. Der Fahrer stieg aus und hielt ihm die Tür auf. Er zeigte weder Überraschung, als er mich auf dem Rücksitz sah, noch Beunruhigung, als Polikarpow ihm bestätigte, dass wir zu einem Treffen mit Chruschtschow unterwegs seien. Die einzige Sorge, die Borja äußerte, war die, dass er keine dem Anlass angemessene Hose trug. »Sollte ich noch einmal zurückgehen und mich umziehen?«, fragte er, als der Wagen bereits die Straße hinunterfuhr. Polikarpow lachte leise. Noch seltsamer war: Auch Borja fiel ein und lachte hysterisch. Sein Gelächter erzürnte mich, und ich warf ihm einen bösen Blick zu. Er gab vor, es nicht zu bemerken, was mich noch wütender machte. Als wir an einer Ampel hielten, hatte ich nicht übel Lust, die Tür aufzumachen und auszusteigen, diese Männer allein auslöffeln zu lassen, was sie sich eingebrockt hatten.

Wir kamen beim Eingang Nummer 5 zum Gebäude des Zentralkomitees an und folgten Polikarpow durch das Tor. Borja blieb bei dem Wachsoldaten stehen. »Papiere«, sagte die Wache.

»Die einzigen Papiere, die ich hatte, das war mein Mitgliedsausweis des Schriftstellerverbandes, der gerade eingezogen wurde«, sagte Boris. »Also bin ich völlig ohne Papiere. Schlimmer noch, ich habe nicht einmal eine ordentliche Hose an.« Der Wachsoldat, ein junger Mann mit vollen Lippen und Sommersprossen auf den Wangen, entschied sich, nicht darauf einzugehen, und winkte uns durch.

Polikarpow ließ uns in einem kleinen Wartebereich zurück, wo wir eine Stunde saßen. Borja berührte das goldene Armband, das er mir vor drei Jahren zu Neujahr geschenkt hatte. »Solltest du das tragen?«, fragte er. Er strich mir eine Haarsträhne hinters Ohr. »Und die Perlenohrringe? Und den Lippenstift? Das könnte einen falschen Eindruck erwecken.«

Ich öffnete meine Handtasche. Anstatt meinen Schmuck abzulegen und mir das Make-up abzuwischen, nahm ich ein Fläschchen Baldrian heraus und trank daraus, um meine Nerven zu beruhigen.

Schließlich wurde Borjas Name aufgerufen, und wir standen auf. »Sie werden nicht benötigt«, sagte der Wachsoldat zu mir. Ich ignorierte ihn und nahm Borjas Arm. Gemeinsam gingen wir einen langen Korridor entlang und in ein Büro, wo Polikarpow auf uns wartete. Ein starker Geruch nach Rasierwasser wehte uns entgegen. Polikarpow hatte sich anscheinend geduscht, rasiert und einen neuen Anzug angelegt. Er tat so, als hätte er den ganzen Tag auf uns gewartet. Ein weiteres ihrer Einschüchterungsmanöver; wir würden Chruschtschow überhaupt nicht zu sehen bekommen. Er räusperte sich, als wolle er eine Rede halten. »Man wird Ihnen die Erlaubnis erteilen, sich weiter in Mütterchen Russland aufzuhalten, Boris Leonidowitsch«, sagte er.

»Wieso mussten wir hierherkommen, wo Sie uns das bereits vor Stunden hätten sagen können?«

Er ignorierte mich und hob einen Finger. »Es kommt noch mehr.« Er deutete auf zwei Stühle. »Setzen.«

Ich konnte hören, wie Borja mit seinen neuen Zähnen knirschte. »Dem gibt es nichts hinzuzufügen!«, explodierte er. Endlich die Wut, die ich so herbeigesehnt hatte. Endlich stand er für sich ein.

»Sie haben so viele Menschen im Volk erzürnt, Boris Leonidowitsch. Ich kann kaum etwas tun, um sie zu besänftigen. Man hat nicht das Recht, diese Leute mundtot zu machen. Sie haben das Recht, ihre Meinung zu äußern. Morgen wird die *Literaturnaja Gaseta* einige dieser Stimmen veröffentlichen. Daran können wir nichts ändern. Das Volk hat seine Rechte. Ehe man Ihnen die Erlaubnis gibt, im Land zu bleiben, müssen Sie erst mit dem Volk Ihren Frieden schließen. Öffentlich natürlich. Ein weiterer Brief ist dringend geboten.«

»Kennen Sie keine Scham?«, fragte Borja, noch immer mit lauter Stimme.

»Kommen Sie«, erwiderte Polikarpow und deutete erneut auf die Stühle. »Setzen wir uns und reden miteinander wie Ehrenmänner.«

»Hier gibt es nur einen Ehrenmann«, sagte ich.

Polikarpow lachte leise. »Würde die Gattin des großen Dichters da zustimmen?«

»Ich setze mich nicht hin«, fuhr Borja fort. »Diese Besprechung ist beendet. Sie reden vom *Volk*. Was wissen Sie schon über das *Volk*?«

»Sehen Sie, Boris Leonidowitsch, diese ganze Angelegenheit ist so gut wie abgeschlossen. Sie haben die Chance, mit mir und mit dem Volk die Sache wieder ins Lot zu bringen. Ich habe sie hierhergeholt, um Ihnen mitzuteilen, dass alles bald wieder in Ordnung sein wird, solange Sie kooperieren.« Er kam um den Schreibtisch herum und stellte sich zwischen Borja und mich. Er legte Borja eine Hand auf die Schulter und tätschelte ihn, als wäre er ein braver Hund. »Meine Güte, alter Freund. In was für einen Schlamassel Sie uns gebracht haben!«

Borja schüttelte seine Hand ab. »Ich bin nicht Ihr Untergebener, nicht irgendein Schaf, das Sie auf die Weide führen können.«

»Ich bin es nicht, der seinem Land das Messer in den Rücken gerammt hat.«

»Jedes Wort, das ich geschrieben habe, war die Wahrheit. Jedes Wort. Ich schäme mich nicht dafür.«

»Ihre Wahrheit ist nicht unsere Wahrheit. Ich versuche nur, Ihnen dabei zu helfen, die Dinge wieder geradezurücken.«

Borja machte sich auf den Weg zur Tür.

»Halten Sie ihn auf, Olga Wsewolodowna!« Polikarpows prahlerisches Benehmen war dahin. Nun wirkte er nur noch jämmerlich und verzweifelt. Es war klar, dass man ihm befohlen hatte, die Sache stillschweigend zu Ende zu bringen. Er hatte aber vorher noch gewaltig angeben wollen und war nun drauf und dran, bei dieser Aufgabe zu versagen.

»Sie müssen sich erst dafür entschuldigen, so mit ihm geredet zu haben«, verlangte ich.

»Ich entschuldige mich«, sagte er. »Wirklich. Bitte.«

»Beenden Sie das alles«, sagte Borja, der schon in der Tür stand. »Ich bitte Sie.«

Am nächsten Tag erschienen unter der Schlagzeile SOWJET-BÜRGER VERURTEILEN B. PASTERNAKS VERHALTEN zweiund-zwanzig Briefe »echter« Russen in der *Literaturnaja Gaseta*. Jeder Einzelne von ihnen plapperte die Parteimeinung nach: *Judas! Verräter! Schwindler!* Eine Bauarbeiterin aus Leningrad schrieb, sie hätte noch nie vorher was von diesem Pasternak gehört, wieso sollten wir uns dann um ihn scheren? Ein Textilarbeiter aus Tomsk meinte, Pasternak stehe auf der Gehaltsliste des Westens, werde von kapitalistischen Spionen bezahlt, die den Schriftsteller zu einem sehr reichen Mann gemacht hätten.

Polikarpow verlautbarte, ein letzter, an »das Volk« adressierter Entschuldigungsbrief sei notwendig. Ich schrieb den ersten Entwurf, überarbeitete ihn nach Polikarpows Angaben und überredete Borja, ihn zu unterzeichnen.

An dem Abend, als dieser letzte Brief in der *Prawda* abgedruckt wurde, kam er ins Kleine Haus. Er wollte, dass wir uns lieben. Doch der strahlende, tapfere Dichter war verschwunden. An seiner Stelle stand ein alter Mann vor mir. Er berührte meine Taille, als ich am Spülstein stand und Kartoffeln schälte. Und zum ersten Mal wandte ich mich ab.

WESTEN

Sommer 1959

Kapitel 27

~~DIE BEWERBERIN~~
~~DIE ÜBERBRINGERIN~~
~~DIE NONNE~~
DIE STUDENTIN

Die meiste Zeit wartete ich: Ich wartete auf Infos, wartete auf meine Aufgabe, wartete darauf, dass meine Mission anfing. Ich wartete in Hotelzimmern, Wohnungen, Treppenhäusern, Bahnhöfen, Busbahnhöfen, Bars, Restaurants, Büchereien, Museen, Waschsalons. Ich wartete auf Parkbänken und in Kinos. Einmal wartete ich in Amsterdam einen geschlagenen Tag in einem öffentlichen Freibad auf eine Nachricht und war so verbrannt von der Sonne, dass ich mir in Aloe getränkten Mull um Schultern und Oberschenkel wickeln musste.

Neun Monate nach der Weltausstellung wartete ich einmal mehr – in einer Herberge in Wien auf den Beginn der siebten Weltfestspiele der Jugend und Studenten.

Die Spiele waren für Ende Juli angesetzt: Es waren zehn Tage mit Versammlungen, Aufmärschen, Treffen, Ausstellungen, Vorträgen, Seminaren und Sportveranstaltungen geplant. Es würde eine Parade der Nationen geben, tausend weiße Tauben sollten freigelassen werden, und am Ende sollte ein feierlicher Ball stattfinden – und all das war der Förderung von »Frieden und Freundschaft« zwischen den künftigen Führungseliten gewidmet. Während der

Spiele konnten die erwarteten zwanzigtausend Studenten aus aller Herren Länder von Saudi-Arabien und Ceylon bis Cambridge und Fresno an von der Gewerkschaft organisierten Rundgängen durch ein Elektrizitätswerk teilnehmen, sich Vorträge von Leitern der Freiwilligendienste anhören oder Vorlesungen über die friedliche Nutzung von Atomkraft besuchen.

Der Kreml hatte geschätzte hundert Millionen Dollar investiert, um dafür zu sorgen, dass diese Weltfestspiele einen dauerhaften Eindruck bei ihren Teilnehmern hinterlassen würden.

Doch die Agency hatte andere Pläne.

Nachdem *Doktor Shiwago* überall in der UdSSR aufgetaucht war und Pasternaks traurige Berühmtheit ihren rasanten Höhepunkt erreicht hatte, begannen die Sowjets, das Gepäck von Sowjetbürgern, die nach einem Auslandsaufenthalt ins Mutterland zurückkehrten, umso intensiver nach dem verbotenen Buch zu durchsuchen. Die Mission war ein Propaganda-Coup für die Agency, weswegen man den Einsatz nun gern verdoppeln wollte – um noch mehr Exemplare zu drucken und unter die Leute zu bringen. Diesmal hatten wir statt der in blaues Leinen gebundenen Ausgabe eine Miniaturausgabe vorbereitet – auf dünnes Bibelpapier gedruckt, klein genug, um in eine Jackentasche zu passen.

Ich war schon früh nach Wien gefahren und wartete dort auf die Ankunft von zweitausend Exemplaren des winzigen Buchs. Auch andere Titel wie *Farm der Tiere*, *Ein Gott, der keiner war* und *1984* sollten verteilt werden, und Dutzende von uns harrten der Bücher, die überall in Wien in unseren »Informationsständen« bereitliegen würden, damit wir sie an Teilnehmer der Spiele ausgeben konnten, die Sehenswürdigkeiten besichtigten. Auf diesem ganz eigenen Weg wollte die Agency *Frieden und Freundschaft* verbreiten.

Seit Brüssel war mein Haar ein wenig nachgewachsen und nun in einer rötlichen Schattierung seines ehemaligen Blondtons gefärbt. Und ich zog mich an, als sei ich auf dem Weg zu einer Dichterlesung: schwarzer Rollkragenpullover, schwarze Caprihose und schwarze Ballerinas. Ich war wieder Studentin.

Mein erster Einsatzort war der Wurstelprater. Ich sollte den Vergnügungspark vor Beginn der Spiele auskundschaften, um den am stärksten frequentierten Ort zu finden, an dem ich so vielen Menschen wie möglich so viele Bücher wie möglich überreichen könnte, ehe man mich unvermeidlich auffordern würde, mich zu entfernen.

Nachdem ich an der Geisterbahn, den Karussells, dem Autoscooter, den Schießbuden und Biergärten vorübergegangen war, entschied ich, dass das Wiener Riesenrad der günstigste Fleck sein würde, da ich mir gut vorstellen konnte, dass jeder junge Tourist einmal mit dem höchsten Riesenrad der Welt fahren wollte. Außerdem war es für mich aufregend, so nah an dem Ort zu stehen, der in einem meiner Lieblingsfilme, *Der dritte Mann*, eine Rolle spielte.

Nachdem ich meinen Einsatzort festgelegt hatte, musste ich im nächsten Schritt eine Reinigung in den Tuchlauben aufsuchen, wo ich einen Anzug für Herrn Werner Voigt abholen und dabei fragen sollte, ob ich mit Schweizer Franken bezahlen könne. Daraufhin würde man mir den verpackten Anzug mit einem angehefteten Zettel geben, auf dem die Adresse des Lagerorts stünde, wo ich die erste Lieferung der Miniaturausgabe von *Shiwago* finden würde. Am folgenden Tag sollte dann die Verteilung beginnen.

Doch zuerst einmal hatte ich Hunger. Ich beschloss, mir Kartoffelpuffer zu kaufen, ehe ich den Park verließ. Die Imbissbude lag günstig beim Riesenrad, war geradezu eine Falle für alle, die sich hier für Tickets anstellten. Und hier stand ich in der Essensschlange hinter einem amerikanischen Touristen in wenig schmeichelhaften engen Lederhosen und sah sie.

Sie wartete in der Schlange beim Riesenrad, mit dem Rücken zu mir.

Sally trug einen langen grünen Mantel und weiße Handschuhe, das rote Haar war kürzer geschnitten als bei unserem letzten Treffen. Selbst von hinten war sie wunderschön. Es erinnerte mich an das erste Mal, als ich sie bei Ralph's gesehen hatte. Auch damals war ihr Haar das Erste gewesen, was ich von ihr sah.

Es war seltsam, sie so zu sehen, an einem Ort, an dem ich nicht ich selbst war, wo sie nicht sie selbst war. Die Wirklichkeit hatte sich verschoben. Und so viel Zeit war verstrichen. Im Laufe des letzten Jahres hatte ich mir eingeredet, über sie hinweg zu sein. Vielleicht, sagte ich mir immer und immer wieder, hatte es niemals wirklich etwas gegeben, über das ich hinwegkommen musste.

Doch da war sie nun. Endlich war sie gekommen, um mich zu holen.

Sally neigte den Kopf ein wenig, als könnte sie spüren, dass ich sie bemerkt hatte. Sie drehte sich nicht um, um sich zu vergewissern, ob ich sie gesehen hatte, aber das brauchte sie nicht. Sie wusste es. Natürlich würde ich sie sehen. Sollte ich zu ihr in die Warteschlange gehen? Von hinten auf sie zulaufen und sie umarmen? Oder sollte ich abwarten, bis sie zu mir kam?

Ich trat aus der Essensschlange und ging ein paar Schritte zur Warteschlange am Riesenrad, drängte mich vor eine Gruppe Französisch sprechender Studenten, die mir keine Beachtung schenkten.

Langsam bewegte ich mich vorwärts, bis nur noch wenige Leute zwischen ihr und mir waren. Sie erreichte den

Schalter und zog eine Brieftasche aus der Handtasche. Als sie der Frau am Schalter gerade das Geld reichen wollte, erschien ein großgewachsener Mann mit graumeliertem Haar und nahm es ihr aus der Hand. Er bezahlte, und sie küsste ihn auf die Wange.

Sie musste sich nicht einmal vollständig zu mir umdrehen, da wusste ich es schon.

Ich sah zu, wie der Mann mit dem graumelierten Haar der Frau, die nicht Sally war, die Tür zu der roten Gondel aufhielt. Ich kaufte trotzdem eine Karte und stieg in eine Gondel ein. Ich schaute hinauf, um festzustellen, ob ich die Sally-Doppelgängerin, die ein Stück über mir in der Luft schwebte, noch einmal erblicken könnte. Ich konnte es nicht. Ruckelnd verließ meine Gondel den Boden. Ich lehnte mich aus dem offenen Fenster und schaute zu, wie die Welt unten still und klein wurde.

❧

Ich sah sie immer und immer wieder. Lange nachdem ich in Wien mein letztes Exemplar von *Shiwago* verteilt hatte und zum nächsten Auftrag gereist war, und dann zum nächsten. Unsere gemeinsame Zeit war kurz gewesen, aber das änderte nichts. Ich würde sie noch jahrelang sehen: wie sie in Kairo eine Rikscha herbeiwinkte, ihre rotlackierten Nägel ein Aufblitzen von Farbe auf der staubigen Straße, wie sie in Delhi in den letzten Zug stieg und ein Mann, der doppelt so alt war wie sie, ihre zueinander passenden Gepäckstücke trug; in einem Lebensmittelladen in New York, wo sie eine Katze streichelte, die auf einem Stapel Müslikartons saß; in einer Hotelbar in Lissabon, wo sie einen Tom Collins mit extra Eis bestellte.

Und während die Jahre vergingen, blieb ihr Alter immer gleich, ihre Schönheit wie in Bernstein gegossen. Selbst nachdem ich eine Krankenschwester in Detroit kennengelernt hatte, die in mir Türen öffnete, von denen ich nicht einmal geahnt hatte, dass sie verschlossen waren. Selbst dann sah ich immer noch Sally, wie sie an der Theke eines Diners an einem Kaffee nippte, wie sie ihren Arm aus einer Umkleidekabine streckte und um eine andere Kleidergröße bat oder wie sie auf der Galerie eines Kinos allein einen Film anschaute. Und jedes Mal stockte mir der Atem, verspürte ich diese köstliche Vorfreude – diesen Augenblick, in dem die Lichter gerade ausgegangen sind, noch ehe der Film beginnt, jenen kurzen Augenblick, in dem man das Gefühl hat, dass gleich die ganze Welt erwachen wird.

OSTEN

1960–1961

Kapitel 28

~~DIE MUSE~~
~~DIE REHABILITIERTE~~
~~DIE SENDBOTIN~~
~~DIE MUTTER~~
~~DIE SENDBOTIN~~
~~DIE BRIEFTRÄGERIN~~
DIE BEINAHE-WITWE

Er tat sogleich Abbitte, als er zu spät im Kleinen Haus eintraf. »An deinem Geburtstag sei dir alles verziehen«, sagte ich und half ihm aus dem Mantel.

Er gesellte sich im Wohnzimmer zu unseren Freunden, und ich holte noch eine Flasche von dem Château Margaux, den ich auf dem Schwarzmarkt gekauft hatte, nachdem ich mir eingeredet hatte, dass Borjas siebzigster Geburtstag eine gute Entschuldigung abgab, um einmal den braunen Koffer zu öffnen. Auch ein hoch geschlossenes rotes Seidenkleid hatte ich mir geleistet, das schönste, was ich je getragen habe.

Wir aßen und tranken, und Borja hielt Hof wie in den alten Zeiten. Er war in Hochstimmung. Er hatte wieder angefangen zu schreiben und erzählte allen von seinem neuen Vorhaben: einem Theaterstück, dem er den vorläufigen Titel *Die blinde Schönheit* gegeben hatte. Er lachte und lächelte, während er seine Geschenke auspackte und die Telegramme von Gratulanten aus aller Welt öffnete. Ich beobachtete ihn vom anderen Ende des Zimmers, ganz im Bann des Lichts, das er ausstrahlte, eines Lichts, das nach all der Zeit in der Dunkelheit wieder über uns beiden aufleuchtete. Es war eben jener Schein, der mich so viele Jahre zuvor zu ihm hingezogen hatte.

Unsere Gäste blieben bis spät in die Nacht. Als sie endlich gingen, machte Borja viel Aufhebens darum, sie noch zum Bleiben zu überreden: »Nur noch ein Glas«, beharrte er und versperrte den Weg zum Flur.

Dann waren wir allein, und Borja setzte sich wieder in seinen großen roten Sessel, nahm den Reisewecker in die Hand, ein Geschenk des Premierministers Nehru. »Wie spät alles für mich gekommen ist«, sagte er. Er stellte den Wecker weg und streckte die Hand nach mir aus. »Wenn wir nur ewig so leben könnten.«

Ich klammerte mich an diese Nacht. Wie gesund er an seinem Geburtstag ausgesehen hatte, wie glücklich. Aber dieses Licht begann zu verlöschen, beinahe ebenso schnell, wie es wiedergekehrt war.

Als Erstes schwand sein Appetit. Er nahm nur noch Tee oder Brühe zu sich, wenn er zum Abendessen ins Kleine Haus kam. Klagte über Krämpfe in den Beinen, die ihn nachts wach hielten, und eine Taubheit im unteren Rücken, die ihm das Sitzen erschwerte.

Er war erschöpft, konnte sich nur schwer auf sein Theaterstück konzentrieren und die Hunderte von Briefen beantworten, die ihn immer noch erreichten. Seine bronzene Gesichtsfarbe verblasste zu einem bläulichen Grau, und die Schmerzen in seiner Brust traten immer häufiger auf.

Eines Abends kam er, als ich gerade Pilzsuppe kochte, mit seinem unvollendeten Stück ins Kleine Haus und flehte mich an, es sicher für ihn aufzubewahren. Er wirkte so kränklich, dass ich ihm sagte, er müsse sofort einen

Arzt aufsuchen. »Gleich morgen, Borja. Als Allererstes. Wie konnte deine Frau das nicht sehen …«

»Es gibt Wichtigeres.« Er hielt das Manuskript in die Höhe. »Wenn mir etwas zustoßen sollte … Das ist deine Versicherung. Etwas, mit dem du deine Familie unterstützen kannst, wenn ich nicht mehr bin.«

Als ich ihm sagte, er sei zu melodramatisch, drückte er mir das Theaterstück in die Hand. Als ich mich weigerte, es zu nehmen, brach er schluchzend zusammen. Ich strich ihm über den Rücken, um ihn zu beruhigen, war schockiert, als ich sein Rückgrat unter meiner Hand spürte. Es stieß mich ab, erfüllte mich aber auch mit einer neuen Zärtlichkeit, wie man sie für einen kranken Vater empfindet. Ich versprach ihm, das Manuskript aufzubewahren. Er richtete sich auf, nahm mich in die Arme und küsste mir Wangen und Nacken. Wir zogen uns in mein Schlafzimmer zurück, begierig, uns der Kleidung zu entledigen, die Haut des anderen zu spüren, sein Knochengerüst an meinem Fleisch. Am Anfang unserer Liebe hatte ich stets das Licht angelassen und mich an seinem nie enden wollenden Staunen über meinen Körper geweidet. Jetzt, so viele Jahre später, knipste ich das Licht aus.

Ich wusste nicht, dass es unser letztes Mal sein würde. Hätte ich es gewusst, so hätte ich nicht zur Eile gedrängt. Ich hörte vom Schlafzimmer, wie die Suppe auf dem Herd überkochte, also ging ich zu den Hüftbewegungen über, von denen ich wusste, dass sie ihn schnell zum Ende bringen würden.

Nachdem er sich angezogen hatte und nach Hause gegangen war, aß ich allein zu Abend. Es sollte das vorletzte Mal sein, dass ich ihn lebend sah.

Als ich ihn zum letzten Mal sah, hätte ich ihn beinahe nicht erkannt. Er kam eine Stunde zu spät zu unserem Treffen auf dem Friedhof, und als ich ihn näher kommen sah, hielt ich ihn zunächst für einen Fremden. Er ging so langsam – mit unsicheren Schritten, gebeugtem Rücken, ungekämmtem Haar und einer Haut, die noch bleicher war als sonst. Wer war dieser alte Mann, der da durch das Tor schritt? Als er zu mir kam, zögerte ich, ehe ich ihn umarmte, teils weil ich fürchtete, ihm damit Schmerz zuzufügen, aber mehr noch, zu meiner Schande, weil ich in diesem Augenblick begriff, dass mein Geliebter für immer verschwunden war. Das hier war nicht er; wie konnte er das sein?

Als er mein Zögern bemerkte, machte er einen Schritt zurück. »Ich weiß, dass du mich liebst. Ich vertraue darauf«, sagte er.

»Ja, ich liebe dich«, versicherte ich ihm. Ich küsste ihn auf die aufgesprungenen Lippen, wie um es zu beweisen.

»Ändere nichts in deinem Leben, ich flehe dich an. Ich würde es nicht überleben. Bitte, kehre nicht nach Moskau zurück.«

»Das tue ich nicht«, versprach ich und drückte ihm die Hand. »Ich bleibe hier.«

Wir verabschiedeten uns, nachdem wir den Plan gefasst hatten, einander am Abend im Kleinen Haus zu sehen. Doch er kam nicht.

Es war sein Herz. Wie bei Juri Shiwago war es am Ende sein Herz. Sein ganzes Leben lang war Borja, auch nur mit der geringsten Krankheit konfrontiert, stets überzeugt, sein Ende sei nah. Doch diesmal glaubte er nicht, dass sein neuestes Leiden sich als tödlich erweisen würde. Vom Bett aus schrieb er mir, dieser kleine Rückschlag würde sich von selbst erledigen, er würde bald aufstehen und sein Stück zu Ende schreiben.

Am nächsten Tag schrieb er mir, man habe nun sein Bett nach unten gebracht, um ihn besser pflegen zu können, und es schmerze ihn, so weit von seinem Schreibtisch entfernt zu sein. Er meinte, ich solle mir keine Sorgen machen, es sei eine Krankenschwester ins Große Haus gezogen und seine liebe Freundin Nina besuche ihn jeden Tag. Und er bat mich, nicht zu kommen, weil seine Frau ihn davor gewarnt habe. *S in ihrer Dummheit würde mich nicht schonen. Aber wenn sich die Lage verschlechtert, schicke ich nach dir.*

Tage vergingen, und als ich keinen weiteren Brief erhielt, schickte ich Mitja und Ira zum Großen Haus, damit sie mir Bericht erstatteten. Sie sahen, wie eine junge Krankenschwester kam und ging, aber man hatte die Vorhänge zugezogen, und das war alles, was sie mir sagen konnten.

Ein weiterer Tag verging. Ich hatte noch immer nichts von ihm gehört, und ich machte mich auf den Weg zum Großen Haus, überzeugt, dass Sinaida mir seine Briefe vorenthielt. Es war früher Abend, und in seinem Arbeitszimmer brannte Licht. Wer war da oben? Seine Frau? Einer seiner Söhne? Gingen sie schon seine Bücher und Papiere durch? Würden sie meine Briefe finden, die in seinen Büchern steckten, die Blumen, die ich gepflückt hatte und die zwischen den Seiten gepresst waren? Wenn er starb, was würde dann übrig bleiben, das an unsere gemeinsame Zeit erinnerte? Als das Licht im Arbeitszimmer erlosch, begann ich zu weinen.

Die junge Krankenschwester trat aus dem Haus. Sie war hübsch, und ich verspürte einen Stich der Eifersucht, weil ich wusste, dass sie sich über sein Bett beugte, ihm Brühe in den Mund löffelte, ihm die Hand hielt, ihm versicherte, alles würde gut. Sie wirkte erschrocken, als sie mich auf der anderen Seite des Tors stehen sah. »Olga Wsewolodowna«, sagte sie. »Er hat gesagt, dass Sie kommen würden.«

»Hat sie nicht den Anstand, mich zu ihm zu lassen?«, fragte ich. »Oder will er nicht, dass ich komme?«

»Nein.« Sie schaute zur Datscha. »Er kann es nicht ertragen, dass Sie ihn sehen.«

Ich starrte die Krankenschwester nur an.

»Er ist krank, sehr krank. Nur noch Haut und Knochen, und nun auch ohne seine falschen Zähne. Er sagt, er fürchte, Sie würden ihn nicht mehr lieben, wenn Sie ihn in diesem Zustand sähen.«

»Blödsinn. Hält er mich für so oberflächlich?« Ich wandte der Krankenschwester und dem Haus den Rücken zu.

»Er hat mir gesagt, wie sehr er Sie liebt. Es ist schon beschämend, wie er unablässig davon redet.« Sie senkte die Stimme. »Wo doch seine Frau im Nebenzimmer ist.«

Die Krankenschwester meinte, sie müsse den Zug nach Moskau erreichen, versprach jedoch, mich auf dem Laufenden zu halten, falls sich sein Zustand verschlimmerte. Ich verharrte auf meinem Posten. Als ich um Mitternacht noch nicht nach Hause gekommen war, brachten mir Ira und Mitja Tee und eine dicke Decke.

Meine Anwesenheit vor dem Großen Haus blieb nicht unbemerkt. Sinaida schaute durch einen Spalt zwischen den Vorhängen aus dem Fenster, zog sie dann rasch wieder zu.

Ich hielt tagelang vor dem Tor Wache, von der Krankenschwester mit Nachrichten versorgt. Er hatte einen Herzinfarkt erlitten, und sie konnten nur noch dafür sorgen, dass er nicht zu sehr litt. Ich flehte sie an, Borja zu sagen, dass ich draußen sei, dass ich mich verabschieden müsse. Sie versprach, meine Botschaft zu übermitteln.

Als die Autos mit den Journalisten und Fotografen

sich zu mir gesellten, wusste ich, dass aus meiner Wache eine Totenwache geworden war. Ich ging fort und kam mit schwarzem Kleid und schwarzem Schleier zurück. Stunden vergingen. Ich hatte mit meinem Auf und Ab schon einen Pfad ins junge Frühlingsgras getreten.

Und noch immer ließ er mich nicht ein.

Erst als er gegangen war, erlaubte man mir, das Große Haus zu betreten. Sinaida öffnete wortlos die Tür, und ich eilte an ihr vorüber zu dem noch warmen Körper. Sie hatten ihn gewaschen und das Laken erneuert, aber der Raum roch immer noch nach Desinfektionsmittel und Scheiße.

Es war das letzte Mal, dass wir allein waren. Ich hielt seine Hand. Sein Gesicht sah aus wie eine Skulptur, und ich stellte mir die Totenmaske vor, die sie schon bald abnehmen würden. In den letzten Wochen hatte ich versucht, mich darauf vorzubereiten, wie es sein würde; und dennoch war es überhaupt nicht so, wie ich es erwartet hatte. Die Luft war unverändert, mein Herz fuhr fort zu schlagen, so wie die Erde sich weiterdrehte, und die Erkenntnis, dass alles weitergehen würde, dass das Leben immer weitergehen würde, fühlte sich an, als hätte mir ein Pferd gegen die Brust getreten.

Während ich seine Hand hielt, hörte ich, wie im Nebenzimmer die Vorkehrungen für seine Beerdigung getroffen wurden. Ich küsste ihn auf die Wange, zog das weiße Laken zurecht und ging.

Ich hatte mich nicht um einen Leichnam zu kümmern, keine Vorkehrungen für ein Begräbnis zu treffen, keine Reporter abzuwimmeln. Alles, was mir geblieben war, war, mich zu erinnern.

Ich dachte an das erste Mal, als er meine Hand ergriffen hatte, wie ich keine Ahnung gehabt hatte, dass mein Körper so von innen heraus vibrieren könne. Ich dachte daran, wie er mir die ersten Seiten von *Doktor Shiwago* vorlas, wie er nach jedem Absatz eine Pause einlegte und aufgeregt darauf wartete, wie ich reagieren würde. Ich dachte an die Nachmittage, an denen wir über Moskaus breite Boulevards spaziert waren, wie ich das Gefühl hatte, jedes Mal, wenn er mich ansah, werde die Welt unendlich weit. Ich dachte an die vielen Nachmittage, an denen wir uns geliebt hatten, und an die vielen Nächte, in denen er gesagt hatte, er wolle mein Bett nicht verlassen.

Ich dachte auch daran, wie er aus meinem Bett aufgestanden war, nachdem ich ihn angefleht hatte zu bleiben. Ich dachte daran, wie ich nach meinen drei Jahren in Potma in den Bahnhof einfuhr – wie ich, als ich sah, dass er nicht gekommen war, am liebsten umgekehrt und wieder dorthin zurückgegangen wäre. Ich dachte an die vielen Male, an denen er mir gesagt hatte, es sei alles aus, und an die vielen schrecklichen Dinge, die ich ihm darauf geantwortet hatte. Ich dachte an sein übermächtiges Ego in seiner besten Zeit und daran, wie sehr *Shiwago* diesen Mann ausgezehrt hatte.

Sie zogen ihm seinen grauen Lieblingsanzug an und legten ihn in einen schlichten Kiefernsarg. Ich wartete draußen vor der Datscha, während drinnen *Panichida*, das Totengedenken, gehalten wurde. Der große Pianist Swjatoslaw Teofilowitsch Richter spielte in Borjas Musikzimmer, und die Töne schwebten aus dem geöffneten Fenster.

Die Musik endete, und sie trugen seinen Sarg hinaus und machten bei seinem geliebten Garten halt. Ich stand neben Borja, Sinaida gegenüber: seine Witwe und seine Beinahe-Witwe. Ich weinte laut, und Ira und Mitja hielten mich aufrecht. Sinaida stand da, still und würdevoll.

Der Leichenzug bewegte sich den Hügel hinunter und zum Friedhof, hinauf zu dem Grab unter drei hohen Kiefern, das Borja sich ausgesucht hatte. Seine Todesanzeige in der Zeitung war nur ein, zwei Zeilen lang, und doch kamen sie. Hunderte, vielleicht Tausende folgten dem Sarg. Alte und Junge, Nachbarn und Fremde, Arbeiter und Studenten, seinesgleichen und Gegner, Fabrikarbeiter und als Fabrikarbeiter verkleidete Geheimdienstler, Auslandskorrespondenten und Moskauer Reporter. Alle hatten sich um Borjas letzte Ruhestatt versammelt; und das Einzige, was sie alle gemeinsam hatten, war, dass seine Worte sie verändert hatten.

Sie hielten Reden und sprachen Gebete, und ich starrte in den offenen Sarg, der mit Kränzen und Flieder- und Apfelzweigen bedeckt war. Von hinten rezitierte ein junger Mann laut die letzte Strophe von Borjas Gedicht »Hamlet«:

> Fest gewickelt ist die Handlungsspule
> Und die Tore sind aufs End gestellt.
> Ich bin allein im Pharisäerrudel.
> Leben ist kein Gang durch freies Feld.

In die letzte Zeile fielen andere ein. Dann verkündete ein Mann mit der dröhnenden Stimme der Autorität, das Begräbnis sei nun zu Ende. »Diese Demonstration ist unerwünscht«, sagte er und wies zwei Männer mit einer Geste an, den Sargdeckel zu bringen. Ich drängte mich in der Menge nach vorn und küsste Borjas Gesicht zum letzten Mal. Man schob mich zur Seite, und der Deckel wurde aufgesetzt. Die Leute protestierten gegen dieses abrupte Ende, wurden aber durch den Klang der Hämmer zum Schweigen gebracht, die Nägel in das Holz schlugen. Jedes Krachen ließ mich von neuem erschaudern, und ich zog den Mantel enger um mich.

Als sie seinen Sarg in die Erde senkten, erhob sich ein Sprechgesang »Ehre sei Pasternak!« und lief durch die Menge. Das erinnerte mich an das erste Mal, als ich ihn vor so vielen Jahren lesen hörte, als seine Bewunderer nicht umhinkonnten, seine Gedichte noch vor ihm zu Ende zu sprechen. Wie ich damals auf der Galerie saß und hoffte, er könne mich durch die hellen Lichter sehen. Wie er mich tatsächlich gesehen hatte und meine Welt sich für immer änderte.

Nach der Beerdigung sollte ich Sinaida nicht wiedersehen. Sie tat ihr Möglichstes, um mich aus seiner Geschichte zu tilgen, und nach ihrem Tod verschrieb sich dann ihre Familie dieser Aufgabe. Ich kämpfte jahrelang dagegen an. Aber konnte ich es ihnen verübeln? Ich wusste, wie sie mich nannten, welche Gerüchte sich hartnäckig hielten. Und selbst wenn man mich auf immer und ewig als Ehebrecherin brandmarkte, als Verführerin, als Frau, die nur auf Geld und Macht aus war, als Zerstörerin von Heim und Familie, als Spionin, so war ich doch zufrieden in dem Wissen, dass zumindest Lara mich überleben würde.

An dem Morgen, an dem sie mich zum zweiten Mal holten, zweieinhalb Monate nach Borjas Tod, saß ich in meiner dunklen Küche und nippte nur an meinem Tee. Den dritten Tag in Folge hatte ich ihn zu bitter werden lassen.

Ich hörte das langsame Knirschen von Kies unter Autoreifen, und ich musste nicht aufstehen, um zu wissen, dass ein schwarzer Wagen meine Einfahrt herauffuhr.

Ich trank meinen Tee aus und stellte Tasse und Untertasse in die Spüle. Ich dachte an Ira, die in ihrem Zimmer schlief – wie sie später die Teetasse mit dem braunen Ring finden würde und spülen müsste, in dem Wissen, dass es meine war und ich fort war.

Das Geräusch von Wagentüren, die geöffnet und geschlossen wurden, ließ mich aufstehen. Ich ging zuerst in Mitjas Zimmer, sah jedoch, dass sein Bett leer war. »Er ist gestern Abend nicht nach Hause gekommen«, sagte Ira von hinten, und ich fuhr zusammen. Sie ging zum Fenster über Mitjas Schreibtisch. »Jetzt sind es zwei Autos.«

Ich sah zu, wie vier Männer sich an ihre Wagen lehnten, rauchten und sich lässig unterhielten, als warteten sie auf ihre Freundinnen. Ich sah zu, wie einer seine Zigarette in einem meiner Blumentöpfe ausdrückte und sich ein anderer die Hände in meiner Vogeltränke wusch. Ich zog die Vorhänge zu und ging zum Telefon. »Zieh dich an«, sagte ich. Ira verließ das Zimmer.

Ich wählte Mamas Nummer, und meine Hände zitterten furchtbar. »Mama?«

»Sind sie da?«

»Ja, sind sie auch bei dir?«

»Ja.«

»Sie versuchen, uns wieder einzuschüchtern. Es gibt nichts, worüber du dir Sorgen machen musst.«

Ira trat ein, in ihren biedersten Kleidern: einem langen beigen Rock und einer farblich passenden Jacke. »Ist Mitja bei Babuschka?«, fragte sie.

»Ist Mitja bei dir?«, fragte ich Mama.

»Er ist gestern Abend gekommen. Wieder betrunken. Er ist zu jung, um so zu trinken …«

»Mama.«

»Er ist jetzt auf. Ich habe ihm gesagt, er soll hierbleiben.«

»Gut. Behalte ihn bei dir.«

Drei harte Schläge an die Haustür ließen die Dielen erbeben. Ira packte mich beim Arm. »Ich muss auflegen, Mama«, sagte ich.

Ich ging zum Hauseingang, und Ira klammerte sich an meinen Arm wie ein kleines Kind. Ein Mann mit einem teuer aussehenden Trenchcoat drängte sich zwischen vier Männern in billigen schwarzen Anzügen hindurch, hinterließ Schlammspuren auf dem Akstafa-Läufer meines Großvaters. »Endlich lernen wir uns kennen.«

»Willkommen«, sagte ich, gelassen wie eine Gastgeberin.

»Sie haben uns natürlich erwartet«, sagte der Mann, und sein Lächeln wurde breiter. »Nein? Sie haben sich doch nicht eingebildet, Ihre Aktivitäten würden unbemerkt bleiben?«

Ich rang mir ein Lächeln ab, das es mit seinem aufnehmen konnte. »Möchten Sie Tee?«

»Wir können uns selbst bedienen.«

Ich wusste, wonach sie suchten – doch weder im Kleinen Haus noch in meiner Moskauer Wohnung würden sie es finden.

Am Tag nachdem Borja unter die Erde gebracht worden war, hatte ich das Geld – die ausländischen Tantiemen, die beweisen würden, dass ich Verbrechen gegen den Staat begangen hatte – einer Nachbarin übergeben, die nie fragte, was in dem braunen Koffer war.

Stunden vergingen. Schließlich trug einer der Männer, der mit einer kleinen Narbe mitten an der Unterlippe, einen Esszimmerstuhl in die Einfahrt, wo Ira und ich warteten. Er fragte mich, ob wir uns hinsetzen wollten. Ira erwiderte nein, und der Mann zuckte mit den Schultern, nahm Platz und zündete sich eine Zigarette an. Er schaute kaum zu uns hin, während wir dastanden und zusahen, wie die anderen unser Haus auseinandernahmen.

Wir hörten ein Fahrrad näher kommen. Mitten auf der Einfahrt sprang Mitja vom Rad, ließ es krachend zu Boden fallen. »Sie haben nicht das Recht dazu«, schrie er mit brechender Stimme.

Der Mann mit der Narbe rauchte weiter. Ich ging zu Mitja und nahm ihn bei der Hand. »Still«, sagte ich und bemerkte seinen sauren Geruch. Sein Hemd hatte Flecke von Erbrochenem. »Wo ist Babuschka? Ich habe ihr doch gesagt, sie soll dafür sorgen, dass du dortbleibst.«

Wir drei drängten uns aneinander, während wir zusahen, wie die Männer aus dem Kleinen Haus kamen und Kisten mit unseren Habseligkeiten heraustrugen. Als sie mit Stapeln von Tagebüchern kamen, die Ira gehörten –wohl voller Gedanken über die Schule und Jungen und zerbrochene Freundschaften –, erstarrte sie förmlich neben mir, sagte aber kein Wort. Und als der Mann im Trenchcoat vor das Haus trat und über ein loses Brett stolperte, drückte mir Ira nur die Hand und lachte nicht. Das Bild, wie er stolperte, würde später, als er mein Vernehmer geworden war, wieder in meinem Kopf lebendig werden.

Ich ging freiwillig – ohne Gegenwehr oder Protest. Der Mann im Trenchcoat musste mich nicht einmal darum bitten. Er deutete nur auf den zweiten schwarzen Wagen. Ich küsste meine beiden Kinder zum Abschied und stieg ein.

Meine Kinder sahen nicht hin, als man mich fortbrachte. Ira stand in der Tür und überblickte den Schaden, den die Männer angerichtet hatten. Mitja saß auf der obersten Treppenstufe, den Kopf auf den Knien. Ich schloss die Augen und öffnete sie erst wieder, als wir das große gelbe Gebäude erreicht hatten.

»Was ist das höchste Gebäude in Moskau?«, fragte mich der Fahrer, als wir stehen blieben.

»Den kennt sie schon«, meinte der Mann im Trenchcoat, als er mir die Tür aufmachte. »Oder nicht?«

Ohne ihm zu antworten, stieg ich aus dem Auto, zog mir den Rock zurecht und ließ mich von ihnen mitnehmen.

Lieber Anatoli,
ich bin vom keuchenden Atem meiner Tochter erwacht.
Meine liebe Ira. Sie sagen, sie hätte mir geholfen, aus-
ländische Devisen zu verstecken, und nun schläft sie
in dem Stockbett meinem gegenüber. Sie ist krank.
Fieber. Sie haben mir erlaubt, bei ihr zu bleiben, bis es
ihr bessergeht. Aber ich will nicht, dass Sie sich Sorgen
machen, Anatoli. Es geht ihr gut. Es geht mir gut. Ich
danke nur Gott, dass sie meinen Mitja in Ruhe gelas-
sen haben. Wenigstens das.
Mein letzter Brief an Sie liegt nun so viele Jahre zu-
rück, doch nie habe ich zu schreiben aufgehört. Briefe,
die ich in meinem Kopf aufsetzte, während ich badete.
Briefe, die ich aufsetzte, wenn ich nicht schlafen konn-
te. Briefe, die ich irgendwo tief in meinem Inneren ver-
fasste. Aber jetzt kann ich die Worte nicht mehr daran
hindern herauszusprudeln.
Für diesen Stift und das Papier habe ich Wollsocken
eingetauscht. Ich möchte mich von dem läutern, was
in mir ist. Wo war ich stehengeblieben?
Ich wüsste gern, wo Sie jetzt sind. Warum waren es
nicht Sie, der mich in der Lubjanka in Empfang ge-
nommen und unsere nächtlichen Gespräche fortgeführt
hat? Hat man Sie durch einen anderen ersetzt? Oder
mich? Denken Sie je an mich? Kommt mein Name
je über Ihre Lippen? Vielleicht sind Sie diesmal fern-

geblieben, weil ich jetzt älter als früher bin. Vielleicht war meine Gesellschaft damals angenehmer.

Das erste Mal war ich schwanger. Ich habe das Baby verloren. Jetzt bin ich älter und werde unfruchtbar, der Mann, der mein ungeborenes Kind gezeugt hat, ist begraben. Zeit ist etwas Schreckliches.

Ich war schon einmal hier. Und in gewisser Weise bin ich nie fort gewesen.

Die Tinte auf meinem Urteil ist trocken. Ich werde die nächsten acht Jahre an diesem Ort verbringen – die ersten drei Seite an Seite mit meiner Tochter, einer Unschuldigen. Ich habe wohl schon immer gewusst, dass sie das Geld finden würden oder zumindest sagen würden, sie hätten es gefunden.

Es ist März 1961, der dritte Monat unserer Strafe, und rings um uns liegt noch immer alles unter einer weißen Decke, der Horizont ist grau. Es ist Nacht, und ich schreibe unter einer Gaslampe, die so schwach brennt, dass ich kaum das Papier vor mir sehen kann, auch nicht den Schatten des schmalen Rückens meiner Tochter, die auf ihrer Seite unter zwei Wolldecken schläft – von denen eine meine ist.

Vorhin haben Ira und ich am Graben für eine neue Latrine gearbeitet. Ihre Hände sind mit Blasen übersät und aufgesprungen, und sie kann die Hacke kaum heben, also grabe ich fester und schneller. Ich sage es niemals laut, aber ein Teil von mir hat diese Arbeit vermisst – mit der Schaufel in die Erde zu stechen, mit beiden Füßen draufzutreten, um tiefer einzudringen, den Boden darunter freizulegen, dunkel vor dem weißen Schnee.

Ich bin völlig erschöpft, und doch will ich nicht schlafen, ehe diese Geschichte erzählt ist. Ich drücke den

Stift fester auf. Er verblasst. Ich glaube, die Tinte ist beinahe aufgebraucht. Es gibt noch so viel zu schreiben. Vielleicht wird der Rest dieses Briefes in den Vertiefungen geschrieben, die die Spitze des Stiftes ins Papier gräbt. Vielleicht müssen Sie ihn lesen wie Blindenschrift.

Ohnehin gehört mir die Geschichte nicht mehr. In der kollektiven Vorstellung bin ich eine andere geworden – eine Heldin, eine Figur in einem Buch. Ich bin Lara geworden. Auch wenn ich selbst sie hier nicht wiederfinden kann. Wird man sich so an mich erinnern, wenn ich einmal nicht mehr bin? Ist das die Liebesgeschichte, an die man sich erinnern wird?

Ich denke an das Ende, das Borja seiner Heldin zugedacht hat:

Eines Tages verließ Lara das Haus und kehrte nicht zurück. Offensichtlich war sie auf der Straße verhaftet worden und später irgendwo gestorben oder verschollen, eine namenlose Nummer in einer verschwundenen Häftlingsliste in einem der unzähligen gemeinschaftlichen oder nur für Frauen bestimmten Konzentrationslager des Nordens.

Aber, Anatoli, ich bin keine namenlose Nummer. Ich werde nicht verschwinden.

EPILOG

DIE STENOTYPISTINNEN

Im Winter 1965 kam *Doktor Shiwago* auf die große Leinwand. Wir gingen zusammen hin. Einige von uns waren noch bei der Agency, die meisten waren zu dieser Zeit jedoch bereits gegangen. Die Haltbarkeitsdauer einer Stenotypistin ist nicht sehr lang. Neue kamen und gingen. Viele der Männer waren in den Rängen aufgestiegen, auch ein paar von uns. Gail bekam Andersons Posten, nachdem er an einer Herzattacke gestorben war, während er seine junge Tochter zu einem Konzert der Beatles im Coliseum begleitete.

Wir hatten geheiratet oder auch nicht. Wir hatten Kinder oder auch keine. Wir waren alle ein bisschen älter – feine Falten zeigten sich, wenn wir lächelten oder die Stirn runzelten, unsere Figur war nicht mehr so jugendlich geschmeidig wie damals, als wir uns hinter unseren Schreibtischen versteckten.

Es tat gut, sich wiederzusehen. Das letzte Mal war bei einer Hochzeit 1963 gewesen. Nach der *Shiwago*-Mission hatte Norma die Agency verlassen, um an der Uni von Iowa Creative Writing zu studieren, und etwa um diese Zeit begann Teddy, ihr aus der Ferne den Hof zu machen. Sie heirateten, sobald sie ihren Abschluss an der Uni geschafft hatte, und Teddy ging von der Agency zu einem anderen Unternehmen, unweit von Langley und ebenso geheimnistuerisch: Mars, Inc. Die Hochzeit war eine informelle Sache unter freiem Himmel in einem Tanzlokal des Great Falls Park mit anschließendem Barbecue-Empfang und Schokoladenbrunnen, die Teddys neuer Arbeitgeber gestiftet hatte. Teddys Eltern wirkten entgeistert, wir anderen hatten einen Riesenspaß. Henry Rennet war nicht da, und niemand vermisste ihn. Nachdem Norma ihren Brautstrauß geworfen hatte – dem Judy geschickt auswich –, brachte Frank Wisner einen Trinkspruch auf das glückliche Paar aus. Es sollte das letzte Mal sein, dass wir unseren alten Chef sahen; er würde sich zwei Jahre später das Leben nehmen, im Herbst 1965, kurz vor der Filmpremiere von *Shiwago*.

Vor dem Georgetown Theater, dessen Neonschild uns alle in seinem roten Schein badete, gab es Umarmungen und Küsse auf die Wange. Es wurden Karten gekauft, und während wir für die Snacks und Getränke Schlange standen, zeigte uns Linda Fotos von ihren Zwillingen, die in einem Kaufhaus auf Santas Schoß saßen, und Kathy zog Schnappschüsse von ihren Flitterwochen auf Hawaii hervor. Wir sprachen darüber, wie sehr wir uns gewünscht hätten, dass Judy es auch hergeschafft hätte. Sie war nach Kalifornien gezogen, um Schauspielerin zu werden, und obwohl sie noch nicht ganz groß rausgekommen war, hatte sie doch eine Nebenrolle in der *Dick Van Dyke Show* ergattert.

Wir besetzten die ganze dritte und vierte Reihe des Georgetown. Das Licht wurde gedämpft, und Popcorn und Schokorosinen machten die Runde, während die Wochenschau Bilder von der amerikanischen Militäreskalation in Vietnam zeigte. Die von uns, die noch in der Agency waren, blieben stoisch ruhig, während die Kamera auf abgeschossene Flugzeuge, verbrannte Felder und eingestürzte Dächer schwenkte. Sie wussten mehr als diejenigen von uns, die nicht mehr in der Agency waren, und die von uns, die draußen waren, wussten, dass sie besser nicht fragen sollten.

Als es im Kino dann dunkel wurde und die Musik einsetzte, wechselten ein paar von uns Blicke und drückten einander die Hand. Und als Lara in weißer Bluse und schwarzem Schlips auf der Leinwand erschien und an einem Schreibtisch saß, dachten wir alle dasselbe: Irina. In Wirklichkeit war es Julie Christie. Und dennoch – ihr Haar, ihre Augen. Es war unsere Irina da auf der Leinwand.

Uns allen lief es kalt über den Rücken, als Juri sie zum ersten Mal erblickte. Wir schnieften und verkniffen uns die Tränen, als er sich zum ersten Mal von ihr verabschiedete. Wir nährten die Hoffnung, der Film könnte vielleicht doch vom Buch abweichen und damit enden, dass Juri und Lara bis an ihr Lebensende in diesem Landhaus wohnten. Und obwohl wir doch wussten, dass es so kommen würde, konnten wir die Tränen nicht länger zurückhalten, als sie sich zum allerletzten Mal voneinander verabschiedeten.

Während des Abspanns tupften wir uns mit unseren Taschentüchern die Augen. *Doktor Shiwago* ist beides, eine Geschichte über den Krieg und eine Geschichte über die Liebe. Aber noch Jahre später war es die Liebesgeschichte, die uns am meisten in Erinnerung geblieben war.

～

Drei Jahre bevor der Kreml die Sowjetfahne mit Hammer und Sichel einholte und durch die russische Trikolore ersetzte, kam *Doktor Shiwago* zum ersten Mal ins Mutterland – will sagen: rechtmäßig. Gail schickte uns eine Postkarte von ihrer Reise nach Moskau. Auf der Postkarte war Werbung für eine Auktion von Sotheby's, *Bieten für Glasnost 88*, und Gail schrieb, unser Roman sei überall. Im folgenden Jahr verlieh man Pasternak erneut den Nobelpreis, und nun nahm sein Sohn ihn an seiner statt entgegen.

Wir schämen uns, es zuzugeben, aber ein paar von uns hatten das Buch zu diesem Zeitpunkt noch gar nicht gelesen. Die wenigen von uns, die Italienisch sprachen, hatten es gelesen, als es zum ersten Mal erschien. Andere hatten es in den Jahren nach der Mission gelesen, manche hatten gewartet, bis sie den Film gesehen hatten, und sich dann an den russischen Wälzer gemacht. Aber nicht alle von uns hatten die Zeit dafür gefunden. Und als wir es endlich schafften, *Doktor Shiwago* zu lesen – jene Worte zu lesen, die die Agency zu einer Waffe erklärt hatte –, verblüffte uns, wie sehr sich die Welt seither verändert hatte. Und wie sehr sie sich nicht verändert hatte.

Etwa um die gleiche Zeit schrieb Norma einen Spionagethriller, Teddy gewidmet. Es war ihr erster Roman, und die Kritiken waren nur lau, aber wir stellten uns trotzdem im Politics and Prose in die Schlange und ließen unsere Exemplare signieren. Die Agency veröffentlichte ein Statement, in dem sie sich vom Inhalt des Romans distanzierte – der Geschichte eines weiblichen Lockvogels, der einen Doppelagenten zu Fall bringt –, aber wir fanden alle, dass sich das ziemlich wahr anhörte.

Diejenigen von uns, die noch da sind, benutzen inzwischen Computer: Desktop-Rechner und Laptops und Smartphones, die uns unsere Kinder zum Geburtstag und zu Weihnachten besorgt haben und deren Benutzung uns unsere Enkelkinder beibringen.

»Du musst mit deinen Fingern so machen, Oma.«
»Halt einfach diese Taste gedrückt.«

»Das liegt daran, dass du auf die Feststelltaste gedrückt hast.«

»Mach dir keine Gedanken über diesen Button.«

»Ein Selfie, das ist, wenn du ein Bild von dir selbst machst.«

Heute klicken die Tasten und klappern nicht mehr. Es gibt kein Bimmeln am Ende der Zeile. Unsere Wortzahl pro Minute ist nicht mehr das, was sie mal war, trotzdem können wir ziemlich außergewöhnliche Dinge mit diesen Maschinen machen. Das Beste ist, dass wir in Kontakt bleiben können. Statt Memos und Berichten schicken wir einander heute Witze und Gebete und Fotos unserer Enkelkinder und sogar einiger Urenkel.

Wir sind nicht sicher, wer von uns es zuerst gesehen hat – irgendwie scheinen wir es alle gleichzeitig gesehen zu haben. Es war ein Artikel in der *Post* über eine Amerikanerin, die in London unter Spionageverdacht verhaftet worden war und nun an die Vereinigten Staaten ausgeliefert werden sollte. Was einen solchen Aufruhr unter uns verursachte, war, dass die Frau neunundachtzig war und ihr Verbrechen – dass sie Informationen an die Sowjets weitergegeben hatte – Jahrzehnte zurücklag. Sprecher und Politiker zerbrachen sich die Köpfe darüber, was in einem solchen Fall zu tun sei.

Aber was unser Interesse an dem Artikel geweckt hatte, war das Foto.

Obwohl die Frau die gefesselten Hände vors Gesicht gehoben hatte, brauchten wir nur einen einzigen Blick, um zu wissen, wer sie war.

»So wahr ich lebe.«

»Sie ist es.«

»Kein Zweifel.«

»Sie hat tatsächlich ihre Figur gehalten.«

»Ist das der Pelz, den Dulles ihr geschenkt hat?«

In dem Artikel stand, die Frau habe die letzten fünfzig Jahre in Großbritannien gelebt – über einem Buchladen,
der ihr seit drei Jahrzehnten gehörte, zusammen mit einer
namentlich nicht genannten Frau, die in den frühen 2000er
Jahren verstorben sei.

Wir suchen den Namen der anderen Frau in anderen
Artikeln, können ihn aber nicht finden.

Obwohl der Erfolg der *Shiwago*-Mission in den folgenden Jahren zu einer Legende der CIA wurde, sind unsere Informationen über Irinas Karriere nach der Expo 58 lücken-
haft, und ihre Akte endet mit einer kurzen Notiz, sie sei in
den achtziger Jahren in den Ruhestand gegangen, und das
war's.

Unsere Finger fliegen über die Tasten.

»War sie es?«

»Waren es die beiden?«

»Könnte es so gewesen sein?«

Insgeheim hoffen wir es.

Anmerkungen und Dank
der Autorin

Viele Bücher haben dieses Buch erst möglich gemacht. An erster und wichtigster Stelle Boris Pasternaks *Doktor Shiwago*, ein Roman, der heute noch so relevant und lebendig ist wie damals, als Giangiacomo Feltrinelli ihn zum ersten Mal veröffentlichte. Für das mutige Geschenk, das er der Welt damit gemacht hat, werde ich immer in seiner Schuld stehen.

Bei meinen Recherchen war *Die Affäre Schiwago* von Peter Finn und Petra Couvée unverzichtbar. 2014 gab die CIA, auf Finns und Couvées Antrag, neunundneunzig Memos und Berichte frei, die die geheime *Shiwago*-Mission betrafen. Der Einblick in diese freigegebenen Dokumente mit all den geschwärzten und zensierten Namen und Details weckte in mir sogleich den Wunsch, diese Leerstellen mit Fiktion zu füllen.

Im Verlauf des Romans kommen viele direkte Beschreibungen und Zitate vor, darunter auch Auszüge aus Gesprächen, wie sie in den Berichten aus erster Hand aufgezeichnet sind. Olga Iwinskajas Autobiographie *Lara. Meine Zeit mit Pasternak* und Sergio D'Angelos Erinnerungen *The Pasternak Affair* geben Aufschluss darüber, wie es wohl gewesen sein mag, viele der Ereignisse zu erleben, die ich in meinem Buch schildere.

Ebenso dankbar bin ich für Elizabeth »Betty« Peet McIntoshs Buch *Sisterhood of Spies*, das mir einen Einblick in die Welt der Heldinnen aus dem wirklichen Leben gab, zu denen auch die Autorin selbst gehörte. Diesen Frauen sollte man Denkmäler errichten.

The Lavender Scare von David K. Johnson erzählt die weniger bekannte Geschichte der Verfolgung von LGBTQ-Menschen in den Vereinigten Staaten zur Zeit des Kalten Krieges. Unzählige Menschen wurden aus ihren Jobs gedrängt, ihr Ruf wurde öffentlich ruiniert, und viele Leben waren zu betrauern. Ihre Geschichten dürfen nicht der Vergessenheit anheimfallen.

Einige andere Bücher, die ich zu Rate zog, waren: *Inside the Zhivago Storm* und *Zhivago's Secret Journey* von Paolo Mancosu; *CIA: Die ganze Geschichte* von Tim Weiner; *The Agency* von John Ranelagh; *The Cultural Cold War* von Frances Stonor Saunders; *The Georgetown Set* von Gregg Herken; *The Very Best Men* von Evan Thomas; *Hot Books in the Cold War* von Alfred A. Reisch; *The Spy and His CIA Brat* von Carol F. Cini; *Finks* von Joel Whitney; *Washington Confidential* von Jack Lait und Lee Mortimer; *Expo 58* von Jonathan Coe; *Senior Service. Das Leben meines Vaters* von Carlo Feltrinelli; *Lara. Die wahre Geschichte hinter Doktor Schiwago* von Anna Pasternak; *Sicheres Geleit* von Boris Pasternak; *Poems of Boris Pasternak* übersetzt von Lydia Pasternak Slater; *Boris Pasternak: The Tragic Years. 1930–60* von Evgeny Pasternak; *Boris Pasternak: The Poet and His Politics* von Lazar Fleishman; *Boris Pasternak: A Literary Biography* von Christopher Barnes; *Boris Pasternak: Family Correspondence. 1921–1960,* übersetzt von Nicolas Pasternak Slater, herausgegeben von Maya Slater; *Fear and the Muse Kept Watch* von Andy McSmith; *Nobelpreis für Pasternak* von Juri Krotkow; *Inside the Soviet Writers' Union* von John und Carol Garrard.

Auch ohne die Hilfe unzähliger Menschen und Institutionen hätte ich diesen Roman nicht schreiben können. Dank an den Keene Prize for Literature, die Fania Kruger Fellowship und den Crazyhorse Prize für ihre Unterstützung. Dank an das Michener Center for Writers, das mir die Zeit und die Mittel zur Verfügung gestellt hat, meinen Roman zu beginnen, und mir mit Mentorenschaft geholfen hat, ihn zu Ende zu schreiben. Besonderen Dank an die Direktoren des Michener, Jim Magnuson und Bret Anthony Johnston, dafür, dass sie uns komischen Vögeln einen Ort gegeben haben, der für immer unser Zuhause sein wird. Und Dank an Marla Akin, Debbie Dewees, Billy Fatzinger und Holly Doyel dafür, dass sie den ganzen Laden am Laufen halten. Dank schulde ich auch meinen Lehrerinnen, aufmerksamen Lesern und Mentorinnen, unter anderen Deb Olin Unferth, Ben Fountain, H. W. Brands, Edward Carey, Oscar Casares und Lisa Olstein. Besonderer Dank geht an Elizabeth McCracken, deren Anleitung, Anmerkungen und Ratschläge von unschätzbarem Wert für mich waren. Und natürlich an meine Freundinnen und Kommilitoninnen, besonders an: Veronica Martin, Maria Reva, Olga Vilkotskaya, Jessica Topacio Long und Nouri Zarrugh, dafür, dass sie meine Texte gelesen haben, dass sie mich angespornt haben, immer besser zu werden, und dass sie mich zum Lachen gebracht haben.

Mehr als dankbar bin ich allen bei Knopf und Vintage Books dafür, dass sie an dieses Buch geglaubt und es bis zu seiner Vollendung begleitet haben, darunter sind: Sonny Mehta, Gabrielle Brooks, Abby Endler, Kim Thornton Ingenito, Emily Murphy, Andrew Dorko, Daniel Navock, Anna Kaufmann, LuAnn Walther, Emily DeHuff, Nicholas Thomson, Kelly Blair, Nicholas Latimer, Sara Eagle, Paul Bogaards, Katherine Burns und besonders meine großartige

Lektorin Jordan Pavlin, die mit ihren sorgfältigen Korrekturen und ihrer Ermutigung jede Seite besser gemacht hat.

Dank an alle bei Hutchinson und Windmill für ihr Engagement, ihren scharfen Blick und ihre Kreativität. Dank an Jocasta Hamilton, Najma Finlay, Charlotte Bush, Emma Finnigan, Lucy Middleton, Charlotte Cray, Laurie Ip Fung Chun, Susan Sanden, Rebecca Ikin, Sarah Ridley, Amber Bennett-Ford, Mat Watterson, Claire Simmonds, Glenn O'Neil und an Selina Walker, meine brillante Lektorin in Großbritannien.

Dank an meine unglaublichen Agenten Jeff Kleinman und Jamie Chambliss, die Jahre vor der Vollendung des Romans die ersten fünfundzwanzig Seiten lasen und sofort an das Buch glaubten. Ihr habt mein Leben verändert. Und Dank an Melissa Sarver White, Katherine Odom-Tomchin und Lorella Belli dafür, dass sie geholfen haben, dieses Buch auf die Welt zu bringen.

An alle meine Freunde – von Greensburg (die Motley Crew!) über Washington, D. C., bis Norfolk und Austin und weiter: Ich weiß nicht, was ich ohne euch täte.

An meine Familie – Sara, Nathan, Ben, Sam, Owen, Grandma, Uncle Ron, alle meine Tanten, Onkel, Cousins und Cousinen, Janet, Hillary, Bruce, Noah, Scout und Clementine – danke, dass ihr mir immer zur Seite gestanden habt.

Dank an meine Eltern Bob und Patti dafür, dass sie mich Lara genannt und mir gezeigt haben, was Liebe sein kann.

Und vor allem an Matt, meinen ersten und letzten Leser. Du hast mich nicht nur ermutigt, den Stift überhaupt erst in die Hand zu nehmen, du hast auch jede einzelne Seite dieses Buches besser gemacht. Ich verdanke dir alles.

Anmerkung
der Übersetzerin

Die Passagen aus *Doktor Shiwago* sind alle der im Aufbau Verlag erschienenen Übersetzung von Thomas Reschke entnommen:

Boris Pasternak, Doktor Shiwago, Übersetzung von Thomas Reschke, Nachdichtung der Gedichte von Richard Pietraß, Aufbau Verlag GmbH & Co. KG, Berlin 1992.

Die Transkription der Eigennamen folgt der im Deutschen üblichen Transkription. Insbesondere wird der russische Buchstabe Ж mit Sh wiedergegeben. Die Aussprache ist wie die des zweiten g in Garage.

Imogen Kealey
Die Spionin
Roman
Aus dem Englischen von
Gabriele Weber-Jarić
457 Seiten. Klappenbroschur
ISBN 978-3-352-00946-4
Auch als E-Book erhältlich

Liebe in Zeiten des Krieges

Die Geschichte, die keiner kennt: ein einmalig fesselnder Roman über eine der faszinierendsten und dennoch kaum bekannten Heldinnen der jüngeren Geschichte: Nancy Wake.
Für die Alliierten ist sie ihre beste Agentin, eine gefürchtete Kämpferin, die ihre Gegner mit einem Handkantenschlag zu töten vermag.
Für die Nazis ist sie die meistgesuchte Person Frankreichs, ein gefürchtetes Phantom, auf dessen Kopf fünf Millionen Francs ausgesetzt sind.
Ihr Name ist Nancy Wake – und sie kämpft für die Liebe.

Regelmäßige Informationen erhalten Sie über unseren Newsletter. Jetzt anmelden unter: www.aufbau-verlag.de/newsletter

RL rütten & loening

Caroline Bernard
Die Frau von Montparnasse
Roman
Simone de Beauvoir und die Suche
nach Liebe und Wahrheit
448 Seiten. Klappenbroschur
ISBN 978-3-7466-3814-0
Auch als E-Book erhältlich

Die große Philosophin und die Suche nach Liebe und Wahrheit

Paris, 1929: Die junge Simone will studieren – und schreiben. Dann begegnet sie Jean-Paul Sartre, Enfant terrible, Genie und bald ihr Geliebter. Sie schließen einen Pakt, der ihre Liebe und dabei sexuelle Freiheit sichern soll. Gemeinsam formulieren sie die Philosophie des Existenzialismus, sind der Mittelpunkt der Pariser Bohème. Doch ihren Traum vom Schreiben kann Simone nicht verwirklichen – die Verlage lehnen ihre Texte als »unpassend« ab. Und auch um die Beziehung zu Sartre muss sie kämpfen. Denn: Wie lässt sich eine große Liebe mit dem Streben nach Freiheit vereinbaren?

Die neue Caroline Bernard – nach dem Bestseller »Frida Kahlo und die Farben des Lebens« der große Roman über Simone de Beauvoir, eine so mutige wie leidenschaftliche Frau und ihre Lust am Denken.

Regelmäßige Informationen erhalten Sie über unseren Newsletter. Jetzt anmelden unter: www.aufbau-verlag.de/newsletter

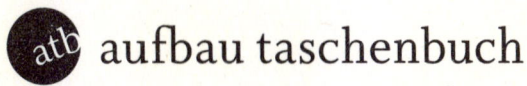